Wiebke Lübbers · Fra Moriale

Als Julia dem testamentarischen Wunsch ihrer Großmutter folgt, in Padua zu studieren, gerät sie nichts ahnend in die vom *Tre-Condottiero*-Syndikat und *Fra Moriale* beherrschte Drogenszene. Dort arbeitet ausgerechnet ein ehemaliger Schulfreund von ihr unter dem Namen *Colombo* als Drogenkurier und Zuhälter. Außerdem lernt Julia *Commissario* Roberto Bassner kennen, der die Aushebung des Drogensyndikats als Vorwand missbraucht, den Tod seiner vor zwanzig Jahren ermordeten Schwester zu rächen.

Julia gerät schnell und ohne es zu wollen zwischen die Fronten, wobei Gut und Böse nicht so einfach zu unterscheiden sind. Dann überschlagen sich die Ereignisse: Das Geheimnis um *Fra Moriale* wird endlich gelüftet, die Mordermittlungen nehmen eine unerwartete Wendung und eine zarte Liebesgeschichte entwickelt sich ...

WIEBKE LÜBBERS studierte in Berlin und Flensburg Pädagogik und Anglistik. In der unterrichtsfreien Zeit arbeitete sie fast ein Jahrzehnt lang ehrenamtlich als Campleader in internationalen Workcamps in Deutschland und Israel des *Aufbauwerks der Jugend* (heute *prointernational e.V.*). Nach 22 Jahren als Schulrektorin lebt sie jetzt in der Nähe von Hannover. Sie ist mit einem Rechtsanwalt verheiratet und hat drei erwachsene Kinder.

WIEBKE LÜBBERS

FRA MORIALE

Historischer Roman

BUCH & media

Weitere Informationen über den Verlag
und sein Programm unter www.buchmedia.de

Bibliographische Information der Deutschen Bibliothek

Die Deutsche Bibliothek verzeichnet diese Publikation
in der Deutschen Nationalbibliographie;
detaillierte bibliographische Daten sind im Internet
über <http://dnb.ddb.de> abrufbar.

Dezember 2006
© 2006 Buch&media GmbH, München
Umschlaggestaltung: Kay Fretwurst, Freienbrink
Herstellung: Books on Demand GmbH, Norderstedt
Printed in Germany

ISBN 10: ISBN 3-86520-235-7
ISBN 13: ISBN 978-3-86520-235-2

Inhalt

PROLOG
Veneto A. D. 1941 9
Veneto A. D. 1943 10
Veneto A. D. 1955 10

FRA MORIALE TEIL I

NARBONNE ANFANG 14. JH. – Vom Kind zum Mann 15

KAPITEL 1 A. D. 1999/SOMMER
Norddeutschland 19
Steinhuder Meer 21
Hameln 25
Lübeck 27
Hameln 29
Lübeck 30

KAPITEL 2 A. D. 2000/FEBRUAR
Noventa Padovana 32
Lübeck/Padova 34
Padova 36
Padova 37
Padova 39
Abano Terme 43
Abano Terme 44
Montegrotto Terme 46
Montegrotto Terme 48
Montegrotto Terme 50
Montegrotto Terme 54
Monte Berici/Colli Euganei 58
Abano Terme 62

KAPITEL 3 A. D. 2000/FRÜHLING
Treviso/Veneto 64
Padova 69
Montegrotto Terme 73
Montegrotto Terme 77

Montegrotto Terme 83
Montegrotto Terme 85
Montegrotto Terme 88
Torreglia/Padova 90

Fra Moriale Teil II

Oberitalien Mitte 14. Jh. A. D. – Auf dem Höhepunkt der Macht   95

Kapitel 1 A. D. 2000/März
Torreglia/Veneto 98
Colli Euganei 101
Montegrotto Terme 106
Montegrotto Terme 109
Padova 111
Colli Euganei 116
Colli Euganei 120
Treviso 123
Aeroporto Marco Polo 125
Teolo 126
Torreglia/Padova 128
Padova 132
Colli Euganei 133
Padova 135
Padova 141

Kapitel 2 A. D. 2000/März
Torreglia/Veneto 144
Noventa Padovana 147
Noventa Padovana 149
Noventa Padovana 151
Torreglia/Veneto 153
Brentakanal 158
Padova 161
Padova/Torreglia 165
Padova 172
Torreglia 174

Kapitel 3 A. D. 2000/April
Nals/Südtirol 178
Küchelberg/Meran 182
Meran 185

Padova 188
Nals/Südtirol 192
Etschtal 199
Nals/Alto Adige 202
Alto Adige 204

KAPITEL 4 A. D. 2000/MAI–JULI
Noventa Padovana 209
Noventa Padovana 212
Colli Euganei 213
Colli Euganei 219
Padova 222
Colli Euganei 224

FRA MORIALE TEIL III

A. D. 29.8.1354/ROMA – Niedergang und Tod 233

KAPITEL 1 A. D. 2000/JULI
Padova 237
Padova 241
Alberoni–Lido 244
Abano Terme 246
Abano Terme 250

KAPITEL 2 A. D. 2000/JULI
Padova 253
Abano Terme 255
Abano Terme 258
Colli Euganei 261
Treviso 263
Arqua Petrarca 266

EPILOG 268

ANHANG
Literatur 270

»So geriet Italien gleichsam
in die Macht des Papstes und einiger Republiken;
aber Priester wie Bürger
waren der Waffen entwöhnt
und begannen,
fremde Söldner zu mieten.«

(Niccolò Machiavelli: *Der Fürst*, 1513)

Fra Moriale
alias
Jean d'Albarnoz de Montréal

* um 1300 bei Narbonne
† 29.08.1354 in Rom (hingerichtet)

PROLOG

Veneto A. D. 1941

Weil sie dem Faschismus Mussolinis alte italienische Werte entgegensetzen wollten, suchten sie bei der Gründung ihrer Widerstandsgruppe nach Decknamen aus glorreicheren Zeiten und verfielen auf die Namen bekannter *condottieri* aus der Renaissance.

Mit Gattamelata und seinem Waffenbruder, dem Grafen Brandolin, hatten sie die integersten der damaligen Söldnerführer gewählt. Beide bürgten mit ihrem Namen dafür, dass ihre *condotta**, ihr Vertrag, nicht willkürlich gebrochen oder die Front gewechselt wurde, sei es, um höheren Sold zu erhalten, oder um des Versprechens von Titeln willen, wie es so viele ihrer historischen Kollegen getan und damit den Beruf der *condottieri* auf immer in Verruf gebracht hatten.

Die beiden waren ebenso unzertrennliche Freunde wie ihre historischen Vorbilder. Gut fünfhundert Jahre später, nachdem ihre Vorbilder 1436 von Venedig ein gemeinsames Lehen erhalten und dies mit je einem kostbaren Ring besiegelt hatten, ließen sie sich ebenfalls zwei Ringe zum Zeichen ihrer Verbundenheit anfertigen.

Bei der Wahl des *condottiero* Carmagnola hatten die Mitglieder der *resistenza* offensichtlich an den gleichnamigen brillanten Strategen gedacht, der im Auftrag Venedigs, der *Serenissima*, die berühmten *condottieri* Francesco Sforza, Malatesta und Piccinino in einer spektakulären Schlacht an den Ufern des Oglio auf halbem Wege zwischen Bescia und Lodi schlug und die drei Kollegen danach eigenmächtig ohne jegliche Lösegeldforderung freigegeben hatte, sehr zum Missfallen seiner beiden Arbeitgeber: Venedig und das verbündete Florenz.

Als sie 1941 Carmagnola als Tarnnamen wählten, mochten sie sicher nicht daran gedacht haben, dass der historische Kollege seinerzeit von der *Serenissima* verdächtigt worden war, ein doppeltes Spiel zu treiben; sie hatte ihn von seinen Söldnern fortgelockt, ihn im Dogenpalast inhaftieren, schwer foltern und schließlich 1432 wegen Verrats hinrichten lassen.

Gattamelata, Conte Brandolini und Carmagnola führten eine relativ kleine, aber effektive Widerstandszelle an und machten sich als die *Tre Condottieri* zwischen Bassano, Treviso und den Euganeischen Hügeln einen Namen, gefürchtet von den Faschisten und der Wehrmacht, bewundert und geachtet von der Bevölkerung.

---

* lat. conducere = verpachten; ital. condurre = führen; condotta = Führung

Veneto A. D. 1943

In diesem Sommer war viel Blut geflossen, die *Tre Condottieri* verloren die Hälfte ihrer Lanzen, so nannten sie wie zu Renaissancezeiten ihre aus drei Personen bestehenden Untergruppen, und sie brauchten dringend Verstärkung. Studenten der alten Paduaner Universität, von der schon 1848 und 1866 zum aktiven Widerstand gegen die unrechtmäßig Herrschenden aufgerufen worden war, verstärkten die Reihen der *Tre Condottieri*.

Aber anders als die bedächtigen Anführer verhielten sich die jungen Frauen und Männer in ihrer enthusiastischen Vaterlandsliebe oft unbedacht, ja geradezu todesverliebt und entsprechend draufgängerisch. Auch die fürchterlichen Vergeltungsmaßnahmen der Wehrmacht konnten sie nicht abschrecken, wie man sie zum Beispiel auf der Straße der Märtyrer in Treviso sah, wo man alle Männer aufgeknüpft hatte, derer man habhaft werden konnte, vom Vierzehn- bis zum Siebzigjährigen.

Ja, sie schmähten die Bedächtigen, schlugen Erfahrungen in den Wind und nahmen Warnungen nicht ernst. Der Blutzoll war hoch in diesem Sommer.

Von den *Tre Condottieri* traf es den Grafen Brandolin. Sie schrieben seine Warnung vor einem Hinterhalt in den Wind, aber er brachte es nicht fertig, vier seiner neuen Lanzen allein ins Verderben rennen zu lassen.

In den Euganeischen Hügeln gerieten sie in der Nähe von Teolo in den Hinterhalt. Graf Brandolin wurde schwer verwundet von den Deutschen gefangen genommen, die daraufhin seine Identität als Marchese Massimiliano Visian aufdeckten und ihn halbtot zu seiner Villa am Rande der Euganeischen Hügel brachten, die inzwischen Sitz der deutsche Kommandantur geworden war. Dort erhängten sie ihn an den Dachbalken seines eigenen Portikus.

Seinen Platz in der Führungsspitze der *Tre Condottieri* nahm ein ehemaliger Bruder des Johanniterordens ein. Sein Vater stammte aus Frankreich, seine Mutter aus Abano Terme. Er nannte sich nach dem *condottiero* Fra Moriale, der aus der Provence stammte und ein Ordensbruder gewesen war, später allerdings aus dem Orden ausgeschlossen wurde und unter den damaligen *condottieri* einen eher zweifelhaften Ruf genoss.

Veneto A. D. 1955

Am zehnten Jahrestag des Kriegsendes trafen sich die *Tre Condottieri* mit ihren Söhnen, die während der *resistenza* entweder mit ihren Müttern im Exil oder im Untergrund gelebt hatten, sowie mit der Frau und den Töchtern des toten Grafen Brandolin. Man kramte die alten Decknamen hervor und nahm ein ausgiebiges Bad in der Menge der gemeinsamen Erinnerungen.

Jeder der *Tre Condottieri* sah auf eine erfolgreiche, großbürgerliche Karriere zurück. Sie alle nahmen gesellschaftlich angesehene, hohe Positionen als Richter, Anwalt und Polizeioffizier ein, waren gern gesehen in Politik und Wirtschaft und geizten nicht mit dem Vorzeigen von Statussymbolen wie repräsentierfreudigen Ehefrauen, herrschaftlichen Villen, dem Vorsitz in Aufsichtsräten, teuren Limousinen und was sonst noch wichtig ist für Männer um die Fünfzig. Trotz aller Erfolge trieb sie immer noch die Gier: nach mehr Geld und nach mehr Ansehen und Macht, und die Söhne traten unbesehen in ihre Fußstapfen.

Kurz darauf traf man sich erneut als Gattamelata, Carmagnola und Fra Moriale. Nach heftigen Unterweltkämpfen in Padua, die bis nach Treviso und in die Thermalzone der Euganeischen Hügel ausstrahlten, war ein Machtvakuum entstanden, das die *Tre Condottieri* sofort erkannten. Wäre Graf Brandolin allerdings noch am Leben gewesen, hätte sich die ehemals ehrenwerte Gruppierung der *Tre Condottieri* niemals zu einer kriminellen Vereinigung wie dem *Tre-Condottieri*-Syndikat entwickelt.

Während der nicht gerade zimperlichen Kriegsführung aller Beteiligten hatte er immer peinlich darauf geachtet, dass keine Unregelmäßigkeiten vorkamen und keine unnötigen Grausamkeiten verübt wurden. Wenn sich jemand im Kampf gegen die Faschisten bereicherte, konnte der sonst so disziplinierte Graf Brandolin unglaublich wütend, ja jähzornig reagieren. Seine Loyalität und seine moralische Integrität lebten indes in der Erinnerung vieler alter Kampfgenossen weiter, von denen die allermeisten den Weg in eine bürgerliche Existenz problemlos gemeistert hatten.

Graf Brandolins Charaktereigenschaften sollten sich jedoch in fast beängstigender Weise auf seinen viele Jahre nach seinem gewaltsamen Tode gezeugten Enkel vererben.

Fra Moriale

Teil 1

Quae nocent, docent! Was schadet, lehrt!

Narbonne Anfang 14. Jh.

Vom Kind zum Mann

u sollst dir kein Bildnis machen, auch nicht von dir selbst«, pflegte sein Vater zu sagen und verstieß umgehend gegen seinen eigenen Wertmaßstab, indem er von seinem Sohn erwartete, seine Zukunft der Kirche zu weihen und seinen Ruhm im klerikalen Bereich zu finden, zunächst an Saint-Just in Narbonne, und später würde man dann sehen.

Dass ein Montréal d'Albarnoz einst durch Mord, Lügen und Erpressung berühmt werden sollte, kam dem alten Mann nicht in den Sinn. Bischofswürden und Kardinalspurpur plante der Vater für seinen jüngsten Sohn, und Widerstand gegen den Willen des alten Montréal d'Albarnoz hatte noch keiner durchgesetzt; gewagt ja, aber immer mit tödlichem Ausgang.

Dabei schwebte dem kleinen Jean de Montréal d'Albarnoz eine ganz andere Zukunft vor, eine grenzenlose Phantasie bestimmte sein Denken und Planen von früh bis spät, und darin kamen weder Gott noch die Kirche vor. Eher der provenzalische Drachentöter Dieudonné de Gozon, der außerdem noch ein Rebell war und sich dem Befehl seines Großmeisters widersetzte.

Die Geschichten, die in den Spinnstuben über Dieudonné erzählt wurden, interessierten den kleinen Jean mächtig, viel mehr als das dumme Latein oder gar Griechisch, das ein Klosterbruder ihn lehren sollte. Geschichten hören und erzählen, damit hätte er sein Leben ausfüllen können, und Pläne schmieden, das durfte natürlich nicht fehlen.

Dem Vater nicht widersprechen und trotzdem kein Pfaffe werden, dieses Problem schleppte Jean lange Zeit mit sich herum. Und dann erhellte eine Idee wie ein Lichtblitz seine trüben Gedanken. Johanniter wollte er werden wie sein Held Dieudonné und insgeheim sah er sich schon als dessen Kampfgenosse, hoch zu Ross mit wallendem Umhang, auf dem Rücken den weißen, achtzackigen Stern der Johanniter. Nur der Vater musste noch überzeugt werden, aber Johanniter, das war doch was! Und dann wollte Jean Großmeister werden, mindestens, und er spielte mit seinem Namen:

Fra Montréal – Fra Monreale – Fra Moreale – Fra Moriale vielleicht?

Dieudonné war ein Provenzale wie Jean de Montréal und ein um Jerusalem kämpfender Ordensritter, der sich mit seinem Großmeister Fulk de Villaret angelegt und ihn bezwungen hatte.

Entgegen de Villarets unmissverständlichem Befehl, nicht mit einem erfundenen, angeblich Jungfrauen verschlingenden Drachen zu kämpfen, war Dieudonné mit flatterndem Mantel, auf dessen Rückseite das achtzackige Kreuz der Johanniter prangte, losgeritten und hatte die Bestie besiegt.

Hier teilten sich die Berichterstattungen in den einzelnen Spinnstuben. Die einen sagten, es sei eine große Schlange, die zweiten, es sei ein riesiges Nilkrokodil gewesen, und wieder andere schworen auf einen leibhaftigen Drachen oder gar den Satan höchstpersönlich.

Trotz des Sieges hatte der Großmeister den Convent einberufen, wer das Gelübde des absoluten Gehorsams brach, wurde ausgeschlossen. Und dieser Teil der Geschichte beeindruckte den jungen Jean besonders.

Dieudonné wurde ausgeschlossen, doch nun kochte die Volksseele hoch: Dieudonné sei ein Held und der Großmeister ein alter Trottel, der nur neidisch auf den Erfolg des jungen Ordensritters sei. Fulk de Villaret hatte andere Sorgen: Die Sicherung der vier Kilometer langen Befestigungsanlagen auf Rhodos musste dringend abgeschlossen, das Heer in eine Flotte umgewandelt, das Hospitalviertel vergrößert und die Quartiere den einzelnen Nationalitäten, den Zungen, zugeteilt werden, zudem rückten die Türken ständig näher, so dass er nicht noch eine Palastrevolution eines so nichtigen Anlasses willen riskieren konnte. Also nahm er den Provenzalen Dieudonné de Gozon nach angemessenem Zögern in Ehren wieder auf.

Mit solch einer Auslegung des Gehorsamsgebots konnte man leben, dachte sich der junge Jean de Montréal und bekniete seinen Vater, ihm die Passage nach Rhodos zu bezahlen.

Annebaldo und Bettrone di Narva, wie sie sich später in Italien nennen sollten, die älteren Brüder Jeans, die ihn als Konkurrenten um des Vaters Nachfolge möglichst weit weg haben wollten, bestärkten das noch zögernde Familienoberhaupt, und so zahlte der die passagio, das Aufnahmegeld, und fünfzehnjährig schiffte Jean de Montréal sich als Kandidat ein.

In der ersten Hälfte des 14. Jahrhunderts wurde der Johanniterorden kräftig durchgeschüttelt, das Ende der Kreuzzüge und der Verlust des Königreichs Jerusalem stellten den ältesten Ritter- und den drittältesten christlichen Orden auf eine harte Probe.

Der deutsche Ritterorden hatte sich flugs ins Baltikum verzogen, der Templerorden mit seinem großen Reichtum, aber mangelnden christlichen Inhalten, wurde kurzerhand durch den Papst aufgelöst, und nur *die Johanniter, ihrer krankenpflegerischen Qualitäten und bestgeschultesten Ritter wegen, wurden als Bollwerk gegen Mamelucken, Türken und sonstige Störenfriede im östlichen Mittelmeer vom Ordenssterben ausgenommen.*

Nur, ihre militärische Struktur stimmte nicht mehr, aus den Rittern zu Pferde wurden Kapitäne zur See. Die militärische Ausbildung fand auf einer Galeere statt, Karawane im Johanniterjargon genannt, danach waren Schanzarbeiten auf Rhodos in den Aufgabenkatalog aufgenommen und schließlich Dienst bei der eigenen Zunge, wobei die Provenzalen ihren Mauerabschnitt direkt neben dem der Italiener hatten, und traditionsgemäß stand der Pilier der Provence mit dem Titel eines Großkommendators der Finanz- und Ordensschatzverwaltung der Johanniter vor.

Die drei Gelübde der Armut, der Keuschheit und des absoluten Gehorsams bildeten die Eckpfeiler des mönchischen Lebens der Johanniter, aber damit musste man es ja nicht allzu genau nehmen, dachte sich Fra Moriale, wie er sich jetzt insgeheim selbst nannte.

Jeans Träume vom Dasein eines Ordensritters hatten mit der Wirklichkeit nicht viel gemein. Das Fra vor seinem Namen stand eigentlich nur Ordensbrüdern zu, aber auch damit nahm Jean es nicht so genau, schließlich war es ja sein Ziel, eben diesen Titel zu erringen.

Später brüstete sich Fra Moriale gern mit seinem Ordensritterdasein, ohne jedoch die Gründe zu nennen, die zu seinem Ausschluss führten.

Wenn er Rhodos je erreicht hätte, wäre er vielleicht ein ehrenhafter Ordensritter geworden und mit großem zeremoniellem Gepränge vom sechsundzwanzigsten Großmeister Fra Hélion de Villeneuve zum Ritter der Hospitaliers de Saint-Jean de Jerusalem *geschlagen worden und seinem großen Vorbild Dieudonné de Gozon endlich begegnet, der nach seinen stürmisch-rebellischen Jugendtagen ein etablierter Ordensritter und 1346 siebenundzwanzigster Großmeister der Johanniter geworden war. Aber ob aus Jean de Montréal d'Albarnoz wirklich ein heiliger Jean, Saint-Jean de Jerusalem, geworden wäre, ist fraglich.*

Tatsache ist, dass Jean von Narbonne nur eine kurze Seereise unternahm. Von dem damals noch bedeutenden Seehafen ging die Reise auf einer provenzalischen Barke nicht weiter als über das stürmische Thyrrenische Meer bis zur Tibermündung, in der der Kapitän Zuflucht vor einem Unwetter nahm. Hier allerdings endete die Reise aller, denn die gar nicht edlen Uferbewohner ruderten bei Nacht zum Schiff und plünderten seine Passagiere und die Besatzung restlos aus.

Jean de Montréal rettete das nackte Leben und schlug sich bis Neapel durch, wo er Unterschlupf bei Verwandten fand.

Tatsache ist, dass es ihm irgendwie gelang, nach Varna in Kroatien zu gelangen und 1319 als Abt des dortigen Klosters vom ungarischen Zweig der Johanniter ehrenhaft erwähnt zu werden; der Zeitpunkt und der Grund seines Ausschlusses aus dem Johanniterorden bleiben jedoch verborgen.

Tatsache ist auch, dass er ein Meister darin wurde, sich die falschen Freunde auszusuchen und so vom Regen in die Traufe zu gelangen.

Fast dreißig Jahre lang hielt er sich mit den verschiedensten, weder einem Ritter noch einem Ordensbruder würdigen, kleineren und größeren Gaunereien hauptsächlich in Mittelitalien über Wasser und schloss sich einmal an diese, einmal an jene Bande an, bis er selbst als Bandenführer einen Haufen Draufgänger aus ganz Europa befehligte, die er, sich eingeschlossen, an den zahlungskräftigsten Dienstherren verkaufte, der allerdings nicht immer der siegreichste war. Auch hier hatte Jean das sichere Gespür, sich den falschen auszusuchen.

kapitel 1
a. d. 1999/sommer

Norddeutschland

it seiner seidig glänzenden Brust tief im Wasser liegend, den Kopf mit den rostroten Backenbüscheln hochgereckt, glitt das Haubentauchermännchen dahin, um wie ein Blitz urplötzlich unter der Wasseroberfläche zu verschwinden und kurz darauf weit entfernt am Schilfrand wieder aufzutauchen.

Der Wind war fast eingeschlafen und die Fünfuhrflaute schon auf drei Uhr vorverlegt. Julia ließ träge eine Hand über den Rand des Schlauchboots in den juliwarmen See rutschen und verfolgte ein ruckartig schwimmendes Blässhuhn, dessen nervöses Kopfnicken im krassen Gegensatz zu dem gelassen wirkenden Haubentaucher stand.

Plötzlich drangen Motorengeräusche an ihr Ohr. Regatten lagen Julias Wissen nach nicht an, also konnte es nur der Wasserbulle von der WaSPo sein, der wohl wieder kontrollierte, ob sich nicht Freizeitwassersportler ins Naturschutzgebiet verirrt hatten.

Schnell checkte sie durch, ob alles in Ordnung war; die roten Bojen, die das Naturschutzgebiet markierten, lagen gut fünf Meter entfernt, ihr Anker hielt, der Ankerball hing vorschriftsmäßig in den Wanten.

Noch einmal wollten sich die beiden jungen Frauen vom Wasserbullen nicht dumm kommen lassen. Vor ein paar Tagen hatte er sie mitten auf dem See angehalten, um sie zu belehren, dass sie ohne Nummer im Segel das Steinhuder Meer nicht befahren durften. Als ob sie das nicht wüssten! Schließlich hatte er ihre Erklärung akzeptiert, das Segel mit Nummer sei beim Segelmacher, und sie unter den feixenden Blicken einiger Jollensegler ziehen lassen.

Julia zog das Boot am Tau Hand über Hand zum 420er heran, an dem sie das Schlauchboot festgemacht hatte, und weckte Gisi, die zusammengekringelt auf dem Vordeck schlief.

Inzwischen war das Motorboot näher gekommen, aber heute schien er sie in Ruhe lassen zu wollen.

»Hallo, Mädels!«

Ein Tippen an die Mütze und das Boot drehte ab.

»Blöder Kerl«, murmelte Gisi, »hat doch genau gesehen, dass wir schlafen.«

»Zurück müssen wir paddeln«, meinte Julia, »für heute ist der Wind wohl ganz weg, fürchte ich.«
»Paddeln? Nee! Warten wir auf die Sechsuhrbrise!«
»Und wer macht das Abendbrot? Wir sind heute dran! Stell dir mal das enttäuschte Gesicht des Regenmachers vor, wenn er nach seiner aufregenden Jagd kein Essen vorfindet!«
»Was jagt er denn zurzeit?«
»*Sympecma paedisca* und *Somatochlora arctica*, sie sollen im Toten Moor zu finden sein.«
»Klingt ja ekelhaft!«
Die Schwestern zogen die Segel hoch, aber Großsegel und Fock hingen schlaff herunter. Der Verklicker zeigte null Wind an, Gisi brachte das Boot durch ein paar halbherzige Rührbewegungen mit der Pinne auch nicht weiter.

Zum Glück hatte ihre Mittagsfaulheit sie am Ostufer ankern lassen, der Weg zum Nordufer war nicht allzu weit, aber ihn paddeln zu müssen mühsam genug.

Gerade als Julia die Paddel klar machte, das Schlauchboot hatten sie wegen des Wasserwiderstands hochgezogen, briste der Wind aus Südost leicht auf, und bei fast halbem Wind gelangten sie rasch zum Bootssteg des Seglerheims ihrer früheren Schule.

Vierhundert Meter landeinwärts, mitten im Kiefernwald, lag das von einem erfolgreichen, ehemaligen Schüler gestiftete Gebäude, das für die beiden Schwestern während der letzten vier Sommer Heimat und Betätigungsfeld gewesen war.

Dr. Regenthal, ihr ehemaliger Biologielehrer, den sie liebevoll Regenmacher nannten, und seine Frau, beide etwas skurril, liebenswert und weltfremd, bewirtschafteten während der Sommerferien gemeinsam mit Julia und Gisi das Seglerheim. Der fünfte im Bio-Segel-Team, ein fanatischer Segler und Sportlehrer, musste sich für das kommende Jahr ein neues Team suchen, denn die Regenthals gingen in Pension, und auch Julia und Gisi standen das letzte Mal zur Verfügung.

Gisi hatte sich für die Meisterklasse Cello an der Musikhochschule Lübeck und gegen die Annahme eines Stipendiums in London entschieden, Julia wollte die Universität wechseln und ebenfalls in Lübeck an die Medizinische Hochschule gehen, um in der Nähe ihrer todkranken Großmutter mit ihrer Doktorarbeit zu beginnen.

»Die goldenen Tage von Aranjuez sind nun vorbei ...«, pflegte der Regenmacher wehmütig zu zitieren. Vier Sommer lang hatten sie sehr harmonisch miteinander gearbeitet. Gisi übernahm den Einkauf, Julia kochte, das Aufräumen teilten sie sich. Bei auftretenden Problemen sprang Uli, Segelfreak und Oberstudienrat (in genau dieser Reihenfolge), für alles ein. Unaufdringlich führte er die Oberaufsicht, die eigentlich Aufgabe der Regenthals gewesen wäre, der sie sich aber durch ständige Forschertätigkeit im Moor erfolgreich entzogen.

Dieses Arrangement hatte sich während der letzten Sommer erfolgreich bewährt, nur dass sich das Interessengebiet der alten Biologen von Jahr zu Jahr änderte. Waren im vergangenen Jahr die Schwimmenden Wiesen am Westufer des Sees, eine etwa zwanzig Zentimeter dicke Rasenschicht über einer bis zu drei Meter tiefen Schicht aus breiiger Mudde ihr Zielgebiet gewesen und hatten sie vor drei Jahren vergeblich nach dem Sumpfporst gesucht, einer selten vorkommenden Pflanze, deren letzter Fundort bei dem großen Moorbrand vor mehreren Jahren angeblich vernichtet worden war, so beschäftigten sie sich in diesem Jahr besonders mit Libellenarten, die im Toten Moor vorkommen sollten.

Es versprach ein lauer Abend zu werden. Gisi und Julia beschlossen ein Barbecue vorzubereiten. Der Regenmacher erschien mit seiner Frau erst gegen neun Uhr, mit Resten von Rosmarinheide im Haar und verzückten Reden über *Eukorrhinia rubicunda* und *Agrion hastulatum*, die der Regenmacher entdeckt hatte und die von seiner Frau auf Video aufgenommen sicher noch am gleichen Abend angesehen werden mussten.

Aber erst einmal holte Gisi ihre Gitarre. Sie blieben bis weit nach Mitternacht draußen sitzen, und die Schüler der neunten bis elften Klasse, die an der zweiwöchigen Segelfreizeit teilnahmen, wären am liebsten überhaupt nicht ins Bett gegangen. Das Feuer im Grillkamin vertrieb einen Teil der Mücken, die letztlich aber doch dafür sorgten, dass einer nach dem anderen im Haus verschwand.

Enttäuscht bemerkte der Regenmacher, dass keiner mehr Interesse an dem Libellenfilm seiner Frau zeigte.

»Aber du lässt mich nicht im Stich, Julia?«

Sie hatte die letzte Gelegenheit zum Verschwinden verpasst und folgte ihm und seiner Frau in den Tagesraum. Glockenheide und Libellen ersetzten ihr den Schlaftrunk.

Steinhuder Meer

Man musste schon wissen, dass die beiden Zwillingsschwestern waren, um Ähnlichkeiten feststellen zu können. Julia, der um einige Stunden ältere, zweieiige Zwilling, überragte mit ihren einsachtundachtzig Gisi um fünf Zentimeter, ihre mittelblonde Haarpracht war meist zu einem Pferdeschwanz gebunden oder in einem eingeflochtenen Zopf gebändigt, der ihr den halben Rücken runterhing. Allerdings zeigten beide Frisuren die Tendenz, sich nach einiger Zeit aufzulösen, und so beschäftigte Julia sich ständig mit der Neuordnung ihrer krausen Locken, ein Erbteil ihrer Mutter.

Wenn die Sonne tief stand und von hinten ihre Haare beleuchtete, wirkten sie wie ein kräuseliger Heiligenschein, und nichts konnte sie wütender machen, als wenn dann ein Mitglied ihrer Familie sie bei ihrem zweiten Vornamen *Engeline* nannte, den sie gern unterschlug. Die sonst so klare, hellgraue Iris ihrer Augen versteckte sich wie hinter einem milchigen Schleier, sie schob das Kinn vor, presste die fein geschwungenen Lippen zu einem geraden Strich zusammen und zog sich wie eine Schnecke in ihr Haus zurück.

Ganz anders, und nicht nur äußerlich: Giselle, kurz Gisi! Ihr Haar lag dicht, glatt und seidig wie ein kastanienfarbener Helm um ihren Kopf, ein offensichtliches Erbteil ihres Vaters. Ihre Lippen wirkten ein wenig voller und mutwilliger als die ihrer Schwester, allein Augen und Nase waren bei beiden fast identisch, schmal, lang und in ausgeprägten Nasenflügeln endend.

Giselle schluckte ihren Ärger nie hinunter, stampfte ihn hinaus und diskutierte für ihr Leben gern.

Das Frühstück begann jeden Morgen mit Ulis rituellem Versuch, die beiden Schwestern für das Regattasegeln zu gewinnen. Ihre Auffassung, Segeln sei nichts weiter als die schönste Nebensache der Welt, stieß bei ihm auf kopfschüttelndes Unverständnis. Er lebte für sein Boot, das Trainieren des Regattanachwuchses und die Teilnahme an allen nur möglichen Wettkämpfen.

Julia und Gisi hatten den Schulrekord gebrochen und das Steinhuder Meer bei völliger Windstille in weniger als zwei Stunden umradelt, und sie liebten es, mit ihrem 420er möglichst dicht an den aus den Steinhuder Seglervereinen kommenden Sonntagsseglern vorbeizurauschen, die, alle Vorfahrtsregeln missachtend, ihre Dickschiffe, weil sie diesen Kurs schon seit fünfundzwanzig Jahren steuerten, zum Ankern am Wilhelmstein hin bewegten, um dort Kaffee zu trinken, und sie machten sich einen Spaß daraus, sie in ein Windloch fallen zu lassen.

Eine Rohrdommel wollte ihnen in angstvoller Pfahlstellung weismachen, dass sie ein Schilfhalm sei. Unzählige Graureiher stolzierten durch das seichte Uferwasser und pickten mit ihren schlangenförmigen Hälsen nach Nahrung. Ein Seeadlerpaar schraubte sich im Aufwind in den Himmel. Einmal meinten sie sogar, einen Schwarzen Milan über das Schilf streichen zu sehen.

Sie befreiten den Wasserbullen aus einer aussichtslosen Lage, als sich seine Bootsschraube in einer losgerissenen oder durch Segler beschädigten Aalreuse verheddert hatte, und sie lebten voll inneren und äußeren Friedens in jeden neuen Tag hinein.

Die Sommerferien verstrichen, Schüler und Lehrer reisten ab und nur Julia und Gisi blieben noch eine Woche länger, um das Ehemaligentreffen am Sonntag nach den Ferien ein letztes Mal vorzubereiten und aufzuräumen.

Julia fuhr einmal wöchentlich ins Krankenhaus nach Lübeck, um ihre Großmutter zu besuchen. Die alte Dame würde es wohl nicht mehr verlassen, und sie gestattete keinem außer Julia, sie zu besuchen.

Als sie an diesem Donnerstag gegen Abend zurückkam, braute sich ein Unwetter zusammen, schwarze Wolken bauten sich auf, ein Gewitter kündigte sich an, zog dann aber jenseits der Leine vorüber.

Die blinkenden Lichter der Sturmwarnung zuckten auf, der Wind kam ständig drehend und sehr böig aus West bis Südwest und baute über den Deipen, einer tieferen Rinne im sonst sehr flachen See, hohe und ziemlich unregelmäßige Wellen auf.

Ein neues Gewitter zog auf, diesmal zwischen See und Weser, während Julia vom Parkplatz durch den Wald hastete.

Noch war es trocken, der Weg führte etwa zweihundert Meter in Richtung See, bevor er von einem anderen gekreuzt wurde, der in der einen Richtung zum Segelschulheim und in der andern zu einem Ferienhausgebiet führte.

Auf und abschwellender Donner, böengepeitschte Kiefernwipfel und über den Himmel jagende dunkle Wolkenfetzen beschleunigten Julias Schritt. Doch plötzlich blieb sie stehen.

Das Bild, das sich ihr an dieser Wegkreuzung bot, erschreckte sie über alle Maßen. Der heulende Wind übertönte die Geräusche eines verbissenen Kampfes. Drei oder vier Skinheads, genau konnte Julia es nicht ausmachen, lieferten sich einen wütenden Kampf mit drei in graugrüner Militärkleidung steckenden Männern.

Keiner beachtete Julia, die blitzartig ihre wild schluchzende Schwester ausmachte, die einen Kiefernstamm umklammerte, die Jeans zerfetzt und das T-Shirt zerrissen. Julia stürzte zu ihr hin und zog sie von den kämpfenden Männern weg.

»Was ist denn hier los?«, fragte Julia entsetzt.

»Die Skins wollten mich ... haben. Dann kamen die andern. O Jula, es war schrecklich!«

Während Gisi sich langsam beruhigte, hatten die drei in graugrüner Militärkleidung steckenden Männer eindeutig die Oberhand gewonnen, der Sprache nach handelte es sich um Engländer. Die Skinheads versuchten es nun mit Flucht, aber sie wurden gnadenlos immer wieder zurückgeholt und systematisch verprügelt. Während sie beruhigend über Gisis Haare strich sah Julia einen Skin wie in Zeitlupe an einem Baum herunterrutschen, ein anderer hing wie eine leblose Gliederpuppe über einer Bank; die andern beiden lagen stöhnend am Boden.

Erstaunlicherweise löste Julias erste persönliche Begegnung mit der Gewalt keine Angst, sondern lediglich einen nur mühsam zu unterdrückenden Brechreiz aus.

Der ältere der drei Soldaten war ein etwa vierzigjähriger Hüne mit kurz geschnittenem, braunem Haar. Angewidert klopfte er sich den Schmutz von seinem Tarnanzug und bückte sich nach seinem auf dem Boden liegenden Barett, staubte es ab und gab dem neben ihm stehenden Kameraden, ein gut aussehender, dunkelhaariger, keltischer Typ Ende zwanzig, einen beiläufigen Wink, woraufhin dieser sofort reagierte, einen der ächzenden Skins auf die Beine zog und ihm nicht eben sanft das Gesicht tätschelte.

»Listen!«

»Haut ab und lasst euch hier nie wieder blicken! Beim nächsten Mal gibt es Tote, das ist ein Versprechen!«, sagte der Ältere mit stark englischem Akzent.

Seine Stimme klang leicht singend und keinesfalls laut. Trotzdem kroch Julia eine Gänsehaut über den Rücken. Der Mann drohte nicht, er stellte nur fest, aber sie zweifelte keine Sekunde, dass er sein Versprechen in die Tat umsetzen würde. Auch die jetzt torkelnd und sich gegenseitig stützenden Skinheads schienen das zu spüren und verschwanden wortlos. Donner grollte wie zur Unterstützung.

Gisi beruhigte sich zusehends und zog Julias Sweatshirt über ihre zerrissene Kleidung.

»Ihr Mädchen solltet hier nicht allein durch den Wald laufen!«, sagte der Hüne vorwurfsvoll und rollte das R sehr britisch.

Julia ließ das Gefühl nicht los, dass er die Schlägerei genossen hatte, die Beschützerrolle kam erst nachrangig. Seine braunen Augen blickten zufrieden und hatten den warmen Ton von dunklem Torf, und trotzdem wirkten sie gefährlich.

»Mein Name ist John, das ist mein Bruder Roger und dies ist Jenny«, stellte er vor.

Wahrhaftig, die dritte Person war eine junge Frau mit blonder, igelartiger Frisur, mittelgroß und braungebrannt. Gleichgültig musterte sie ihre Geschlechtsgenossinnen. Sie hatte gekämpft wie ein Mann.

Sie schüttelten sich die Hände, und Gisi bedankte sich ebenso wie Julia herzlich für ihre Hilfe.

Roger grinste jungenhaft und sah die beiden aus wasserhellen Augen offen an.

»Sorry, I don't speak any German«, entschuldigte er sich und war

erfreut, als die beiden Schwestern ihr bestes Schulenglisch hervorholten.
Die drei waren auf dem Weg in das Wochenendhausgebiet, wo sie von einem Freund für ein Paar Tage zum Segeln eingeladen waren.
Gisi sprach eine Einladung zum Essen aus, als Dank für die Hilfe. Ihre Bewunderung zumindest für ihre männlichen Retter blieb weder den beiden noch Julia verborgen.
Die drei verabschiedeten sich, schulterten erneut ihr Gepäck und verschwanden. Fast gleichzeitig blitzte es, der Donner krachte und der Himmel öffnete seine Schleusen.

Hameln

Julia passte den letzten alten Ziegel in die übrig gebliebene Vertiefung und betrachtete zufrieden ihr Werk. Die kreisförmigen, mit Ziegeln eingefassten vier Kräuterbeete passten sich gut in den Bauerngarten ein, dessen hervorstechendstes Merkmal das Rondell in der Mitte war, ein durch niedrige Buchsbaumhecken begrenztes Beet mit alten wohlduftenden englischen Rosensorten.
Die Idee zu diesem Bauerngarten an dem stets renovierungsbedürftigen väterlichen Fachwerkhaus hatte ihre Mutter gehabt, die auch den Plan gezeichnet, aber die Ausführung vor ihrem frühen Tod nicht mehr geschafft hatte.
»Es sind die Spuren, die sie hinterlässt«, rechtfertigte Julia die unendliche Mühe, die sie in die Errichtung und Pflege der Anlage gesteckt hatte, gab aber insgeheim vor sich zu, dass sie es eigentlich für ihren Vater tat, der die Erinnerung an seine verstorbene Frau mit unermesslicher Sorgfalt pflegte, von den Gartenanlagen bis zur Erhaltung des das ganze Dachgeschoss einnehmenden Ateliers.
Der viereckige, durch ein Wegekreuz und das Rondell unterteilte bäuerliche Architekturgarten, war in der Tradition des Artlandes gebaut und lag zwischen Haus und Obstgarten.
Nicht nur im Artland, in allen bäuerlichen Bereichen verschwanden immer mehr dieser Traditionsanlagen, denn die pflegeleichten, mit Stauden, Rhododendren und Koniferen bepflanzten städtischen Rasengärten waren überall in Mode.
»Du hast den grünen Daumen deiner Mutter geerbt«, pflegte ihr Vater zu sagen, »aber das ist ja auch bei den Erbanlagen kein Wunder.«
Sein Schwager importierte holländische Blumenzwiebeln und verdiente viel Geld.
Gedankenverloren zupfte Julia ein paar Pflänzchen Ackergauchheil

zwischen Zitronenmelisse und Majoran heraus, sie fühlte sich wie amputiert, seit Gisi, die zweite Hälfte ihres Ichs, abgereist war. Julia musste lernen, allein zurecht zu kommen. Doch zu frisch war die Erinnerung, wie Gisi nach dem letzten Sommersemester mit drei Freunden um das Rondell herum gesessen und musiziert hatte, ein herrlicher Sommerabend, der mit dem Haydn-Quartett ausklang.

»Soll ich dir noch mehr Ziegel von der Abbruchstelle holen?«

Die Stimme ihres jüngeren Bruders riss sie aus ihren Gedanken.

»Ein paar in Reserve können nicht schaden«, stimmte sie zu und kam in die Realität zurück.

»Du denkst wieder an Gisi!«

Michas Stimme klang ein klein wenig vorwurfsvoll, als er mit einem Korb voller Ziegel zurückkam.

»Sie wird sich schon melden, keine Bange! Spätestens, wenn du ihr wieder aus irgendeiner Patsche heraushelfen sollst. Du hast dich viel zu sehr an sie gehängt, ihr jeden Weg geebnet und ihr alles durchgehen lassen, weil sie ja eine Künstlerin ist!«

Das klang unüberhörbar eifersüchtig, dachte Julia, ließ sich aber auch jetzt zu keinem Streit provozieren, obwohl er aussprach, was sie bis vor kurzem ebenso wenig hatte wahrhaben wollen wie die Tatsache, sich bei ihrem Ehemaligentreffen im Segelschulheim in ihren früheren, um ein paar Jahre älteren Schulkameraden Robert Tauber eigentlich aus Trotz verliebt zu haben, weil Gisi ihre ganze gemeinsame Lebensplanung über den Haufen geworfen hatte.

Hinter dem Rücken der ganzen Familie Andresen hatte sie plötzlich doch das Stipendium in London angenommen und an der Musikhochschule in Lübeck abgesagt. Begründung: Sie wolle ihren Weg ganz alleine gehen, die Familie habe sie zweiundzwanzig Jahre genug behütet. Julia glaubte ihr nicht, sie fühlte sich zum ersten Mal in ihrem Leben verraten und hintergangen, wenn sie auch ihrem Bruder und ihrem Vater gegenüber loyal zu ihrer Zwillingsschwester hielt.

Sie setzte sich auf die von weißen und rosa Stockrosen umrahmte Bank am Haus und überlegte, ob die Astern zwischen den Erdbeeren diesen nicht zu viel Licht und Nährstoffe entzögen, aber ihre Gedanken wanderten weiter. Gisis Ausbruch aus der vorgezeichneten Bahn wirkte auf Julia wie der Keim einer geheimen Saat, die Zweifel hieß.

Und war Medizin überhaupt das Richtige für sie? Hatte sie sich während einiger Vorlesungen nicht dabei ertappt, in ihre Traumwelt abzuwandern und Heilpflanzen auf der Insel Reichenau interessanter zu finden als die menschliche Anatomie? Und hatte sie nicht statt die Namen der Sehnen zu lernen lieber einen neuen Kräutergarten nach Hildegard von Bingen gezeichnet?

Dabei war sie sich im Anfang so sicher gewesen, dass sie später zu ihrem Vater in dessen Landarztpraxis kommen und Seite an Seite mit ihm arbeiten würde.
»Wie Dornröschen! Hast du vergessen, dass wir zum Tennis verabredet waren?«
Roberts spöttische Stimme riss sie aus ihren Tagträumen.
»Was? So spät schon? Bin gleich fertig!«
Als ihr Vater sie ihren Schläger einpacken sah, hob er fragend eine Braue.
»Robert?«
Julia meinte Missbilligung aus seiner Stimme zu hören, erstmals, denn seine Julia hatte bisher alles richtig gemacht. Sie reagierte nicht.
Draußen wartete Robert Tauber in seinem Mercedes Cabrio.
»Miezenschleuder!«, hatte Micha vor sich hingemurmelt, als Robert seine Schwester das erste Mal abholte.
»Keine Kompromisse, von allem nur das Beste! Wer weiß, wie lange ich lebe!«, war Roberts Devise.
»Facharzt in Hannover müsste man sein«, hatte Julias Vater geseufzt und an Roberts Eltern, seine Studienkollegen, gedacht.
»Und eine großindustrielle Großmutter haben«, ergänzte Micha.
Julia begann alles, aber auch alles in Frage zu stellen: Medizin kontra Gartenarchitektur. Sportwagen kontra Fahrrad. Genuss kontra Kultur. Und Altruismus kontra Selbstverwirklichung. Was sollte sie tun?

Lübeck

Sie fuhr zu Ihrer Großmutter nach Lübeck in die Medizinische Hochschule. Nur mit ihr konnte Julia über sich und ihre Träume reden.
»Warum kann ich nicht wie Gisi sein und meinen Weg gehen?«
»Weil du *du* bist. Bei Gisi überlagert ihre musikalische Begabung eindeutig alles andere, du, mein Kind bist vielseitig künstlerisch begabt, hast die Kreativität deiner Mutter und hast eine ungeheuer einfühlsame Art. Nicht umsonst hast du für deine zauberhaften Blumenaquarelle und Zeichnungen der Weserrenaissance alle Schulpreise gewonnen.«
Die alte Dame, ein Schatten ihrer selbst und von Krankheit gezeichnet, geistig aber rege wie eh und je, fuhr nach einer langen Pause fort:
»Aber du bist nicht so selbstbewusst oder nenn es künstleregoistisch wie Gisi. Du bist noch auf der Suche nach dir selbst. Du meinst zu wissen, was du nicht willst, weißt aber auch nicht genau, was du

eigentlich willst, nur es allen recht machen, nicht wahr, Harmonie-Julchen?«
Die Großmutter hatte wie immer den Punkt getroffen.
Julia lenkte ab.
»Genug von mir geredet. Wie weit sind wir eigentlich mit dem *Rosenroman* von Guillaume de Lorris gekommen? Ach hier«, und las ihrer Großmutter weiter aus dem schwierigen, mittelalterlichen Text vor.
Nach einer halben Stunde merkte sie, wie die Konzentrationsfähigkeit der alten Dame erlahmte und klappte das Buch zu.
Zum Abschied sagte die Großmutter, Julias Hand lange in der ihren haltend:
»Wenn du wirklich etwas ganz anderes studieren willst, geh nach Padua im Veneto. Ich selbst bin vor dem Krieg dort gewesen und habe Gartenarchitektur studiert. Ich war sehr glücklich dort, nicht nur, weil ich dort deinen Großvater kennen gelernt habe.«
Sie blickt nach innen, dachte Julia und störte sie nicht. Erst nach einiger Zeit stellte sie die Frage, die ihr schon seit längerem auf den Lippen lag.
»Du bist mit mir in der Toskana gewesen, wir haben die Gärten in Tivoli besucht, du warst mit mir in der Lombardei und in der Emilia Romagna. Du hast mir die schönsten Gärten gezeigt, aber auch die verkommenen, verlassenen. Aber warum bist du mit mir nie im Veneto gewesen und hast mich immer vertröstet?«
»Der Krieg hat alles zerstört. Wir haben unseren besten Freund aus Padua verloren. Dein Großvater und er kämpften in verschiedenen Lagern. Massimo fiel 1943; er wurde von Deutschen getötet. Die Verbindung ließ sich mit seiner Frau nach dem Krieg nicht wieder herstellen, deshalb habe ich das Veneto gemieden.
Geh nach Padua und schaffe dir deine eigenen Erinnerungen, Julchen! Vielleicht findest du dort, was ich zurücklassen musste. Und sprich mit deinem Vater! Er ist ein guter Mensch und hilft dir sicher, wenn ich auch meinen Frieden mit ihm nicht finden werde. Zu viel Harmoniebedürfnis kann auch tödlich sein, das siehst du ja bei deiner Mutter. Aber das ist Vergangenheit, schau in die Zukunft und geh deinen Weg!«
»Aber wie?«
»Das musst du selbst herausfinden!«
Erschöpft sank ihre Großmutter zurück und schloss die Augen. Leise verließ Julia das Krankenzimmer. Sie verließ noch verunsicherter als vorher Lübeck, nicht ahnend, dass sie ihrer Großmutter zum letzten Mal aus dem *Rosenroman* vorgelesen hatte.
Der Versuch, mit ihrem Vater zu reden, endete kläglich. Bisher war ihr Verhältnis zu ihm ein partnerschaftliches gewesen, nach dem frü-

hen Tod seiner Frau war Julia seine große Stütze bei der Erziehung der Geschwister, aber auch im Haus und sogar in der Praxis.

Julia fiel aus allen Wolken, als ihr harmoniebedürftiger Vater sich auf eine fast autoritäre Art in seine Vaterrolle flüchtete und ihr nicht gerade liebenswürdig erklärte, dass sie für die Medizin prädestiniert sei, Kunst, auch Gartenkunst, sei eine brotlose Kunst und zehn Semester Studium und die Staatsexamina werfe man schließlich nicht leichtfertig über Bord.

Hameln

Robert Taubers Gardemaß von exakt zwei Metern gefiel Julia sofort an dem auch sonst ansehnlichen Achtundzwanzigjährigen. Als Zweites, und das kam ihrer Neugier entgegen, bekam sie durch ihn Einblick in eine ihr bis dahin völlig fremde Welt.

Durch Robert lernte sie Nobelkarossen, Nachtclubs und die Fun-Gesellschaft kennen, aber auch eine unglaubliche Beachtung des eigenen Körpers. Er lehrte sie kleidungsmäßig die neuesten Trends zu erkennen und ließ sie ihre erste Golfstunde nehmen, weil das trendmäßig *in* sei, schickte sie zu einer Visagistin, die ihr schminkmäßig Nachhilfe gab und zeigte sich gern mit ihr.

Das alles hätte sie wohl ohne seine Verbindung zu einer italienischen Universität nicht lange beeindruckt. War es Zufall oder Bestimmung? Als Julia ihm gestand, dass sie nicht wisse, ob Medizin das richtige Studium für sie sei und Gartenarchitektur sie mehr interessiere, hatte er vom Universitätsbetrieb in Padua geschwärmt, wo ein ganz anderes Lebensgefühl als in Deutschland herrsche und ihr gesagt, sie solle sich von ihrem Vater keine Vorschriften machen lassen.

Aber sie sei finanziell abhängig von ihm, sagte sie, doch er zuckte nur mit den Schultern und meinte:

»Du bist doch längst volljährig! Wenn du wirklich etwas willst, klebe nicht an Geld.«

Und dann, als völlig unerwartet ihre Großmutter starb, war sie plötzlich finanziell unabhängig. Die Testamentseröffnung hatte alle erstaunt und zu einer Familienkrise geführt, denn die alte Dame hatte zwei Tage vor ihrem Tod ihr Testament geändert. Fast ihr gesamtes Vermögen und die Senatorenvilla in Lübeck hatte sie ihrem Sohn Carlo vermacht, ein Teil des Barvermögens ging an ihre Enkelin Julia, allerdings verknüpft mit einer Bedingung.

Meine Enkelin Julia erhält ihren Anteil in monatlichen Raten von DM 1.500 oder den Gesamtbetrag plus angesparter Zinsen bei ihrer Hei-

rat, wenn sie ihr Medizinstudium – auch vorübergehend – aufgibt und eine Zeitlang ein Studienfach ihrer Wahl an der Universität von Padua beginnt. Lehnt sie dies ab, verfällt ihr Erbe und geht an den WWF.
Julias Vater war erbost:
»Du verzichtest ja wohl! Sie versucht dich selbst nach ihrem Tod noch zu manipulieren.«
»Ich werde das Semester beenden. Und dann sehen wir weiter«, wich Julia aus.
»Du kannst natürlich hier in Lübeck weiter in der Mansardenwohnung ihrer – meiner – Villa wohnen, wenn du hier studierst«, bot ihr Onkel Carlo an.
Im Hinausgehen zwinkerte er ihr zu.
»Die alte Dame war schon schwer in Ordnung! Tu, was sie wollte. Das Testament lässt dir genug Spielraum, wieder zur Medizin zurückzukehren! Lass dir den Wind um die Nase wehen.«
Als Julia das enttäuschte Gesicht ihres Vaters sah, tat ihr das Herz weh.

Lübeck

Der Testamentsvollstrecker Dr. Rombach erwartete Julias Entscheidung bis Weihnachten, er war ein persönlicher Freund der alten Dame gewesen und hatte die Sechzig auch schon überschritten. Julia bat ihn um Rat, denn mit ihrem Vater war einfach nicht zu reden.

Der Notar lud sie zum Essen in den *Historischen Weinkeller unter dem Heiligen-Geist-Hospital* ein, dem bevorzugten Lokal der alten Dame. Dort unten herrschte eine ruhige, vornehme Atmosphäre, und das niedrige Kreuzgewölbe wirkte nicht beengend, sondern anheimelnd.

Ein besonders guter Rotspon harmonierte perfekt zu den Wildgerichten, die sie beide bestellten. Bei der obligatorischen Roten Grütze zum Nachtisch fand Julia die Gelegenheit passend, den alten Freund der Familie mit ihrem Problem zu konfrontieren, auch Robert und seine Universität in Padua erwähnte sie.

»Ich kann deinen Vater gut verstehen«, meinte er schließlich in seiner immer mehr aussterbenden, norddeutschen Art, die *st*- und *sp*-Laute zu trennen, und griff zu einem Zigarillo, »aber ich finde, er reagiert zu engstirnig. Schließlich hast du doch jetzt Geld, wenn es auch nicht zu einem Luxusleben reicht, aber für eine Studentin ist es schon ein recht ordentlicher Betrag, um einmal über den Tellerrand hinausblicken zu können. Studiere ruhig ein bis zwei Semester Kunstgeschichte, oder was immer du möchtest. Warum nicht in Padua, wenn du dort Freunde hast? Und entscheide dich dann später. Vielleicht kehrst du ja zur Medizin zurück, wer weiß? Deine Großmutter war eine weise Frau, nicht umsonst hat sie die Bedingungen für dich so weit gefasst. Ich begreife nicht ganz, warum dein Vater so überreagiert. Es kann eigentlich nur an dem gespannten Verhältnis zwischen den beiden liegen. Versuch noch mal, ruhig mit ihm zu reden.«

Das war genau die Auskunft, die Julia hören wollte, und sie beschloss, dem Rat des alten Freundes zu folgen. Das Weihnachtsfest schien die günstigste Gelegenheit zu sein, aber von vornherein lief alles schief.

Eine Grippewelle beschäftigte ihren Vater Tag und Nacht, schließlich erwischte die Krankheit ihn selbst.

Robert Tauber war wieder im Land und verärgerte nicht nur Micha mit seiner täglichen Anwesenheit, auch Julia wurde er langsam lästig. Aber er war ihr Tor zur Freiheit, der Freiheit, in Italien zu studieren.

Er bot an, ihr ein Zimmer zu beschaffen, er wollte ihr einen Sprachkurs vermitteln, ohne dessen Abschluss keine Zulassung zur paduanischen Universität möglich war, und er bestärkte sie in ihrem Willen, ihrem Leben eine andere Richtung zu geben. Deshalb fühlte sie sich ihm verpflichtet, langweilte sich zwar mit ihm bei Nachtclubbesuchen, versteckte ihre Furcht bei seinen rasanten und risikoreichen Autotouren, schminkte sich widerwillig, so wie er es gern sah, und zog die von ihm ausgesuchte Kleidung an, denn modemäßig – wie er es nannte – sei sie um Jahrhunderte hinterm Mond.

Zu Weihnachten schenkte er ihr ein teures, viel zu auffälliges Lederkostüm und einen dazu passenden Schminkkoffer.

Ihr Vater beobachtete ihre äußerliche Veränderung voller Misstrauen und Schrecken, und statt vernünftig mit ihm zu argumentieren verließ sie ihn im Streit.

Anschließend teilte sie ihm in einem Brief mit, dass sie sich entschlossen habe, mit Robert Tauber nach Italien zu gehen.

Ihr Bruder versuchte sie umzustimmen und zwischen ihr und ihrem Vater zu vermitteln, aber Julia wollte ihn nicht einmal in Lübeck sehen.

kapitel 2
a. ð. 2000/februar

Noventa Padovana

n diesem Februarabend schien die Stimmung in der barocken Bibliothek der kostbar ausgestatteten Villa in Noventa Padovana seltsam gespannt. Gattamelata nahm einen Schluck seines Lieblingswhiskeys und stellte das Glas nachdenklich auf den mit kunstvollen Intarsien eingelegten Tisch zurück.

Die Zeiten hatten sich verändert, wieder bahnte sich ein Generationskonflikt an. Sie hatten vor fünfzehn Jahren ihre Väter verdrängt und die streng organisierten Strukturen der *Tre-Condottieri*-Tradition belassen, sich aber für neue Märkte interessiert, Glücksspiel und Schmuggel der herkömmlichen Art waren längst nicht mehr lukrativ genug gewesen.

Fra Moriale hatte mit seiner *Großen Kompanie* mit Entführungen, dem Verschieben gestohlener Nobelkarossen in den Orient und Schutzgelderpressungen hohe Umsätze gemacht und sah einfach nicht ein, warum Entführungen zu risikoreich geworden sein sollten und die Nobelkarossen nach Öffnung des Ostblocks andere Wege nahmen.

Carmagnola, jung, dynamisch und risikobereit, hatte quasi als Carmagnola III kürzlich seinen verstorbenen Onkel ersetzt. Er versuchte die verkrusteten Organisationsstrukturen aufzubrechen. Die Drogenbeschaffung musste seiner Meinung nach im Jahre 2000 anders aufgezogen werden als früher, auch hier brachte die Osterweiterung in Europa Änderungen mit sich.

Gattamelata stimmte ihm in weiten Teilen zu und stand öfter zwischen den beiden, als ihm lieb war. Fra Moriale hingegen wollte alles beim Alten belassen und Carmagnola alles umkrempeln, besonders die pedantische Buchführung des alten Mannes ging ihm gegen den Strich.

Gattamelatas Betätigungsfeld war nicht so großen Änderungen unterworfen. Die Kontrolle der Prostitution und die Verteilung der Drogen bedurften keiner grundlegenden Reform.

»Wenn du mehr Geld aus unserer gemeinsamen Kasse brauchst, musst du schon offenlegen, wofür«, wandte Gattamelata sich an Carmagnola.

»Genügt dir mein Ehrenwort nicht?«, fragte Carmagnola und versuchte unbeteiligt auszusehen.

»Sieben Tage, und ihr habt euer – unser – Geld mit Zinsen wieder.«

»Uns geht es nicht um die Summe an sich«, erklärte Gattamelata geduldig, »obwohl fünfhunderttausend Schweizer Franken nicht eben wenig sind.«
»Es geht uns um das Prinzip, das Prinzip der Offenlegung«, ergänzte Fra Moriale, der sich mit Prosecco wach hielt, »wir haben keine Geheimnisse voreinander. Und die Bücher müssen stimmen!«
»Prinzip, Prinzip! Bücher! Bücher!«, äffte Carmagnola den Älteren nach. »Das ist was für beamtete Spießer! Ich bitte euch für sieben Tage um die genannte Summe, das ist alles!«
Er sah gespannt in ihre bewegungslosen Gesichter.
»Das ist euch nicht offen genug? Okay, vergesst es. Kein Problem, ich kann mir das Geld jederzeit anderswo besorgen.«
Das jedoch entsprach keineswegs der Wahrheit; die Banken hatten seinen Kreditrahmen nicht erweitern wollen, aber das musste er die beiden ja nicht unbedingt wissen lassen.
Gattamelata wollte antworten, aber Carmagnola kam ihm zuvor:
»Kein Thema mehr, *condottieri!*«
Fra Moriale verabschiedete sich als Erster.
»Komm«, sagte Gattamelata in väterlich freundlichem Ton zu Carmagnola, nachdem sie in die Bibliothek zurückgekehrt waren und sich einen letzten Whiskey eingeschenkt hatten, »du hast ein Problem, kann ich dir nicht doch helfen?«
»Ich habe mich an der Börse in Milano verspekuliert«, gab Carmagnola seinen Widerstand auf, denn das Wasser stand ihm bis zum Hals.
»Und ausgerechnet diesmal kommt einer meiner Kuriere zehn Tage zu früh mit seiner Lieferung. Ich habe kein Bargeld, und er weigert sich, mir den Stoff zu geben.«
»Das wäre ja auch gegen jede Abmachung, nicht wahr?«
»Schon, aber Tauber und ich arbeiten seit fünf Jahren zusammen.«
»Tauber, Robert Tauber? Colombo? Der Deutsche?«
»Du kennst Colombo?«, fragte Carmagnola erstaunt.
»Er arbeitet auch für mich. Zwei *condotte* gleichzeitig? Den sollten wir uns genauer ansehen, meinst du nicht, Carmagnola?«
»*Ma certo, capitano generale!* Ich wusste nicht, dass er auch auf deiner Gehaltsliste steht. Den knöpf ich mir vor!«
»Wir, Carmagnola, wir!«
Nach einem weiteren Whiskey fragte Gattamelata direkt:
»Das Geld an der Börse, das war unser gemeinsames, nicht?«
Der Jüngere senkte den Kopf, woher nahm der andere sein Wissen?
»Ja, aber ich schwöre, es war das erste Mal!«
»Und das letzte Mal! Das bleibt unter uns beiden, beunruhigen wir

Fra Moriale nicht unnötig. Aber wir beide bringen das schnellstens wieder in Ordnung.«

Lübeck/Padova

Robert war dann doch zehn Tage früher als vereinbart gekommen und überzeugte Julia, schon jetzt mit ihm zu fahren. Während der vergangenen Wochen hatte sie sich eingeredet, dass ihr Vorhaben für sie das einzig Wahre sei. Als er aber so plötzlich erschien, wuchsen ihre Zweifel wieder.
Sie gestand sich ein, mit sich und Robert nicht ehrlich zu verfahren. Die erste Faszination war verflogen, seine Welt hatte an Glanz verloren. Seine Liebe zu superschnellen und teuren Autos, Discos und Nightclubs langweilte sie, und sie merkte, dass sie ihn nur als Mittel zu dem Zweck benutzen wollte, mit seiner Hilfe in Norditalien Fuß zu fassen, weil sie sich den Neubeginn dort allein nicht zutraute. Und dann gab es tief in ihrem Innern Gisi und ihrem Vater gegenüber noch einen letzten Rest von Trotz, der ihre Zweifel überspielte. Sie war zwar nicht verliebt in Robert Tauber, fand ihn aber sehr nett. Das Semester war zu Ende, sie hatte zwei Urlaubssemester eingereicht und am 5. Februar, ohne noch einmal nach Hameln zurückzukehren, stieg sie in Roberts BMW, um in ihr neues Leben aufzubrechen.

Als sie am späten Montagvormittag abfuhren nieselte es, bis zur österreichischen Grenze begleitete sie die ganze Fahrt über Nasskälte. Hinter dem Brennertunnel begann es zu schneien und zu stürmen.

Auf Julias Frage, ob er nicht einmal Pause machen oder sich von ihr am Steuer ablösen lassen wolle, lachte er nur.

»Meine Autos und meine Frauen ...«

Er ließ den Satz unvollendet, Julia verspürte ein unbestimmt flaues Gefühl in der Magengegend, was er wohl erahnte, denn er fuhr fort:

»Du musst noch viel lernen, Jule!«

So hatte er sie während ihrer Schulzeit genannt.

In Trento verließen sie die *autostrada*, Robert bezahlte die Autobahngebühr und fuhr in halsbrecherischem Tempo in Richtung Brentatal weiter. Sie durchfuhren es in voller Länge bis Bassano und weiter nach Padua, brauchten aber wegen des anhaltend schlechten Wetters so lange, dass sie erst kurz vor Morgengrauen die Stadt erreichten.

Todmüde überlegte Julia, wo sie um diese Zeit wohl unterkommen könnten. Auf ihre Frage, ob er ihr ein Zimmer besorgt habe, hatte Robert ausweichend geantwortet:

»Lass dich überraschen! An Ort und Stelle wirst du schon sehen! Ich lass dich doch nicht hängen!«

Auf dem Corso Milano hielt er vor einem großen Hotel und redete in schnellem Italienisch auf den Nachtportier ein, der ihn wie einen alten Bekannten empfing. Julia verstand nicht viel, in diesem Moment war ihr so ziemlich alles egal, wenn sie nur bald in ein Bett käme und schlafen konnte. Der Portier trug das Gepäck nach oben, schloss die Zimmertür auf, und Julia staunte trotz ihrer Müdigkeit über den Luxus.

Unbehagen fühlte sie erst, als sich hinter dem mit reichlich Trinkgeld versehenen Portier die Tür schloss und ihr bewusst wurde, dass sie mit Robert allein war. Er las den Zweifel in ihrem Gesicht und wiegelte ab:

»Keine Angst, Jule! Ich habe extra ein Zimmer mit zwei Betten genommen, ich tu dir nichts! Geh duschen, alles Weitere wird sich schon finden!«

Erleichtert schloss Julia die Tür zwischen sich und ihm, er schien ein wirklicher Freund zu sein. Schneeweißer Marmor, vergoldete Armaturen, flauschige weiße Bademäntel mit grüngold eingesticktem Hotelnamen, Fläschchen und Flakons mit Shampoos, Duschgel und Cremes, dazu eine Menge weißer Hand- und Badetücher verbreiteten auch hier einen Hauch von Luxus, der ihre unmittelbaren Ängste benebelte.

Das Duschen verstärkte ihre Müdigkeit, und sie nahm sich vor, mit Robert gleich am nächsten Tage zu reden, einmal über ihre veränderten Gefühle ihm gegenüber und zum anderen, dass sie sich Hotels dieser Kategorie nicht leisten könne und auch nicht wolle.

Sie verließ das Bad und freute sich auf ihr Bett. Robert lag ausgestreckt in einem goldmetallisch glänzenden Hausmantel, neben sich eine Flasche Champagner in einem Standkühler. Er reichte ihr einen gefüllten Champagnerkelch und schenkte sich nach.

»Entspann dich, Jule! Lass uns anstoßen auf deinen neuen Lebensabschnitt!«

Sein Lächeln konnte unechter nicht sein, kurzzeitig hatte sie die Vision, ein Wolfsgesicht schöbe sich über sein Gesicht, die Zähne bleckend und angriffsbereit. Sie setzte sich auf ihr Bett, und wie um die Beklemmung wegzuspülen, griff sie nach dem Glas und trank es in einem Zuge aus.

Als das Zimmer sich um sie zu drehen begann und sie im luftleeren Raum zu kreisen meinte, war das Wolfsgesicht wieder da, beugte sich über sie und ihre Sinne schwanden gnädigerweise. Sie hörte nicht einmal mehr, wie das Glas aus ihren Fingern glitt und der Stiel mit einem leisen Klirren abbrach.

Padova

Gegen Mittag erwachte Julia mit rasenden Kopfschmerzen und konnte sich zuerst gar nicht besinnen, wo sie sich befand. Warme und drückende Luft umgab sie, und nach einer weiteren Zeitspanne des Nichtbegreifens nahm sie ihr völlig zerrissenes Nachthemd und den Geruch von verschüttetem Alkohol wahr.

Die Erinnerung an ihre Ankunft kehrte zurück, sie schleppte sich ins Bad, schluckte zwei Aspirin, kroch ins Bett zurück, und als die Wirkung der Tabletten einsetzte, fing sie an darüber nachzudenken, was geschehen war. Robert! Er musste ihr etwas in den Champagner gemischt haben! Und dann?

Sie schlüpfte in den Bademantel, ließ mit spitzen Fingern ihre Nachthemdreste in den Papierkorb fallen und fand eine Nachricht von ihm auf dem Nachttisch. Er wolle sie zum Mittagessen abholen, habe mit seinem Geschäftspartner bis dahin zu tun, nichts sonst.

Jetzt erst fühlte sie ein vorher nicht da gewesenes Ziehen im Unterleib, und voller Schrecken sah sie die befleckten Betttücher. Tränen rannen über ihr Gesicht, lautlose Tränen. Robert hatte ihre Hilflosigkeit ausgenutzt, wenn nicht gar herbeigeführt und ihr Vertrauen missbraucht. Sie wollte zum Telefon greifen, ihren Vater anrufen, aber sie hielt inne und zog die schon ausgestreckte Hand zurück.

Und dann kam der Ärger auf sich selbst hoch, allein ihrer Vertrauensseligkeit hatte sie es zu verdanken, dass sie sich von Robert einlullen ließ. Hatte sie ihn vielleicht sogar durch ihr widerspruchsloses Mitkommen und Mittun provoziert?

Entschlossen wischte sie die Tränen ab und ging duschen, ein klärendes Gespräch war nun nicht mehr aufzuschieben, das Mittagessen war ein guter Zeitpunkt.

Obwohl Julia nicht wusste, wie lange sie in diesem Hotel bleiben wollten, packte sie mechanisch ihre Sachen aus und hängte die Kleidung in den Schrank. Als sie mit dem Räumen fertig war, setzte sie sich ans Fenster und schaute auf eine breite, nebelverhüllte Straße mit hohen Gebäuden und starkem Verkehr. Die vorbeieilenden Menschen trugen dicke Winterkleidung. War das das gerühmte Padua mit dem berühmten Botanischen Garten, der alten Universität, den Laubengängen und der heiteren Lebensart? Trotz der Wärme im Zimmer fröstelte sie. Der Start in ihr neues, selbständiges Leben schien gründlich misslungen, und nun wartete sie auf Robert.

Robert kam kurz nach zwölf zurück, begrüßte sie, als wäre nichts geschehen, und da Julias Kopfschmerzen wieder einsetzten, beschloss sie, vorerst auf seinen leichten Ton einzugehen, vielleicht ergab sich beim

Mittagessen eine Gelegenheit, ihm klarzumachen, dass er ihr Mitkommen falsch verstanden haben musste.

Als sie seiner Aufforderung, sich zurechtzumachen, nachkam und ins Bad ging, räumte er seine Sachen weg und rief ihr zu, er erwarte sie in der Lounge.

Das äußerst gediegene, an der Pferderennbahn gelegene Restaurant wurde um die Mittagszeit vorwiegend von einer distinguierten Geschäftsklientel frequentiert. Robert zeigte sich ungehalten, als weder Kaviar noch Hummer auf der Mittagskarte zu finden waren, und ließ den Ober das deutlich merken. Julia wollte nur einen Salat, aber Robert ignorierte ihre Wünsche und bestellte ein Fünfgängemenü, dazu verschiedene Weine, vorweg Prosecco, und redete pausenlos, vorwiegend über sich selbst. Als Julia in einer seiner wenigen Atempausen nach seinem Geschäftspartner fragte, fuhr er sie an: »Halt dich da raus!«, um gleich wieder umzuschalten und auf ihren neuen Lebensabschnitt anzustoßen. Und weiterzureden.

Der viele ungewohnte und schwere Alkohol bewirkte, dass ihre Reaktionen immer langsamer und ihre Kopfschmerzen immer stärker wurden. Als Robert beim Espresso beiläufig bemerkte, sein Geschäftspartner habe ihn hängen lassen, ob Julia die Rechnung bezahlen könne, selbstverständlich leihweise, schob sie ihm wortlos ihre Handtasche hin. Von den dreitausend Mark, die Dr. Nordhausen ihr für Januar und Februar überlassen hatte, war bis auf die Rechnung für die zwei neuen Koffer nichts ausgegeben, Robert hatte in der Vergangenheit überaus großzügig, auch gegen ihren Willen, alles bezahlt, und sie war froh, sich jetzt revanchieren zu können. Großspurig legte er ein unangemessen hohes Trinkgeld obenauf und ließ für Julia ein Taxi bestellen.

»Ich hab noch zu tun! Ruh dich aus! Heute Abend machen wir mit meinen Freunden ein Fass auf! Ich hole dich rechtzeitig ab, mach dich chic!«

Er wandte sich seinem während des Mittagessens mehrfach benutzten Handy zu, das sich eben wieder meldete. Julia widersprach nicht, ihr Kopf dröhnte zu sehr.

Padova

Julia wachte bald wieder auf. Die stickige Luft des Zimmers verursachte ihr Atembeschwerden und Beklemmungsgefühle. Sie sehnte sich nach frischer Winterluft und beschloss, ein wenig von Padua zu erkunden. Mit Hilfe eines Stadtplanes, den sie an der Rezeption erhielt, machte sie sich auf den Weg.

Sie sog die frische Februarluft tief ein, und bald erfüllte sie das pulsierende Leben mit neuem Mut. Als sie eine Gruppe von Studenten sah, hoffte sie, bald zu ihnen zu gehören.

Sie entschloss sich, einer Straße zu folgen, die auf beiden Seiten von Arkaden gesäumt war, und fand sich bei einbrechender Dunkelheit auf dem Platz vor San Antonio wieder: *Il Santo,* der geistliche Gegenpol zur progressiven Universität.

Vor der Kirche bemerkte sie das Reiterstandbild Gattamelatas, von dem sie nur wusste, dass er im 15. Jahrhundert ein berühmter *condottiere* gewesen war.

Julia lehnte sich an die steinerne Balustrade, hinter ihr die Verkaufsstände mit Kerzen und den unbeschreiblich kitschigen Religionssouvenirs. Der arme heilige Antonius musste nicht nur an beleuchteten Zimmerspringbrunnen beten, sondern auch auf Klebeoblaten, Ansichtskarten, T-Shirts und Briefbeschwerern sein mildes Lächeln verbreiten.

Wuchtig, mit herausforderndem Blick sah Gattamelata über die wenigen Reisegruppen hinweg, die jetzt im Winter spärlich in den Laubengängen vertröpfelten. Er hielt einen bronzenen Kommandostab in der Hand; niemand konnte mehr einen Zweifel hegen, dass er Pferd und Stadt wie vor fünfhundertsiebzig Jahren beherrschte, als er mit seiner Familie das erst kürzlich von den Venezianern unterjochte Padua als Wohnsitz erwählt hatte.

»Ein Bäckersohn aus Narni in Umbrien«, hörte Julia neben sich eine Stimme in gepflegtem Italienisch, die zu einem kleinen, alten Herrn in einem dicken Kamelhaarmantel gehörte, der sich auf einen altmodischen Spazierstock stützte. Er nahm den Hut ab, als er jetzt von Julia zur Statue hinaufsah und fortfuhr:

» Er hat es weit gebracht, der Bäckersohn!«

»Das wusste ich nicht«, antwortete Julia, ohne ihr Erstaunen zu zeigen. »Ich weiß nur, dass dies das erste frei stehende Reiterstandbild der Renaissance ist. Er strahlt unheimlich viel Kraft aus, ihr *condottiere,* er fasziniert mich.«

»Aber noch mehr Energie als er hatte seine Frau«, dozierte der alte Herr. Julia und er führten das Gespräch, ohne sich dabei anzusehen, beide richteten ihre Augen auf das Reiterstandbild, das mit zunehmender Dunkelheit immer wuchtiger und lebendiger wirkte.

»*La Leonessa* wurde sie von allen genannt. Und wie eine Löwin haben sie und ihr Sohn gekämpft und durchgesetzt, dass Donatellos Meisterwerk von ihrem Mann und Vater hier aufgestellt wurde. Damals bestimmt ein Skandal!«

Er redete, als sei das alles keine hundert Jahre her.

»Es bereitet mir eine innere Genugtuung«, fügte er grimmig hinzu, dass wir und nicht die Venezianer das erste frei stehende Reiterstandbild besaßen! Sie hatten uns zwar besiegt und unterjocht, aber bis heute haben wir Padovaner ihnen die bedeutendere und ältere Universität voraus!«

»War Gattamelata sein richtiger Name?«, wollte Julia wissen.

»O nein. Das war nur sein Spitzname, weil er honigsüß und listig wie eine gescheckte Katze war, listenreich gegenüber den Feinden Venezias, die er vertragsgemäß bekämpfte, honigsüß gegenüber seiner Arbeitgeberin, der *Serenissima*, sonst wäre er nie unter die *nobiltà* von Venezia aufgenommen worden; sie hätte sich im Gegenteil seiner entledigt, wie sie es bei anderen, zum Beispiel Carmagnola getan hat, oder sie hätte zwar das Geld eines *condottiere* bei sich arbeiten, nie aber einen Halunken wie Fra Moriale nach San Marco hineingelassen! Gattamelata hieß eigentlich Erasmo da Narni.«

»Sie wissen viel von ihm!«

»Mein Beruf. Ich bin Historiker, Kunsthistoriker. Sie sind interessierter an ihm als die meisten, signorina, und ihr Italienisch klingt gut. Sie bleiben in der Stadt? *Bene!* Vielleicht treffen wir uns einmal wieder. *Arrivederci!*«

»*Arrivederla!*«

Am liebsten wäre sie noch stundenlang durch die mit warmem Licht und Leben erfüllten Gassen gelaufen, aber die Verabredung mit Robert und die Aussicht, mit seinen Studienfreunden zusammenzutreffen, dabei die letzte Nacht zu vergessen und nach einem klärenden Gespräch mit Robert neu zu beginnen, ließen sie frohgemut ins Hotel zurückkehren.

Padova

Robert hatte inzwischen im Hotel hinterlassen, dass er sie gegen neun Uhr abholen würde. Schon halb neun setzte sie sich in die Lounge des Hotels, die trotz der prächtigen Tapeten, goldumrahmten Spiegel und verspielten Muranolüster vom Samtrot der schweren Vorhänge bestimmt wurde.

Julia wollte möglichst nicht mehr allein mit Robert im Hotelzimmer sein, bevor sie nicht mit ihm gesprochen und einige Dinge geklärt hatte. Die Zeit verstrich, und Robert ließ auf sich warten. Das störte sie jedoch weiter nicht, vertrieb sie sich doch die Zeit mit einer ihrer Lieblingsbeschäftigungen: Leute beobachten!

In der Hotelhalle herrschte ein ständiges Kommen und Gehen, das gehobene Publikum und das, was sich dafür hielt, bot reichlich Abwechslung. Viele der eleganten Paare nahmen einen Aperitif an der Bar.

Zu Julias Überraschung kam gegen halb zehn ein attraktiver, wohl fünfundvierzigjähriger Mann mit graumelierten Schläfen, einem Maßanzug und teuren Spangenschuhen auf sie zu. Er wirkte dynamisch und erfolgreich und strotzte vor Selbstvertrauen, sicherlich ein erfolgreicher Geschäftsmann.

»Signorina Andresen?«

Sie nickte und verbarg ihr Erstaunen.

»Mein Name ist Erasmo. Ich suche Signor Tauber, Roberto Colombo. Ich bin ein alter Freund von ihm.«

Er besaß scharf geschnittene Gesichtszüge, die durch sein Charme versprühendes Lächeln nicht weicher wurden. Ein etwas zu auffälliger Siegelring mit einem etwas zu großen Brillanten, ein sehr dickes, zusammengeschmiedetes Gliederarmband aus Gold am Handgelenk und affektiert wirkende Bewegungen beim Herausziehen der Manschetten erzeugten bei Julia von Anfang an Widerwillen gegen ihn.

»Ich warte auch auf Robert Tauber«, antwortete sie, ohne Bereitschaft zu weiteren Auskünften zu zeigen.

Er setzte sich unaufgefordert neben sie. Unüblich bei den sehr höflichen Italienern dieses Alters.

»Dann erlauben Sie mir, mit Ihnen bei einem Glas Champagner zu warten, oder«, sein Lächeln vertiefte sich, »wir warten oben in Ihrem Hotelzimmer gemeinsam auf unseren Freund Roberto. Er hätte dafür Verständnis und bestimmt nichts dagegen, wenn wir uns die Wartezeit auf angenehme Art und Weise verkürzen.«

Julia stieg bei seinem unverschämten Vorschlag die Röte ins Gesicht.

»Tut mir leid«, sagte sie mühsam beherrscht, »ich bin hier mit Robert verabredet. Und mein Mineralwasser reicht mir vollkommen.«

Sein Lächeln erlosch wie ausgeschaltet, er antwortete nicht sofort. Erasmo erhob sich abrupt und wirkte unschlüssig.

»Dann sagen Sie Roberto – ach, lassen Sie, sagen Sie einfach gar nichts. Oder doch – sagen Sie, Gattamelata erwarte ihn!«

»Gattamelata?«

»Das ist ein Spitzname, er weiß dann schon Bescheid. Ciao. Ach, und Fra Moriale will auch Kontakt zu ihm aufnehmen! Können Sie das alles behalten?«

Ohne ihre Antwort abzuwarten, verschwand er in der Menge. Julia atmete auf, sie hasste diese Art Männer. Ob sich der Name Gattamelata hier in der Region bis heute gehalten hatte? Oder war das Ganze ein Zufall?

Ihre Gedanken wanderten in die Zeit um 1450 zurück, und vor ihrem inneren Auge begannen die Leute in der Hotelhalle sich in Renaissancefiguren zu verwandeln. Sie stellte sich *La Leonessa* vor, Gattamelatas Frau, deren Sohn erst nach dem Tod des berühmten Vaters aus dessen Schatten hervorgetreten sein mochte, und seine Töchter, die er gut verheiratete.

Erst Roberts Gegenwart riss sie aus ihren Gedanken.

»Ein Fra Moriale will Kontakt zu dir aufnehmen und Gattamelata war hier«, informierte sie Robert.
»Wo? Etwa oben?«, fuhr er sie an.
»Nein, ich habe ihn abgewimmelt, er wollte mit mir nach oben ins Hotelzimmer«, verteidigte sich Julia.
»Kann ich mir denken.«
Roberts Blick strich über ihre Beine und ihren Ausschnitt. Wie dieser Gattamelata, dachte sie und kam sich gedemütigt vor.
»Habe ich etwas falsch gemacht?«, erkundigte sich Julia.
»Gott sei Dank nicht, obwohl er nicht gefunden hätte, was er suchte«, beendete er das Gespräch. »Komm!«
»Heißt er wirklich Gattamelata?«, fragte Julia neugierig auf der Fahrt in einen der Vororte Paduas.
»Steck deine Nase nicht in Dinge, die dich nichts angehen«, antwortete er nicht eben freundlich, »lächle lieber und sieh nett aus. Das ist dein bestes Kapital.«
Julia wollte aufbegehren, musste sich aber seiner rechten Hand erwehren, die zwischen ihre Beine fuhr.
»Bitte Robert, lass das. Ich …«
Er unterbrach sie, hörte gar nicht zu und begann über seine Freunde zu reden, zu denen sie auf dem Weg waren, zwischendurch sprach er in sein Handy.
Die Feier mit seinen Freunden sollte ein Albtraum für ihr weiteres Leben werden. Roberts Welt und die seiner Freunde kannte sie bisher nur aus Filmen. Selbstironisch schaute sie auf ihr superkurzes Lederkostüm mit Boaconstrictor-Prägung, das Robert ihr geschenkt hatte.
Der *Club 2000+2*, eine Mischform aus Pianobar, Disco und Nightclub zeichnete sich weder durch ein gehobenes Publikum noch durch eine starke Präsenz von Studenten aus, das Italienisch, das hier gesprochen wurde, verstand Julia überhaupt nicht, und wenn sich nicht Carina, eine hier ansässige Deutsche aus Hamburg, gelegentlich um sie gekümmert hätte, wäre sie wohl den ganzen Abend stumm geblieben.
Aber auch Carina gefiel ihr nicht besonders, ihre Aufmachung in einem scharfen, superkurzen Ledermini und mehr als freizügigem Top in Leopardenmusterung ließ sie ziemlich billig wirken. Dazu trug sie eine wilde, auf hellblond getrimmte Mähne und eine dicke Schminkschicht, die ihr Alter gnädig verbarg.
Als Julia sich in einem Spiegel sah, der an einer der glitzernden Säulen an der Bar hing, erschrak sie. Viel weniger aufgetakelt als Carina sah sie auch nicht aus.
Sie ärgerte sich, dass sie eine Aussprache mit Robert wieder hinausgeschoben hatte. So wie er den Grappa in sich hineinschüttete, war heute

wieder nicht daran zu denken. Von Sekunde zu Sekunde wurde er ihr fremder, seine Großspurigkeit fand sie unerträglich.

»Zieh doch das blöde Top aus!«, lallte er und umfasste ihre Schultern. Als sie sich ihm entzog, lachten die umstehenden Männer. Wütend griff er wieder nach ihr und zog mit einem brutalen Griff das Top über den Kopf. Julia versuchte ihre Nacktheit mit den Armen zu verdecken. Die Männer johlten.

Schließlich ließ sich Robert dazu herab, ihr die Lederjacke zurückzugeben, die er ihr vorher runtergerissen hatte, allerdings war sie vorn so weit ausgeschnitten, dass sie ihre Blöße kaum bedeckte.

»Mach mich nicht noch einmal vor meinen Freunden lächerlich!«, zischte Robert ihr ins Ohr und ließ sie stehen.

Tränen brannten in ihren Augen. Sie wollte weglaufen, aber die Männer verstellten ihr den Weg, und Julia musste bleiben.

Zum Trinken verlangte sie nichts als Cola, was die anderen mit abfälligem Lachen quittierten. Dass sie den Barkeeper immer eine ganze Portion weißen Rum hineingeben ließen, merkte Julia viel zu spät, als ihre Reaktionen schon recht unsicher ausfielen.

Als sie mit Robert von der Tanzfläche zurückkam, schüttete ihr einer seiner Freunde, den sie *Il Argenteo* nannten, ein weißes Pulver in die frische Cola und Robert, den sie hier alle *Colombo* riefen, sagte, das sei so etwas wie Aspirin, damit sie keine Kopfschmerzen bekäme. Julias Glieder wurden schwer wie Blei, eine unsägliche Müdigkeit überfiel sie und sie begann einzunicken. Ab und zu erwachte sie und nahm Ausschnitte aus ihrer Umwelt wahr.

Einmal bekam sie mit, wie Carina Robert ein Bündel Geldscheine zusteckte, ein anderes Mal hörte sie die Hamburgerin sagen:

»Ich glaube, diesmal hast du kein gutes Händchen gehabt. Ein absoluter Fehlgriff, wenn du mich fragst. Alle anderen werden high von dem Zeug, und die schläft ein. Die kriegen wir nie hin! Außerdem ist sie zu groß.«

»Zugegeben, Carina. Aber alles kam viel zu früh dieses Mal. Ich konnte nicht lange suchen, da lief sie mir praktisch wie ein Geschenk über den Weg. Außerdem hat sie Knete.«

»Sieh zu, dass du dein Geld für den Stoff kriegst. Und die da schick weg!«

Das nächste Mal wurde sie halbwach, als um sie herum eine hektische Betriebsamkeit ausbrach.

»Polizei! Dies ist eine Razzia! Halten Sie Ihre Ausweise bereit!«

Robert suchte ihre Ausweispapiere aus der Handtasche und sagte zu einem ziemlich barsch auftretenden Polizisten in Zivil:

»Sie ist das erste Mal hier, Herr Kommissar, und sie verträgt keinen Alkohol. Ich hab es ihr ja gesagt, aber sie wollte nicht hören.«

Carina und ein paar der Gäste wurden abgeführt. Robert blieb verschont und konnte Julia ins Hotel zurückbringen, wo er mit ungebremster Wut über sie herfiel, nachdem er die Zimmertür verriegelt und die Zwischentür verschlossen hatte.

»Wenn du nicht gewesen wärst, hätte ich rechtzeitig verschwinden können!«, brüllte er sie an. »Nun wissen die Bullen, dass ich wieder hier bin!«

Julias Glieder wurden immer schwerer, sie konnte sich kaum noch bewegen, Sehstörungen und furchtbare Kopfschmerzen kamen hinzu. Das kann doch nicht am Alkohol liegen, ich habe doch gar nicht so viel getrunken, dachte sie, als er sie plötzlich los ließ und sie wie eine Stoffpuppe auf das Bett fiel.

In ihrem Kopf war noch ein Rest von Widerstand. Sie versuchte, sich gegen seine Schläge zu wehren, allerdings ohne Erfolg, und erneut verlor sie gnädigerweise das Bewusstsein, bevor er sich brutal an ihr verging.

Abano Terme

»Fra Moriale, ich brauch deine Hilfe!«

Carmagnola sah nervös auf den Mann hinter dem mit Akten voll gepackten Schreibtisch.

»Gattamelata hat herausbekommen, dass du dich mit unserem gemeinsamen Geld verspekuliert hast. Ich habe mir schon gedacht, dass du zu mir kommst. Du brauchst Geld, nicht wahr?«

Woher nahm der Alte immer sein Wissen?

Carmagnola sah ihn groß und, wie er meinte, offen an.

»Ich bewundere deine Informationsquellen, Fra Moriale, echt! Ja, ich brauche Geld, und um deinen Fragen zuvorzukommen: Gattamelata darf es nicht wissen, der ist dermaßen loyal, dass er sein historisches Vorbild noch übertrifft! Der würde glatt die *Serenissima* informieren, an der ich einiges Geld vorbeigeschoben habe. Und deine zweite Frage beantworte ich auch lieber gleich: Meine Frau kann ich auch nicht fragen!«

»Soll ich dir den Grund sagen, Carmagnola? Sie verübelt dir die Affäre mit Gattamelatas Tochter.«

Der Angesprochene griff voller Unglauben zur Schreibtischkante und hielt sich fest.

»Du weißt ... sie weiß?«, stammelte er und sank in seinem Sessel zusammen.

Er sah alle seine Felle davonschwimmen.

Der alte Mann betrachtete ihn sinnend und ein wenig schadenfroh.

»Du bist ein zu unvorsichtiger Stratege«, sagte Fra Moriale, »die jugendliche Sturmzeit hast du doch längst hinter dir! Lass ein wenig mehr Vorsicht walten in Bezug auf die Damen und in Bezug auf Geld!«

Normalerweise hätte Carmagnola sich die besserwisserischen Ausführungen des alten Mannes verbeten und mit Hohn quittiert, aber den konnte er sich aus den verschiedensten Gründen nicht leisten.

»Meine Affäre mit Romagnola ist zu Ende!«

»Die Moralvorstellungen haben sich gewandelt. Schwamm drüber! Dein Geldproblem wiegt schwerer. Wie wäre es mit einem Darlehen, fällig zu meiner Pensionierung im Herbst?«

Carmagnola nickte, und zauberte auf sein Gesicht, wie er meinte, einen dankbaren Ausdruck.

»Du würdest mir sehr helfen!«

Insgeheim hielt er sich für einen brillanten Strategen, der es ohne große Verrenkungen geschafft hatte, sowohl Gattamelata, als auch Fra Moriale als Geldquelle anzuzapfen.

Und ob Fra Moriale den Herbst noch erleben würde, stand auf einem ganz anderen Blatt.

Abano Terme

»Fra Moriale, ich brauch deine Hilfe!«

Robert Tauber sah nervös auf den Mann hinter dem mit Akten voll gepackten Schreibtisch.

»Sie haben herausbekommen, dass du für uns alle drei arbeitest, meinst du das, Colombo?«

»Dass ich auch für dich arbeite, wissen sie nicht. Nein, ich brauche Geld. Das Mädchen, dass ich diesmal mitgebracht habe … es wollte nicht so wie ich … na, du weißt schon … und der *dottore* verlangt diesmal Geld und Stoff. Viel Geld und viel Stoff.«

»Hast du sie geschlagen? Vergewaltigt?«

»Beides! Sie hat mich zu sehr provoziert! Und ich musste den *dottore* holen. Sie wäre sonst hin gewesen.«

»Ich habe dich in meiner Großen Kompanie aufgenommen, weil ich deine Arbeit während der letzten fünf Jahre schätzen gelernt habe, und weil ich deine Familie kenne, und du warst bisher gut. Aber das, was du getan hast – ich will es gar nicht näher wissen – ist in höchstem Maße unprofessionell! Aber nun gut, eine Chance sollst du haben. Wie viel Geld verlangt der *dottore*?«

»Zehn Millionen!«

Fra Moriale schüttelte den Kopf, das sei zu viel, Colombo solle den *dottore* auf die Hälfte herunterhandeln, mehr Geld habe er auch nicht im Haus.

»Ich gebe dir das Geld als Vorschuss für deine nächste Lieferung an mich«, schloss er, »und wenn der *dottore* keine Ruhe gibt, geht er auf Entzug, bestell ihm das von mir!«

Erleichtert steckte Robert das Bündel Lirescheine ein. Er war ungern als Bittsteller hierher gekommen, aber er brauchte schnell Geld. Das, was er aus Julias Tasche genommen hatte, war als Anzahlung für den Portier gedacht, der diskret die blutgetränkte Matratze entsorgen und eine neue besorgen wollte, wenn er genügend Geld sähe. Dafür brauchte Robert Fra Moriales Geld hauptsächlich. Mit dem *dottore* würde er schon klarkommen, notfalls musste er ihm seine letzten Vorräte geben.

Roberts Verhältnis zu dem *Tre-Condottiere*-Syndikat war durch Fra Moriale zustande gekommen. Vor gut fünf Jahren hatte Robert seine Großmutter nach Montegrotto zur Kur begleitet, sich entsetzlich gelangweilt, nicht nur in dem Kurhotel, nein, sein ganzes Leben schien ihm trist und öde. Zwar befleißigte er sich eines vorbildlich höflichen Verhaltens, seine Großmutter hatte ihn nach bestandenem Abitur als Alleinerben in ihrem Testament eingesetzt, aber konnte das Leben nur aus Studium, Arbeit und Pflicht bestehen, so wie seine Großmutter es sah und lebte?

Eines Abends waren sie eingeladen, ein alter Freund seiner Großmutter lebte in Abano Terme in ebenso großbürgerlichen Umständen wie sie, und dieser Mann war Fra Moriale, der die Unzufriedenheit des jungen Mannes zu wittern schien und ihm ein spannendes Unternehmen anbot, mit Risiko allerdings. Schnelle Wagen von Deutschland nach Italien überführen? Für Robert kein Problem, bis er merkte, dass er gestohlene Wagen mit gefälschten Papieren für die *Tre Condottieri* verschob.

Der Nervenkitzel gefiel ihm und er rutschte in Kreise, die aufregender waren als die der spießigen Freunde seiner etablierten Eltern oder die der alten Snobs im Umfeld seiner Großmutter.

Durch Zufall lernte er Carina in der *Bar 2000+2* kennen, die von seiner Tätigkeit für Fra Moriale nichts ahnte und ihn für Carmagnola oder Gattamelata anwarb. Dass er für beide arbeitete, verheimlichte er ihr, und im Laufe der vergangenen fünf Jahre hatte Robert voller Spaß und mit großem Nervenkitzel auf einem dünnen Seil über dem Abgrund getanzt, ein paar Mal war er abgerutscht, hatte aber immer wieder Fuß fassen können. Das Schöne daran war, dass er auch noch gut dabei verdiente!

Nur Fra Moriale wusste über seine Mehrfachtätigkeit Bescheid, ihn verband mit dem jungen Mann eine fast herzlich zu nennende Freundschaft, die beide aber vor Gattamelata und Carmagnola geheimzuhalten wünschten. So war Robert zwar nicht gern, aber zuversichtlich nach Abano Terme in die Villa des dritten *condottiere* gefahren, und er hatte den richtigen Riecher gehabt, ihm wurde geholfen.

Montegrotto Terme

Julia erwachte in einem ihr völlig fremden Hotelzimmer. Es war weniger luxuriös als das vorige und eher gemütlich, mit alten Blumenstichen, geblümten Vorhängen und einem Balkon, durch dessen offene Tür Vogelstimmen und das Rauschen alter Bäume zu hören waren.

Mühsam und bruchstückweise erinnerte sie sich an die vergangenen Tage, von denen sie nicht wusste, wie viele es gewesen waren. Die Schmerzen, die wie Feuer in ihr gebrannt hatten, und das viele Blut um sie herum waren verschwunden. Nur noch ein Ziehen verspürte sie, wenn sie sich bewegte.

Immer wieder war ein Mann an ihrem Bett gewesen, der ihr Spritzen gesetzt hatte, nach denen die Schmerzen verschwanden und sie einschlief.

»*Dottore*«, hatte sie Robert sagen hören, » Sie müssen sie wieder hinkriegen, sonst habe ich den Staatsanwalt im Nacken. Und wer versorgt dann Sie?«

»Nein, Carina«, hörte sie Robert ein anderes Mal wie durch Watte, »ich kann sie nicht in ein Krankenhaus bringen, und einfach liegen lassen kann ich sie auch nicht, ihre Familie weiß, dass sie mit mir gefahren ist. Ich hätte in beiden Fällen den Staatsanwalt auf den Fersen. Morino macht das schon. Er ist zwar meistens völlig zugekifft, aber kein schlechter Arzt. Und er schweigt, da bin ich ganz sicher!«

»Ja, Carina.«

Wieder drang Roberts Stimme in ihr Bewusstsein, wenn auch von weitem wie von einem anderen Stern.

»Ich habe Mist gebaut. Aber, wenn du mich jetzt nicht hängen lässt, weiß ich, wie ich sie loswerde.«

Als letzte Erinnerung blieb Carina übrig, die ihr irgendetwas angezogen hatte, dann fühlte sie sich hochgehoben und davongetragen.

Und nun lag sie hier, wer weiß wo. Vorsichtig tastete sie an sich herunter. Ein ihr unbekanntes Nachthemd, eine Art Windelhose, was war nur geschehen?

Brennender Durst ließ sie sich aufrichten, eine Flasche San Pellegrino stand neben einem einladenden Obstkorb auf dem Schreibtisch, aber bevor sie beides erreichen konnte, drehte sich ein Schlüssel im Schloss und Robert und der kleine Mann, an den sie sich erinnern konnte, traten ein.

»Na, wieder unter den Lebenden?«

Robert kam näher und instinktiv drückte sie sich in ihre Kissen.

»Ich tu dir schon nichts!«

Der *dottore*, um den es sich handeln musste, deckte sie auf, als sei sie eine leblose Puppe, öffnete die Windelhose und grunzte befriedigt, alles im Beisein von Robert. Julia starb beinahe vor Scham. Wortlos legte der Arzt ihr eine Manschette zum Blutdruckmessen um, grunzte erneut zustimmend und zog eine Spritze auf.

Während Julia mit der anderen freien Hand die Bettdecke über sich raffte, fragte sie, was für eine Spritze das sei, aber der Arzt zeigte keinerlei Reaktion.

»Ist gut für dich, Jule.«

Seine Stimme klang mitfühlend, und das machte sie misstrauisch, »Du bist bald wieder fit wie ein Turnschuh!«

Robert geleitete den Arzt zur Tür und steckte ihm etwas zu. Der redete leise und schnell auf Robert ein und verschwand lautlos.

»Wo bin ich hier? Was ist passiert?«

»Du erinnerst dich an nichts?«

Ein Lächeln, ein wenig triumphierend, erschien auf seinem Gesicht. Julia schüttelte den Kopf.

»Du hattest plötzlich starke Blutungen, vielleicht deine Tage, aber sie wollten einfach nicht aufhören. Da habe ich den *dottore* geholt, ich kenne ihn schon lange. Und nun haben wir dich hier nach Montegrotto ins Hotel *Farfallone* geholt, wo du dich erholen kannst. Meine Großmutter ist hier zu ihrer jährlichen Kur, sie lädt uns ein. Schließlich bin ich ihr einziger Enkel und Erbe!«

Sein Ton ließ deutlich erkennen, dass er an seiner Großmutter nur ihr Geld schätzte. In Julias Kopf schwirrten Gedanken und Erinnerungen durcheinander.

Irgendetwas stimmte da nicht, warum war er plötzlich so besorgt um ihr Wohlergehen? Wer waren *wir*? Die Szene im *Club 2000+2* stand wieder vor ihr, als er ihr das Top vom Leibe gerissen hatte.

»Robert ...«

Er schnitt ihr das Wort ab.

»Der *dottore* hat gesagt, du kannst wieder aufstehen, ist gut für deinen Kreislauf. Aber nicht viel herumlaufen und auf keinen Fall thermalbaden. Um halb acht gibt es Dinner, die Alte erwartet uns. Los zieh dich an!«, sagte er und verschwand.

Julia kannte Frau Dr. Tauber, Roberts Großmutter, von klein auf. Roberts Eltern und ihr Vater pflegten sich mit den Kindern in der großen Tauberschen Villa in Hameln zu treffen, bevor das Chirurgenpaar Tauber nach Hannover übergesiedelt war. Mit der Zeit waren die Treffen dann eingeschlafen.

Während Julia sich langsam anzog und gegen Schwindelanfälle kämpfte, die nach und nach verebbten, kamen immer mehr Erinnerungen an die letzten Tage hoch, und ihre Gefühle pendelten zwischen Wut und Hoffnungslosigkeit.

Wenn sie zur Polizei ginge und in ihrem nicht sehr flüssigen Italienisch angäbe, dass Robert sie unter Drogen gesetzt, sie geschlagen und missbraucht habe, würden er und der Portier im Hotel im Paduaner Hotel bestimmt bezeugen, dass sie alles völlig freiwillig getan habe, und vielleicht war in den Augen der italienischen Polizei eine Vergewaltigung ein Kavaliersdelikt? Außerdem wiesen ihre Erinnerungen noch viele Lücken auf, so dass sie eine zusammenhängende Schilderung gar nicht geben konnte. Wie sollte sie da vor der Polizei glaubhaft wirken?

Ihren Vater anrufen und ihn bitten, sie zurückzuholen? Auf gar keinen Fall! Sie musste ihr Leben allein wieder in den Griff bekommen! Sie öffnete ihre Handtasche, um ihr Geld zu zählen! Nur fort von Robert, hier und jetzt!

In ihrer Brieftasche befanden sich noch hunderttausend Lire. Wo war der Rest?

Eine Hotelquittung fiel ihr entgegen, Roberto hatte in Padua offensichtlich mit ihrem Geld bezahlt. Umgerechnet einhundertdreißig DM waren von ihren dreitausend übrig geblieben. Plötzlich überfiel sie ein mordsmäßiger Hunger. Das Leben geht weiter, dachte sie, und nach dem Essen war auch noch Zeit zum Nachdenken.

Montegrotto Terme

Julia hatte Roberts Großmutter, eine promovierte Volkswirtschaftlerin, zuletzt vor mehr als fünf Jahren gesehen, und obwohl sie sich noch ein wenig schwach fühlte, freute sie sich auf das Treffen, als ob sie in ihr eine Verbündete fände.

»Julia, das ist eine Überraschung!«, begrüßte Lydia Tauber das blasse und nicht sehr selbstsichere Mädchen.

Die alte Dame wirkte wie immer sehr gepflegt und bestimmend und hielt das Familienvermögen fest in ihren wohlmanikürten, beringten Fingern. Ihre weißen Haare lagen trotz der täglichen Kuranwendungen im Fango- und Thermalbad tadellos. Sie trug ein legeres, teures Kostüm und ein sicherlich wertvolles Kollier aus Saphiren und ein paar Goldarmbänder, die bei jeder Bewegung leise klirrten.

Über die Familie Andresen schien sie gut im Bilde zu sein, sie erkundigte sich nach Micha, nach dem Vater, der Praxis und dem alten Fachwerkhaus. Während des mehrgängigen Essens plauderte sie fast pausenlos, schien die Einsilbigkeit Julias nicht zu bemerken und suchte ihren Enkel ins Gespräch zu ziehen, an dem sie besonders seine Alkoholfahne zu stören schien und sein schier ungebremster, weiterer Alkoholgenuss. Eine köstliche Käseauswahl italienischer Sorten krönte das vorzügliche Essen.

»Nun Kinder, ihr könnt auf meine Kosten gern ein paar Tage hier bleiben, schön, Jugend um sich zu haben. Ihr senkt das Durchschnittsalter hier beträchtlich! Schaut euch um, ich gehöre zu den Jüngsten!
Und das Fango samt radioaktivem Thermalbad sind der reinste Jungbrunnen! Nur mein Kreislauf, der will nicht immer so nach dem Fango. Dabei bekomme ich nur vierzig Grad heißen Schlamm statt der üblichen fünfundvierzig.
Neuerdings sparen sie auch hier mit Personal. Früher gab es immer eine persönliche Betreuerin, die mich von der Kurabteilung bis in meine Suite brachte. Und jetzt werde ich nicht einmal mehr bis zum Lift gebracht!«
Sie trank ihren *caffè lungo*.
»Das wär übrigens eine gute Gelegenheit, euch für meine Einladung zu revanchieren. Es wäre nett, wenn einer von euch mich morgens wegen meines labilen Kreislaufs hinunter zur Kurabteilung und anschließend wieder ins Zimmer zurückbegleiten würde.«
An dieser Stelle holte sie Luft, und Julia beeilte sich, ihre Bereitschaft zu signalisieren, was ihr einen verständnislosen Blick von Robert eintrug. Er tippte sich unmissverständlich an die Stirn und meinte:
»Na, dann kannst du dich ja engagieren, Jule.«
Julia rutschte auf ihrem Stuhl herum, die Schmerzen in ihrem Unterleib rührten sich wieder, wahrscheinlich vom langen Sitzen, auf ihrer Stirn bildeten sich kleine Schweißtropfen.
»Ist Ihnen nicht gut, Julia?«, hörte sie Roberts Großmutter fragen.
»Ich … ich kann nicht mehr sitzen.«
Schnell, bevor sie weitersprechen konnte, griff Robert ein:
»Sie ist im Badezimmer ausgerutscht und hat sich das Steißbein angeschlagen.«
Das Lügen ging ihm elegant über die Lippen.
»Ach, dann stammt die Schwellung unter ihrem Auge auch daher?«
»Klar, dachtest du vielleicht, ich hätte ihr eine gelangt?«
»Dann erholen Sie sich nur, mein Kind. Wir sehen uns zum Frühstück!«
Robert legte seinen Arm fürsorglich um ihre Schultern, sie hasste die Berührung und versuchte, sich zu befreien, aber er hatte sie fest im Griff. In der Halle zog er sie noch fester an sich und küsste sie; sie fand es widerlich.
Er merkte es.
»Du wirst schön mitspielen!«, zischte er und verstärkte seinen Griff.
Wobei sie mitspielen sollte, merkte sie erst einen Augenblick später.
Der Mann, der lässig an der Rezeption lehnte, kam ihr irgendwie bekannt vor, fast gleichzeitig setzte die Erinnerung an den schrecklichen

Abend mit Roberts Freunden ein. Robert hatte ihn bei der Razzia als Kommissar angeredet.

Julia fühlte, wie sie über und über rot wurde. Der Kommissar hatte sie in einem scheußlichen Zustand erlebt, was musste er von ihr denken? Roberts Finger gruben sich noch tiefer in ihren Oberarm, als er sie mit sich zog.

»Es sieht fast aus, als ob sie mich verfolgen, Herr Kommissar!«, sprach er den für italienische Verhältnisse ungewöhnlich hochgewachsenen Mann an, der nur unwesentlich kleiner als Robert war.

Die Miene des Polizisten drückte pure Verachtung aus, als er Robert antwortete. Julia würdigte er keines Blickes.

»So wichtig sind Sie nun auch wieder nicht, Signor Tauber!«

Er betonte die Anrede so, dass es wie eine Beleidigung klingen musste. Julia erwartete, dass Robert auffahren würde, aber aus einem ihr unerfindlichen Grund backte er ganz kleine Brötchen.

»Erst treffe ich Sie im *Club 2000+2* und jetzt hier, sollte das ein Zufall sein?«

Die Herablassung in der Stimme des Italieners war unüberhörbar:

»Ich habe hier im Hotel nicht Ihretwegen zu tun.«

Julia traf ein vernichtender Seitenblick.

»Ich fühle mich verpflichtet, den Deutschen, die in meinem Land willkommen sind, polizeilichen Schutz zu gewähren. Leute wie Sie beide …«

Er wurde vom Portier unterbrochen, der ihn in das Zimmer des Hoteldirektors bat. Ohne sie weiter zu beachten, ließ er sie stehen.

Robert knirschte mit den Zähnen:

»So ein arroganter Mistkerl! Dem möchte ich gern mal seine makellose Krawatte verrücken!«

»Was hat er mit *Leute wie Sie beide* gemeint?«

»Was weiß ich! Komm, ich bring dich hoch. Ich hab noch zu tun.«

Mit einem Mal hatte Julia das beruhigende Gefühl, dass er sie gar nicht schnell genug loswerden könne.

Montegrotto Terme

Julia hatte sich wieder einmal in die Vergangenheit zurückgezogen, so ertrug sie die Gegenwart am besten, denn noch immer war sie unschlüssig, ob sie ihre Probleme seiner Großmutter anvertrauen sollte, immerhin spielte Robert darin eine zentrale Rolle. Der Zeitpunkt, Anzeige zu erstatten, war vertan. Im Nachhinein ärgerte sie sich, weil sie den hochgewachsenen Polizisten um Hilfe hätte bitten können.

»Hätte ist tot!«, dachte sie und wandte sich entschlossen der Lektüre zu, die Roberts Großmutter ihr durch das Zimmermädchen Maria hatte bringen lassen. Marias Deutsch klang etwas unbeholfen, so wie Julia sich im Italienischen fühlte.

Während der Bronzezeit lebten hier in Montegrotto die Euganeer, wahrscheinlich lag ihr Heiligtum an einem der längst verlandeten Schlammseen zwischen Montegrotto und den euganeischen Hügeln, auf die Julia von ihrem Balkon einen herrlichen Blick genoss. Schon damals sprudelten aus den Tiefen heiße Wasser, die über die Seen neblige Dämpfe schickten, in denen sich vorgeschichtliche Gestalten zu bewegen schienen.

Nur ein Gott konnte dies alles bewirkt haben, und so pflegte das Jäger- und Hirtenvolk der Euganeer hier seinen Kult, wie viele Opfergabenfunde bewiesen.

Julia rekelte sich wohlig in ihrem Bett. Herkules erschien vor ihrem inneren Auge, wie er hier zwischen den mystischen Gestalten der Euganeer seine Wunden ausheilte. So wenigstens sagte es die Legende.

Am Nachmittag wollten Julia und Frau Dr. Tauber gemeinsam einen Spaziergang zu den römischen Ausgrabungen machen. Robert habe seine Großmutter gebeten, sich ein wenig um Julia zu kümmern, was diese nur zu gern tat, denn in diesem Jahr war sie recht einsam, die Freunde und Bekannten, die sie hier regelmäßig traf, kamen erst später im Jahr, und die alte Dame aus Österreich, mit der sie sonst immer etwas unternommen hatte, war in letzter Zeit leidend.

Nur ungern riss sich Julia von ihrer Lektüre los, um sich für das Mittagessen umzuziehen.

Robert erschien ziemlich verspätet.

»Ist ja entsetzlich mit all den Grufties hier«, tönte Robert, der offensichtlich getrunken hatte, während er die Serviette entfaltete und sich demonstrativ im Speisesaal umschaute, der in der Mehrzahl von Sechzig- bis Achtzigjährigen aus dem deutschsprachigen Raum gefüllt war.

»Im Prinzip hast du Recht«, antwortete seine Großmutter beherrscht und zerkrümelte eine Grissinistange, »aber dein Ton ist zu laut und deine Sprache ordinär.«

Robert warf ihr einen Zustimmung heischenden Blick zu.

»Stimmt doch, Jule. Oder?«

Sie seufzte.

»Ehrlich gesagt finde ich es nicht besonders witzig, wie du mit deiner Großmutter umgehst!«

»Ach! Sieh mal an!«, stichelte er. »Du schlägst dich also auf die Seite, die zahlt!«

Julia wurde rot.

»Manieren hat er keine«, stellte die alte Dame fest, spießte ungerührt zwei *gnocchi di patate* auf ihre Gabel und ließ sie, zusammen mit ein wenig köstlicher *salsa di gorgonzola*, auf der Zunge zergehen.

»Nennen Sie mich doch einfach Lydia, mein Kind, dann komme ich mir ...«
» ... nicht so alt vor?«, unterbrach ihr Enkel sie rüde. »Also doch Grufti!«
Erst jetzt merkte Julia, dass er auf Streit aus war.
»Ach, halt doch den Mund!«, fuhr sie ihn an.
Robert wurde rot vor Wut.
Julia duckte sich unwillkürlich, sie hätte sich dafür verachten können, und richtete sich wieder auf.
Robert sprang auf, knüllte die Serviette zusammen und schleuderte sie zu Boden.
»Ich hau ab! Von euch Weibern hab ich genug, ihr verderbt einem jeden Appetit!«
Damit stelzte er davon. Seine Großmutter aß wiederum ungerührt weiter, während Julia der erste Bissen des eben servierten Lammfilets im Halse stecken blieb. Maria stand hinter Lydias Stuhl und sagte mit unbewegter Miene:
»Telefon an der Rezeption für Sie, *dottoressa*!«
»Danke, Maria«, sie erhob sich, als sei nichts geschehen, und sagte zu Julia, »Kopf hoch, mein Kind, ich komme gleich wieder. Bestellen Sie für mich doch bitte eine Portion *formaggi misti* statt der Süßspeise.«
Julia bewunderte ihre Ruhe und ärgerte sich, dass ihre Menschenkenntnis sie bei Robert so sehr im Stich gelassen hatte. In Deutschland war er sehr wohlerzogen und kultiviert aufgetreten, abgesehen von seiner Vorliebe für materielle Werte, die ihr zuerst imponiert hatten, bis sie ihr schließlich langweilig vorkamen. Hier in Italien hatte er nun sein wahres Gesicht gezeigt.
»So, nun werden wir hoffentlich ungestört unsere Mahlzeit beenden können«, meinte Lydia nach ihrer Rückkehr. »Nach dem Essen unterhalten wir uns während unseres Spaziergangs über unseren Robert, ja?«
Frau Dr. Lydia Tauber besaß den Stil, der Robert fehlte.
Etwa zehn Minuten vom Hotel entfernt, vorbei an der alten und der neuen Kirche Montegrottos, fanden sie die römischen Ausgrabungen, die unter Straßenniveau lagen, so dass man von oben auf sie blicken konnte. Bei der Beschreibungstafel lehnte Lydia sich über die Brüstung.
»Das sind die kläglichen Reste der einstmals so mondänen Römerthermen. Die Römer konnten anders genießen als wir, sie haben die Kunst beherrscht, Kur und Genuss zu verbinden, wie so vieles andere auch.«
Vor Julias Augen erschienen säulengeschmückte prächtige Villen mit kostbaren Mosaikfußböden, und sie sah, wie vom nahen Patavium – Padua – goldlackierte und mit Elfenbein verzierte Sänften von schwarzen Sklaven getragen wurden. Alles hatte sich wie heute um die Ther-

men gedreht, die die Gebrechen, die der bequeme Lebensstil mit sich brachte, heilen sollten.

Sie sah, wie wohlbeleibte Männer in die im Mosaikfußboden eingelassenen Wannen stiegen, die für heiße und kalte Thermalbäder benutzt wurden. Künstler bevölkerten die weiten Hallen, Tänzerinnen und Flötenspieler vertrieben den Badenden und Ausruhenden die Zeit, vergleichbar denen, die heute in den Hotelbars die Kurgäste unterhielten.

Außer den Fundamenten und der Idee war von der einstigen Pracht der römischen Thermenwelt nichts geblieben, nur die Quellen sprudelten unbeirrt weiter.

»Lieben Sie Robert eigentlich?«

Lydias Stimme holte Julia jäh in die Gegenwart zurück.

Sie überlegte, inwieweit Lydia Kritik an ihrem einzigen Enkel vertragen konnte, wie viel sie ihr von der Wahrheit erzählen sollte, ohne sie allzu sehr zu verletzen. Aber Lydia war in ihren Überlegungen schon weiter und fuhr fort, ohne eine Antwort abzuwarten:

»Als junge Frau und einzige Tochter eines mittelständischen Fabrikanten habe ich Volkswirtschaft studiert, anschließend promoviert und einen fähigen, auch meinem Vater willkommenen Ingenieur geheiratet. Ja, danach haben wir die Fabrik ausgebaut und wir bekamen auch bald Nachwuchs, einen Sohn, der leider hauptsächlich mit einem Kindermädchen und einer Wirtschafterin aufwachsen musste, weil wir im Geschäft eingespannt waren.«

Lydia ergriff ihre Hand.

»Und dann starb mein Mann. Viel zu früh. Was sollte ich machen? Es blieb mir nichts anderes übrig, als allein weiterzumachen.

Mein Sohn studierte Medizin, promovierte und heiratete standesgemäß eine ehrgeizige Orthopädin, und gemeinsam bauten sie mit dem notwendigen Startkapital von meiner Seite eine gut gehende Facharztpraxis in Hannover auf. Du kennst die Geschichte.

Ihr einziger Sohn, mein einziger Enkel, wuchs ebenfalls neben der Karriere seiner Eltern auf, verwöhnt, alles fordernd, alles bekommend außer emotionaler Wärme. Er ist als Kleinkind wie in einer Spielzeugfabrik aufgewachsen. In den Konsumräuschen ist seine Gefühlswelt wohl verkümmert. Wenn schon nicht für meinen Sohn, dann wenigstens für Robert hätte ich mir Zeit nehmen müssen.«

Sie seufzte.

»Der Mittelpunkt in Roberts Leben ist Robert, alle anderen haben wie Planeten um ihn als Sonne zu kreisen.«

Sie hob energisch ihr Kinn und sah ihr ernst ins Gesicht.

»Weißt du, wenn man in mein Alter kommt, beginnt man Bilanz zu ziehen. Es steht nicht viel auf der Habenseite. Und das Schlimme ist, dass man Fehler sieht, die man nicht korrigieren kann. Und das, mein Kind, ist bitter, sehr bitter.

Mein Sohn hat zu wenig Zuwendung von mir erhalten, und er hat dieses Defizit voll an seinen Sohn weitergegeben. Und meine Schwiegertochter? Ein Eisberg! Ein Kind? Ja, als Statussymbol, sonst war Robert ihr eher lästig. Ja, ja, die Sünden der Väter und Mütter und Großmütter pflanzen sich fort!«

Ihre Augen blitzten auf.

»So, meine Liebe, was sagst du denn eigentlich zu unserem Egomonster?«

»Ich fand ihn eigentlich interessant, er war Teil einer Welt, die mir meine Familie vorzuenthalten schien. Aber das ist vorbei. Liebe war es nie. Ich brauchte ihn, um nach Italien zu kommen.«

Und ich habe bitter dafür gezahlt, fügte sie für sich hinzu.

»Ihn interessiert meine Leidenschaft für Geschichte, Kunst und alte Gärten genauso wenig wie mich seine für große, schnelle Autos und teure Nachtclubs interessiert.«

Julia verschwieg, dass er sein Versprechen, ihr ein Zimmer zu besorgen und sie in einer Sprachschule anzumelden, nicht eingehalten hatte, ebenso verschwieg sie, dass er ihr bis auf hunderttausend Lire alles Geld genommen und sie seelisch und körperlich misshandelt hatte: Lydia schien schon getroffen genug, und sie wollte ihr nicht die vielleicht letzten Illusionen über ihren Enkel rauben.

Montegrotto Terme

Robert erschien nicht zum Abendessen, und Julia hoffte inständig, dass er diese Nacht wie die vergangene auch außerhalb verbringen würde; und ihr Wunsch schien in Erfüllung zu gehen.

Der Spaziergang hatte mehr an ihren Kräften gezehrt als sie vor sich und Lydia zugeben mochte, und sie ging früh schlafen. Lydia ebenfalls, denn sie musste schon um fünf Uhr dreißig ins Fango.

Es war wohl kurz nach neun, als Julia aus einem leichten Halbschlaf erwachte. Wie Robert ohne Schlüssel ins Zimmer gekommen war, wusste sie nicht, wahrscheinlich mit Hilfe des Etagenkellners. Stark angetrunken und in schlechtester Stimmung trat er an ihr Bett.

»Wenn du mich noch einmal anrührst, schrei ich!«

Julias Stimme zitterte, sie saß am Kopfende des Bettes, hatte die Decke bis ans Kinn hochgezogen und wartete angstvoll auf seine Reaktion.

Seine Augen glitzerten gefährlich, mit einem Ruck riss er das Bettzeug

weg, drückte sie in die Waagerechte und packte sie am Hals. Während er ihr ganz langsam den Hals zudrückte, sagte er hämisch:
»Na, dann tu's doch!«
Erst als ihr schwarz vor Augen wurde, ließ er sie los. Keuchend rang Julia nach Luft. Als die tanzenden Sterne vor ihren Augen verschwanden, sah sie, wie er die letzen Lirescheine aus ihrer Handtasche nahm.
»Nein, Robert, das ist mein letztes Geld, lass mir wenigstens das!«
War das ihre Stimme? Sie klang ihr ganz fremd, es konnte aber auch am Rauschen in den Ohren liegen.
Er kam wieder auf sie zu, rollte die Lirescheine zusammen und steckte sie in die Brusttasche seines Hemdes.
Voller Panik schrie sie:
»Ich geh zur Polizei!«
Er zuckte kurz zurück, aber dann verzerrte sich sein Gesicht vor Wut. Wieder packte er sie am Hals und würgte sie, bis sie fast das Bewusstsein verlor.
»Wenn du das tust«, drohte er, »kannst du dir den Studienplatz abschminken. Ich hab genug Freunde hier, dann lass ich dich abknipsen!«
Er atmete tief durch, wie um sich zu beruhigen. Schon auf dem Weg zur Tür sagte er, auf die Lire in seiner Brusttasche deutend.
»Das nehm ich als Entschädigung dafür, dass ich dich nicht anrühren darf.«
Mit diesen Worten schloss er die Tür hinter sich. Kurz darauf hörte sie, wie sich die Tür wieder öffnete.
»Lass mich bitte in Ruhe, Robert. Ich verspreche dir, ich gehe nicht zur Polizei.«
Aber in der Tür stand gar nicht Robert, sondern Maria, die erklärte, dass sie Frau Dr. Tauber geschickt habe, weil sie beim Abendessen so blass gewirkt habe.
»Gott sei Dank!«
»Was ist denn los? *Dio mio!* Ihr Hals sieht ja schrecklich aus! War das Ihr Freund?«
»Er ist nicht und er war nie mein Freund!«
Maria brachte ein nasses Handtuch, holte von der Eismaschine im Flur Eisstücke und kühlte Julias Hals.
»Sie sollten zur Polizei gehen, signorina!«
»Julia, nennen Sie mich einfach Julia, Maria.«
»*Bene*, Giulia. Also, wie ist das mit der Polizei? Ich kenn da jemand.«
»Das möchte ich Frau Dr. Tauber nicht antun«, log Julia, die im Augenblick Angst vor Roberts Drohungen hatte. »Vielleicht morgen.«

Maria brachte das Bett wieder in Ordnung, holte ihr Mineralwasser, deckte sie zu und ging. Aber sie fand lange keinen Schlaf.

Robert erschien zum Frühstück im Abendanzug, mit Ringen unter den Augen und einer üppigen Alkoholfahne. Seine Blicke sprangen prüfend zu Julia und zu seiner Großmutter. Aus ihrer neutralen Reaktion schloss er, dass Julia ihr von den Ereignissen des gestrigen Abends nichts erzählt hatte, und ein befriedigendes Lächeln umspielte seine Lippen, während er seine Augen über die Runde der Sechzig- bis Achtzigjährigen schweifen ließ und Julia auf eine neuerliche Szene wartete. Zu ihrer Erleichterung wandte er sich jedoch nur an seine Großmutter, die er dringend sprechen wollte.

»Aber nicht hier, ich warte in deiner Suite.«

Lydias zustimmendes Nicken nahm er schon nicht mehr wahr. Eilig verließ er den Raum.

»Kommen Sie mit nach oben, Julia«, forderte Lydia sie auf, »und machen Sie Schluss mit ihm! Er taugt nicht für Sie!«

Sie blickte auf Julias Pulli, unter dessen Rollkragen die Würgemale verborgen waren.

»Maria hat mir berichtet, was er Ihnen heute Nacht angetan hat, und auch, warum Sie die Polizei nicht verständigt haben. Ich danke Ihnen, aber er soll mich kennen lernen!«

Auf der Sonnenterrasse ihrer Suite bot sich ihnen ein wunderschöner Blick auf die euganeischen Hügel, die sich nicht weit hinter der Hotelanlage überraschend aus der venetischen Ebene erhoben und bis auf sechshundert Meter anstiegen. An diesem klaren, sonnigen Morgen sah man durch die kahlen Büsche sogar den *torre Berta* auf dem nahe gelegenen, kleinen Hügel.

Julias Herz begann sich zu öffnen, und sie drängte die Sorgen um ihre finanziellen Probleme und die vor ihr liegende Auseinandersetzung mit Robert in den Hintergrund. Außerdem stand sie nicht mehr allein: In Lydia hatte sie eine starke Verbündete gefunden.

Robert lehnte am Fenster und blickte hinaus, im Nebenzimmer wurde aufgeräumt, und die beiden Frauen setzten sich nebeneinander auf die Couch. Er drehte sich lässig herum, zog bei Julias Anblick fragend die Brauen hoch, zuckte dann aber mit den Schultern und wandte sich seiner Großmutter zu, die sich gelassen eine Zigarette ansteckte.

»Ich halte es in diesem senilen Altersheimhotel nicht mehr aus, Granny.«

Julia bewunderte Lydias Ruhe und Gelassenheit, die schweigend wartete.

»Mein Geschäftspartner kommt am nächsten Sonntag, er schuldet mir eine Menge Geld. Kannst du mir bis dahin aushelfen?«

Er musste ziemlich in der Klemme stecken, wenn er am vergangenen Abend wegen hunderttausend Lire einen Überfall auf Julia riskiert hatte und sich an diesem Morgen zu einem Bittgang genötigt sah.
»Du hast doch schon mein ganzes Geld genommen!«, entfuhr es Julia.
Zornig machte er einen Schritt auf sie zu, sie duckte sich automatisch. Was hatte Robert in diesen paar Tagen aus ihr gemacht! Lydia stoppte ihn mit einer Handbewegung.
»Du hast Julia Geld gestohlen?«
»Von ihr geliehen, sie kriegt es ja wieder. Spätestens Sonntag! Warum regt ihr euch eigentlich so auf? Mit ihren paar Mäusen habe ich gerade das Essen und das Hotel in Padua bezahlen können.«
Schweigen breitete sich aus.
»Du kriegst dein Geld auch wieder, Granny!«
Schweigen.
»Nun mach schon! Ich habe nicht ewig Zeit!«
»Ich leider auch nicht mehr«, antwortete Lydia, und er reagierte auf ihre Ironie unbeherrscht.
»Eben! Irgendwann erbe ich den ganzen Kram ja sowieso, da kannst du mir jetzt ja schon mal ruhig einen Teil geben.«
»So, das reicht!«, befand Lydia und drückte ihre Zigarette energisch im Aschenbecher aus.
»Ich werde den Schaden, jedenfalls den finanziellen, den Julia durch dich erlitten hat, wieder gutmachen. Ich bezahle deine Rechnung hier bis zum heutigen Tage. Du ziehst aus, sofort! Ansonsten bekommst du keinen Pfennig mehr von mir. Und was die Erbschaft angeht, mach dir da nicht allzu große Illusionen. Ich könnte mein Vermögen auch in eine Stiftung einbringen, es lohnt sich, darüber nachzudenken! Ich werde das nach meiner Rückkehr mit deinen Eltern und unserem Notar besprechen.
Komm mir möglichst nicht mehr unter die Augen! Und wage es ja nicht, noch einmal in Julias Nähe zu kommen! Ich schäme mich, einen solchen Enkel zu haben!«
Robert stand weiß vor Zorn in der Tür. Ihre Stimme war immer schärfer und schneidender geworden.
»Das wird euch noch leid tun! Das werdet ihr noch bereuen! So kann man mit mir nicht umgehen!«, knirschte er und knallte die Tür hinter sich ins Schloss.
In Julia breitete sich ein unendlich großes Gefühl der Befreiung aus, wenn ihr auch Lydia leid tat. Als Lydia sich erneut eine Zigarette anzündete, sah sie, dass ihre Hand leicht zitterte. Nachdenklich sinnierte Lydia dem Rauch hinterher, bevor ihr Blick auf Julia traf und

anschließend zum Fenster schweifte. Nach einer ziemlich langen Pause fragte sie mit ruhiger Stimme nach der Summe, die Robert Julia abgenommen habe, und griff nach ihrer Handtasche, um einen Scheck auszustellen.
»Das möchte ich nicht, Lydia! Ein Darlehen würde ich allerdings annehmen.«
Überrascht blickte Lydia hoch und wartete auf eine Erklärung.
»Ich will nicht, dass Sie für meine Vertrauensseligkeit zahlen. Ich war ja so blauäugig und so naiv! Aber nun regt sich eine seit längerer Zeit verschüttete Eigenschaft in mir, nämlich mein Stolz. Viel mehr habe ich zurzeit nicht zu bieten, aber ich brauche ihn!
Ich muss lernen, für mich allein Verantwortung zu tragen, auch für meine Fehler. Die Zeit, in der mein Vater für mich entschied und meine Fehler ausgebügelt hat, ist vorbei, ebenso die, in der Robert über mich bestimmt hat.«
Lydia lächelte amüsiert.
»Über Robert werden Sie schon hinwegkommen, Sie sind es schon! Er hat Ihnen nur vorübergehend Schaden zugefügt, Ihre Rede beweist das. Ich mache Ihnen einen anderen Vorschlag. Sie bleiben mit mir die nächsten vierzehn Tage hier. Sagen wir als Gesellschafterin, Chauffeurin und so weiter. Ich zahle Ihre Unterkunft, Verpflegung und ein Taschengeld. Und Sie suchen von hier aus ein Zimmer und eine Sprachenschule. Padua ist nicht weit. Na?«
Julia überlegte nicht lange und willigte ein. Ein Geräusch in der Tür zum Schlafzimmer ließ beide aufblicken. Dort stand Maria peinlich berührt, sie hatte die ganze Angelegenheit mitbekommen und keine Chance gehabt, das Schlafzimmer unbemerkt zu verlassen.
»Das macht doch nichts, Maria. Kommen Sie her, ich stelle Ihnen Julia Andresen vor, die Tochter einer mir gut bekannten Familie und Opfer meines Enkels, wie Sie ja seit gestern schon wissen.
Julia, das ist Maria Zanella, eine Studentin, die sich in den Semesterferien hier ihr Studiengeld verdient. Vielleicht kann sie Ihnen bei der Suche nach einem Zimmer und der Sprachenschule behilflich sein.«
Die beiden jungen Frauen lächelten sich an. Es sollte der Beginn einer tiefen Freundschaft werden.

Monte Berici / Colli Euganei

»Die venetischen Villen und ihre Gärten haben eine andere Grundidee als zum Beispiel die römischen oder florentinischen Villen, die vorwiegend der Repräsentation und der reinen Erholung dienten.«

Lydia nickte interessiert und Julia fand, dass sie ihr Geld als Gesellschafterin wert war.

»Die Venezianer hingegen«, fuhr sie fort, »bauten sich drei verschiedene Typen von Villen. Da sie in ihren feuchten und dunklen Stadtpalästen in der Lagune wohnen mussten, benutzten sie als Verwaltungssitze für ihre ausgedehnten Güter, die sie seit dem 14. Jahrhundert auf dem Festland, der *terra ferma*, erwerben durften, vorwiegend die *villa-azienda*. So gehörten fast zu jeder venezianischen Villa dieses Typs eine Kapelle und ein oder mehrere Wirtschaftsgebäude.

Während der Sommermonate haben sich die venezianischen Patrizier allerdings auch prächtig erholt. Da pflegten sie ihre durch nichts zu überbietende Villenkultur in der *villeggiatura,* der Sommerfrische.«

Die beiden Frauen gingen um die an einem Hang des Monte Berici gelegene und weithin sichtbare Villa herum und bewunderten die Proportionen, von denen schon Goethe begeistert gewesen war.

»Die kunstvollen Gärten, die damals als bauliche Einheit zum Haus gehörten, sind leider ebenso verschwunden wie Kapelle und Wirtschaftshof«, bemängelte Julia, »überhaupt hat der Erbauer Palladio sich um Gartenentwürfe kaum gekümmert.«

Sie blätterte in der neu aufgelegten deutschen Paperbackausgabe von Palladios *Quattro libri dell' architettura.*

»Villa ist ziemlich untertrieben, finde ich«, sagte Lydia, die Julias Vorschlag, mit einem Mietwagen Palladios berühmte Villa Rotonda bei Vicenza zu besuchen, am Morgen freundlich zugestimmt hatte.

Julia gab ihr Recht, die Ebenmäßigkeit dieses Gebäudes in seiner klassisch schönen Form erinnerte eher an einen Tempel, als an einen Landsitz.

»Und genau hier haben wir den zweiten Villentyp, die *villa-tempio!* Palladio hat gewagt, viermal um die Mittelkuppel herum den gleichen Portikus zu bauen, so hat die Villa vier gleiche Seitenansichten, das ist einzigartig im Veneto. Aber das war ja auch seine Stärke, er hat jede Villa völlig neu für den jeweiligen Auftraggeber entworfen, keine gleicht der anderen.«

»Und der dritte Typ?«

Lydia passte gut auf.

»Die *villa-reggia*, ein Palast zum Repräsentieren, wie zum Beispiel die *Villa Contarini ora Simes* in Piazzola sul Brenta oder die *Villa Nazionale* in Strà, beide sollten wir uns noch ansehen, aber heute nicht mehr.«

Julia redete sich in Begeisterung, die alte Dame hatte ihr freie Hand in der Gestaltung der Vormittage gegeben, sich aber die Auswahl der Restaurants vorbehalten und Julia einen Wagen mieten lassen, ein Golf sei gerade recht.

So fuhren sie nach Lydias Weisung durch die nördlichen euganeischen Hügel, über Treponti nach Torreglia zurück, wo sie im Restaurant *Antica Trattoria Balotta* einen Tisch reserviert hatten, Lydia überließ Restaurantbesuche nie dem Zufall. Von hier bis Montegrotto war es ein Katzensprung, und die *trattoria* war mitnichten ein einfaches Lokal, sondern ein Restaurant der Spitzenklasse. An den wunderschön eingedeckten Tischen und am Preis des *coperto* konnte Julia ermessen, dass *trattoria* hier die übliche italienische Untertreibung für höchste Kochkunst und Gastlichkeit war.

Als *antipasti* wählte Lydia für sie beide *involtini alle erbette*, und auch das *risotto* mit wildem *rucola* und Erdbeeren war etwas überraschend, aber gelungen wohlschmeckend. Vom *carrello della crudità* suchten sie sich herrlich frische Salate, den Hauptgang ließen sie aus, um dann das Essen mit einem *dolce mimosa* und einem *caffè* zu beenden.

Während des Essens erging sich Lydia in Betrachtungen über die italienische Küche im Verhältnis zur französischen und meinte, dass es genau wie bei der französischen Gartenkultur sei, die der italienischen den Rang ablief.

Julia widersprach leidenschaftlich, und suchte ihr zu beweisen, dass sowohl die französische Küche ohne Katharina von Medici, die die Kochkunst ins barbarische Frankreich gebracht hatte, ebenso wie die französischen Gärten ohne die von Karl VIII. importierten italienischen Gartenbaukünstler nie entstanden wären.

»Wenn er nicht von seinem Feldzug nach Neapel italienische Gärtner, Steinmetze und Wasserbauer mitgebracht hätte, wäre um 1500 in seinem Lieblingsschloss in Amboise nie ein Renaissancegarten entstanden, wohlgemerkt ein italienischer Renaissancegarten!«

Lydia lächelte amüsiert.

»Woher wissen Sie das eigentlich alles?«

»Von meiner Großmutter, mit ihr habe ich ausgedehnte Reisen nach Frankreich und Italien gemacht, sie hat mir Italienisch beigebracht und mich gelehrt, die heutigen historischen Gärten mit kritischen Augen zu sehen und Originale von nachempfundenen oder neu gestalteten zu unterscheiden. Sie starb letzten Herbst und ist indirekt Schuld an meinem Hiersein. Sie fehlt mir.«

Sie verließen Torreglia, und Julias gute Laune kehrte zurück, die vergangene Woche mit Robert schien ein böser Traum gewesen zu sein. Oder doch nicht, denn als sie an der Rezeption ihre Zimmerschlüssel verlangten, hörten sie zu ihrem Erstaunen, dass Robert sich diese hatte aushändigen lassen.

Ob das ein Fehler gewesen sei?, fragte der Rezeptionist unsicher. Lydia beruhigte ihn, und sie gingen voller böser Vorahnungen zu ihren Zimmern. Der Zauber des Tages war vorbei.

Der Schlüssel des von Julia neu bezogenen Einzelzimmers steckte von außen, drinnen schien alles unverändert. Ebenso in Lydias Zimmer.

Lydia ließ Julia viel Zeit für sich selbst, sie konnte wieder ansteckend lachen, trennte sich von allen Kosmetika und versuchte, auch in der Kleiderfrage wieder zu ihrem persönlichen Stil zurückzufinden. Sie hatte fast jeden Nachmittag und Abend frei und verbrachte die meiste Zeit mit Maria und ihrer Familie.

Morgens begleitete Julia die alte Dame pünktlich um fünf Uhr zwanzig in die Kurabteilung. Sie zog nur schnell den hoteleigenen Bademantel über ihr Nachthemd, denn wenn sie Lydia wieder ins Zimmer zurückgebracht hatte, die dann auf die Massage wartete und anschließend thermalbadete, legte Julia sich wieder ins Bett und schlief bis zum Frühstück.

Die Kurabteilung befand sich im Erdgeschoss des westlichen Flügels des U-förmigen Hotelkomplexes. Die Kurgäste konnten mit dem Lift direkt in die Fangoabteilung fahren, ab vier Uhr fünfundvierzig herrschte hier Hochbetrieb.

An einem Ende der Badeabteilung stand eine Sitzgruppe, umgeben von üppigen, subtropischen Gewächsen und Palmen, dort wartete Julia und konnte durch das Blättergewirr bis zur am Ende der Kurabteilung liegenden Tür der Schwimmhalle sehen, links lag der zur Sauna, der Schwitzgrotte und den Massageräumen führende Gang und zur um diese Zeit noch dunklen Hotelhalle.

Rechts von ihr ging es durch den Hintereingang zu den Parkplätzen, neben der Hintertür befand sich das Sprechzimmer des Badearztes. *Dottore* Morino, der sie behandelt hatte, hatte in dieser Woche Dienst. Er musste sie hier nicht sehen, und deshalb zog sie sich ganz hinter die Pflanzen zurück. Insgesamt standen sechzehn Fangokabinen auf beiden Seiten des Badetrakts zur Verfügung, links unterbrochen durch die beiden Lifttüren, rechts unterbrochen durch eine weitere Hintertür, durch die die Fangoträger auf traditionelle Art die Eimer mit dem über vierzig Grad heißen Fangoschlamm auf einem gummibereiften Wagen hereinbrachten.

Julia vertrieb sich jeden Morgen die Zeit, indem sie die Menschen beobachtete, sie hatte den totalen Durchblick, ohne selbst bemerkt zu werden. Während die Kurgäste in ihrem Fango schwitzten, in das sie in einer immer gleich ablaufenden Reihenfolge gepackt wurden, gönnten sich das Fangopersonal einschließlich Fangoträger eine Zigarettenpause in einem Aufenthaltsraum neben der Hotelhalle, während der Badearzt von Kabine zu Kabine ging und nach dem Befinden der Gäste schaute. Julia hatte dieses System jeden Morgen beobachten können, und so würde es bis zu Lydias Abreise weitergehen. Und dann?

Abano Terme

Eines Nachmittags bat Lydia darum, von Julia zu einer Abendeinladung nach Abano Terme gebracht und gegen neun Uhr abends wieder abgeholt zu werden. Auf der Fahrt dorthin erzählte sie Julia, dass die Gallardis alte Freunde aus der Zeit seien, als Lydia und ihr inzwischen verstorbener Mann zu Thermalkuren nach Ischia fuhren. Man hatte sich dort jedes Jahr getroffen, Bridge gespielt und ein wenig gekurt. Kurz nach Lydias Mann starb auch signora Gallardi, und nun sah man sich einmal im Jahr zu einer Abendgesellschaft in der Villa bei Abano Terme, die der Richter Paolo Gallardi ihr zu Ehren veranstaltete. Deshalb also hatte die alte Dame sich so herausgeputzt, nicht ahnend, dass sie an diesem Abend neben ihrem Mörder sitzen würde.

Die Villa *Cornaro ora Gallardi* stand wunderbar stilrein und sehr gepflegt hinter einer hohen elektronisch gesicherten Mauer. Bewegungsmelder und Überwachungskameras machten das Haus zu einer Festung.

»Hat wirklich Alvise Cornaro diese Villa erbaut?«, erkundigte sich Julia, als sie vor dem Eingangstor auf Einlass warteten. Gäste in einem kleinen Golf waren eher die Ausnahme hier.

»Da bin ich wirklich überfragt«, musste Lydia zugeben, »aber ich will mich gern bei Paolo erkundigen.«

Pünktlich um neun fuhr Julia wieder vor, und zu ihrem Erstaunen winkte der Torwächter sie in die Auffahrt und sagte ihr, dass sie bitte ins Haus gehen solle, sie werde erwartet. Gut dass sie einen Mantel zum Überziehen dabei hatte, denn ein Jeansrock schien nicht die passende Abendgarderobe zu sein.

Das Untergeschoss der kunstvoll angestrahlten Villa bestand aus sieben gleichmäßig geschwungenen Bögen, sie trat durch den mittleren Bogen, hinter dem das Eingangsportal lag, und wurde von einem Butler in die große zentrale Halle geführt. Eben schritten Lydia und ein elegant gekleideter Herr ihres Alters die Treppe vom ersten Stock herunter, von oben erklangen Lachen, Gläserklirren und gedämpfte Stimmen.

»Schade, dass du schon gehen willst, meine Teure«, sagte der elegant gekleidete Herr und küsste Lydia die Hand. »Ach, das ist wohl die junge Dame, die sich nach Alvise Cornaro erkundigt hat? Willkommen!«

Lydia stellte sie vor, und Julia bewunderte die gelungenen Proportionen des *piano nobile*, aber auch die wunderschönen Teppiche und erlesenen Antiquitäten; ein alter Stich fiel ihr besonders auf und sie fragte neugierig, ob er die Villa in früheren Zeiten darstelle.

»Ein Stich von Coronelli, ja, Anfang achtzehntes Jahrhundert. Die Villa ist viel älter!«

»Sicher, wenn Cornaro sie entworfen hat!«

»Sie kennen sich gut aus, erstaunlich. Ich würde Ihnen die Anlage gern einmal bei Tag von außen zeigen, vielleicht ergibt sich eine Gelegenheit. Lydia sagte mir, Sie blieben länger in der Gegend. Gib der jungen Dame meine Telefonnummer, *cara*.«

In diesem Augenblick erschien oben an der Treppe eine Dame, deutlich jünger als der Gastgeber und wie er und Lydia in Gesellschaftskleidung. Üppige, venezianisch-blonde Locken umrahmten das gut geschnittene, perfekt zurecht gemachte Gesicht der Frau, und an der Echtheit des auffallenden Brillantschmucks zweifelte Julia selbst bei dieser Entfernung nicht. Raffiniert und glatt, ging es Julia durch den Kopf. Sie schritt zu ihnen hinunter, jede Bewegung auf Wirkung bedacht, und der alte Richter stellte sie vor.

»*La Tedesca*, eine Studentin. *La Leonessa*, meine Nichte.«

Sie reichten sich pflichtschuldigst die Hände, murmelten beide: »*Piacere!*«, und Julia sah sehr wohl, dass die andere sie und ihre Aufmachung abwertend musterte.

»Willst du auch schon gehen?«, erkundigte sich der alte Richter. »Aber dein Mann bleibt doch noch, oder?«

»Ich muss morgen sehr früh nach Milano. Er unterhält sich gerade angeregt, und ich würde dich bitten, *zio*, ihn heute Nacht hier zu behalten, er hat schon reichlich getrunken.«

La Leonessa sprach so gequält, dass Julia merkte, ohne nähere Einzelheiten zu kennen, dass es um diese Ehe nicht zum Besten stand.

Obwohl diese Art Umgang Julia nicht besonders beeindruckte – sie wusste, dass Lydia gesellschaftlich in einer anderen Liga spielte als sie und ihre Familie –, fand sie es interessant, einen Einblick in ein vornehmes italienisches Privathaus dieser Preisklasse zu werfen, doch eigentlich gefielen ihr die zwar einfacheren, aber sehr herzlichen und unkomplizierten Zanellas besser als Leute wie Paolo Gallardi und *La Leonessa*.

Am anderen Morgen holte die Fangoroutine sie ein, es sollte die letzte Kuranwendung werden, bevor Lydia Tauber die Heimreise antrat.

kapitel 3
a. d. 2000/frühling

Treviso/Veneto

obert sah sich äußerlich gelangweilt, aber innerlich vor Ungeduld berstend in der Bibliothek um, in die ihn ein nicht allzu hübsches Zimmermädchen vom rückwärtigen Eingang der Villa hergeführt hatte. Die mangelnde Schönheit des jungen Mädchens lag wahrscheinlich daran, dass die Frau des Hauses es eingestellt hatte.

Die kostbare Ausstattung des Raumes imponierte ihm überhaupt nicht. Die Anhäufung von Antiquitäten war er aus der Villa seiner Großmutter gewohnt, und so musterte er die deckenhohen, verglasten Bibliotheksschränke mit unendlich vielen alten, in Leder gebundenen Büchern und Folianten eher uninteressiert, ebenso den Barockschreibtisch unter einem der Fenster und die zerbrechlich wirkenden Sesselchen, die um ein in der Mitte des Raumes stehendes Tischchen mit krummen, vergoldeten Beinchen gruppiert waren, aber auch das alte Schachspiel auf dem Tischchen und die äußerst fein geknüpften kostbaren Orientteppiche, die allem Anschein ebenfalls sehr alt waren, fanden nicht sein Interesse.

Robert fand die ganze Situation übertrieben, aber diese Italiener mussten immer alles theatralisieren. Er führte seine Aufträge normalerweise sachlich und präzise durch, und fünf Jahre lang hatte der Erfolg ihm Recht gegeben.

Weder abergläubisch noch okkult veranlagt, weder an Parapsychologie, Telekinese oder Xenologie glaubend, musste er sich eingestehen, dass ihm alles, aber auch alles daneben gegangen war, seit er Julia Andresen nach Italien gebracht hatte.

Sie war schuld, wenn Granny ihr Testament änderte, sie war schuld, dass er kein neues Mädchen für die *Bar 2000+2* abgeliefert hatte, sie war schuld, dass er seinen letzten Vorrat von Heroin an Dr. Morino verpulvert hatte, sie war schuld, dass er die Polizei fürchten musste, sie war schuld an einfach allem.

Sie wirkte wie ein negatives Medium auf ihn, und er empfand es als Glück, dass er sie hatte abschütteln können.

Aber das hier, das war die Krone! Da musste er sich von Angelo und Andrea in einem Kofferraum eingeschlossen hierherbringen lassen, durchschaute nicht mehr, ob Angelo für Gattamelata und Andrea für

Carmagnola oder umgekehrt oder beide für beide arbeiteten, und seine Unsicherheit machte ihn aggressiv.

Er fand nichts in der Nähe, was ihm unterlegen war und woran er seinen Frust ausleben und sich seine Macht beweisen konnte, und so beherrschte er sich zähneknirschend.

Über eine Stunde lang hatten sie ihn in der unbequemen Lage im Kofferraum herumgekarrt, vielleicht auch nur im Kreis herumgefahren, zuzutrauen wäre das diesem Mafiaverschnitt. Die hatten doch einfach zu viele Gangsterfilme gesehen und machten aus einer langjährigen, normalen Geschäftsverbindung – Ware gegen Bargeld – so ein Dramolett!

Roberts Augen streiften über die vergoldeten Titel alter Folianten, ohne sie zu sehen. Er stellte sich in Pose, um den Herren Gattamelata und Carmagnola einen kulturbeflissenen Menschen vorzutäuschen, die Hände auf dem Rücken, die Schränke der Bibliothek abschreitend und spielte, ohne es selbst zu merken, ebenfalls Schmierentheater.

Endlich öffnete sich die zweiflügelige Tür am Ende des Raumes, und Robert glaubte, seinen Augen nicht zu trauen.

Diese Italiener! Was dachten die beiden sich eigentlich, hier in traditionellen Kostümen aus dem venezianischen *carnevale* zu erscheinen? Soweit war Robert mit den Figuren der *commedia dell'arte* vertraut, dass er die des *Pantalone* und die des *Brighella* erkannte.

»Bitte entschuldigen Sie unsere Aufmachung, aber wir sind nachher zu einem Fest mit Masken eingeladen«, sagte der als *Brighella* angezogene Carmagnola und stellte *Pantalone* als Gattamelata vor. Beide nahmen ihre Halbmasken ab, waren aber auch darunter bis zur Unkenntlichkeit geschminkt.

Es war ihre erste persönliche Begegnung. Bisher hatten sie sich nur per Handy verständigt.

Wenn die wüssten, dass ich weiß, wer sie in Wirklichkeit sind, dachte Robert amüsiert, müssten sie sich ziemlich lächerlich vorkommen. Ich finde dieses ernsthafte Kondottierespiel schon albern genug, und jetzt auch noch *carnevale*, die müssen doch langsam paranoid werden!

Alle drei nahmen an dem Tisch mit den geschwungenen goldenen Beinen Platz, und Robert versuchte erfolgreich, seiner inneren Schadenfreude Herr zu werden.

»Wenn wir denn hier schon so kultiviert beisammensitzen, junger Freund«, begann Gattamelata die Unterhaltung, und Robert fand seinen Stil leicht gespreizt, »möchte ich einleitend daran erinnern, dass unser großer Goldoni, Carlo Goldoni, ein sehr bekanntes Stück, nämlich *Der Diener zweier Herren* geschrieben hat …«

Und während er die Handlung kurz zusammenfasste, dachte Robert: Das kann doch wohl nicht wahr sein! Da sitze ich im Februar 2000 in einer Villa im Veneto, und diese beiden alten, verkleideten Spinner wollen mit mir moralisieren!

»Goldoni ist lange tot, Signore«, unterbrach er den Monolog *Pantalones*, der als alter, spitzbärtiger Venetianer mit roten Hosen, rotem Wams und Käppchen, dem schwarzen Umhang und den türkischen Schnabelschuhen zu ständigem Lachen reizte, »und um Klartext zu reden: Ich sehe nicht, dass irgendjemand Schaden nimmt, weil ich, wie Sie es formulieren, zwei Herren gedient habe. Daraus habe ich auch nie bewusst ein Geheimnis gemacht. Es hat sich einfach als praktisch erwiesen, Kurierdienste zusammenzufassen.«

Er brauchte ihnen ja nicht auf die Nase zu binden, dass er gleichzeitig für Fra Moriale gestohlene Luxuskarossen mit neuen Papieren von Deutschland ins Veneto brachte, die dann von Maghera aus verschifft wurden, denn dann käme *Pantalone*-Gattamelata in Schwierigkeiten mit seinem Goldoni, oder hatte der auch vielleicht ein *Diener dreier Herren* verfasst?

Die beiden für den *carnevale* Kostümierten blickten sich an.

»Und, Signori«, fuhr Robert triumphierend fort, »finanziell haben Sie dadurch keinerlei Nachteile gehabt. Sie bezahlen mir einen vereinbarten Festpreis, ich trage die mal höheren, mal niedrigeren Spesen.«

»Aber Ihr Platz kann nur in einer Organisation sein, entweder in Carmagnolas oder in meiner!«, beharrte Gattamelata.

»Ich bin bisher ein freier und, wie Sie zugeben müssen, äußerst korrekter und loyaler Kurier gewesen, und so soll es auch bleiben! Dass es diesmal Probleme gab, können Sie«, er sah zu dem im Brighellakostüm steckenden Carmagnola, »nicht nur mir anlasten. Ich hatte die Ware – zu früh, zugegeben – aber Sie hatten kein Geld.«

Gut, dass Carmagnola ihn per Handy informiert und eine Strategie abgesprochen hatte, bisher mit Erfolg.

»Also gut«, sagte Gattamelata, »meinetwegen probieren wir, ob das alte Arrangement beim nächsten Mal wieder funktioniert. Doch – wo ist die Ware?«

»Wo ist das Geld?«

Gattamelata holte aus seinem roten Wams einen dicken Briefumschlag. Carmagnola und Robert sahen sich kurz und besorgt an, auf Roberts fragenden Blick zuckte der andere fast unmerklich mit den Schultern.

Gattamelata legte den Umschlag vor Robert auf den Tisch.

»Hier!«

Nun musste die Strategie geändert werden. Carmagnola hatte behauptet, dass kein Geld da sei.

»Das ist doch nicht das alte Arrangement, *capitano generale*«, jetzt machte er dieses blöde Theater auch schon mit, »oder zahlen Sie jetzt für

Ihren Teilhaber? Sie habe ich diesmal doch gar nicht beliefern können, weil die für Sie bestimmte Ware wegen schwerer Mängel nicht abgeliefert wurde, betriebsbedingtes Risiko meinerseits. Ich liefere nur erstklassige Mädchen.«

»Lenken Sie nicht ab, es geht nicht um meine Ware. Ich übernehme diesmal Carmagnolas Anteil.«

Hilfesuchend blickte Robert zu dem in seinem weißgrün gestreiften Kostüm grotesk wirkenden Mann, der sichtlich nervös an seinen Fingern zog und damit ein Knacken der Gelenke hervorrief, das seiner ganzen Aufmerksamkeit bedurfte.

Blitzschnell überdachte Robert seine Möglichkeiten und entschloss sich für die Taktik der scheinbaren Ehrlichkeit.

»Wo ist die Ware?«, Gattamelata Stimme verriet Ungeduld.

»Ich komme zurzeit nicht dran. Die Ware ist sehr sicher untergebracht, aber sie ist im Hotel *Farfallone* in Montegrotto Terme. Und da kann ich mich zurzeit nicht blicken lassen, ich habe den Safe des Hotels um die Wertsachen meiner Großmutter erleichtert, ich brauchte Geld.«

Robert ließ einen vorwurfsvollen Blick in Richtung Carmagnola los, im Bewusstsein, dass der offensichtlich die Fäden in der Hand haltende Gattamelata ihn scharf beobachtete.

»Und«, fuhr er fort, »ausgerechnet jetzt hat die Polizei ein Auge auf dieses Hotel geworfen, einer ihrer schärfsten Hunde hält Wache, und ich weiß nicht, wie viel andere Polizisten in Zivil dort sind, ich kenne nur den einen.«

»Interessant, interessant.«

Carmagnola warf seinem Kollegen einen vielsagenden Blick zu.

»Ausgerechnet im *Farfallone*. Wusstest du davon?«

Gattamelata schüttelte den Kopf.

»Welcher Polizist?«

»Der, den sie den *marchese* nennen.«

Die beiden Kostümierten zogen hörbar die Luft ein.

»*Al diavolo*«, entfuhr es Carmagnola, »musste das gerade jetzt sein, konnten wir das nicht verhindern?«

»Keine Panik«, Gattamelata behielt die Ruhe, »den haben wir doch gut unter Kontrolle! Also, *Colombo*, folgendes: Lassen Sie die Ware da, wo sie ist, wenn sie wirklich sicher ist. Gut. Nehmen Sie das Geld und kommen Sie wie gewohnt wieder. Dann wird Gras über die Sache gewachsen sein, der *marchese* anderweitig beschäftigt, und Sie übergeben uns dann die doppelte Ware, so dass unsere Geschäftsgrundlage wieder stimmt.«

Das passte nun gar nicht in Roberts Pläne, es galt mit Risiko weiterzuspielen.

»Ich danke Ihnen für Ihr Vertrauen, *signori*. Die Anwaltskammer und die *questura* in Padova können stolz auf Sie sein«, fügte er beinahe beiläufig hinzu.

Tödliche Stille erfüllte den Raum. Wenn in diesem Augenblick die berühmte Stecknadel heruntergefallen wäre, hätte es sich wie eine Detonation angehört. Robert sah, wie *Brighellas* natürliche Gesichtsfarbe unter der Maske die seines grünweißen Kostüms angenommen hatte und *Pantalones* angeklebter Spitzbart deutlich zitterte. Den beiden affektierten Gestalten, die ihn zu einer Strafpredigt herbestellt hatten, war die Suppe durch die letzte Bemerkung ganz schön versalzen worden.

Gattamelata fing sich als erster, fast tonlos sagte er:

»Wiederholen Sie das Letzte bitte noch einmal.«

Robert hatte sie in der Tasche, zwei Syndikatsbosse zeigten Nerven. Das Spiel war zwar riskant, aber das machte den eigentlichen Reiz erst aus. Der Kurierdienst war zur Routine geworden, der Kitzel fehlte und Langeweile brauchte er keine.

»Das muss Sie nicht beunruhigen, *signori*, ich bin loyal, hundertpro!«

Gattamelata und Carmagnola sahen sich sekundenlang an und wussten, dass sie das Gleiche dachten. Folgerichtig würde der Deutsche erhöhte Spesen fordern, am Gewinn beteiligt werden wollen und sie wie eine Zitrone ausquetschen, wenn sie ihn ließen. In diesem Moment hing Roberts Leben an einem äußerst dünnen Faden.

Er ahnte es und überraschte sie wieder.

»Sie vertrauen mir viel an: Geld ohne Ware und viel wichtiger, ihre wahre Identität. Ich vertraue Ihnen auch und biete Ihnen fünfzig Prozent einer sich lohnenden und mir sehr wichtigen Transaktion. Und ich gebe mich damit gewissermaßen in Ihre Hände.«

Die beiden schwiegen und warteten gespannt.

»Vor fünf Jahren hat meine Großmutter ihr Testament zu meinen Gunsten als hoffnungsvollem Alleinerben gemacht. Nun habe ich ihre Erwartungen nicht erfüllt, und sie will demnächst ihr Testament ändern. Ich möchte, dass möglichst umgehend der Erbfall eintritt. Sie hat für Ende nächster Woche einen Termin mit ihrem Notar in Deutschland vereinbart. Sie ist mehrfache Millionärin und wohnt im Hotel *Farfallone*, ihre Suite hat die Nummer 302.«

Eine greifbare Stille kehrte ein.

»Mord ist nicht unser Geschäft.«

Carmagnolas Erwiderung klang halbherzig.

»Aus Prinzip nicht, auf dieser Welt ist alles durch andere Mittel zu erreichen. Mord ist für mich eine Bankrotterklärung«, sekundierte Gattamelata, ohne ebenfalls überzeugend zu klingen.

»Ein Unfall, kein Mord. Ihr Herz, im Fango, das ist doch leicht zu bewerkstelligen. Und was Ihre Prinzipien betrifft, achte ich sie im Prinzip. Aber es gibt keine, die nicht einmal eine Ausnahme zulassen. Ich werde ab morgen früh ein erstklassiges Alibi haben, ich reise ab.«

Robert erhob sich, klingelte nach dem Dienstmädchen und nahm den Umschlag mit dem Geld an sich. Er vermied, Carmagnola anzusehen. Nun hatten sie ihre *commedia dell'arte* doch anders zu Ende gebracht als verabredet. Robert wusste, dass er mit seinem Leben spielte, aber die Gier in Carmagnolas Blick war ihm nicht entgangen. Fünfzig zu fünfzig schätzte er seine Chancen ein, die Spannung gefiel ihm.

Den einzigen wirklichen Unsicherheitsfaktor bildete Julia. Wenn sie zur Polizei ginge, waren alle Planungen dahin. Aber auch hier schätzte er seine Chancen fünfzig zu fünfzig, hatte er das Mädchen doch ordentlich eingeschüchtert. Zur Not mussten Andrea oder Angelo sie noch ein bisschen unter Druck setzen. Die beiden hatten sicherlich nichts dagegen.

Und irgendwie würde er schon an den Banksafeschlüssel kommen, den er mitsamt seinem zweiten Pass in das Futter eines ihrer Koffer geschoben hatte.

Vor ein paar Tagen hatte er diese Idee noch brillant gefunden, auch dass er die Nahtstelle mit Textilkleber fast unsichtbar wieder verschlossen hatte, aber nun stand er vor dem Problem, erstens wieder an den Safeschlüssel zu kommen und zweitens den richtigen Koffer von Julia zu finden, denn beide waren völlig identisch; und ohne diesen Schlüssel kam er nicht an das Bankschließfach, in dem er die Ware sichergestellt hatte.

Padova

»Muss dieser«, er zögerte, »muss dieser Tamassia sich ausgerechnet heute den Blinddarm herausnehmen lassen?«

Giuseppe Deganello, *dottore*, *direttore* und *vice-questore* (auf eine dieser Anreden legte er Wert, nur musste man wissen, auf welche gerade), schaute in die Runde seiner Untergebenen, und wie es nicht anders zu erwarten gewesen war, blieb sein Blick am *dirigente* der Mordkommission hängen, der außer der Chefsekretärin als einziger das untrügliche Gespür dafür besaß, welche der Anreden, manchmal sogar im Doppelpack, die angemessene war.

»Sie müssen das übernehmen, *marchese*, ich kann die Kollegen von der *guardia di finanza* nicht wegen eines Blinddarms wieder abbestellen! Das Innenministerium viertailt mich. Meiner Meinung nach hat Tamassia das viel zu hoch angesiedelt! Und das Verteidigungsministerium teert und federt mich, wenn wir das abblasen, wir müssen es durchziehen!«

Roberto stellte sich den Ablauf bildlich vor und fragte sich, was der Verteidigungsminister mit den vier geteerten und gefederten Teilen seines Onkels anfangen würde. Außerdem übertrieb der wieder einmal maßlos, denn sein Freund Umberto Tamassia hatte nichts anderes getan, als mit den örtlichen Vertretern der *guardia di finanza*, der der Armee unterstellten Finanz- und Zollbehörde, und dem *questore* in seiner Eigenschaft als Vorgesetzter der Kriminalpolizei eine gemeinsame Aktion zu planen.

In der *questura* siezte sein Onkel ihn und erwartete das Gleiche von seinem Neffen.

Innerlich seufzend und äußerlich die Schulter zuckend, das drückte gleichzeitig Resignation und Zustimmung aus, ergab sich Roberto seinem Schicksal, zu diskutieren war mit seinem Onkel nicht. Nur ärgerte es ihn wieder einmal, dass der als einziger öffentlich seinen Spitznamen gebrauchte.

Am Anfang hatten sie ihn deutlich spüren lassen, dass er ihrer Meinung nach den Posten des *dirigente* nur den verwandtschaftlichen Beziehungen zu verdanken hatte, und Robertos Freunde in der *questura* ließen sich auch heute noch an einer Hand abzählen. Sandro beim Drogendezernat, Luciano aus seiner eigenen *squadra omicidi* und natürlich Umberto, der die Razzia für diesen Abend geplant hatte und sie leiten sollte, gestern Nacht aber kurz vor einem Blinddarmdurchbruch ins Krankenhaus gekommen war.

Roberto hielt sich nicht unbedingt für einen Pessimisten, obwohl er nach außen wie einer wirkte, sondern eher für einen kritischen Realisten, aber der angesetzten Razzia gab er von vornherein keine Chance auf Erfolg. Nicht, dass er Umbertos Planung für schlecht befand, im Gegensatz zu seinem Onkel hielt er seinen Freund für einen ausgezeichneten Strategen, aber Umberto hatte während der vergangenen Jahre bei Razzien schon so viele Misserfolge erlebt, dass Roberto auch für diese schwarzsah.

Irgendwo bei ihnen in der *questura* saß mindestens ein Informant der Gegenseite, einem besonders im Drogenhandel tätigen Syndikat, das, streng organisiert und ausgezeichnet informiert, den Beamten des Drogendezernats keine Chance gab.

So wunderte Roberto sich nicht, als sie in dieser Nacht wieder nur Randfiguren der Szene erwischten, zwei Ghanesen mit Hasch, einen Nigerianer mit zwei Heroinbriefchen, zwei italienische Junkies, die so bekifft waren, dass sie nicht einmal wussten, wie sie hießen, und eine deutsche Prostituierte, der sie nichts anderes anhängen konnten als fehlende Ausweispapiere.

Die einzige Neuigkeit, die Roberto seinem Freund am anderen Tag im *ospedale* mitteilte, war die Anwesenheit eines jungen Deutschen, der sie schon seit Jahren beschäftigte.

Robert Tauber war einer dieser reichen, jungen Leute, die aus lauter Langeweile den Schritt von der bürgerlichen in die kriminelle Existenz tun, vielleicht um ihre wachsenden Bedürfnisse zu befriedigen, vielleicht aber auch, um den richtigen Kick zu haben.

Immer wieder tauchte dieser Tauber, *Colombo* genannt, in Padova auf, immer in Zusammenhang mit Drogen, Prostitution und Hehlerei, aber außer Vermutungen gab es keine Beweise; vor vier oder fünf Jahren allerdings hatte Umberto ihn einmal mit einer kleinen Menge Heroin in der Tasche verhaftet, aber ein guter Rechtsanwalt hatte den Staatsanwalt überzeugt, dass irgend ein böser Mensch die Drogen heimlich in Taubers Tasche praktiziert hatte; das wurde dadurch glaubhaft, dass nicht Taubers Fingerabdrücke, sondern die eines nicht zu identifizierenden Fremden auf der Verpackung gefunden wurden.

Auch diesmal war er absolut sauber, hatte ein nicht minderjähriges, aber total betrunkenes Mädchen aus seiner Heimat dabei, das neu in der Szene war, maskenhaft geschminkt, aufgedonnert und geschmacklos gekleidet, vielleicht auch voller Rauschgift. Sie hatte den Kopf auf den Tisch gelegt und schlief und erwachte nur halb, als Roberto eines ihrer Augenlider anhob und seinen Verdacht bestätigt fand. Aber was sollte es, sie besaß gültige Papiere und eine feste Hoteladresse, und so ließ er sie mit Tauber ziehen.

Sie war so ein Typ, der Männern mit Geld hinterherlief. Davon hatte man schließlich im eigenen Land genug und brauchte diesen zweifelhaften Zuzug nicht auch noch aus Deutschland.

Nach seiner Stippvisite bei Umberto, der sich weder über die Operation noch über die Nachwirkungen der Narkose, sondern einzig und allein über Hunger beklagte, und der von Roberto als Trost nur hörte, dass ein paar Kilo weniger ihm bei seiner stadtbekannten Fresssucht nur gut tun könnten, rief ein Kollege aus Montegrotto Terme an und bat um Robertos Hilfe.

Die Thermalzone, die sich von Abano Terme über Montegrotto Terme und Battaglia Terme bis Galzignano Terme als größte zusammenhängende Thermalzone der Welt am Ostrand der *Colli Euganei* hinzieht, wird in jedem Jahr von einer Vielzahl von Gästen aus dem deutschsprachigen Raum besucht, zunehmend, seit die Besucherzahlen aus Amerika zurückgegangen waren.

Im Allgemeinen gab es kleine Eigentumsdelikte, Autoaufbrüche, hier und da ein kleiner Raub, die von den örtlichen Kollegen bearbeitet wurden, von denen allerdings kaum einer über ausreichende Deutschkenntnisse verfügte.

Wenn es größere Probleme bei dem vorwiegend deutschsprachigen Publikum gab, holte man sich gelegentlich Hilfe aus der *questura*, die dann Roberto schickte, der im Alto Adige zweisprachig aufgewachsen war.

Vielleicht auch ein Grund für seine Unbeliebtheit, zumindest bei einigen ewiggestrigen Kollegen, die Südtiroler immer noch für Ausländer hielten.

Das Hotel *Farfallone*, ein Vier-Sterne-Etablissement mit überwiegend gehobenem Publikum und was sich dafür hielt, hatte einen Raubüberfall gemeldet, der deutsche Gast musste befragt werden, und ein flüchtiger italienischer Zimmerkellner wurde verdächtigt.

Roberto wartete an der Hotelrezeption auf den Hoteldirektor und Besitzer des *Farfallone*. Aus dem Frühstücksraum kamen ein paar Gäste, zu seinem Erstaunen auch Robert Tauber und seine Freundin. Einen Arm besitzergreifend um das Mädchen gelegt, sie weiter an sich ziehend und küssend, kamen sie näher. Für Robertos Geschmack gehörten Zärtlichkeiten nicht in die Öffentlichkeit.

»*Tedeschi*!«, sagte der Rezeptionist neben Roberto und deutete mit dem Kopf zu dem Paar hinüber. »*La Tedesca* soll seine Frau sein!«

Er legte sein ohnehin zerknittertes Gesicht in noch weitere Falten, um seinen Unglauben auszudrücken.

Sie trug den gleichen geschmacklosen Lederrock wie bei der Razzia, viel zu kurz für dieses Hotel, obwohl ihre Beine sehenswert waren; ihr langes, mittelblondes Haar fiel ihr offen, stark gelockt und mit Kämmen seitlich hochgesteckt, über die Schultern. Trotz der Kosmetikschicht sah man die Schwellung unter ihrem linken Auge, und Roberto stellte sich mehr rhetorisch die Frage, warum diese Art Mädchen sich von Männern schlagen ließ und trotzdem bei ihnen blieb. Geld? Drogen oder andere Abhängigkeiten?

Die beiden Deutschen begrüßten ihn, er zeigte ihnen eine ziemlich kalte Schulter und wandte sich dem *padrone* zu, der jetzt Zeit hatte.

Das dritte Mal sah Roberto *La Tedesca*, als er *signora* Tauber nach ihren Eindrücken zum Tod der alten Österreicherin befragen wollte, die im Ozonbad verstorben war.

Das Mädchen saß in einem aufreizend kurzen Tennisrock in der Hotelhalle und stellte ihre schönen, langen Beine zur Schau. Ein älterer Herr, ebenfalls in Tenniskleidung, trat zu ihr, begrüßte sie, und sie strahlte ihn an.

An der Rezeption hatte Roberto erfahren, dass sein Namensvetter nach einem Streit mit seiner Großmutter abgereist sei, der Rezeptionist vermutete, dass der junge Mann seine Großmutter bestohlen habe. *La Tedesca* hatte sich offenbar einen neuen Geldgeber besorgt. Wenn sie nicht bald einen Mann zum Heiraten fand, war ihr sozialer Abstieg durch Drogen und Alkohol vorprogrammiert. Tennis, so schätzte er sie ein, war für sie Renommiersport, eine Verlagerung der gesellschaftlichen Ebene auf den Tennisplatz.

Signora Tauber hatte zwar in der Nachbarkabine gelegen, aber von dem Schwächeanfall nichts gehört oder gesehen. Roberto erzählte ihr nicht, dass er einen Mordfall untersuchte, der *padrone* hatte um äußerste Diskretion gebeten.

Signora Kossinsky, die verstorbene Österreicherin, gehörte seit vielen Jahren zu den Stammgästen des Hotels, der Schwächeanfall im Ozonbad und ihr Tod waren an für sich keine Überraschung, sie besaß kein allzu starkes Herz.

Wenn da nicht weiße Baumwollfäden, die nicht zu ihrem Bademantel gehörten, unter ihren Fingernägeln gewesen wären, dazu ein goldener Manschettenknopf am Grunde der in den Boden eingelassenen Badewanne, den man fand, als man das Wasser abließ.

Morddelikte hier in der Thermalzone gehörten zu den Ausnahmen, um so erstaunlicher, dass die *squadra omicidi* schon ein paar Tage später wieder in diese Gegend gerufen wurde, ausgerechnet wieder ins Hotel *Farfallone*.

Montegrotto Terme

Julia gähnte faul, ohne die Hand vor den Mund zu halten. Hier in der von üppiger Vegetation umgebenen Sitzecke sah ihr ja doch keiner zu. Gleich hatte die Warterei ein Ende, und sie konnte in ihr Bett zurückkriechen und bis zum Frühstück schlafen. Der Abend mit Maria, ihrem Verlobten und der übrigen Zanella-Familie hatte länger gedauert als geplant, und nur vier Stunden Schlaf machten sich bemerkbar.

Der erste Kurzzeitwecker klingelte, er kündigte das Ende der Schwitzkur für den am längsten im Fango Liegenden an und auch das Ende der Zigarettenpause. Der Badearzt war schon verschwunden, und nun eilten die Fangobetreuer aus ihrem neben der Sauna gelegenen Aufenthaltsraum. Lydias Fangobetreuerin Elvira erschien als letzte, noch schnell einen Zug aus der Zigarette inhalierend und die Kippe in einem der Blumenkübel verschwinden lassend. Julia kicherte leise. Elvira blickte ein wenig schuldbewusst in das Blättergewirr, ohne das Mädchen jedoch entdecken zu können.

Paolo, Jojo und Angelina hatten schon mit ihrer Arbeit begonnen, bei der Julia sie während der vergangenen Tage beobachten konnte, sechsmal insgesamt hatte sie Lydia um fünf Uhr zwanzig bis zur Fangokabine begleitet, in der Sitzecke gewartet und sie nach dem Ozonbad gegen fünf Uhr fünfundfünfzig wieder in ihre Suite zurückgebracht.

Zehn Minuten noch, dachte Julia, dann konnte sie die in einen weißen Bademantel mit aufgesetzter Kapuze herbeischlurfende, fangogestresste alte Dame zum Lift begleiten.

Diese uniforme Erscheinungsweise aller Kurgäste in der Fangoabteilung erinnerte irgendwie an Ordensbrüder und -schwestern. Respektlos hatte Maria von den thermalisierten Fangorianern gesprochen. Mit ihr konnte man herrlich kichern und blödeln.

Schön war es gestern wieder einmal mit den Zanellas gewesen! Seit Maria sie – wahrscheinlich auf Lydias Betreiben hin, aber das spielte nun keine Rolle mehr – an ihrem freien Tag mit nach Hause in die Hügel genommen und in ihre Familie eingeführt hatte, schien Julia dazuzugehören. Und an jedem der folgenden Nachmittage und Abende, wenn Lydia sich in ihre Suite zurückzog, stand eines der Zanella-Geschwister vor dem Hotel und vereinnahmte sie; entweder Clemente, Marias um zwei Jahre jüngerer Bruder oder Nino, der Achtzehnjährige, manchmal auch Bianca, die Jüngste, oder Maria und ihr Verlobter, jeder wollte etwas mit Julia unternehmen.

Und jeder Abend endete zwangsläufig auf dem gastlichen Hof der Eltern, die Julia wie ein fünftes Kind aufnahmen. Besonders *mamma*, die in ihr ein williges Opfer ihrer Kochkunst gefunden hatte, wollte Julia am liebsten adoptieren, als diese auch noch begann, sich alle Familienrezepte aufzuschreiben.

Julias Italienisch verbesserte sich in dieser kurzen Zeit, und alle, sie eingeschlossen, lachten herzhaft über ihre manchmal sehr lustigen Fehler, und wenn es gar nicht mehr weiter gehen wollte, halfen Maria oder ihr Verlobter Adriano mit ihren guten Deutschkenntnissen. Adriano studierte an der Universität in Padua *agricoltura*, nicht zuletzt wohl deshalb, weil sein Vater einen Wein- und Obstbauernhof in der Nähe von Bozen bewirtschaftete. Adriano sprach ein hinreißend melodisches Südtiroler Deutsch. Julia fand ihn auch in anderer Hinsicht hinreißend und beneidete Maria um den schlanken, dunkelhaarigen und gut aussehenden jungen Mann mit den wasserhellen Augen, zu dem sich die zierliche kleine Italienerin auf Zehenspitzen hochrecken musste, um ihn zu küssen.

Auch Maria studierte *agricoltura*; beide standen mitten in ihren Abschlussprüfungen. Adriano wohnte bei seinem älteren Bruder in Padova, er jobbte ebenfalls, allerdings wie Maria etwas spitz bemerkte, standesgemäßer im *Gran Caffè Pedrocchi*, schließlich gehöre seine Mutter, wenn auch verarmt, zu den ältesten Familien der Stadt.

Tags darauf schleppte Julia Lydia ins *Gran Caffè Pedrocchi* und plauderte so mitreißend über Adriano, dass die alte Dame ein wenig von der Enttäuschung in ihrer Familie abgelenkt wurde.

Julia musste wohl die adelige Abstammung des angehenden Agraringenieurs zu stark betont haben, denn Lydia zog ernsthaft in Zweifel, ob nicht ein angemessenes Trinkgeld den jungen Mann in seinem Stolz verletzen könne, und Julia, die auf ein reichliches gesetzt und nur zu diesem Zweck die alte Dame hierher gelotst hatte, beeilte sich zu versichern, dass das junge Paar Lydias Generosität gut gebrauchen könne.

Der einzige Missklang in der vergangenen Woche war Lydias Entdeckung Mitte der Woche, dass ihr Enkel, als er sich mit dem Zimmerschlüssel Zutritt zu ihrer Suite verschafft hatte, ihren Depositenschein für den Hotelsafe hatte mitgehen lassen. Er habe sich ihren gesamten Schmuck sowie Schecks und Bargeld gegen Vorlage einer Vollmacht aushändigen lassen, erklärte der Kassierer.

»Leider gefälscht!«, sagte Lydia verbittert, erstattete aber keine Anzeige.

Nein, es gab noch einen weiteren Missklang im Hotel, der allerdings weder Lydia noch Julia betraf. Eine betagte Österreicherin hatte morgens während der Kuranwendung einen Schwächeanfall erlitten. Julia hatte, als sie Lydia zum Lift begleitete, noch gesehen, wie der Badearzt in die Nachbarkabine verschwand.

Später hörte sie, dass alle Hilfe zu spät gekommen sei, die alte Dame hatte ihr Leben im Ozonbad ausgehaucht. Ihr Tod bedrückte alle im Hotel.

Neben den familiären Kontakten zu den Zanellas knüpfte Julia noch eine andere Verbindung. An der Rezeption fand sie eine Notiz, dass ein Schweizer eine/n Tennispartner/in suche. Nicht mehr ganz jung, brachte er sich vor den großen Computermessen in Montegrotto in Form und teilte sich mit Julia die Tennishallenmiete. Beide genossen die sportliche Herausforderung, ohne dass irgendeine gesellschaftliche Verpflichtung daraus resultierte.

Heute dauert es besonders lange, dachte Julia, aber da erschien Elvira schon in der Tür von Kabine sechs, der Kabine der verstorbenen Österreicherin, und wandte sich Lydias Kabine sieben zu, die direkt neben der noch verschlossenen Schwimmbadtür lag.

Noch acht Minuten Ozonbad, dann haben wir es geschafft. Plötzlich gellte in Julias Gedanken ein markerschütternder, durchdringender, nicht enden wollender Schrei, der sie von ihrem Sitz riss.

Elvira stürzte aus Kabine sieben, die anderen Fangobetreuer eilten aus ihren Kabinen und umringten die fassungslos Stammelnde.

Alle redeten aufgeregt durcheinander, vier verschwanden in Lydias Kabine. Hatte sie auch einen Schwächeanfall erlitten? Julia rannte zur Kabine und stieß in der Tür mit Paolo zusammen, aus dessen erregtem

Wortschwall sie nur die Worte *padrone*, *polizia* und *dottore* heraushörte, und der zum Telefon stürzte. Julia blickte über Elviras und Jojos Schulter und sah auf Lydia.

Lydia lag eingepackt in Fangoschlamm auf ihrer Liege, doch anstatt dass er sie nur bis zum Hals bedeckte, erstreckte er sich auch über Nase, Mund und Ohren; ihre Augen starrten wie aus einer Fangototenmaske blicklos an die Decke.

Nur eine Hand ragte aus der Deckenumhüllung heraus. Lydia musste noch verzweifelt versucht haben, die Schnur mit der Klingel zu erreichen. Fangoschlammspuren an der weißen Kachelwand zeigten, dass sie sie fast erreicht hätte, nur eine Handbreit von der Schnur entfernt hörten die graugrünen Spuren auf.

Der *padrone* erschien korrekt in Anzug und Weste gekleidet. Scheinbar unbeeindruckt warf er einen Blick auf die Tote an und erklärte dann mit leiser, leidenschaftsloser Stimme, dass jeder in der Kurabteilung bleiben solle, bis die Polizei käme.

Plötzlich wich die Erstarrung von allen und ein unbeschreibliches Durcheinander setzte ein. Die noch in ihren Fangopackungen schwitzenden oder im Ozonbad liegenden Gäste klingelten nach ihren Betreuern, die kopflos von einer Kabine in die andere stürzten, um die Leute auszuwickeln, abzuduschen ins Ozonbad zu schicken oder umgekehrt.

Die ganze, fein ausgeklügelte Routine der Kurabteilung geriet ins Wanken, nicht abgeduschte Gäste stiegen ins Ozonbad, andere wurden zweimal geduscht, einige ganz vergessen, und erst die klaren Anweisungen des *padrone* brachten einigermaßen Ordnung in das Chaos. Jetzt riet er seinen Gästen, auf die Zimmer zu gehen, sich auszuruhen und sich dort als eventuelle Zeugen für die Polizei bereitzuhalten. Die Betreuer wies er an, alles so liegen zu lassen wie es war und die Termine der folgenden Gäste aus technischen Gründen abzusagen.

Julia hatte wie zur Salzsäule erstarrt gestanden. Jetzt, da sich die Szene beruhigt hatte und auch die letzten Gäste mit dem Lift nach oben gefahren waren, stand sie inmitten der Kurabteilung und antwortete auf die Frage des Hoteldirektors, was sie hier denn noch hier wolle, rein mechanisch.

»Ich warte auf Frau Dr. Tauber. Ich habe sie zur Therapie heruntergebracht, und nun ...«

»Waren Sie die ganze Zeit hier unten, *signorina*?«

Julia nickte abwesend.

»Dann warten Sie am besten dort drüben in der Sitzecke, die Polizei muss jeden Moment hier sein. *D'accordo?*«

Julia befolgte seinen Rat wie eine Schlafwandlerin. Ihre Hände zitterten und ihr Herz raste. Sie weigerte sich zu begreifen, dass Lydia tot war;

Lydia, mit der sie gestern noch in Padua gewesen war, mit der sie sich so intensiv unterhalten, mit der sie so vieles unternommen hatte; Lydia, mit der sie eben noch im Aufzug nach unten gefahren war – noch meinte sie, ihre warme Hand auf ihrem Arm zu spüren.

Doch irgendwann musste sich Julia der brutalen Realität stellen und schaudernd erkennen, dass jemand der zierlichen alten Dame, die wehrlos, die Hände unter den Decken begraben, dem Mörder ihr Gesicht zugewandt hatte, ihr unbarmherzig und gnadenlos den schweren graugrünen Fangobrei auf das Gesicht gedrückt, sie damit erstickt und mitleidslos gewartet hatte, bis sie kein Lebenszeichen mehr von sich gab, während Julia ahnungslos in der Sitzecke wartete.

Montegrotto Terme

Es dauerte einige Zeit, bis Julia registriert hatte, dass wieder Leben in der Kurabteilung herrschte. Durch die hintere Tür, durch die normalerweise die Wagen mit den gefüllten Fangoeimern hereingerollt wurden, trat jetzt eine Gruppe von Männern und Frauen zu den überall herumstehenden uniformierten Polizisten, deren Kommen Julia überhaupt nicht wahrgenommen hatte, offensichtlich die Mordkommission. Den Chef der Gruppe kannte sie, es war der Kommissar, dem sie verschiedentlich begegnet war, im *Club 2000+2* und zweimal hier im Hotel, und sie hoffte, dass ihre vierte Begegnung erfreulicher verlaufen würde als die vorangegangenen.

Er mochte die Vierzig schon um einiges überschritten haben und trug das dunkelblonde Haar militärisch kurz geschnitten, dazu passte auch der einschüchternde Schnurrbart; alles an diesem Mann wirkte borstig, seine kräftigen, geraden Brauen, die ihn auch nicht sympathischer machten, besonders weil er sie jetzt drohend zusammengezogen hatte, und mit der steilen Falte über der Nasenwurzel wirkte er völlig unzugänglich.

Die Falten um seine Augen kamen bestimmt nicht vom Lachen, ein strenger Mund und ein energisches Kinn vervollständigten mit seinen etwas zu tief liegenden und ein wenig zu eng zusammenstehenden Augen den Eindruck eines zielstrebigen, kompromisslosen und argwöhnischen Menschen.

Zuerst sah er sich die Tote an, gab seinen Leuten Anweisungen und sprach mit dem Hoteldirektor. Aus der Art, wie sich die beiden gegenüberstanden, schloss Julia, dass sie sich nicht besonders schätzten. Mehrmals sahen sie zu ihr herüber, und schließlich kam der Kommissar auf sie zu.

In der *Bar 2000+2* hatte er sie dem sie umgebenen Bodensatz der Gesellschaft zugerechnet, kein Wunder, wenn man ihren damaligen Zustand in Betracht zog, aber letztlich hatte er sie doch fair behandelt. Beim zweiten Mal an der Rezeption hatten seine offene Verachtung ihrer Person und sein herablassendes Verhalten sie sehr getroffen, aber wenn er sie auf eine Stufe mit Robert gestellt hatte, und was sollte er sonst tun, konnte sie sein Verhalten ihr gegenüber sogar verstehen.

Beim dritten Mal hatte sie ihn nur von weitem gesehen, als sie mit ihrem Tennispartner die Hotelbar verließ, da hatte er sie vielleicht gar nicht bemerkt oder ihr Kopfnicken in seine Richtung übersehen.

Heute wirkte er eher wie ein Schmetterlingsforscher, der im Begriff stand, seine Beute aufzuspießen, und Julia spürte instinktiv, dass sie diese Beute war.

»*Signorina* Andresen!«

Seine Stimme klang gleichgültig, und seine Gedanken schienen woanders zu sein.

»Warten Sie hier, ich werde Sie später vernehmen.«

Sie empfand seine unbeteiligte Art als verletzend. In ihr breitete sich Kälte aus, und eine innere Stimme signalisierte ihr Vorsicht.

Wenn das Warten zur Taktik des Kommissars gehörte, dachte Julia, ging diese voll auf: eine Spitze von ihm und sie würde losheulen. Schließlich holte sie ein junger, afro-italienischer Beamter, der im Gegensatz zum Kommissar sehr leger gekleidet war, ins Arztzimmer zur Vernehmung, das sie gleich wieder an die demütigende Art des Badearztes erinnerte und ihrem kaum noch vorhandenen Selbstwertgefühl einen weiteren Stoß versetzte. Außerdem kam ihr in Gegenwart des äußerst korrekt gekleideten und sehr gepflegt wirkenden *commissarios* ihr sonderbarer Aufzug im Nachthemd unter dem Hotelbademantel zu Bewusstsein, und sie fühlte sich noch unsicherer.

Auch das hatte er sicher beabsichtigt, und eigentlich wusste sie schon in diesem Augenblick, dass sie verloren war; trotzdem biss sie die Zähne aufeinander und kämpfte um ihre Beherrschung.

Der Kommissar saß hinter dem Schreibtisch, seine schiefergrauen Augen und sein ganzes Wesen strahlten Kälte aus. Und Desinteresse an ihr.

»Haben Sie etwas dagegen, wenn ich unser Gespräch auf Tonband aufnehme? Mein Protokollant spricht nicht Deutsch.«

Julia verbarg ihre Überraschung, sie hatte sich auf eine schwierige Vernehmung auf Italienisch eingestellt und war vorübergehend fast erleichtert, vielleicht wendete sich ja doch noch alles zum Guten. Sein Deutsch wies nur eine ganz leichte österreichische oder vielleicht Südtiroler Färbung auf, aber so sehr sie die melodische Mundart sonst schätzte, bei diesem Mann kam eine unglaubliche Härte in der Stimme durch, der ihren Optimismus pulverisierte.

Sie schüttelte den Kopf, und während er an dem Rekorder herumschaltete, versetzte er ihr den ersten Schlag.

»Nun, heute sind Sie ja nüchtern!«

Julia schluckte und antwortete nicht. Noch immer schaltete er das Gerät nicht ein, stand auf und ging stattdessen um den Tisch herum.

»Streifen Sie Ihre Ärmel hoch!«, befahl er.

Groß und breitschultrig baute er sich vor ihr auf. Sie gehorchte widerspruchslos. Er sah sich ihre Unterarme und Ellenbogen an und wandte sich ab.

»Wenigstens spritzen Sie noch nicht!«

Julia sah ihn fassungslos an, hielt er sie für rauschgiftsüchtig? Die Art, wie er mit ihr umging, war erniedrigend. Warum mussten Männer so handeln? Robert hatte ihr Selbstwertgefühl mit roher Gewalt niedergemäht, und dieser Kommissar tat auch nichts anderes, allerdings ohne sie körperlich zu berühren, aber das tat noch mehr weh. Endlich schaltete er das Gerät ein, nahm einen Notizblock heraus und schwieg, sein Assistent arbeitete irgendwelche Aufzeichnungen durch, ohne sie beide zu beachten. Trotz der sechsundzwanzig Grad Lufttemperatur fröstelte Julia. Der Kommissar schwieg noch immer und musterte abwechselnd sie und seine Notizen.

»Ihr Name?«

»Julia Andresen.«

Ihre Stimme klang fremd und beinahe tonlos.

»Geburtsdatum? Staatsangehörigkeit? Beruf?«

»2. Juli 1978, deutsch, Studentin.«

»Etwas lauter, wenn ich bitten darf!«

Das war keine Bitte, sondern ein Befehl. Sie wiederholte.

»Studentin? Was studieren Sie denn, bittschön? Und wo?«

Sein Ton ließ keinen Zweifel aufkommen, dass er ihr außer den Angaben zur Staatsangehörigkeit und ihrem Namen nichts glaubte, und so schwieg sie. Was sollte sie auch sonst tun?

»Wohnhaft?«

»Hier im Hotel.«

»Dass Sie hier im Hotel auf Kosten der Ermordeten gewohnt haben, wissen wir!«

Ungeduldig fragte er sie nach ihrer Heimatadresse in Deutschland. Mit einem Rest von Auflehnung brachte sie heraus, dass sie in Deutschland keinen Wohnsitz mehr habe und hier in Italien auf der Suche nach einem Zimmer in Padua sei, wo sie zu studieren beabsichtige.

»So? Und das gegen Ende des Semesters? Auf wessen Kosten diesmal?«

Julia schenkte sich eine Antwort, die er ja doch in Zweifel ziehen würde, sie brachte keine Energie mehr auf, sich zu wehren. In die sich dehnende Stille sagte er:
»Um die Sache nicht in die Länge zu ziehen, will ich Ihnen sagen, was wir über Sie wissen, wenn Sie mit mir schon nicht reden wollen.«
Mutlos erwartete Julia seinen Bericht, der nur durch Klatsch und Tratsch des Personals zustande gekommen sein konnte, und so war es auch.
»Sie sind am 11. Februar mit dem Enkel der Ermordeten, Robert Tauber, hier im Hotel angekommen und haben sich als seine Frau ausgegeben, und er hat sie ausgehalten. Dann hatten Sie Streit mit Ihrem Freund, und er hat sie sitzen lassen, und Sie hielten sich an seine Großmutter, die fortan für Sie bezahlte. Ist das soweit korrekt?«
Er blätterte wieder in seinen Notizen, Julia fühlte sich nicht in der Lage zu antworten, selbst wenn sie es gekonnt hätte, würde er ihr nicht glauben, dass letztlich sie Robert finanziert hatte und nicht umgekehrt. Er hielt sie für ein Flittchen, das hatte sie deutlich heraus gehört, und so behandelte er sie auch; nichts, was sie sagte, würde ihn von seiner Meinung abbringen.
»Ihr Schweigen deute ich als Zustimmung.«
Der Spott in seiner Stimme tat weh.
»Bevor wir uns jetzt dem heutigen Tag zuwenden, sagen Sie mir noch schnell, wann Sie Robert Tauber zuletzt gesehen haben.«
»Vergangene Woche.«
»Genauer geht's wohl nicht?«, fragte er, aber während Julia nachdachte, fuhr er schon fort.
»Ihr Lebenswandel interessiert mich nur insofern, wie er mit dem Mord zu tun hat.«
Hör auf mit dem Selbstmitleid, redete Julia sich gut zu, dieser Mann ist gefährlich, und wenn er dir etwas anhängen kann, tut er es auch.
»Korrigieren Sie mich, falls es nötig sein sollte. Sie haben die Ermordete jeden Morgen um fünf Uhr zwanzig hier herunter begleitet, heute auch. Sie haben draußen in der Sitzecke gesessen und gewartet, von dort konnten Sie den gesamten Kabinentrakt überblicken. Richtig?«
»Ja.«
»Der Mörder ist nach der Tat aus dem Fenster von Kabine sieben gesprungen, wir haben seine Spuren draußen im Blumenbeet gefunden. Aber er ist auf diesem Wege nicht gekommen. Können Sie mir folgen?«
Sofort stand vor Julias innerem Auge wieder das Bild der Toten und deren starrer an die Zimmerdecke gerichteter Blick, und ihr Magen begann zu revoltieren.
Seine schneidende Stimme brachte sie in die Gegenwart zurück.
»Können Sie mir folgen?«
»Ja.«

»Sie müssen den Mörder beim Betreten von Kabine sieben gesehen haben! Wenn Sie ihn jetzt decken, machen Sie sich strafbar!«

Ihr verständnisloser Gesichtsausdruck veranlasste ihn fortzufahren:

»Wenn Sie glauben, der Mörder habe sich in Kabine sieben versteckt gehalten, muss ich Sie enttäuschen. Sowohl Elvira als auch die Ermordete hätten ihn gesehen, es gibt kein Versteck.

Ich frage Sie jetzt noch einmal, und überlegen Sie sich Ihre Antwort gut: Wen haben Sie beim Betreten von Kabine sieben gesehen?«

»Niemanden.«

Pause. Stille. Mit einer resignierenden Handbewegung wechselte er das Thema.

»Haben Sie Robert Tauber geholfen, seiner Großmutter den Depositenschein zu entwenden?«

Julia sah den Kommissar verstört an, der ihren Blick mitleidslos erwiderte. Wie sollte sie all diese Unterstellungen und Verdächtigungen entkräften? Sie verneinte seine letzte Frage, aber überzeugend klang es nicht.

Wieder wechselte er abrupt das Thema.

»War Robert Tauber heute Nacht bei Ihnen?«

Sie merkte, wie Tränen hochstiegen und antwortete mit fast versagender Stimme:

»Ich habe doch schon gesagt, dass ich ihn in der vergangenen Woche zuletzt gesehen habe.«

»Wie erklären Sie sich dann, dass ein Etagenkellner ihn gestern Abend auf dem Gang zu Ihrem Zimmer gesehen hat?«

Mein Gott, hatte sich denn alles gegen sie verschworen?

»Das kann ich nicht erklären, denn er war nicht bei mir.«

Sie wusste, er glaubte ihr kein Wort.

»Er hat seiner Großmutter gedroht. Haben Sie ihn heute Morgen nicht doch in Kabine sieben gehen sehen? Haben Sie vielleicht aufgepasst, dass er nicht gestört wurde?

Frau Dr. Tauber muss ihren Mörder gekannt haben, sonst hätte sie geschrieen. Haben Sie einen Schrei gehört?«

Verzweifelt presste sie die Hände auf die Ohren, gleich würde sie anfangen zu weinen.

»Robert hat bestimmt nichts damit zu tun, und ich auch nicht. Lassen Sie mich doch bitte in Ruhe!«

Er zog bedächtig an den Bügelfalten seiner dunkelbraunen Hose, schlug die langen Beine übereinander, rückte die tadellos gebundene, farblich exakt zum nussbraunen Sakko abgestimmte Seidenkrawatte zurecht, obwohl sie perfekt saß, und antwortete mit Nachdruck, dass er genau das nicht tun werde.

»Ich habe hier zwei, ja, Sie hören richtig, zwei Morde aufzuklären. Und gnade Ihnen Gott, wenn Sie etwas damit zu tun haben! Sie bleiben erreichbar hier im Hotel! Mit Ihnen bin ich noch lange nicht fertig!«

Seine Worte nahm sie akustisch zwar auf, aber ihr Gehirn war wie blockiert. Sie wollte nur weg, weg aus diesem Zimmer, weg von diesem Mann. Seine Stimme tat ihr körperlich weh, wie Hammerschläge fielen seine Worte und sie konnte ihnen nicht ausweichen.

Wie im Zeitlupentempo ging sie zur Tür und öffnete sie mit letzter Willensanstrengung.

Auch auf dem Weg zum Lift setzte rein äußerlich noch immer keine Reaktion ein, sie erreichte ihn, drückte auf den Knopf zum vierten Stock, und erst als sich die Lifttüren hinter ihr schlossen, brach sie in Tränen aus. Auf dem Flur lief sie Maria buchstäblich tränenblind in die Arme. Maria brachte sie in ihr Zimmer, wo Julia auf dem Bett zusammenbrach und haltlos schluchzte. Ihr Selbstwertgefühl war zerbrochen, und die Situation, in der sie steckte, erschien ihr ausweglos.

Maria saß auf der Bettkante und strich Julia immer wieder beruhigend über ihr völlig aufgelöstes Haar und tröstete sie wie ein kleines Kind. Es dauerte eine ganze Weile, bis Julia über die Vorkommnisse des Morgens berichten konnte. Maria hatte erst eine halbe Stunde vor Antritt ihres Dienstes von der Katastrophe gehört.

»*Per amor di Dio*, die arme alte Frau, aber nun beruhige dich, *bimba*, du hast doch nichts damit zu tun!«

»Denkst du!«

Julia berichtete von dem Verhör durch den Deutsch sprechenden Kommissar und dessen Verdächtigungen, während Marias Augen vor Zorn zu sprühen begannen.

»Das können wir ihm alles widerlegen!«, empörte sie sich, »Du hast doch nur versucht, den dir entstandenen, durch deine Vertrauensseligkeit hervorgerufenen Schaden selbst wieder zu beheben! So ein arroganter Kerl! Für wen hält der sich eigentlich! Für den lieben Gott? *Cristo Signore,* dem werde ich was erzählen! Dieser Pharisäer! Dieser ...! Der soll mir bloß vor Augen kommen, der tut dir nichts mehr, *com'è vero Dio!*«

Ihr Zorn ließ Julia aus ihrer Teilnahmslosigkeit erwachen und ihr Selbstmitleid vergessen.

»Er hat sich ein Bild von mir gemacht, Maria, und das kann ich ihm noch nicht einmal verübeln. Und daran änderst du auch nichts, glaub mir!«

»Das werden wir sehen!«

Mit diesen Worten wollte Maria das Zimmer verlassen, doch Julia hielt sie zurück.

»Du, ich habe noch andere Probleme, vielleicht kannst du mir dabei helfen.«

Sie erklärte Maria, dass sie in einer Schuldenfalle saß, mit Lydia habe sie keinen schriftlichen Vertrag gehabt, das Zimmer laufe auf Julias Namen, ebenso der Vertrag für den Leihwagen, und ihr Geld reiche noch nicht einmal für eine Übernachtung.

»Ich weiß, dass ich schon wieder zu vertrauensselig war, richtig blöd!«

»*Mamma mia*, aber der Mord war nun wirklich nicht vorauszusehen. Wenn ich Geld hätte, würde ich es dir sofort geben, aber leider …«

»Auf gar keinen Fall, das ist nicht, was ich von dir wollte! Aber wenn du beim *padrone* ein gutes Wort für mich einlegen kannst? Vielleicht könnte ich meine Schulden abarbeiten und deinen Job übernehmen, wenn du nächste Woche aufhörst?«

»*Ma certo, bimba!* Wenn dieser unverschämte Mensch, dieser *commissario, il pachiderma*, das hören könnte! Ich frage gleich!«

Julia hielt sie noch einmal zurück.

»Wenn der *padrone* nun meine Bücher pfänden lässt? Könntest du sie an dich nehmen, sie bedeuten mir viel!«

Die kleine Italienerin stimmte sofort zu. Sie holten einen Koffer vom Schrank, packten die Bücher hinein, und Maria verschwand, den schweren Koffer auf den eingebauten Rollen hinter sich herziehend, mit der Bemerkung, sie wolle gleich Clemente anrufen, der solle den Koffer samt Inhalt zu ihren Eltern bringen.

Mit dem Gedanken, wenigstens einen Menschen in Italien zu haben, der ganz auf ihrer Seite stand, begann Julia ihre Sachen zu packen.

Montegrotto Terme

Nacheinander waren die Fangobetreuer, der Badearzt und der Roberto von früher her bekannte *padrone* sowie das übrige Personal, das sich zur Tatzeit im Hause aufgehalten hatte, vernommen worden, aber außer Vermutungen und Gerüchten gab es wenig Konkretes.

Als sich die *squadra omicidi* nach vierstündiger Ermittlungsarbeit zu einer ersten Analyse der Tat traf, waren sich ihre Mitglieder unter Leitung von *commissario* Roberto Bassner ziemlich schnell einig, dass der Mord an signora Tauber kaltblütig geplant und zielstrebig und brutal ausgeführt worden war. Ein Vertreter der Staatsanwaltschaft hatte sich davon überzeugt, dass es sich bei dem Opfer um keine politisch wichtige Person handele, und verschwand daraufhin eilig.

Tatort, Tatzeit und das Tatwerkzeug waren unstrittig, der Tathergang konnte ziemlich genau rekonstruiert werden. Normalerweise werden für jeden Kurgast der Inhalt von zwei Eimern voll mit heißem Fangoschlamm auf Leinentücher ausgekippt, die auf einer Liege ausgebreitet sind, der Fangobetreuer verteilt diesen Brei und der Kurgast legt sich hinein und wird entsprechend der ärztlichen Verordnung an Armen, Schultern, Beinen und Bauch mit der heißen Masse bedeckt und fest in die Tücher eingeschlagen. Fünfzehn Minuten döst oder schläft der Gast nun und beginnt nach kurzer Zeit mehr oder minder stark zu schwitzen. Nach fünf Minuten tupft eine Betreuungsperson dem Schwitzenden den Schweiß ab und überzeugt sich vom Wohlbefinden des Gastes. Danach kommt der Badearzt, eine Neuerung seit dem Tod der alten Österreicherin, schaut in jede Kabine und begibt sich in sein Zimmer zurück. Für eine knappe Zigarettenlänge ist die Badeabteilung dann leer, die Fangobetreuer haben sich in den Gemeinschaftsraum neben der Sauna zurückgezogen, und während dieser Zeit, maximal sechs Minuten, musste der Mord geschehen sein, also durch jemanden, der sich mit der Fangoroutine bestens auskannte.

Vor der Kabine sieben stand ein gummibereifter Wagen mit zwölf gefüllten Eimern und inzwischen erkaltetem Fangoschlamm. Sie waren für die nachfolgenden Gäste bereit gestellt gewesen. In einem Eimer fehlte deutlich eine Menge, hier musste der Täter den Schlamm entnommen, in Kabine sieben getreten sein und sich der halb schlafenden alten Dame genähert und, während er ihr den Schlamm auf das Gesicht drückte, sich gleichzeitig auf sie gesetzt und ihr mit seinen Knien die Arme an den Körper gepresst haben; Knieabdrücke fanden sich links und rechts neben der Leiche im Fangobrei.

Ihre Gegenwehr hatte ihr nichts genützt, obwohl es ihr gelungen war, einen Arm aus der Umklammerung zu befreien, zeugten die Fangospuren an den Fliesen bis kurz vor der Klingelschnur von der Vergeblichkeit ihres Bemühens.

Fangospuren am Fenstergriff zeigten, dass der Mörder das hoch liegende Fenster geöffnet hatte um herauszuspringen, die außen im Beet unter den Fenstern gefundenen Fußabdrücke waren bereits gesichert.

Die Fangoträger, die draußen an den Fangobecken arbeiteten, entweder den heißen Schlamm in Eimer abfüllten oder den bereits gebrauchten mitsamt den Decken ausspülten und die Tücher dann zum Trocknen aufhängten, waren zur Tatzeit mit ihrer schweren Arbeit beschäftigt gewesen; außerdem hatten die dichten, aufsteigenden Dunstschwaden des heißen Thermalwassers, das durch die Becken mit dem Fangoschlamm floss, ihnen in der morgendlichen Dunkelheit den Blick auf den Hintereingang und das Gebäude genommen.

Da sich die Fenster nicht von außen öffnen ließen, musste der Mörder in der Badeabteilung durch die Tür von Kabine sieben gegangen sein, und wenn *La Tedesca* nicht geschlafen hatte, musste sie ihn gesehen haben, gleichgültig, ob er durch den Hintereingang oder an der Sitzgruppe vorbei aus der dunklen Hotelhalle gekommen war. Selbst die um diese Zeit abgeschlossene Schwimmhallentür lag in ihrem Blickfeld, aber dazu hätte der Mörder einen Schlüssel gebraucht.

Wenn Robert Tauber seine Großmutter ermordet hatte, musste *La Tedesca* ihn gesehen haben, somit deckte sie ihn; wenn er es nicht getan hatte, musste *La Tedesca* jemand anderen gesehen haben.

Alle waren sich einig: Robert Tauber sollte zur Fahndung ausgeschrieben und *La Tedesca* erneut vernommen werden.

Montegrotto Terme

»*Buon giorno*, Maria!«

Roberto begrüßte seine zukünftige Schwägerin überrascht in der Bar des Hotels *Farfallone*, wo er in einer kurzen Pause einen schnellen *caffè lungo* trank; dass sie in der Thermalzone jobbte, wusste er, aber dass sie ausgerechnet in Montegrotto Terme und dazu noch in diesem Hotel arbeitete, hielt er für einen der wenigen Zufälle, an die er in seinem Beruf sonst nicht zu glauben pflegte.

Sie erwiderte seinen Gruß nicht.

»Roberto! Dachte ich es mir doch, dass du das sein müsstest! Ich muss mit dir reden! Allein!«

Ihre Stimme klang erregt und aufgebracht, er zog erstaunt die Augenbrauen hoch.

»Deinen arroganten Gesichtsausdruck kannst du dir sparen!«, giftete sie ihn an.

Auf dem Weg zum Arztzimmer, das Roberto zu seinem Dauerbüro im Hotel gemacht hatte, überschüttete Maria ihn mit einem Schwall von Anklagen und Anschuldigungen, die er erst einmal überhaupt nicht einzuordnen vermochte, bis ihn die mehrmalige Nennung des Namens *Giulia* hellhörig machte.

Er ließ ihr den Vortritt, schloss die Tür hinter sich und fand sich einer zornbebenden, emotional völlig aufgewühlten und ihn mit dunklen Augen anfunkelnden Maria gegenüber.

Er hob die Arme.

»Meine liebe Maria ...«

Seine Ruhe provozierte sie noch mehr.

» ... nun einmal langsam und geordnet. Meinst du mit Giulia diese Julia Andresen?«

»*Per Dio*! Wie kann man nur so brutal sein? Behandelst du alle Zeugen so, dass sie weinend und mit einem halben Nervenzusammenbruch von dir kommen, *commissario*? Ausgerechnet dieses Mädchen, das in letzter Zeit so viel durchgemacht hat, beschuldigst du, beleidigst du und behandelst du wie den letzten Abschaum!«

»Nun einmal ganz langsam, Maria, das Mädchen ist ein Flitscherl, um es einigermaßen nett auszudrücken, warum sollte ich …«

»*Santo Dio*, du bist ein ganz unsensibler Polizist! Dir ist doch gleich, ob bei deiner Jagd nach dem Mörder andere, Unschuldige auf der Strecke bleiben, Hauptsache, *il dirigente* löst seinen Fall!«

Nun verlor Roberto seinen letzten Rest von Geduld, und mit einer Schroffheit, für die er bekannt war und die auch Julia schon zu spüren bekommen hatte, antwortete er:

»Jetzt gehst du entschieden zu weit, Maria! *La Tedesca* hat noch nicht mal andeutungsweise versucht, kooperativ zu sein! Sie ist völlig verstockt, und ihr Freund ist dringend tatverdächtig. Wahrscheinlich deckt sie den Mörder, wenn sie ihm nicht sogar geholfen hat.«

»Wahrheit! *Dio mio*! Woher willst du die Wahrheit über Giulia wissen? Sie leidet an einem massiven Schock! Und du hast dir höchstwahrscheinlich den Hotelklatsch angehört und dir danach deine Meinung über sie gebildet! Weißt du eigentlich, dass Robert Tauber überhaupt nicht ihr Freund ist? Er hat sie bestohlen, ihr ganzes Geld genommen, sie geschlagen, gewürgt und bedroht und sie höchstwahrscheinlich vergewaltigt, aber darüber spricht sie nicht. Weißt du eigentlich, dass die tote alte Frau ihr das Geld ersetzen wollte, sie es aber voller Stolz abgelehnt hat?«

»*Benissimo*, das hat dir wohl alles die liebe, kleine Giulia erzählt, rührend!«

»Deinen Sarkasmus kannst du dir schenken! Du erkennst die Wahrheit ja nicht einmal, wenn man sie dir auf dem Silbertablett präsentiert! Das alles kann ich, Maria Zanella, bezeugen und, wenn du willst, beschwören. Ich habe fast alles miterlebt oder mit angehört! Und wenn du mir nicht glauben willst, frag doch die anderen! Frag meine Brüder! Frag Bianca! Sie alle haben sie gern, sie war schon mehrmals bei uns zu Hause! Frage *mamma*, ihr glaubst du vielleicht, Giulia ist unglaublich hilfsbereit, und damit wird sie in dieser Welt immer wieder hereinfallen. Und wenn du es dann immer noch nicht glaubst, frag deinen Bruder!

Und Stolz hat sie! Sie will ihr Leben ganz allein wieder in Ordnung bringen, nachdem sie mit ihrer arglosen Vertrauensseligkeit eine Bauchlandung gemacht hat! Sie sitzt auf einem Berg von Schulden, weil das Zimmer und das Auto auf ihren Namen gemietet worden waren.

Und weißt du, worum sie mich gebeten hat? Na? Du denkst wahrscheinlich an Geld! Falsch! Ich soll beim *padrone* für sie nachfragen, ob sie ihre Schulden abarbeiten kann. Da staunst du, was?«

Sie holte Luft, war aber noch nicht fertig.

»Und du? Du hast sie verschreckt und verängstigt und sie trotz ihres Schockzustands wie eine Kriminelle verhört. In deiner Gegenwart konnte sie wahrscheinlich vor lauter Angst keinen klaren Gedanken fassen! Großartig!«

»Ich muss zwei Morde aufklären, Maria. Mich interessiert nur, wer zwei alte, hilflose Frauen erstickt und ertränkt hat! Da ist mir das Seelenheil eines … gutgläubigen Mädchens relativ egal. Deine Emotionalität, liebe Maria, bringt uns auch nicht weiter. Ich wette, sie hat dir nichts von ihrem Drogenkonsum, Alkoholismus und der *Bar 2000+2* erzählt! Es ehrt dich, dass du dich für sie einsetzt, und ich werde dein Eintreten für *La Tedesca* berücksichtigen, wenn ich sie nachher noch einmal vernehme.«

»*Com'è vero Dio!* Das wirst du nicht tun! Nur über meine Leiche!«

»Eine am Tag reicht mir!«

Vielleicht hatte er wirklich etwas übertrieben und sie eingeschüchtert, dachte Roberto als Maria gegangen war, ansonsten teilte er Marias Einschätzung von *La Tedesca* nicht, fand aber die Idee, dass sie im Hotel arbeiten wollte, geradezu genial. Nähme Robert Tauber Kontakt zu ihr auf, könnten sie seine Spur verfolgen, und Roberto beschloss, den *padrone* zur Mitarbeit aufzufordern.

Das schaffte Roberto auch gerade noch, bevor ihn Luciano in seiner unnachahmlichen sprachlichen Subkultur abberief.

»Hi, Chef! Sie sollen zum großen Manitou schlappen«, rief sein jüngster, fähigster und exotischster Mitarbeiter ihm zu. »Der Platzhirsch ist auch schon da!«

»Bitte?«

Er tat, als nähme er Haltung an, und verbesserte sich:

»Der *questore* möchte Sie umgehend sprechen, *commissario*, und der *vice-questore* erwartet Sie ebenfalls dort.«

»Worum geht es?«

»Meinen Sie, die Sahneschnitte vom großen Manitou erzählt das einem kleinen *chicco di cacao*?«

Womit er die Sekretärin des *questore* meinte und auf seine halbafrikanische Herkunft hinwies, die er, wo immer es ging, betonte, aber wenn jemand anderes sie erwähnte, ihn umgehend aggressiv reagieren ließ.

»Ich hab gehört, der Platzhirsch sucht einen neuen Stellvertreter, der seine Arbeit machen soll, damit er in der Politik mehr röhren kann. Und die Nachrichtenbörse handelt Ihren Namen, Chef.«

»Das fehlte mir gerade noch«, murmelte Roberto und verwünschte seinen Onkel, der nicht aufgab, seinem Neffen die Karriereleiter hinaufhelfen zu wollen. Und nun hatte er auch noch den *questore* eingespannt, mit dem er eng befreundet war, und der, aber das hatte Roberto bisher geheim halten können, bei seiner Taufe Pate gestanden hatte. Als sein direkter Vorgesetzter hielt er in der *questura* eine auffallende Distanz zu Roberto, was dieser an seinem Paten genauso schätzte wie dessen bedingungslose Loyalität. Nie suchte er Sündenböcke, immer übernahm er die Verantwortung, das letzte Mal bei der missglückten Razzia.

»Vernehmen Sie *La Tedesca* noch einmal! Ich hoffe, Sie können sich mit ihr verständigen«, wies er Luciano an, »zur Not warten Sie, ich komme so schnell wie möglich zurück. Ein einziges Mal möchte ich meine Arbeit ohne Unterbrechung tun können, ohne durch solche Lächerlichkeiten gestört zu werden.«

»Aber Chef, Ihre Karriere!«

»Bin nicht interessiert! Für mich zählt nur Mord, und dabei werde ich auch bleiben.«

Genauso, nur etwas formeller ausgedrückt, lehnte Roberto das Angebot der beiden ihm wohlwollenden Herren ab, die die Welt nicht mehr verstanden. Seinen Horror vor Verwaltungsaufgaben konnten sie nicht teilen, hatten sie doch nichts anderes angestrebt, als einen wohldotierten Posten abseits der Polizeiroutine.

Montegrotto Terme

Es dauerte doch länger als erwartet, und so fand Roberto nach seiner Rückkehr ins *Farfallone* seine *squadra omicidi* nicht mehr vor, dafür aber den *padrone*.

»Ich habe deinem Wunsch entsprochen, Roberto, das Mädchen arbeitet vorübergehend als *cameriera* bei uns und wohnt im Haus, oben in einer der Mansarden.«

Der *padrone* strich sich gedankenverloren über seine schimmernde Glatze; als Roberto ihn um diesen Gefallen bat, hatte er sich wie früher wieder zur persönlichen Anrede entschlossen.

»Hast du schon Spuren im Fall der ersten …«, er hüstelte, »Verstorbenen? Heute schon nach Ermittlungsergebnissen zu fragen, ist wohl noch verfrüht?«

»So ist es. Nein, wir haben noch nichts Konkretes.«

Der *padrone* seufzte tief und meinte bedauernd, dass bereits die ersten Gäste abgereist seien, nachdem sich herumgesprochen habe, dass innerhalb von zehn Tagen zwei Morde geschehen seien und der oder die Mörder noch frei herumliefen.

»Angst geht um. Lange halte ich das finanziell nicht durch. Vor Weihnachten der Brand in der Küche! Danach Brandstiftung in der Schwimmhalle, gefolgt von Sabotageanschlägen an den Aufzügen. Dann der Ärger mit dem Raubüberfall und jetzt die zwei Morde. Mein Hotel ist gegenüber dem Vorjahr um siebenundzwanzig Prozent weniger ausgebucht, die dauernde Unruhe wegen irgendwas hat sich herumgesprochen, und die Buchungen für die Hauptsaison nehmen nach den Morden bestimmt rapide ab!«

Mit zitternden Händen zündete er sich eine Zigarette an, nachdem Roberto dankend abgelehnt hatte und auf weitere Einzelheiten lauerte. Alles, was die Familie Saccardo betraf, interessierte ihn brennend.

»Ich tue es!«

Entschlossen drückte der *padrone* die Zigarette im Ascher aus.

»Verdammt, ich tue es! Soll sich mein Sohn mit dem Laden hier weiter rumärgern! Er will es ja so! Ich mag nicht mehr, die Konkurrenz hier in der Thermalzone ist normalerweise schon erdrückend genug.«

Urplötzlich war Robertos Jagdinstinkt geweckt. War hier vielleicht ein Konkurrenzkampf im Gange, der sogar vor Mord nicht zurückschreckte? An so viele zufällige Unglücke glaubte er nicht. Oder wollte der eigene Sohn den Vater aus dem Geschäft drängen? Aber weshalb sollte Emo die Branche wechseln, wollte er seine gut gehende Anwaltskanzlei in Treviso denn etwa aufgeben?

Sie beiden hatten vor nun schon mehr als zwanzig Jahren zusammen Jura studiert, erst in Bologna, dann hier in Padova. Beinahe wären sie Basketballprofis geworden. Emo, der Kleinere und Flinkere von beiden, Roberto der Zielsicherere und Größere. Manches Spiel ihrer Universitätsmannschaft hatten sie dank ihres traumhaften Zusammenspiels noch zum Sieg umgebogen, einer wusste immer, was der andere dachte und plante.

Bis dann die Geschichte passierte, die nicht nur Robertos Leben und seinen beruflichen Werdegang veränderte, sondern die auch ihre Freundschaft plötzlich und unwiderruflich beendete und sie zu Todfeinden machte. Roberto hatte während der vergangenen zwanzig Jahre Emo nie aus den Augen verloren und wartete immer noch auf die Gelegenheit, die ihn ihm ausliefern würde, aber Emo war schlau und wachsam wie eine Katze. Das war er immer schon gewesen und hatte sich damit den Spitznamen Gattamelata verdient, während er mit Roberto als *marchese rosso* eine wilde Studentenzeit Mitte der siebziger Jahre durchlebt hatte.

Warum sollte Emo seine Anwaltskanzlei aufgeben wollen? Von der sozialen Hierarchie her bedeutete das einen Abstieg. Gab es gar einen Zusammenhang mit den Morden? Dieser Spur musste er umgehend nachgehen.

Torreglia/Padova

Die Gedanken an *La Tedesca* ließen Roberto keine Ruhe, Maria hatte den Keim des Argwohns in seine eigene Wahrnehmung gesät, und er ging auf und wuchs. Dreimal sollten ihn seine Sinne getrogen, dreimal sollte er seine Beobachtung falsch interpretiert haben? Undenkbar. Aber er brauchte Gewissheit.

Als ersten befragte er seinen Bruder Adriano; am Tag nach den »Fangomorden«, wie die Presse sie marktschreierisch nannte, frühstückten sie in einer kleinen Bar auf dem Weg in die Stadt. Während Roberto in seinem *capuccino* rührte, fragte er beiläufig nach Marias neuer Freundin.

»Julia? Ja, sie ist ein feiner Kerl. Schleppt die Leute zu mir ins *Pedrocchi* und animiert sie, mir ein großes Trinkgeld zu spendieren. Wenn Maria nicht wäre, wüsste ich, in wen ich mich verliebte!«

Roberto guckte konsterniert, und sein Bruder beeilte sich zu versichern, dass das nur Spaß sei.

»Aber im Ernst, sie ist *molto simpatica*!«

Als nächstes suchte Roberto die Zanellas auf. *Mamma* Zanella war zu Hause. Er wolle seinen Bruder besuchen, gab er vor, und sie lud ihn zum Essen ein.

Er fragte sie nach *La Tedesca*.

»Du meinst Giulia Andréssen?«

Sie rollte das R und betonte falsch.

»Ich könnte sie adoptieren! So jemand Hilfsbereites und praktisch Veranlagtes musst du erst mal suchen. Meine eigenen Kinder könnten sich ein Beispiel an ihr nehmen!«

Clemente erschien.

»Ach, hier wird wieder einmal Giulias Loblied gesungen! Du, die hat Ahnung von Kunstgeschichte, Roberto! Die weiß mehr als ich nach vier Semestern *architettura*! Und was die alles von unseren alten Gärten kennt, als ob sie damals gelebt hätte! Die beschreibt dir einen Garten des *Cinquecento*, als ob sie ihn selbst angelegt hätte. Nicht, *mamma*, wenn sie so einen abwesenden Blick bekommt, lebt sie in der Vergangenheit. Nur einen Fehler hat sie!«

Betrübt sah er Roberto an, der nun endlich doch etwas Negatives über *La Tedesca* erfahren sollte.

»Welchen?«

»Sie ist einen Kopf größer als ich. Ich glaube nicht, dass ich sie heiraten kann!«

Sie schienen von zwei verschiedenen Menschen zu reden. Das konnte doch nicht dieselbe Julia Andresen sein, die Roberto in der *Bar 2000+2* so betrunken und voller Drogen gesehen hatte, und die sich erst von Robert Tauber aushalten ließ, dann auf Kosten seiner Großmutter lebte und sich zuletzt von einem Schweizer Computerfachmann finanzieren ließ? Zwei zu null für Maria?

Ein paar Tage später traf er Bianca Zanella auf der *Piazza dell'erbe* in Padova.

»*Ohè*, Roberto!«

»*Ciao*, Bianca, was machst du denn hier?«

»Wir wollen ein paar mehrjährige Kräuter kaufen für unseren neu angelegten Kräutergarten am alten Hof.«

»Wir?«

»Ich warte auf Giulietta. Sie hat mit mir den Kräutergarten angelegt, der das Herzstück eines alten Bauerngartens passend zum alten Hof werden soll. Wenn du Sonntag zum Essen kommst, musst du ihn dir anschauen! Giulietta hat tolle Ideen!«

»Welche Giulietta?«, fragte er, obwohl er genau wusste, wen sie meinte.

»Na, *La Tedesca,* unsere Freundin aus Deutschland! Kennst du sie denn noch nicht?«

»Nein«, antwortete er wahrheitsgemäß, »diese Giulietta kenne ich noch nicht!«

Er kannte nur die Julia Andresen, die ihre Reize zur Schau gestellt und ein Verhältnis mit einem dringend Tatverdächtigen aus der Rauschgiftszene hatte. Entweder spielte sie vor den Zanellas hervorragendes Pawlatschentheater, oder er hatte sich geirrt. Bisher stand es drei zu null für Maria und *La Tedesca*. Er wehrte sich gegen den Gedanken, mochte auch Maria ihren Erfolg nicht recht gönnen, aber ehrlich genug gegen sich selbst, wollte er eine letzte Gewissheit haben und verabredete sich mit Maria im *Pedrocchi*. Adriano servierte ihnen einen *caffè corretto*, dann ließ er sie allein.

»Erzähl mir von *La Tedesca*«, forderte er Maria auf, »aber nur, was du persönlich mit ihr erlebt hast!«

»Ist das ein Verhör?«

»Dann hätte ich dich in die *questura* bestellt. Lass uns versuchen, die Angelegenheit sachlich und so objektiv wie möglich zu betrachten.«

Sie sah nicht mehr ganz so angriffslustig aus.

»Du bist ehrlich interessiert? Ich kann es ja versuchen!«

Und sie schilderte überzeugend ihre Version der Schwierigkeiten, in die *La Tedesca* gekommen war, weil sie auf der Suche nach sich selbst den Versprechungen und Verlockungen eines Robert Taubers erlegen war. So weit klang es für Roberto annehmbar, auch die tätlichen Angriffe auf das Mädchen ließ Maria nicht aus und das Gespräch, dem sie unfreiwillig aus dem Schlafzimmer der Suite heraus hatte zuhören müssen.

Er hingegen schilderte ihr, warum Julia seiner Meinung nach etwas gesehen haben musste; wenn sein Verdacht, sie decke Robert Tauber, nun auch nicht mehr bestand. Außerdem stellte er sich und Maria die Frage, wie sie *La Tedesca* zur Mitarbeit bewegen konnten, nachdem der Anfang unter einem so schlechten Stern gestanden hatte.

Auch bei der Vernehmung durch Luciano hatte sich *La Tedescas* Aussage nicht geändert, sie hatte ihm bereitwillig geantwortet, stritt aber weiterhin ab, irgendjemanden in die Kabine des Mordopfers gehen gesehen zu haben. Nein, geschlafen habe sie mit Sicherheit nicht, sondern alles im Blick gehabt, und Robert Tauber habe sie, wie bereits ausgesagt, seit der vorvergangenen Woche nicht gesehen.

Roberto musste also noch einmal mit ihr reden, aber er hielt weder das Hotel noch die *questura* für den richtigen Ort.

»Du kommst doch am Sonntag zum Essen zu uns, Roberto. Ich werde sehen, dass Giulia auch da ist, *d'accordo?*«

»*D'accordo, grazie!*«

Fra Moriale
Teil II

Fide, sed cui, vide!
Vertraue, aber schau darauf, wem!

Oberitalien Mitte 14. Jh.

Auf dem Höhepunkt der Macht

m Italien des frühen 14. Jahrhunderts gingen die Staaten und Stadtstaaten dazu über, Söldner zu ihrem Schutz oder der Durchsetzung ihrer Interessen zu mieten. Zu kostspielig war es, die eigenen Bürger eine bestimmte Zeit des Jahres unter Waffen zu halten und so ihrer Arbeitskraft verlustig zu gehen oder gar ihr Leben bei Kämpfen aufs Spiel zu setzen.

Da kamen die vielen Fremdarbeiter aus dem Norden und Westen Europas gerade recht, die das Land, wo die Zitronen blühn nicht um deretwillen aufsuchten, sondern weil sie Abenteurer waren, Dreck am Stecken hatten und ihr Land verlassen mussten oder einfach im sonnigen Klima ihren Sold verdienen wollten.

Dass dies nicht immer die edelsten Zeitgenossen waren, lag auf der Hand. Schöne Namen mussten her, und so wurde aus Konrad Wirtinger aus Landau ein Konrad von Landau, den die Italiener als den Grafen Corrado di Lando kennen und fürchten lernten.

Oder der so genannte, wenn nicht selbsternannte Werner aus Urslingen, der in Italien zum Herzog von Spoleto ernannt wurde, bald in Ungnade fiel, die Herzogswürde mit seinem Herkunftsort verband und als Herzog Werner von Urslingen 1322 das erste Söldnerheer auf italienischem Boden befehligte, die Compagnia von Siena oder auch einfach nur die Große Kompagnie oder die Große Genossenschaft genannt. Von sich selbst sprach Werner als »Herr der großen Genossenschaft, der Feind Gottes, der Traurigkeit und der Barmherzigkeit«.

Sein Name wurde verschiedentlich zusammen mit dem von Jean de Montréal genannt, ebenso wie mit dem von Konradin von Schwaben, Karl von Anjou, Rüdiger von Flor und Konrad Wolfart, die ihre Dienste dem jeweils Bestzahlenden verkauften und eine condotta, einen Vertrag mit den Geldgebern schlossen, hier zusammen mit diesem condottiere kämpften, dort mit jenem, wie die Verhandlungen eben so liefen. Als Werner von Urslingen nach Deutschland zurückkehrte und in Pension ging, übernahm Jean de Montréal detto Fra Moriale große Teile von dessen Großen Kompagnie.

Konrad Wolfart und Fra Moriale taten sich 1347 in Neapel zusammen *und boten ihre Dienste und die ihrer Söldner an, heute wird das gemeinhin als Schutzgelderpressung bezeichnet. Aber so ganz schienen die beiden nicht zu harmonieren, und schließlich spezialisierte Jean d'Albarnoz de Montréal sich wieder einmal darauf, die falschen Freunde und Mitstreiter zu finden.*

Seine zunächst größte Fehlentscheidung bestand darin, sich im Königreich Neapel König Karl von Durazzo anzuschließen, fortan nannte er sich nur noch Fra Moriale und führte als Oberbefehlshaber die Truppen Karls.

Als Fra Moriale erfuhr, dass Karl hingerichtet worden war, plünderte er dessen Palast und schloss sich mit seinen Söldnern dem König von Ungarn an, der das Königreich Neapel mitsamt der Königin Johanna gern erobern wollte, aber das klappte auch mit Fra Moriale und der Großen Kompagnie nicht. Wieder setzte er auf das falsche Pferd. Als der König von Ungarn und die Königin Johanna schließlich Frieden schlossen, schob man den murrenden condottiero Fra Moriale zur Bewachung der Festung Aversa ab.

Es herrschte ein ziemliches Durcheinander, der alte Kumpel Konrad Wolfart rief Kaiser Karl IV. zum König von Neapel aus, nahm das jedoch gegen Barzahlung von fünfunddreißigtausend Goldgulden zurück.

Fra Moriale wurde in Abwesenheit vom Gerichtshof der Vicarie verurteilt und in Aversa von einem anderen Söldnerheer eingeschlossen. Da er nur an die Anhäufung von Beutegut, nicht aber an die Versorgung seiner Mannschaft mit Lebensmitteln gedacht hatte, gab er zähneknirschend auf und durfte mit tausend Goldgulden zum Kirchenstaat und dem Papst hin abziehen; es ging ziemlich drunter und drüber.

Der Papst hatte genug Feinde und genug Gelüste auf Stadt und Land anderer, war aber als schlechter Zahler bekannt. Trotzdem, in Ermangelung einer anderen condotta, *eroberte Fra Moriale für den Papst vierundzwanzig Burgen und Schlösser des condottiero Malatesta, wohl mit einer gewissen Befriedigung, hatte der ihn doch bei Aversa belagert und ihn so um die Beute vieler Jahre gebracht.*

Trotz seiner Fehlentscheidungen stieg Fra Moriales Bekanntheitsgrad, und sein Ruhm ließ viel arbeitsloses Volk zu ihm strömen, siebentausend Reisige, tausendfünfhundert Italiener zu Fuß und zwanzigtausend Diener, Tross und Weiber, vermeldet die Chronik. Auf der Höhe seiner Macht musste er nur mit diesen Menschenmengen vor eine Stadt ziehen, die ihm dann ohne weiteres bis zu vierzigtausend Goldgulden dafür bezahlte, dass er möglichst schnell weiterzog.

Er probierte diese, seine Soldateska schonende Art der Kriegsführung, erstmals vor Perugia aus. Seine Soldaten machten sich um die Stadt herum und in den anliegenden Gebieten breit und plünderten die Bauern aus, man musste ja schließlich essen und bei Kräften bleiben, ein bisschen morden, ein bisschen Notzucht fand hier und da statt, es war ja sonst so langweilig, dass sogar die Waffen rosteten; und die Stadtväter von Perugia zahlten, nicht um beschützt zu werden, sondern um die Plagegeister loszuwerden.

Alle waren begeistert, und Fra Moriale probierte dieses Modell auch vor Siena aus. Nachdem die Infrastruktur des die Stadt mit landwirtschaftlichen Produkten versorgenden Umlandes ein bisschen zerstört war, entschlossen sich auch die Stadtväter von Siena, dem Beispiel Perugias zu folgen.

Dem anwachsenden Heer und Tross eilte der Ruf von Fra Moriales neuer Strategie bis Arezzo voraus, und die Stadtväter kamen ihm schon entgegen und zahlten nach einer angemessenen Zeit des Feilschens. Pisa und Florenz schlossen sich dieser Praxis an und erhielten sich so eine vorübergehend intakte Infrastruktur ihres Bauernlandes.

Obwohl Fra Moriale genauso wenig wählerisch in seinen Methoden war wie viele der ausländischen condottieri seiner Zeit, die der italienischen Anführer sollte erst später anbrechen, hat sein Name überdauert. Warum hat aber ausgerechnet er Spuren im Sand der Geschichte hinterlassen? Wäre er nur ein räuberischer condottiere gewesen, heute hier raubend, morgen dort marodierend, man hätte ihn längst vergessen.

Er hatte die für damalige Zeiten schon recht disziplinierte Große Kompagnie des Werner von Urslingen übernommen und führte weitere Ordnungsstrukturen ein, die andere Söldnerheere als wilde Horden erscheinen ließen.

Kämmerlinge führten Buch über Beute und Verkauf, Sold und Guthaben, und sie garantierten eine gerechte Gewinnverteilung.

Notare besorgten die Rechtsgeschäfte, entwarfen Verträge und prüften die condotta.

Führende und zuverlässige Offiziere wurden zu Räten ernannt, auf deren Meinung Fra Moriale hörte.

Sogar der Tross wurde durchorganisiert, die Frauen in ihren verschiedensten Funktionen von Vorsteherinnen beaufsichtigt, sowohl die Wäscherinnen, die Bäckerinnen und die, die Korn mahlten, als auch die Dirnen.

Es gab sogar einen fahrbaren Galgen, und eine Feldgendarmerie und ihr Kommandant sorgten für ordentliche Richtsprüche und deren Ausführung.

Fra Moriale erwirtschaftete für sich einen hohen Gewinn, der ihm zustand und den ihm keiner neidete. Er holte zwei seiner Brüder zu sich nach Italien und beauftragte sie, seine Gulden gewinnbringend anzulegen.

Und wo in der damaligen Zeit konnte man das am besten? In Rom und in Venedig!

Kapitel 1
A. D. 2000/März

Torreglia/Veneto

oberto und *Signor* Zanella saßen auf der überdachten Terrasse des neuen Zanella-Hofs und tranken einen wohltemperierten *moscato* aus Arqua Petrarca, der für diese frühe Stunde fast zuviel Schwere besaß, aber Pasquale Zanella schätzte Robertos Urteil und wollte seine Meinung hören. Seiner Tochter, die Weinanbau studierte und nach ihrer Abschlussprüfung in der nächsten Woche am *Institut für Weinanbau und Weinforschung* eine Assistentenstelle in Aussicht hatte, traute Pasquale im wissenschaftlichen Bereich viel zu, im Geschmacklichen wandte er sich lieber an den fast gleichaltrigen Roberto.

»Der Weingeschmack der Jugend ist ein anderer. Solange ich hier Wein anbaue, traue ich meinem und deinem Geschmack«, pflegte er zu Roberto zu sagen, mit dem ihn seit der Verlobungsfeier von Maria und Adriano ein freundschaftliches Verhältnis verband, beide redeten nicht um des Redens willen und schätzten guten Wein.

Zuerst erschien Roberto zu den sonntäglichen Mittagseinladungen eher widerwillig und seinem Bruder zuliebe, fühlte sich überflüssig und stand dem Familienleben kritisch bis ablehnend gegenüber. Aber die Zanellas ignorierten das kurzerhand und behandelten ihn wie ein Familienmitglied. Inzwischen schätzte er *mammas* Kochkunst und genoss, seit sie um seine Vorliebe für *risotto* wusste, dass sie ihn mit *pasta* verschone und für ihn etwas Besonderes kochte. Erst war ihm diese Sonderbehandlung, die ihr extra Arbeit machte, peinlich gewesen, aber als er merkte, dass er ihr mit seiner Anerkennung – verbal und in Form kleiner Süßigkeiten – Freude bereitete, nahm er sie dankbar hin, obwohl er Dankbarkeit nicht zu seinen Tugenden zählte.

Im Mai wollten Maria und Adriano heiraten, er hatte einen Teilzeitjob an der Uni in Aussicht, und die Zanellas boten an, für sie den etwas oberhalb des Hofes gelegenen alten Zanella-Hof zu renovieren, ein vom Verfall bedrohtes, ehemaliges kombiniertes Stall- und Wohnhaus.

Bei Adrianos Mutter in dem in der Altstadt von Padova gelegenen alten *Ca'Rosso* einzuziehen, kam überhaupt nicht in Betracht, weil die *marchesa* zum einen die Wahl ihrer zukünftigen Schwiegertochter missbilligte und zum anderen das *Ca'Rosso* noch mehr der Renovierung bedurfte als der alte Hof.

La Tedesca kam den Zufahrtsweg heraufgeradelt, das *Farfallone* lag knappe fünfzehn Fahrradminuten vom Ortsrand Torreglias entfernt. Sie verbrachte ihre gesamte freie Zeit mit den Zanellas. Unbeschwert und fröhlich und auch äußerlich verändert wirkte sie auf den skeptischen Betrachter, als den Roberto sich sah, kein Hauch mehr von Kosmetik, die Haare in einem eingeflochtenen Zopf gebändigt, T-Shirt, Jeans und eine lange, dunkelblaue Strickjacke ließen sie viel jünger wirken.

Als erste traf sie auf *mamma*, die sich auf Zehenspitzen stellte, um das große deutsche Mädchen mit einem Kuss zu begrüßen. *La Tedesca* überreichte ihr einen Frühlingsstrauß, und sie begannen kritisch die Küchenkräuter in *mammas* Hand zu betrachten.

»Majoran – *maggiorana*.«

La Tedesca übte die Aussprache.

»Fenchel – *finoci … finocchiella*.«

Damit hatte sie Schwierigkeiten, und ihr helles Lachen klang zu Roberto herüber und erinnerte ihn an längst vergangene, frohe Stunden und an ein Mädchen, das er sehr geliebt hatte.

Die jungen Leute umringten *La Tedesca*, begrüßten sie überaus herzlich; mit allen, Adriano eingeschlossen, schien sie Freundschaft zu verbinden. Renovierungspläne wurden diskutiert, Zeitpläne aufgestellt und widerrufen bis *mamma* aus dem Haus rief, dass die *antipasti* auf dem Tisch stünden und die *pasta* im Ofen bald fertig sei.

Alle strömten über die Terrasse ins Haus, Pasquale nahm den angebrochenen Wein mit, *La Tedesca* war die Letzte; in der Tür stieß sie fast mit Roberto zusammen. Sie erschrak zutiefst, alle Farbe wich aus ihrem Gesicht, ihn hatte sie hier wirklich nicht erwartet.

»Giulia, wo bleibst du?«

Als Maria keine Antwort von ihr erhielt, kam sie wieder aus dem Haus, sah *La Tedescas* bestürztes Gesicht und fühlte sich schuldig.

»Darf ich dir Roberto Bassner vorstellen, Giulia, nicht als *commissario*, den du ja schon kennst, sondern als Adrianos Bruder?«

»*Piacere*«, flüsterte sie automatisch, ihre Unterlippe zitterte leicht, und die beiden anderen merkten, wie sie um ihre Selbstbeherrschung rang.

»Es tut mir leid, dass wir dich so überrascht haben«, fügte Maria mit einem vorwurfsvollen Blick in Robertos Richtung fort, »aber du brauchst keine Angst vor ihm zu haben, genau wie gehört er mit zur Familie.«

»*Signorina*«, er hielt ihr seine Hand hin, aber sie wich zurück und floh ins Haus.

»*Fantastico!* Du hast ja einen tollen Eindruck auf sie gemacht«, bemerkte Maria bissig und folgte ihrer Freundin.

Ihn ärgerte die Überreaktion der beiden, so schlimm hatte er *La Tedesca* nun auch wieder nicht behandelt. Da war er mit Zeugen schon ganz anders umgesprungen, den Erfolg seiner Mission am Sonntag sah er zumindest in Frage gestellt.

Bei Tisch gewann *La Tedesca* ihre Selbstbeherrschung zurück, ging auf den leichten Ton der Geschwister ein, vermied aber jeden Blick in Robertos Richtung. Das gute Essen, die gesellige Umgebung und auch der Wein trugen ein Übriges dazu bei, die anfangs leicht gespannte Atmosphäre zu lockern.

Mamma übertraf sich wieder einmal selbst. Der *prosciutto crudo* stammte aus Montagnana von Pasquales Bruder, serviert mit *carciofi sott'oglio* eine Delikatesse, danach eine überaus köstliche *paté di tonno, lasagne al forno*, für Roberto *risotto con erbette* und schließlich noch eine gefüllte Kalbsbrust mit Zucchinigemüse. Dazu öffnete der Hausherr einen gut gekühlten *Garganega*, Eigenbauwein natürlich, der hervorragend mit dem Essen harmonierte. Beim *gorgonzola dolce* gaben die ersten auf, und die Mürbeteigkuchen mit Früchten stellte man allgemein für den Nachmittag zurück.

Nach dem reichhaltigen Essen schlug Clemente einen Ausflug auf den Monte della Madonna vor, von dem aus man bei der klaren Sicht heute einen fantastischen Blick über die *colli* und die Ebene bis zu den schneebedeckten Alpen hin haben müsse.

Nur *La Tedesca* widersprach, erst müsse der Abwasch für *mamma* erledigt werden, Maria und Bianca schlossen sich notgedrungen an, während die Männer sich blitzartig in Luft auflösten. Die drei Frauen verschwanden zu *mamma* in die Küche. Roberto zog sich wieder auf die Terrasse zurück, wo er durch das offen stehende Küchenfenster ungewollt dem Gespräch beim Abwasch zuhören konnte.

»Na, *bimba*, noch Angst vor der Polizei?«

»Angst nicht direkt, aber welchen Eindruck muss ich auf ihn gemacht haben!«

»Wird schon nicht so schlimm sein, *bimba!*«

Mamma erkundigte sich nach der Arbeit im Hotel, Maria hatte ihre seit einer Woche wegen der Prüfungen aufgegeben. Die Arbeit sei im Großen und Ganzen nicht schwer, sagte *La Tedesca*, während der Ferien in Deutschland habe sie schon schwerere verrichtet.

»Im Großen und Ganzen?«

Maria bohrte nach.

»Ach, die ersten Tage, als du noch da warst, gingen ganz gut. Aber danach wurde es übel, die Frauen zeigten mir offen ihre Verachtung,

und die Männer vom Personal, nicht alle, aber einige, meinen, ich sei im *Farfallone* gestrandetes Freiwild.«
»Sexuelle Belästigung? Beschwer dich umgehend beim *padrone*!«
»Ich habe mir meinen Ruf selbst ruiniert, ich komme da schon durch. Nur wenn ich in meine Mansarde muss, über den schlecht beleuchteten Dachboden, da ist es unheimlich, da hat mir schon einer aufgelauert.«
Sie lächelte schüchtern.
»Zum Glück bin ich ja groß und stark; und irgendwann endet auch diese Zeit. Ich muss da durch!«

Colli Euganei

Roberto hatte Maria gebeten, es so einzurichten, dass er mit *La Tedesca* allein fahren könne, er wolle versuchen, eine neutrale Gesprächsbasis aufzubauen. Ein bisschen empfand sie das als Verrat an Giulia, die sie vor ihm »beschützen« wollte, aber sein indirektes Eingeständnis, sie falsch eingeschätzt zu haben, stimmte Maria milde, und so arrangierte sie es.

Als sich *La Tedesca* plötzlich allein mit Roberto wieder fand, war ihr erster Gedanke Flucht, aber er verstellte ihr den Weg und sagte überaus verbindlich:

»*Signorina* Andresen, bitte geben Sie mir Gelegenheit, den Eindruck, den Sie von mir gewonnen haben, zu korrigieren. Und umgekehrt ebenso.«

Erstaunt musterte sie ihn mit ihren hellgrauen Augen. Wenn sie nachdachte oder nervös war, zog sie die Oberlippe an einer Seite mit den Zähnen nach innen, so auch jetzt.

»Es muss wohl sein!«, sagte sie und zuckte mit den Schultern. »Also fahren wir.«

Erfreut über ihre unvermutet problemlose Art öffnete er ihr die Tür seines uralten Fiats, der aussah, als habe er an einer Wüstenralley teilgenommen und der so gar nicht zu der gepflegten Erscheinung des Italieners zu passen schien. Erstaunt wegen seiner ungewohnten Höflichkeit stieg sie in das verbeulte Vehikel, das im totalen Kontrast zu der scharfen Bügelfalte seiner beigefarbenen Hose und dem knitterlosen auberginefarbenen Sakko stand.

In der Ortsmitte von Torreglia fuhren sie in Richtung Torreglia Alta und bogen vor der *Luxardo-Brennerei* nach rechts in Richtung Luvigliano ab. Während der Fahrt blieb sie wortkarg; er ließ ihr Zeit und redete allgemein über die Landschaft, die Menschen der Region und ihre Mentalität, aber sie entspannte sich nicht und schien miss-

trauisch darauf zu warten, von ihm wieder in die Defensive gedrängt zu werden.
Doch urplötzlich wich ihre Zurückhaltung.
»Halten Sie bitte an!«
Er bremste abrupt.
»Was ist denn das da Wunderschönes vor uns?«
Aufsteigende Rebhügel mit noch nicht wieder ausgetriebenen Rebstöcken wurden gekrönt von einem quadratischen Bau. Sieben große Rundbögen zogen sich über die ihnen zugewandte Fassade, darüber ein Fries, dessen Details aus dieser Entfernung nicht auszumachen waren. Roberto erzählte ihr, dass diese *Villa dei Vescovi ora Olcese*, 1474 erbaut, *Villa der Bischöfe* hieß, weil zwei dieses Berufsstandes, Zeno und Barozzi, die Villa hatten ausschmücken lassen.

Er fuhr am Fuße des Hügels um die Villenanlage herum, parkte und stieg mit ihr über eine vor dem Eingang gespannte Kette zum Tor der Villa. Durch das Gitter des Tores zeigte er ihr den feinen Fries aus Stierköpfen und Kranzmotiven, der sich auch an dieser Seite der Villa über sieben große Rundbögen hinzog, die rostrote und cremeweiße Farbe des Anstrichs harmonierte mit der Formgebung.

»So etwas Schönes hätte ich in diesen so unwegsam aussehenden Hügeln nicht vermutet«, sagte sie fast andächtig. »Sie sieht fast aus wie die Urform des venezianischen Hauses.«

»*Preciso*! Sie ist es! Aber diese Bauweise hat sich nicht durchgesetzt. Wenn Sie diese Bauweise mit Palladios vergleichen ...«

Sie sprachen die gleiche Sprache. *La Tedeca* vergaß schlagartig ihr Misstrauen, und als er ihr auf die Frage, ob man die Villa besichtigen könne, genau sagen konnte, dass die Villa – *ora Olcese* – der Familie Olcese gehöre und in ihrer Abwesenheit besichtigt werden könne, hätte sie am liebsten gleich geklingelt, aber dann fielen ihr Maria und die anderen ein.

»Wir müssen zu den anderen, die warten sicher schon.«

Er akzeptierte ihren Rückzug, wusste er doch nun, wie er sie erreichen konnte; reines Glück, dass die Villen des Veneto ihr Interesse fanden und sein Hobby waren.

Schweigend fuhren sie über Teolo zum Monte della Madonna, parkten etwas unterhalb des Gipfels und legten den Weg bis zum *santuario* zu Fuß zurück. Man erwartete und musterte sie, sogar Adriano blickte kritisch, als ob Roberto *ihrer La Tedesca* etwas angetan haben könnte. Als sie unbefangen von der *Villa der Bischöfe* berichtete, schienen alle aufzuatmen. Roberto schluckte seinen Ärger hinunter, denn wenn er mit seinen Ermittlungen weiterkommen wollte, durfte er ihn um des dünnen Fundaments willen, das er aufgebaut hatte, nicht äußern. Aber er hasste diese Verquickung von privaten und beruflichen Aspekten.

Auf dem Weg zur Aussichtsterrasse blieb er mit Maria zurück.

»Hast du dich von Giulias Schuldlosigkeit überzeugt?«

»Nein, Maria, das habe ich nicht. All die Fragen, die ich an sie hätte, habe ich ihr noch nicht gestellt, sie ist mir gegenüber ausgesprochen misstrauisch, und …«

»Wundert dich das, Roberto?«

»Weißt du, ich bin ihr gegenüber genauso misstrauisch, und das ändert sich nicht einfach dadurch, dass du und Jano und deine Geschwister sie nett finden. Ich habe *La Tedesca* unter Alkohol- und Drogeneinfluss in einem Milieu erlebt, von dem du zum Glück keine Ahnung zu haben brauchst. Sie befand sich in Begleitung von ziemlich kriminellen Elementen und Prostituierten. Ich bin zu lange Polizist, um solche Eindrücke einfach beiseite zu schieben. Du hast deine Meinung über sie, ich bin bereit, meine zu ändern, wenn ich Fakten bekomme. Allein durch eure Sympathiekundgebungen wird das aber nicht geschehen.«

Sein sachlicher Ton ließ sie nachdenklich werden.

»Wie wäre es mit einem Gespräch zu dritt?«

»Du meinst, *La Tedesca*, du und ich?«

»Ja, sie wird leichter antworten können, wenn sie meine …«

» … moralische Unterstützung spürt? Zwei gegen einen? Okay, Maria, dann bereite das arme Kind auf ein schreckliches Verhör vor!«

»Deine Ironie lass lieber weg, dazu ist sie im Augenblick zu empfindlich!«

Kurze Zeit später folgte er Maria auf die Aussichtsterrasse, die aber bis auf eine Gestalt leer war. Ihm stockte der Atem, da stand sie am Geländer, so wie er sie in Erinnerung hatte. Er fuhr sich mit der Hand über die Augen, aber das Bild blieb. Der Wind erfasste ihre langen Locken, wirbelte sie hoch über ihren Kopf, goldig schimmerten sie in der Sonne. Sie sah hinüber zum Monte Grande, drehte ihm den Rücken zu und versuchte jetzt mit einer ihm vertrauten Bewegung die Haare zusammenzuhalten und mit einem Gummiband zu einem Pferdeschwanz zu bändigen. Sein Vater hatte nie gern gesehen, dass sie Jeans trug, aber das hatte sie damals schon ignoriert.

Das Mädchen am Geländer wandte sich um, sie war es nicht, natürlich nicht, seine Erinnerung hatte ihm einen Streich gespielt. Es war Julia Andresen, deren Zopf sich gelöst hatte, und obwohl sie nichts dafür konnte, nahm er es ihr persönlich übel, dass er sie verwechselt hatte.

Er riss sich zusammen, sein Auftrag ging vor, zwei Morde sollten geklärt werden, da konnte er sich Gefühle nicht leisten. In diesem Augenblick trat Maria aus dem Haus neben dem Brunnen.

»Ein wunderschöner Blick auf die Monte Berici. Dahinter, das ist Vicenza, die palladianischste Stadt des Veneto«, sagte Roberto.

Unter ihnen leuchteten in der schachbrettartig aufgeteilten Ebene vor der Stadt sattgrüne Felder zwischen frisch gepflügten ockerfarbenen, und man meinte, den frischen Geruch der Erde bis hier oben zu riechen.

»Und zur anderen Seite sieht man hinüber zum Monte Alto und zum Monte Grande, beide gehören zusammen mit dem Monte della Madonna zum *Parco naturale Carrarese*; es gibt hier sogar *daini*, Damwild«, fügte Maria hinzu.

»Sie wollten mich einiges fragen?«, wandte sich *La Tedesca* an ihn.

Ihm gefiel ihr direktes Anpacken des Problems, und er bejahte knapp.

»Woher kannten Sie die Tote, durch Robert Tauber?«

»Nein, meine und seine Großeltern waren befreundet, und seine Eltern und mein Vater Studienkollegen. Ich war als Kind oft im Hause von Frau Dr. Tauber. Und Robert? Er und ich haben eine Zeitlang dieselbe Schule besucht.«

»Haben Sie in der *Bar 2000+2* das erste Mal Drogen genommen?«

Er wählte seine Ausdrucksweise betont vorsichtig, trotzdem schluckte sie und suchte nach Worten.

»Sie ... halten mich wahrscheinlich für schrecklich naiv und dumm. Das war ich auch! Man hat mir heimlich weißen Rum in die Cola geschüttet und später irgendeine Droge. Sie behaupteten, es sei Aspirin gegen meine Kopfschmerzen, und ich habe es getrunken. Das hatte schreckliche Folgen, Sie haben mich ja gesehen. Ich hatte vorher noch nie mit Drogen zu tun!«

Sie verschränkte die Arme und schüttelte sich in der Erinnerung an die Geschehnisse.

»Sie haben Robert Tauber blind vertraut?«

»Ziemlich. Er wollte mir in Padua ein Zimmer besorgt haben und mich zu einem Sprachkurs anmelden.«

»Stattdessen hat er Sie ins *2000+2* gebracht! Was ist nach der Razzia geschehen? Warum sind Sie ins *Farfallone* umgezogen?«

Sie biss sich auf die Lippen, als wolle sie die Tränen zurückhalten. Sie wandte sich ab und ging fort. Maria wollte ihr folgen, aber Roberto hielt sie zurück.

»Wenn *La Tedesca* weiterreden will, muss sie das freiwillig tun. Sie muss auch von allein zurückkommen. Wenn sie, wie du sagst, ihr Leben allein meistern will, und sie zeigt dazu in der Tat Ansätze, dann kannst du nicht jedes Mal hinter ihr herlaufen und ihr helfen, Maria!«

»Du glaubst ihr jetzt plötzlich?«

»Bis zu dem, was sie mir bis jetzt erzählt hat, ja. Aber es fehlt noch eine Menge, und ich befürchte, ich werde heute nicht mehr viel Neues erfahren. Aber ich bin auch mit ganz kleinen Schritten zufrieden.«

Tatsächlich kehrte *La Tedesca* nach kurzer Zeit zurück.

»Entschuldigung! Aber darüber kann ich einfach nicht sprechen, es war die schrecklichste Nacht meines Lebens!«

»Und wenn ich Ihnen helfe, *signorina*? Warum zeigen Sie den Mann nicht an? Diebstahl, räuberische Erpressung, Drogenmissbrauch, Körperverletzung und noch Schlimmeres können wir ihm mit Ihrer Hilfe und Maria als Zeugin vorwerfen! Meinen Sie, mir ist Ihr geschwollenes Auge entgangen, er hat Sie doch schwer misshandelt, oder?«

Aber sie schüttelte den Kopf.

»Das hat doch mit dem Mord nichts zu tun! Wenn ich ihn anzeige, müsste ich vor mir völlig Fremden in einem fremden Land über Dinge reden, die zu vergessen ich mich gerade abmühe!«

»Also soll er davonkommen?«

»Er ist ja nicht allein schuld«, antwortete sie störrisch, »und mit dem Mord hat es bestimmt nichts zu tun. Wenn ich ihn in der Kurabteilung an jenem Morgen gesehen hätte, würde ich es sagen, dazu hatte ich seine Großmutter viel zu gern.«

Roberto merkte, wie sie sich innerlich zu weigern schien, die Ereignisse des Mordmorgens in ihr Gedächtnis zurückzurufen, sie blockte jede Erinnerung daran ab. Wenn er diese Blockade brechen konnte, allerdings diesmal mit Fingerspitzengefühl und Geduld, konnte sie ihm vielleicht sagen, wen sie an dem Morgen in Frau Dr. Taubers Kabine hatte gehen sehen.

Für heute ließ er es für sich bewenden, auch wenn ihm nicht einleuchten wollte, warum *La Tedesca* diesen Robert Tauber in Schutz nahm.

Adriano und die drei Zanella-Geschwister betraten in diesem Augenblick die Bühne, und das Gespräch wandte sich wieder der Landschaft zu. Clemente erklärte *La Tedesca* die geologische Struktur der *Colli Euganei* betont langsam, und sie hinterfragte viele Fachausdrücke.

»Die kegelförmigen Trachythügel sind vulkanischen Ursprungs«, erläuterte Clemente und schmachtete *La Tedesca* an, die sich nun erkundigte, ob das Thermalwasser am Ostrand der euganeischen Hügel ewig so weitersprudeln würde. Das tue es immerhin schon seit nunmehr fünfundzwanzig Millionen Jahren, antwortete er lachend, jedenfalls sähe er keinen Grund, warum es gerade jetzt damit aufhören sollte.

»Hier jedenfalls«, sagte er, »scheint die vulkanische Natur dem Menschen wohlgesinnt zu sein.«

»Hoffentlich ist die Technik dem Menschen auch wohlgesinnt«, sagte

La Tedesca und zeigte auf die hohen Antennen und die großen Parabolspiegel, die in der Ferne wie auf die Hügel gespickt erschienen.

Clemente nickte bedächtig.

»Ja, das ist eine sehr ernste Frage. In Italien wird uns erst langsam bewusst, welchen Schaden wir den *colli* allein durch die Rodung vieler über hundertjähriger Bäume zugunsten der modernen Technik zufügen. Unsere Umweltbewegung ist noch lange nicht so stark und aktiv wie eure in Deutschland.«

La Tedesca stürzte sich förmlich in die nun beginnende Diskussion über Umweltfragen, als wolle sie mit aller Macht die sie betreffenden Geschehnisse vergessen. Für heute sollte sie das, aber es führte für Roberto kein Weg an dem Problem vorbei, er musste die Vergangenheit mit ihr aufarbeiten, damit der Mord an Lydia Tauber und der an Olga Kossinsky aufgeklärt werden konnten.

Montegrotto Terme

Bei ihrer Rückkehr erwartete sie eine Überraschung. *Mamma* erklärte kategorisch, dass Giulia ab sofort nicht mehr in diesem Sündenbabel von Hotel wohnen würde: sie hätten noch ein kleines Zimmer im Anbau frei. Vom Hof aus könne Giulia mit dem Rad ins Hotel fahren. *Basta!*

Nach einer mehr symbolischen Weigerung nahm sie das Angebot erleichtert an. Roberto war mit dieser Entscheidung sehr zufrieden, denn die Überwachung im Hotel hatte ihn vor personelle Probleme gestellt, im Hause der Zanellas würde es jedoch auffallen, wenn Robert Tauber wieder Kontakt zu ihr aufnähme.

»Ich hatte gestern im *Farfallone* zu tun«, sagte er zu *La Tedesca*, »dabei erfuhr ich zufällig, dass wegen eines Unfalls ein Tennistrainer bis Mitte März ausfällt. Wäre das für Sie nicht ein besserer Job, *signorina*?«

Ihr Misstrauen überwog nur kurz ihr Interesse, zu verlockend war die Aussicht, und sie nahm sogar sein Angebot an, sie gleich ins *Farfallone* zu fahren, mit dem *padrone* zu sprechen und ihre Sachen zu holen.

Während der nur fünfminütigen Autofahrt fragte *La Tedesca* argwöhnisch:

»Welchen Zweck verfolgen Sie eigentlich, Herr Kommissar?«

»Ich tue Ihnen und den Zanellas einen Gefallen, hoffe ich.«

»Völlig zweckfrei?«, sie schüttelte energisch den Kopf. »Zur Abwechslung glaube ich Ihnen kein Wort!«

»So!«

Ihr Ton klang wesentlich weniger abweisend als am Morgen, auch wurde sie nicht mehr blass, wenn er sie ansprach, stellte er zufrieden fest.

Im Hotel angekommen, sprach Roberto zuerst allein mit dem *padrone*, der sich sperren wollte, hatte er doch Angst, *La Tedesca* könne, wenn sie nicht mehr im Hotel wohne, auf Nimmerwiedersehen mitsamt ihren Schulden verschwinden.

»Ich bürge für sie«, würgte Roberto seine Bedenken kurz ab, und die Sache mit dem Tennis gefiel schließlich auch dem *padrone*. Ab sofort solle *La Tedesca* an vier oder fünf Tagen in der Woche morgens die beiden Tennisplätze betreuen, das Walzen, Sprengen und Abziehen überwachen und außerdem den Gästen als Partnerin oder Trainerin zur Verfügung stehen. Roberto hoffte nur, dass sie die entsprechenden Qualitäten aufwies.

Als Roberto nun auch noch eine Zwischenbilanz von *La Tedescas* Schuldkonto forderte und auf einer Reduzierung wegen der nicht mehr genutzten Unterkunft bestand, musterte der Hotelbesitzer ihn erstaunt von der Seite.

Roberto holte sie draußen ab, und gemeinsam fuhren sie mit dem Lift nach oben, nahmen die Treppe zum Dachboden, und er konnte ihr Unbehagen wegen des fast unbeleuchteten Trockenbodens nachempfinden. Ihm war, als husche am anderen Ende etwas herum, wurde aber von *La Tedescas* erschrecktem Ruf abgelenkt.

»Das Türschloss ist aufgebrochen!«

Als sie die angelehnte Tür öffneten, bot sich ihnen ein chaotisches Bild. All ihre Sachen lagen auf dem Boden des kleinen, vielleicht zwei mal drei Meter großen Raumes, die Kleidung aus dem Schrank und die Wäsche aus den Schubladen waren herausgerissen, vermischt mit Zeichenutensilien und Malblöcken. Die Matratze lehnte aufgeschlitzt an der Wand, und sogar das Futter des Koffers war zerfetzt. Roberto hinderte sie daran, etwas zu berühren, hier wollte er die Spurensicherung haben.

Sie schauderte, zog die Oberlippe ein und murmelte: »Wer tut denn so etwas? Ich habe doch, weiß Gott, keine Wertsachen mehr!«

»Vielleicht ein abgeblitzter Liebhaber!«

Es sollte ein Scherz sein, aber sie bekam ihn in den falschen Hals.

»Glauben Sie immer noch, dass ich …«

»Meine Güte, nun legen Sie doch nicht jedes meiner Worte auf die Goldwaage!«, sagte er schärfer als beabsichtigt und ärgerte sich im selben Moment darüber.

Sie wich vor ihm zurück, und all sein Bemühen schien durch seinen schroffen Ton auf einmal wieder zunichte gemacht.

»Sehen Sie«, flüsterte sie, »jetzt sind Sie wieder der Kommissar von vorletzter Woche!«

»Nein, *signorina*, jetzt muss ich wieder Polizist sein und nicht mehr

Adrianos Bruder oder der zukünftige Schwager von Maria. Machen Sie mir meinen Beruf nicht schwerer! Bitte!«

Sie nickte, und beim Hinuntergehen ins Direktionsbüro wusste Roberto, dass er *La Tedesca* mit Samthandschuhen anfassen musste.

Der *padrone* fiel aus allen Wolken.

»Schon wieder etwas!«, zeterte er, telefonierte dann aber selbst mit der Polizei in Abano Terme.

Viel später half Roberto ihr beim Packen und brachte sie auf den Hof der Zanellas zurück, die schon voller Sorge gewartet und befürchtet hatten, der *padrone* habe vielleicht nicht zugestimmt.

Als die beiden Brüder am Abend nach Padova zurückfuhren, gab sich Adriano nachdenklich.

»Weißt du, an wen mich Julia erinnert, besonders ihr Lachen?«

»Hm. Und ich dachte, ich bilde es mir nur ein!«

»Nein, Roberto, Julias Fröhlichkeit, ihre Unbeschwertheit, die du vielleicht noch nicht so kennen gelernt hast, haben wirklich eine unheimliche Ähnlichkeit mit unserer Schwester. Aber ganz besonders ihr Lachen! Ich war zwar erst acht Jahre, als sie starb, aber daran kann ich mich noch genau erinnern! Und dann diese Namensgleichheit! Glaubst du, das ist Zufall?«

»Was denn sonst? Meinst du, sie ist eine Wiedergeburt von Giuliana? Sei nicht albern!«

Robertos Stimme klang abweisend, und die Vergangenheit, die er vergessen zu haben glaubte, kam durch *La Tedesca* in voller Bitterkeit wieder hoch.

»Ich habe wieder Hoffnung, die alte Rechnung doch noch begleichen zu können. Vielleicht ergeben sich neue Aspekte!«

»Warum lässt du die Toten nicht ruhen? Warum gibst du nicht auf? Warum trägst du diese, dir selbst auferlegte Last? Giuliana ist seit zwanzig Jahren tot. Lass Gott sein Richter sein! Aber was rede ich! Ein Roberto Bassner gibt niemals auf!«

»Ich weiß, dass Gattamelata sie umgebracht hat, und wenn die Justiz ihn damals hat laufen lassen, lag das am korrupten System, davon bin ich nach wie vor überzeugt. Aber irgendwann macht er einen Fehler, und dann bin ich da!«

»Und was hat Julia Andresen damit zu tun?«

»Sie ist in den letzten Fangomord verstrickt, irgendwie! Und Gattamelata mit dem Hotel *Farfallone*! An Zufälle glaube ich nicht. Vielleicht ist er der Auftraggeber und Robert Tauber, mit dem sie nach Italien gekommen ist, der bezahlte Mörder.«

»Ich wusste gar nicht, dass du soviel kreative Phantasie entwickelst. Das ist Wunschdenken, komm auf den Teppich, Bruderherz!«

»Lass mich!«

»Und ganz im Ernst, Roberto, lass Julia aus dem Spiel! Sie ist ein nettes, harmloses Kind, das durch seine Vertrauensseligkeit auf die Nase gefallen ist! Verwickle sie nicht in deine Probleme.

Und gefährde sie bitte nicht!«

»Lass mich tun, was ich tun muss, Jano!«

Schweigsam fuhren sie durch die Nacht. Warum hatten nur alle das Bedürfnis, *La Tedesca* vor ihm schützen zu müssen, sogar sein eigener Bruder?

Montegrotto Terme

Am Mittwoch der folgenden Woche fand Roberto eine Notiz auf seinem Schreibtisch, und er fuhr erneut ins *Farfallone*; der an beiden Mordmorgen Dienst habende Badearzt *dottore* Morino, dem der *padrone* wegen Alkoholproblemen fristlos gekündigt hatte, musste sich daraufhin eine Überdosis Heroin gespritzt haben. Seine Schwester hatte ihn in seiner Wohnung in Abano Terme gefunden. Kein Anzeichen von Fremdverschulden.

Ein merkwürdiger Zufall? Roberto mochte nicht daran glauben, aber nach der Befragung des Personals und des *padrones* des *Farfallone* und der Schwester des Toten, die ihn übereinstimmend als Einzelgänger beschrieben, der nie ein persönliches Wort geäußert und ohne Freunde und Familie gelebt habe, wollte Roberto der zuständigen Staatsanwältin empfehlen, die Akte zu schließen.

Da er nun schon im Hotel war, erkundigte er sich nach *La Tedesca* und buchte an der Rezeption eine Tennisstunde, während der *padrone* sich voll des Lobes über sie äußerte. Roberto fand sie beim Herrichten eines der beiden Außenplätze, der Sonnenschein der vergangenen Tage hatte ihr zu einer gesunden Farbe verholfen, und sie schien mit sich und der Welt im Einklang.

»*Buon giorno, signorina*! Haben Sie Lust, eine Partie Tennis mit mir zu spielen? Ich habe zufällig meine Tennissachen dabei! Sie haben keine Chance abzulehnen, die Platzmiete ist bezahlt, kein anderer Gast in Sicht, also?«

Sie zuckte fatalistisch mit den Schultern.

»Ich muss nehmen, was oder wer kommt! Wie hätten Sie's denn gern? So wie der *padrone* es wünscht oder ein ehrliches Spiel?«

»Wie meinen Sie das?«

Sie lachte, zog eine Augenbraue etwas hoch, vergaß vorübergehend ihre Zurückhaltung und imitierte den *padrone*.

»Die Gäste bezahlen nicht, um zu verlieren, *signorina*, sie wollen gewinnen und das Gefühl haben, besser als Sie zu sein!«

»Und das akzeptieren Sie? Wo bleibt die Moral?«
»Die kann ich mir zurzeit nicht leisten.«
»Bei mir schon. Also, ein ehrliches Spiel.«
Insgeheim hoffte Roberto natürlich, dass er besser spielte als sie, schließlich trainierte er mit einem alten Bekannten in seinem Tennisverein in Padova so regelmäßig, wie sein Beruf es zuließ. Er wusste, dass er kein Topspieler war, doch ganz schlecht schätzte er sich auch nicht ein.

Aber *La Tedesca* spielte besser, wenn er auch den ersten Satz gewann, weil ihre Scheu vor ihm größer war als ihr Selbstvertrauen, aber den zweiten verlor er klar und auch sein Vorurteil, Tennis sei nur ein gesellschaftliches Spiel für sie.

Nach zwei gewonnenen Sätzen kam sie fröhlich ans Netz, gab ihm die Hand und sagte ein wenig hintergründig:
»Danke für das Spiel! Sie sind ein guter Gegner, aber auf dem Tennisplatz zu überwinden!«

Kommentarlos schluckte er die Bemerkung und lud sie ein, am kommenden Sonntag mit Jano und Maria zum Mittagessen ins *Ca'Rosso* zu kommen.

»Sie lieben doch alte Bauten? Meine Mutter lebt in einem ziemlich zerfallenen Exemplar, nicht weit vom Geburtshaus Palladios, kulturgeschichtlich ganz interessant, nur: So gutes Essen wie bei *mamma* dürfen Sie nicht erwarten und auch keine so herzliche Atmosphäre.«

Er sah ihr förmlich an, wie sie überlegte, was er mit seiner Einladung wohl bezweckte.

»Vielleicht kommen wir dazu, unsere Unterhaltung vom vergangenen Sonntag fortzuführen, wir waren noch nicht am Ende.«
»Ich weiß! Alten Häusern kann ich nicht widerstehen, herzlichen Dank, ich werde kommen.«
»Robert Tauber hat sich in der Zwischenzeit wohl nicht gemeldet?«
Würde sie sich wieder in ihr Schneckenhaus zurückziehen?, fragte er sich, doch sie tat es nicht.
»Sie haben mein Wort, Herr Kommissar. Wenn er Kontakt zu mir sucht, informiere ich Sie!«

Ob er das glauben konnte? Immer, wenn er den Namen Robert Tauber nannte, wurde sie innerlich starr. Die Möglichkeit, dass sie in Deutschland schon mit ihm geschlafen hatte, bestand immerhin. Wenn er noch der Erste gewesen war, verband sie vielleicht mehr, als sie zugeben wollte.

Padova

Roberto hatte zwar den Besuch im *Ca'Rosso* schön eingefädelt, aber für seine Ermittlungen war es ein vergeudeter Tag. Die *marchesa* Visian erwartete ihre Söhne einmal monatlich zum Mittagessen, aber im Gegensatz zum harmonischen Miteinander bei den Zanellas gestalteten sich die Sonntage im *Ca'Rosso* zu einer meist quälenden Darstellung einer nicht vorhandenen oder gut versteckten Mutter- und Sohnesliebe.

Das Haus lag in einer arkadengesäumten Nebenstraße, nicht weit vom Stadtzentrum entfernt und stammte wie der Adel der Visian aus dem sechzehnten Jahrhundert. Seinen Namen hatte es durch das aus rotem Veroneser Marmor gebaute Renaissanceportal erhalten, innen und außen hatte sich wenig verändert, abgesehen von der Elektrizität und einem Minimum an sanitären Einrichtungen. Auch der kleine Palazzo wies, besonders durch die amerikanischen Angriffswellen aus der Luft am 11. März 1944, Schäden auf, zwar sollte das deutsche Hauptquartier zerstört werden, aber es hatte viele zivile Bauten getroffen. Danach war die Stadt und mit ihr der kleine Palazzo wieder aufgebaut worden, jetzt aber dem Verfall preisgegeben, wenn nicht bald etwas Einschneidendes geschah, doch die *marchesa* besaß keine Mittel, um auch nur die notdürftigsten Reparaturen ausführen zu lassen.

Adriano, der durchweg praktisch Denkende, bezeichnete die sterbende Pracht, natürlich nie in Anwesenheit seiner Mutter, als levantinische Schlamperei, die abgerissen gehöre, um ein vernünftiges Haus zu bauen.

Roberto hingegen hing an dem maroden Gebäude, und ihm tat es jedes Mal weh, wenn er wieder einen abgebrochenen Sims, einen neuen Riss oder bröckelnden Putz wahrnahm.

Adriano und seine Mutter sahen sich sehr ähnlich, schmalgliedrig und hoch gewachsen, mit dunklen Haaren und hellen Augen. Der Stammbaum der Visian reichte nachweislich bis ins sechzehnte Jahrhundert zurück, aber die *marchesa* betonte, wann immer sich eine Möglichkeit ergab, dass die Familie lange vor diesem Kauffahreradel zur *nobiltà* der Stadt gehört habe, vielleicht schon zu langobardischer oder gotischer Zeit, wofür allerdings kein Nachweis zu erbringen war.

Aber damit erschöpften sich die Ähnlichkeiten zwischen Mutter und jüngstem Sohn auch schon. Sie hatte sich von ihm ein Bild als schöngeistigen, aller harten körperlichen Arbeit nicht gewachsenen, intelligenten jungen Mann gemacht und sie konnte einfach nicht begreifen, warum ausgerechnet er eine Bauerntochter aus den *colli* heiraten wollte. Der Gedanke kränkte sie, obwohl gerade sie Verständnis hätte aufbringen müssen, weil sie sich schließlich für einen Bauernsohn aus Südtirol entschieden hatte.

Roberto dagegen schlug, was Charakter, Körpergröße und Gestalt betraf, seinem Großvater mütterlicherseits nach, in seinen Gesichtszügen jedoch ähnelte er, je älter er wurde desto mehr seinem Vater, und das nahm die *marchesa* ihm übel, erinnerte er sie durch sein Aussehen doch stets an das Scheitern ihrer Ehe, die sie gegen den Widerstand ihrer Mutter geschlossen hatte. Roberto ließ sie die Vergangenheit nie vergessen, und daher projizierte sie alle Eigenschaften, die ihr an ihrem Mann missfallen hatten, auf ihren ältesten Sohn.

Nachdem sich die Eltern vor nunmehr fünfundzwanzig Jahren getrennt hatten, seine Schwester Giuliana war dreizehn, er achtzehn und Adriano gerade als letzter, aber vergeblicher Versöhnungsversuch geboren, nahm die *marchesa* den Jüngsten mit zu ihrer Mutter ins *Ca'Rosso* nach Padova, das sie nach deren Tod allein weiter bewohnte und in ihrer Welt der überkommenen Gesellschaftsordnung bis heute unverändert lebte.

Auch der Vater hatte sich von seinen Söhnen ein falsches Bild gemacht. Er setzte voraus, dass der ihm vom Gesichtsschnitt so ähnliche Roberto auch sonst ähnlich sei und seine Wurzeln in der bäuerlichen Welt des Alto Adige habe, und dass er selbstverständlich eines Tages den Hof übernähme.

Zum Bruch kam es, als Roberto sich durchsetzte und zum Jurastudium nach Padova ging und dort seinen kleinen Bruder richtig kennen lernte, während Giuliana in ein Internat übersiedelte, weil sie bei dem jähzornigen Vater nicht allein bleiben wollte.

Seine Mutter verstand die Welt nicht mehr und meinte bis heute, dass die Söhne aus Opposition, oder nur um sie zu ärgern, wegen eines Vater-Sohn-Konflikts das jeweils falsche Studium gewählt hätten.

Sie ignorierte einfach, dass Adriano an der *facoltà agraria* eingeschrieben war und auch ihr ältester Sohn körperliche Arbeit als Ausgleich durchaus schätzte, und sie wäre aus allen Wolken gefallen, hätte sie geahnt, dass Roberto in seiner nicht allzu reichlich bemessenen Freizeit an Großvaters ehemaligem Landsitz, einer besseren Ruine in den *colli*, herumwerkelte, was allerdings eine ziemlich aussichtslose Sache war, weil weder die Zeit noch das Geld zu den einfachsten Instandhaltungsmaßnahmen reichten. Eigentlich die gleiche Situation, in der sich die *marchesa* mit dem *Ca'Rosso* befand, aber im Gegensatz zu ihr hatte er das Gefühl, wenigstens gegen den Verfall anzukämpfen.

Francesca Visian-Bassner legte großen Wert darauf, dass die Sonntagsgäste erst nach der Messe erschienen, obwohl alle Beteiligten wussten, dass kein Mitglied der Familie die Messe besuchte. Auch Maria und *La Tedesca* erschienen gut instruiert erst danach, erstere mit Horrorgefühlen, letztere voller Neugier. *Eleganza* kam Julia als erstes Attribut für die *marchesa* in den Sinn, die, obwohl der Töchteradel seit 1929 von Staats wegen abgeschafft, an dem ihr eigentlich gar nicht mehr zustehenden Titel festhielt.

Nobiltà fand Julia an zweiter Stelle passend, obwohl die Mutter der *marchesa* wie auch die Großmutter aus keinen adligen Familien stammten und der alte *marchese*, der als letzter diesen Titel hätte zu Recht tragen dürfen, ihn abgelegt und als Massimiliano Visian bei der Landreform 1920 aktiv mitgewirkt hatte. Das Ablegen des Titels hatte ihm allerdings nicht geholfen, denn als *marchese rosso* lebte er in der Erinnerung vieler weiter, und den gleichen Beinamen hatte Roberto in den siebziger Jahren in der Studentenbewegung erhalten.

Obwohl sie nur auf Robertos Drängen zu diesem Familiensonntag eingeladen worden war, wurde ihr ein fast überschwänglicher Empfang bereitet, während Maria nur mit einem hoheitsvollen Kopfnicken bedacht wurde, am liebsten hätte die *marchesa* sie ganz übersehen.

Julias üppiger Tulpenstrauß erfreute die Gastgeberin ebenso wie ihr in korrektem Italienisch hervorgebrachter Dank für die Einladung. Vor allem die Eingangshalle, die den Mittelpunkt des Hauses bildete und über zwei Stockwerke reichte, fand Julias Bewunderung. Im Hintergrund führte eine schöne Holztreppe zu einer umlaufenden Galerie, von der links und rechts die beiden Flügel des Hauses abgingen. Rechts unter der Galerie nahm ein großer Kamin einen Teil der Wand ein, daneben führte eine Tür in die Küche.

Restlost eingenommen zeigte sich die *marchesa* von Julia, als diese nicht einfach nur von Renaissance sprach, sondern zwischen *Cinquecento* und *Quattrocento* unterschied.

Der alte, gichtgeplagte Pietro, der jetzt als Koch, Gärtner, Zimmermädchen und Kellner diente, ignorierte Julia: Mit Deutschen wollte er nichts zu tun haben, er wollte nicht vergessen, dass der Vater der *marchesa*, dem er jahrelang gedient hatte, von der Wehrmacht getötet worden war und er beinahe mit; im *Ca' Rosso* lebten noch viele Schatten der Vergangenheit.

Wie an jedem Familiensonntag servierte der alte Pietro kaltes Fleisch, sauer eingelegtes Gemüse und aufgebackenes Brot, auch der Wein wurde nie besser. Nach dem Essen nahm man den Espresso im so genannten Salon ein, dessen abgeschabte Sesselbezüge und zerschlissene Tapeten nur entfernt an alte Glanzzeiten erinnerten.

Während Maria und die beiden Brüder sich in der Halle vor den wärmespendenden Kamin setzten, führte die *marchesa La Tedesca* durch das Haus, eine Vorzugsbehandlung, die Maria nie genießen würde.

Die beiden blieben außergewöhnlich lange verschwunden, und weil die Verlobten sich verabschieden wollten, ging Roberto auf die Suche, nicht zuletzt auch deshalb, weil er sich mit *La Tedesca* weiter unterhalten wollte.

Er fand die beiden Frauen im Garten, sie bemerkten sein Kommen gar nicht, so vertieft waren sie in ihr Gespräch.

»Schade«, sagte *La Tedesca* gerade, »dass die Kunst des Gartenbaus so wenig überliefert ist. Die Gebäude haben die Zeiten überdauert, aber die Gärten wurden meist den neuen Gartenmoden angepasst. Sie sind ja auch viel leichter zu verändern. Ihr Garten, *marchesa*, bildet da eine große Ausnahme!«

»Er ist total verwildert«, beklagte die sich, »aber Sie haben Recht, mein Kind, wir Visians haben immer darauf gesehen, das Alte zu bewahren, neue Gartenmoden würden einfach nicht zum Stil des Hauses passen.«

»Sie kennen sicher den großen alten Gartenarchitekten Alberti, *marchesa*? Er hat am Ende des *Quattrocento* davon gesprochen, dass der Garten als Teil des Hauses angesehen werden solle.«

»*Si*, Gärten und Häuser sollten eine Einheit bilden!«

»Was mir an Ihrem Garten so gefällt«, bemerkte Julia, »ist, dass Albertis Ideen hier noch zu spüren sind, sogar die Einfassung der Beete, Rosmarin und Buchsbaum entsprechen seinen Empfehlungen!«

»Mein Traum«, seufzte die *marchesa*.

Roberto hörte erstaunt einen Ton der Resignation heraus, bisher hatte sie immer vorgegeben, alles sei gut so, wie es sei, hatte er sich vielleicht auch ein falsches Bild von seiner Mutter gemacht?

»Mein Traum«, wiederholte sie, »ist ein renoviertes *Ca'Rosso* mit einer gepflegten Gartenanlage im Stile des *Cinquecento*. Aber für beides fehlt mir das Geld.«

»Mein Traum«, sagte *La Tedesca*, »ist die Wiederherstellung kleiner Stadtgärten, kleiner Landhausgärten und alter Bauerngärten im Stile ihrer Zeit. Die Renaissance hat es mir ganz besonders angetan. Ich kann förmlich sehen, wie hier Haus und Garten eins waren.«

»Bisher hat der alte Pietro den Garten einigermaßen instand gehalten«, seufzte die *marchesa*, »doch seine Gicht lässt ihm kaum noch Bewegungsfreiheit, früher hat er die Hecken regelmäßig geschnitten und den Rasen gemäht, aber jetzt? Wie prächtig sah es damals hier aus, als meine Mutter große Mengen von Blumen anpflanzen ließ!«

»Es gab damals eine Unmenge verschiedenartiger Blumen, und noch viel mehr sind aus römischer Zeit überliefert. In Pompeji versucht man jetzt, alte Gärten originalgetreu nachzugestalten. Schade, dass so viel von der Gartenarchitektur der damaligen Zeit in Vergessenheit geriet! Und besonders hier im Veneto scheint man an der Gartenvergangenheit nur mäßig interessiert.«

»Sie sind ein Phänomen, liebe Giulia. Wenn Sie wollen …«

»Halt! Halt!«, rief Roberto, die Treppen zu ihnen hinuntereilend. »Wenn Sie nicht aufpassen, stellt Mutter Sie hier als Gärtnerin an!«

»Nichts, was ich lieber täte! Im Ernst, *marchesa*, die Einfassungen der Beete und die Hecken schneide ich Ihnen gern, wenn ich dabei nur das Flair des *Cinquecento* einatmen kann!«

Spontane Begeisterung funkelte in ihren Augen; ehe Roberto Einwände erheben konnte, nahm die *marchesa* ebenso spontan an, und Roberto dachte daran, wie blendend seine Mutter es verstand, andere für sich einzuspannen.

»Sie brauchen keine Angst zu haben«, wandte *La Tedesca* sich an Roberto, dessen skeptische Miene sie fälschlicherweise als Zweifel an ihren Fähigkeiten deutete, »ich kann das wirklich. In Deutschland habe ich während des Semesters oft aushilfsweise in einer Landschaftsgärtnerei gearbeitet und mein Taschengeld aufgebessert, da habe ich im Laufe der Zeit viel gelernt! Auch unseren eigenen Bauerngarten habe ich instand gehalten. Wirklich, Sie brauchen keine Angst zu haben, dass ich etwas zerstöre!«

Roberto wies auf die fortgeschrittene Zeit hin, und alle drei kehrten in die Halle zurück. Man verabschiedete sich, und *La Tedesca* verabredete tatsächlich einen Termin mit der *marchesa*. Auf dem Weg zum Busbahnhof sah sie Roberto von der Seite an und bemerkte ruhig, dass sie seiner Frage, ob sie Robert Tauber in der vergangenen Woche gesehen habe, zuvorkommen und sie verneinen könne und auch sonst nichts Außergewöhnliches passiert sei.

Er unterdrückte ein Lächeln.

»*Signorina*, so kommen wir nicht weiter. Ich muss einmal ganz in Ruhe und allein mit Ihnen sprechen!«

Sie wirkte keineswegs eingeschüchtert.

»Gut, wann soll ich in Ihr Büro kommen?«

»Das, glaube ich, ist auch nicht der richtige Ort. Es soll kein Verhör sein, Sie brauchen keine Angst vor mir zu haben!«

»Das habe ich auch nicht mehr! Menschen, die alte Villen und Häuser lieben …«

» … können nicht hart und rücksichtslos sein?«

Sie wurde rot.

»Ich glaube Ihnen ja, *signorina*; mein Mitarbeiter Luciano glaubte Ihnen übrigens von Anfang an, dass Sie die Wahrheit gesagt haben, allerdings so, wie Sie sie sehen. Mit der allein kommen wir aber nicht weiter. Doch mein Instinkt sagt mir, dass Sie mehr wissen, als Sie selbst zu wissen meinen.«

»Ich will alles versuchen, was Sie weiterbringt. Was schlagen Sie also vor?«

»Kennen Sie die *Villa Draghi*? Nein? Auch ein altes Gebäude! Ich hole Sie am Dienstag gegen elf zu einem Spaziergang dorthin ab.«

»In Ordnung! Mein Gott, Sie versuchen ja, mich mit alten Häusern weich zu klopfen, was für eine neuartige Verhörmethode!«

»Man muss sich eben was einfallen lassen, genau das macht die Kreativität in meinem Beruf aus! Haben Sie noch einmal darüber nachgedacht, ob Sie Robert Tauber nicht doch anzeigen wollen? Das, was nach der Razzia passiert ist, rechtfertigt es doch allemal!«

»Keine Chance! Er hat mit dem Mord nichts zu tun. Und dass ich damals auf eine ziemlich brutale Art und Weise erwachsen wurde, kann ich nicht durch eine Anzeige ungeschehen machen oder Robert anlasten! Ich war zu blauäugig, das ist alles!«

Auf dem Rückweg vom Busbahnhof überlegte Roberto, ob sein Freund Umberto bei jener Razzia ein durch Alkohol und Drogen hilfloses Mädchen Tauber überlassen hätte; eine Einweisung in ein Krankenhaus, selbst in eine Ausnüchterungszelle hätten ihr einiges erspart.

Colli Euganei

»*Die Zeiten, da Berta spann, sind nun vorbei*«, zitierte Roberto ein altes Sprichwort aus der Gegend, als sie am Friedhof vorbeigingen, rechter Hand den Monte Castello mit dem Torre Berta liegen ließen und Julia natürlich sofort fragte, was das denn bedeute.

Der Legende nach hatte ein Mädchen namens Berta der gleichnamigen Gattin des hier durchziehenden Kaisers Heinrich IV. einen Korb mit Wolle geschenkt, um für die Freiheit ihres gefangenen Verlobten zu bitten. Die Kaiserin gewährte ihr nicht nur die Bitte, sondern schenkte dem Mädchen so viel Land, wie es mit dem gesponnenen Faden aus dem Korb umgrenzen konnte. Als andere Mädchen diesem Beispiel folgen wollten und Körbe voller Wolle zur Kaiserin brachten, soll diese geantwortet haben, *dass die Zeiten, da Berta spann, nun vorbei seien.*

Kunsthistorisch gesehen gehörte die *Villa Draghi* nicht zu den bedeutenden Villen des Veneto. Im sechzehnten Jahrhundert erbaut, hatte sie eine Zeit lang den Lucatellos gehört und stand nun, fast völlig zerfallen, auf dem Grund und Boden der Gemeinde Montegrotto Terme, weithin sichtbar, auf halber Höhe am Hang des Monte Alto.

Das ganze Gebiet um die Villa herum gehörte zu einem an Sonn- und Feiertagen stark bevölkerten *parco naturale,* heute jedoch gab es außer ihnen nur wenige Gäste, die den herrlichen Frühlingstag am Ostrand der *Colli Euganei* genießen wollten, die meisten kamen aus den nicht weit entfernten Thermalhotels.

Die Villa selbst machte einen total verwahrlosten Eindruck, Fenster, einstmals kühn nach maurisch-venezianischer Art geschwungen, waren mit Brettern vernagelt oder zugemauert, bröckelige Treppen gesperrt, Geländer geborsten und in die Tiefe gestürzt.

»Man behauptet, hier hätten unglaublich viele Statuen gestanden«, sagte Roberto.

Julia sah auf die mit Glyzinien überrankten Rundbögen des Wirtschaftstraktes und wusste, dass hier der ideale italienische Garten gelegen haben könnte.

»Nicht Einzelheiten, sondern der Gesamteindruck von Villa *und* Garten war entscheidend, hier wird es nicht anders gewesen sein!

»Oberhalb der Villa liegt noch ein schöner Aussichtsplatz, das *belvedere*«, warf Roberto ein; auf dem Weg dorthin redete sich Julia, von ihren eigenen Worten mitgerissen, in Begeisterung.

Sie kletterten den ausgewaschenen Weg hoch, an zwei kleinen, an der Rückseite der Villa gelegenen Nebengebäuden vorbei, deren Dächer eingestürzt waren und die sie die Vergänglichkeit des Ortes spüren ließen.

»Jede Düsternis sollte im Garten vermieden werden, Schatten wurde nur als Hintergrund für das Licht geduldet, das war bestimmt auch hier so!

Und mit Sicherheit haben Wasserspiele die Strenge der Blumenparterre gemildert. Wissen Sie, dass die Italiener ihre Kenntnisse im Bau von Wasserspielen von den islamischen Gärten haben?

Oh Entschuldigung, alles was bei mir seit Jahren im Kopf ist, sehe ich hier! Aber einem Italiener etwas von italienischen Gärten zu erzählen, hieße Eulen nach Athen tragen!«

Er lächelte.

»Nein, erzählen Sie ruhig weiter. Ich habe mich wie seinerzeit Palladio nur mit Villen beschäftigt. Gärten? Nein! An die habe ich nie gedacht, und Sie haben mir viel Neues verraten.«

»Ich bin auch gleich fertig. Sehen Sie die Terrasse unter uns? Sie war im sechzehnten Jahrhundert bestimmt in kunstvolle Beete gegliedert. Die Bepflanzung der Blumenparterre wurde nach genau festgelegten, sorgsam ausgeklügelten Mustern vorgenommen.

Die Menschen der Renaissance trafen sich zu geselligen Gesprächen entweder zwischen Blumen und Hecken oder auf Treppen und Terrassen. Die Gärten wurden als Erweiterung des Wohnraums benutzt und nicht wie besonders später bei den Franzosen im Barock zur Selbstdarstellung ihrer Macht und ihres Reichtums missbraucht.

Warum nur haben die Italiener den Ruhm ihrer Gartenbaukunst den Franzosen und später den Engländern überlassen? Und von letzteren haben sie im neunzehnten Jahrhundert auch noch den englischen Landschaftsgarten nach Italien gebracht und unwiderruflich schöne italienische Gärten vernichtet.«

»Italienische Gärten, was meinen Sie damit genau?«, fragte Roberto.
»Italienische Gärten sind bei uns in Deutschland ein Synonym für Renaissancegärten! Aber warum haben die Italiener heute so wenig Lust auf Garten?«
»Uns reichen schon unsere Bauwerke, nicht einmal sie können wir alle erhalten! Und dann diese Bevormundung und Einmischung aus dem Ausland, ich meine nicht Sie, sondern zum Beispiel das Weltkulturerbe der UNESCO. Es will uns verpflichten! Die *Harvard Universität* in der Toskana, in Settignano, sie will uns Italienern einen schön gepflegten, 1910 von englischen Gartenarchitekten geplanten Parterregarten als Spiegel vorhalten! Die *Rockefeller Foundation* in der Lombardei, *Villa Serbelloni*! Sir Harold Acton in Firenze! Lord Lambton mit seiner *Villa Cetinale*! Das *Rosary College* mit der *Villa Schifanoia*, ich könnte diese Liste noch weiter führen! Im dreizehnten Jahrhundert überfluteten uns ausländische *condottieri* mit ihren Söldnerheeren aus England, Frankreich und Deutschland! Die ausländischen *condottieri* von heute kaufen uns auf und verwalten unser Kulturerbe!
Ich finde, man muss *mit* der Vergangenheit leben, aber nicht *in* ihr! Deshalb wollen wir Italiener nicht alles wieder zum Leben erwecken!«
»Ist das nicht ein Widerspruch zu dem, was unser größter deutscher Italienliebhaber gesagt hat*: Was du ererbt von deinen Ahnen hast, erwirb es, um es zu besitzen?*«
»Goethe?«
Roberto fand darin keinen Widerspruch, und unter weiterem kulturgeschichtlichen Geplauder erreichten sie den von Büschen und Bäumen umstandenen Platz der schönen Aussicht und setzten sich auf eine der brüchigen Steinbänke.
»Hierher hätte euer Goethe seinen Frühlingsspaziergang auch verlegen können!«
Sie freute sich über seine Worte, selbst wenn sie nur als Einleitung zu dem eigentlichen Gespräch gedacht waren, aber Roberto zeigte glücklicherweise keine Eile.
»*Mamma* hat mir natürlich etwas zu essen mitgegeben!«
Julia packte nach einer Weile des Schweigens *sopressa*, eine für die *colli* typische Salami, und das ebenso typische Zwiebackbrot aus, das ihnen in der scharfen Märzluft gut schmeckte, ebenso wie der *pecorino* und die süßsauer eingelegten Zwiebeln.
»Meine Großmutter wäre begeistert gewesen von der Landschaft und der Vegetation hier«, begann Julia und erzählte, während ihr Blick über die Weite der Ebene schweifte, von ihrer Familie, ihrem Leben in

Deutschland und der Sehnsucht nach Selbstgestaltung ihres Lebens, die sie mit Robert Tauber nach Italien geführt hatte. Roberto fand es bemerkenswert, wie wenig sie andere für ihre negativen Erfahrungen verantwortlich machte und wie sie Erklärungen, aber keine Entschuldigungen für ihr Handeln suchte.

Über Robert Tauber sprach sie erst zögernd, dann immer offener, über seinen Charakter, seine Vorlieben und den Wandel ihrer Beziehungen. Als als allerdings zur Ankunft im Padovaner Hotel kam stockte sie, übersprang die Razzia und die darauf folgenden Tage und sprach gleich über Lydia Tauber, aber ihre Worte wurden immer zögerlicher.

Gestern hatte sich Roberto noch einmal die Tonaufzeichnung mit ihrer ersten Vernehmung angehört, sie gehörte nicht zu seinen brillantesten. Durch die Zanellas war er mit *La Tedesca* auf eine persönliche Schiene geraten, außerdem erinnerte sie ihn an seine Schwester. Beides hatte er gestern noch bedauert, doch den Morgen hier in den euganeischen Hügeln mit den anregenden Gesprächen über italienische Gärten hätte er nun nicht missen mögen.

Julia wartete angespannt darauf, dass er auf den Mord zu sprechen kam, aber er wollte, dass sie wieder so unbefangen wie zu Beginn spräche und so zögerte er das Gespräch über den Mord noch hinaus. Stattdessen sprach er vom *Ca'Rosso* und der Geschichte seiner Familie und kam dabei zwangsläufig auf seine Mutter.

»Wie Sie vom *Ca'Rosso* reden! So als ob Sie es lieben! Aber warum wohnen Sie dann nicht darin? Es ist doch reichlich Platz für Sie, Ihre Mutter und Adriano.«

Sie blieben stehen, er überlegte und wollte eben antworten, als sie ihm, erschrocken über sich selbst, spontan den Mund zuhielt und heraussprudelte:

»Nein, antworten Sie nicht! Es war unmöglich von mir, Sie etwas so Persönliches zu fragen!«

Schnell zog sie die Hand zurück und langsam stieg ihr die Röte ins Gesicht.

»Ich habe zwei Gründe«, antwortete er ernsthaft, unterdrückte seine Heiterkeit und blickte über die Ebene, um ihr über ihre Verlegenheit hinwegzuhelfen, »der erste ist tatsächlich rein persönlich und den behalte ich für mich. Und der zweite? Wissen Sie, ich könnte es nicht ertragen, den fortschreitenden Verfall des Hauses täglich mitansehen zu müssen und zu wissen, dass ich gar nichts, aber auch gar nichts daran ändern kann. – Aber nun sollten wir uns einem anderen Thema zuwenden.«

Er sah sie kurz aus den Augenwinkeln an, die Röte war aus ihrem Gesicht gewichen, nur zwei rote Flecken brannten noch auf ihren Wangenknochen, und sie folgte ihm beinahe dankbar zu dem Thema, dessentwegen sie hier heraufgekommen waren.

Colli Euganei

Obwohl Märzveilchen, Buschwindröschen und Lerchensporn ihren Rückweg zum *belvedere* säumten, hatten sie keinen Blick für sie, auch nicht für die aufbrechenden Blütenknospen der Kirschbäume und die glänzend klebrigen Knospen der Kastanien.

Sie beschäftigten sich vielmehr damit, die Vorgänge des Mordtages in allen Einzelheiten zu besprechen, und es erstaunte Roberto, nun, da sie sich zum Reden durchgerungen hatte, wie präzise sie den Ablauf der morgendlichen Rituale bei der Fangotherapie beschreiben konnte, wie sie wusste, welcher Fangobetreuer für welche Kabinen in welcher Reihenfolge tätig war, wer von ihnen als Letzter im Aufenthaltsraum zur Zigarettenpause verschwand, dass Elvira ihre Pause immer überzog und dass wirklich kein Unbefugter Lydias Kabine betreten hatte.

Sie blieben stehen und bei dem Wort *Unbefugter* hakte er ein und wollte wissen, was sie damit meinte.

»Na, dass außer Elvira und dem Badearzt kein Mensch Lydias Kabine betreten hat.«

»Der Badearzt? Den haben Sie vorher nie erwähnt.«

»Sie haben immer nach jemandem Fremden gefragt. Er war doch befugt.«

Wieder dieses Wort.

»Was genau hat er gemacht?«

»Er ist von Kabine zu Kabine gegangen.«

Sie schloss die Augen; Roberto störte sie in ihrer Konzentration nicht.

»Vor Kabine sieben stand der Wagen mit den Eimern voller Fangoschlamm. Der Arzt blieb davor stehen, griff in einen der Eimer und hat wohl die Temperatur des Schlamms geprüft. Dann ist er in Lydias Kabine gegangen.«

Roberto ließ sie seine Spannung nicht spüren und redete ganz ruhig mit ihr.

»Der Badearzt hat am Mordtag ausgesagt, er sei von Kabine zu Kabine gegangen, bei signora Tauber habe er nicht reingeschaut, schließlich sei die Dame kerngesund gewesen.«

Wieder schloss *La Tedesca* die Augen; als sie sie nach einer Weile wieder öffnete, sah er den aufkeimenden Schrecken darin.

»Das stimmt nicht! Er ist reingegangen! Und … Er ist nicht wieder rausgekommen!«

Roberto war wie elektrisiert.

»Sind Sie sicher, *signorina*?«

»Vollkommen, Herr Kommissar!«

»Sie wissen, was das bedeutet?«

»Er ist der Mörder?«

»Ja, aber er ist tot.«

Roberto erzählte ihr von der Überdosis Heroin und nahm ein Foto aus der Brieftasche. Bevor er es ihr aber zeigte, bat er sie, nicht zu erschrecken: es sei ein nicht sehr schönes Polizeifoto von dem Toten. Sie wurde etwas weiß um die Nase, sah sich das Bild aber genau an und gab es zurück.

»*Dottore* Morino? Ihn habe ich an diesem Morgen nicht gesehen«, sagte sie mit Bestimmtheit, verschwieg aber, dass sie ihn näher kannte, die Erinnerung an die unwürdige Behandlung durch ihn mochte sie ihm allerdings nicht anvertrauen, »an dem Morgen hatte ein anderer Arzt Dienst, einer mit einem grauen Vollbart.«

Roberto hatte die Aussage von *dottore* Morino noch gut im Gedächtnis. Als er vernommen wurde, hatte er ganz andere Aussagen gemacht. Aber wenn er nicht von Kabine zu Kabine gegangen war, wer dann? Das Arztzimmer hatte einen Ausgang direkt nach draußen. Von dort musste der Mörder gekommen sein, Morinos Platz als Badearzt eingenommen, den Mord begangen haben und aus dem Fenster gesprungen sein. War die Überdosis Heroin vielleicht doch Mord?

»Ich habe diesen Arzt schon einmal gesehen«, sagte sie plötzlich.

»Was haben Sie?«

»Ich habe diesen Arzt schon einmal gesehen, und zwar an dem Morgen, als die alte Frau in der Nachbarkabine von Frau Dr. Tauber im Ozonbad ertrank. Als ich Lydia nach oben begleitete, ging er gerade in Kabine sechs.«

Roberto sah sie überrascht an, das war selten bei ihm, denn normalerweise hatte er sich gut unter Kontrolle.

»Seit drei Wochen arbeitet die gesamte *squadra omicidi* an diesen beiden Fällen, und wir rätseln, ob wir zwei Mörder oder nur einen suchen müssen, und Sie wissen die ganze Zeit die Lösung und haben den Mörder gesehen!«

»Aber mir ist das alles gerade jetzt eben erst wieder eingefallen«, verteidigte sie sich, denn sein schroffer Ton erschreckte sie.

»Okay, okay! Aber nun lassen Sie mich mal nachdenken!«

Seine Gedanken rasten. Zuerst einmal musste *La Tedesca* sich die vom Hotel verpflichteten Ärzte ansehen, ein Ausschlussverfahren, denn Roberto bezweifelte, dass einer von ihnen als Täter in Frage kam.

Der Mörder hatte genaueste Orts- und Zeitkenntnisse gehabt und kannte sich detailliert mit der Fangotherapie aus, doch das konnte er von *dottore* Morino erfahren haben. Robert Tauber schied aus, es sei denn in Verkleidung.
»Wie groß war der Mörder etwa?«
»Mittelgroß.«
»Was heißt das? Genauer bitte!«, fuhr er sie an.
»Ich …«
»Oh, entschuldigen Sie, *signorina*. Aber wenn mich das Jagdfieber packt, vergesse ich alle Höflichkeitsformen. Sie haben mir sehr geholfen, ich wollte Ihnen keine Vorwürfe machen!«
Sie fing sich wieder, aber ihre Stimme zitterte noch leicht.
»Er war kleiner als Sie, kleiner als ich, es ist schwer zu schätzen.«
»Dann kann es nicht Robert Tauber als Arzt verkleidet gewesen sein?«
»Nein, nein, der Arzt war wesentlich breiter gebaut.«
»Aber Sie würden ihn wiedererkennen?«
»Höchstwahrscheinlich.«
Der Mörder hatte *La Tedesca* in ihrer Sitzecke hinter den Pflanzen nicht bemerkt, sein einziger Fehler bisher. Er wusste nichts von ihrer Existenz, sonst wäre sie wohl nicht mehr am Leben. Sobald bekannt wurde, dass es eine Zeugin gab, war *La Tedesca* stark gefährdet.
»*Signorina*«, sein Ernst und seine Besorgnis waren echt, »tun Sie mir einen Gefallen und erzählen Sie niemandem – niemandem! –, was Sie mir erzählt haben. Ich möchte nicht, dass Ihnen etwas passiert!«
Sie erschrak.
»Glauben Sie, der Mörder weiß …?«
»Nein, sicher nicht! Aber gehen Sie in Zukunft nirgendwo allein hin. Ich möchte nichts riskieren, Sie sind unsere einzige und damit wichtigste Zeugin, haben Sie mich verstanden?«
Wir werden sie unter Personenschutz stellen müssen, dachte Roberto, und wenn wir mit unseren Ermittlungen nicht weiterkommen, muss sie als Köder dienen, aber wir werden gut auf sie aufpassen. Im Hotel müsste ein Beamter postiert werden; nachmittags ist sie bei den Zanellas sicher, die Hunde melden jeden Fremden rechtzeitig an.
Der Tag hatte seinen Zauber schon lange verloren, schweigend gingen sie zum Hotel zurück, wo Roberto sein Auto geparkt hatte, und er brachte sie zum Hof der Zanellas, wo er die beiden Zanella-Brüder bat, ein Auge auf *La Tedesca* zu haben und sie morgens, wenn möglich, mit dem Fahrrad zum Hotel zu begleiten. Die beiden fanden das überaus spannend, auch wenn sie den Grund nicht erfuhren, versprachen sie es trotzdem.
Zurück im Hotel sprach Roberto mit dem nicht sehr begeisterten *padrone*, der ihn am liebsten gar nicht mehr im Hotel sah, und erfuhr,

dass zur Zeit zwei Vertragsärzte für das Hotel arbeiteten, ein Internist und ein Orthopäde, aber keiner von ihnen trug einen Vollbart. Also erübrigte sich eine Gegenüberstellung, und Roberto musste seine Zeugin nicht preisgeben.

Am anderen Morgen ließ er *La Tedesca* in die *questura* bringen, um ein Phantombild vom Mörder anfertigen zu lassen. Mit einem speziellen Computerprogramm erstellten sie ein grobes Bild, das ein Zeichner später nach *La Tedescas* Angaben weiter verfeinerte. Aber am Mittag war keiner mit dem Ergebnis so richtig zufrieden, danach sah sie klaglos Hunderte von Verbrecherfotos an, aber keines ähnelte dem Mörder. Schließlich brachte Roberto sie nach Torreglia zu den Zanellas zurück. Auf dem Weg dahin kamen sie an *La Cantinetta* vorbei, einem Lokal, dessen freundlicher Service und gute padovanische Küche Roberto schätzte, und er lud *La Tedesca* zum Mittagessen ein, bei dem sie noch einmal alle Einzelheiten des Mordmorgens durchsprachen. Aber trotz einer köstlichen *frittata* mit Wildkräutern, gerösteten Kaninchenfilet und *polenta* erfuhr er nichts Neues.

Der nächste Tag verstrich ohne besondere Ereignisse, aber am frühen Donnerstagabend fand Roberto bei seiner Rückkehr ins Büro eine Notiz aus der Zentrale, *La Tedesca* habe angerufen. Sie sei von Robert Tauber in die *Bar 2000+2* bestellt worden und dorthin gefahren.

War sie wirklich so grenzenlos naiv? Dass sie versucht hatte, ihn zu erreichen und zu informieren, bestärkte Roberto, an ihre Integrität zu glauben, aber was half ihr das im Augenblick?

Treviso

An einem kühlen Märzabend saßen sich in der Nähe von Treviso Gattamelata und Carmagnola in der Bibliothek der Villa gegenüber. Die tief herabgezogenen Hängelampen mit ihren grünen Glasschirmen beschienen einen mit einem grünen Filztuch bedeckten Schachtisch. Die Gesichter der Männer lagen im Dunklen, der Schein der Glühbirnen fiel auf ihre behandschuhten Hände, Carmagnola trug weiche, schwarze, Gattamelata weiche, weiße Stoffhandschuhe.

Auf dem Fußboden stand eine Holzkiste, aus der Holzwolle quoll, die den Boden der Kiste bedeckte, aus der aufwendig verpackte kleine Gegenstände ragten.

Vorsichtig nahm Carmagnola einen heraus und reichte ihn seinem Gegenüber, bediente sich selbst mit einem zweiten und begann unendlich vorsichtig das Seidenpapier zu entfernen.

»Hoffentlich hat der Transport ihnen nicht geschadet«, murmelte Carmagnola und entfernte die letzte Seidenpapierhülle.

Heraus schälte sich eine kleine, etwa neun Zentimeter hohe Elfenbeinfigur: der König.
»Eine chinesische Kostbarkeit.«
Aus Carmagnolas Worten sprach andächtige Bewunderung.
»Sie soll aus dem achtzehnten Jahrhundert sein. Schau dir die feine Verzierung seines bodenlangen Mantels an! Und sein Gesichtsausdruck! Diese eine, hochgezogene Braue signalisiert Überlegenheit, der Spitzbart Raffinesse, der Stab in seiner rechten Hand Macht! Das ist mein König!«
Liebevoll strich er über die Figur des kleinen Königs, pustete ein paar Holzwollestäubchen fort und begann, die nächste Figur auszupacken.
Gattamelata teilte die Schachbesessenheit Carmagnolas, wann immer es ging, spielten sie eine Partie, aber er gab nicht annähernd so viel Geld für historische Schachspiele aus wie Carmagnola. Dabei konnte auch seine Sammlung sich durchaus sehen lassen. Er drehte eine etwa anderthalb Zentimeter kleinere, überaus reich verzierte chinesische Dame aus Elfenbein zwischen seinen behandschuhten Fingern, aber seine Gedanken waren nicht bei der Sache.
»Robert Tauber macht mir Sorgen«, unterbrach er Carmagnolas Lobeshymne auf den schwarzen König.
»Wieso? Der ist für morgen avisiert, alles läuft normal. Der schwarze König sieht aus wie der geborene Verlierer!«
»Mir gefällt nicht, dass wir ihm nachgegeben haben. Mord ist nicht unser Geschäft! Mord wirbelt zu viel Staub auf! Mord ist mir nicht subtil genug! Und er ruft automatisch den *marchese* auf das Spielfeld, das haben wir jahrelang erfolgreich vermieden!«
»Du und deine Mordphobie! Manchmal ist Mord die sauberste, schnellste und einfachste Art, Probleme aus der Welt zu schaffen, und haben wir nicht Tauber mit seinem Mordauftrag in der Hand?«
»Nichts haben wir! Du hast den Mordauftrag weitergeleitet, und ich hoffe um unser aller willen, dass du den richtigen Mann ausgewählt hast!«
»Er ist längst wieder verschwunden, und man wird ihn hier in der Gegend nie wieder sehen, dafür bürge ich. Selbst unser fähiger *marchese* wird keine Spur von ihm finden.«
»Hoffentlich. Aber was mir noch mehr Sorge macht, ist die Tatsache, dass Colombo unsere Identität kennt. Wenn ich mich noch einmal zu deiner saubersten, schnellsten und einfachsten Art, Probleme zu lösen, bereit finden sollte, dann bei ihm!«
»Vielleicht hat er nur geblufft, er hat keine Namen genannt, nur Andeutungen gemacht, und wir sind auf den Bluff abgefahren.«
»Vielleicht? Wir brauchen Gewissheit!«
»Nun lass doch die Geschäfte, wir haben uns hier zu unserem Vergnü-

gen getroffen! Sieh dir die schwarze Dame an, sie sieht entschlossener aus als die kleine weiße.«

»Carmagnola …«

»Okay. Ich lass Tauber morgen vom Flughafen abholen und in das Haus bei Teolo bringen, dann verschaffen wir uns Gewissheit.«

»Ist das nicht zu riskant?«

»Überlass das mir, ich schicke meine beste *lancia*.«

»Wusstest du, dass das Mordopfer mit Fra Moriale befreundet war, Carmagnola?«

Auch diese Information beunruhigte Gattamelata mehr, als es seine gelassene Stimme vermuten ließ.

»Er muss ja nicht unbedingt erfahren, dass ich der Drahtzieher war! Ich glaube, ich weiß auch schon ein Mittel um ihn zu besänftigen«, sagte Gattamelata und wandte sich dem weißen Elfenbeinturm zu.

Aeroporto Marco Polo

»So, meine kleine Taube, jetzt sind wir in Italien.«

Robert nahm seinen Ausweis vom Einreisebeamten entgegen und ging auf das Gepäckförderband zu. *Colomba piccola,* wie Robert sie während der drei Wochen ihrer Bekanntschaft genannt hatte, als er als Roberto Colombo auf Lanzarote herumgereist war und ihr eine gemeinsame Zukunft in den rosigsten Farben ausgemalt hatte, folgte ihm auf ihren hohen Plateausohlen nur mit Schwierigkeiten, denn wenn er einen Schritt mit seinen langen Beinen machte, brauchte sie zwei. Sie war eine kleine, überaus attraktive Spanierin, die ihm drei Wochen, Tag und Nacht, Gesellschaft geleistet hatte und ihm bedenkenlos nach Italien gefolgt war. Als sie unkontrolliert den Zoll passierten, erspähte Robert zwei bekannte Gesichter, Angelo und Andrea. Sollten sie ihn wieder in einen Kofferraum stopfen wollen, würden sie ihr blaues Wunder erleben! Aber diesmal lagen ihre Pläne anders.

Auf ihre Anweisung hin mietete er einen silberfarbenen Alfa Romeo der Hundertsechsundsechziger Klasse; zu viert fuhren sie auf den am weitesten von der Ankunftshalle entfernten Parkplatz, wo er neben einer dunklen Limousine, von der Robert bisher nur den Gepäckraum kannte, parken und umsteigen musste. Die schwarz getönten Scheiben der Limousine verhinderten, dass man hineinsehen konnte. Von innen allerdings auch nicht nach außen, denn schwarze Jalousetten versperrten die Sicht.

Angelo hielt ihnen den Wagenschlag auf und grinste.

»Wohin fahren wir?«, erkundigte sich Robert; das Verfahren war unüblich und für seinen Geschmack viel zu auffällig

»Entspann dich, Roberto, wir fahren eine Dreiviertelstunde. Entspann dich, Kumpel, nach der Halbzeit könnten wir wechseln!«

Das Mädchen traf ein anzüglicher Blick.

Colomba piccola blickte verständnislos von einem zum anderen.

»Komm, kleine Taube, steig ein«, sagte Robert, nun ebenfalls grinsend, »wir haben nicht viel Zeit.«

Als sie merkte, was er vorhatte, gab sie sich ihm willig hin, in einer Limousine hatte sie noch nie mit einem Mann geschlafen. Robert war ziemlich schnell mit ihr fertig, klopfte an die Trennscheibe und der Wagen hielt prompt.

»Du brauchst dich nicht erst wieder anzuziehen«, sagte er, den Reißverschluss seiner Hose hochziehend.

Er stieg aus, tauschte mit Angelo den Platz und ignorierte ihren Widerstand; drei Wochen mit ihr waren nett gewesen, aber nun musste Schluss sein.

»Darf ich nachher auch noch dein Mädchen bürsten?«, fragte Andrea, nachdem sie sich wieder in Bewegung gesetzt hatten.

Der Deutsche gestand es ihm großzügig zu, allerdings unter einer Bedingung: »Wenn du mir sagst, was ihr mit mir vorhabt.«

»Ist kein Geheimnis, wir fahren in die Nähe von Teolo, die beiden *condottieri* wollen dich sprechen!«

»Gattamelata *und* Carmagnola?«

»*Esatto!*«

Roberto nickte zufrieden, das Spiel ging weiter und wurde spannender. Wenn sie ihn hätten töten wollen, hätten sie sich nicht so auffällig im Beisein einer Zeugin am Flughafen verhalten. Angst fühlte er nicht, aber sein Adrenalinspiegel stieg.

Als sie bei einem allein stehenden, abseits gelegenen Gehöft anhielten, sah Andrea auf die Uhr.

»Du kannst hineingehen, wir sind zwei Minuten über die Zeit. Darf ich jetzt ...?«

»*Ma certo, amigo.*«

Während Robert das verkommene Gebäude betrat, tauschte Angelo mit seinem Bruder den Platz. Die *colomba piccola* wehrte sich nicht mehr wie bei Angelo, sie seufzte leise und wusste, dass sie das Milieu von Arrecife nicht verlassen, sondern es nur mit dem von Padova vertauscht hatte.

Teolo

Sie gingen als Partner auseinander, nachdem beide Seiten ihre Drohgebärden nicht zu weit getrieben hatten. Roberts dezente Andeutung einer eidesstattlichen Erklärung bei einem deutschen und einem spanischen Notar, die *condottieri* betreffend, und die Erwähnung des Auftragsmordes und der Recherchen des *marchese* von Seiten Carmagnolas und Gattamelatas wurden nur noch durch eine Drohung der beiden präzisiert, die an ihre etwas gewalttätig veranlagten Verwandten im *mezzogiorno* erinnerten.

Dann tauchte die Frage nach der Heroinlieferung auf, die Robert dem *Tre-Condottieri*-Sydikat schuldete, und er versuchte erst einmal abzulenken und die *colomba piccola* als Ersatzlieferung zu präsentieren.

»Das Heroin!«

Robert wand sich und meinte, deshalb sei er wieder hier. Was er denn genau vorhabe, die *condottieri* ließen nicht locker.

»Ich muss an das Gepäck von Julia Andresen«, wich er aus, »ich rufe sie an und verabrede mich mit ihr. Wenn ich nur ihre Telefonnummer hätte!«

»Damit können wir aushelfen«, sagte Carmagnola, »aber es wird nicht so leicht sein, an sie heranzukommen. Sie lebt jetzt in Torreglia, wird aber völlig abgeschirmt. Wenn Sie Kontakt zu ihr suchen, fordern wir absolute Diskretion! Kein Aufsehen! Keine Gewalt! Ist das klar!«

»Kein Problem«, stimmte Robert zu.

»Und schicken Sie Ihren Anwalt zum *marchese*!«, befahl Gattamelata. »Damit er ihm Ihr Alibi für die Mordzeit unterbreitet. Machen Sie einen Riesenbogen um ihn! Ist das ebenfalls klar?«

Auch das lag in Roberts Interesse, und er bestätigte es ihnen wortreich.

»Wir rechnen spätestens am Anfang der nächsten Woche mit dem Heroin. Unsere Geduld nimmt rapide ab.«

Damit war Robert entlassen. Er hatte ihre Gesichter nicht sehen können; als er den Raum betrat, blendete ihn eine Schreibtischlampe, hinter der die beiden unerkennbar blieben. Das Spiel war nicht ganz so gelaufen, wie er es sich gedacht hatte. Aber Gattamelata durchschaute zumindest nicht, dass er geblufft hatte. Damals, vor ihrer letzten Begegnung hatte Carmagnola ihm nur gesagt, dass einer der *condottieri* Anwalt, der andere Polizeioffizier sei, über mehr Wissen verfügte er nicht. Was Carmagnola damit bezweckt hatte, wusste er nicht.

Wenn er die Sache mit Julia geregelt hatte, konnte er die Karten neu mischen.

Die beiden Brüder fuhren ihn zum Flughafenparkplatz zurück. Dort hinderte Robert *colomba piccola* daran auszusteigen.

»Liefert sie bei Carina ab!«, schnarrte er und stieg ohne ein weiteres Wort des Abschieds in seinen Alfa und fuhr los.

Torreglia/Padova

»Giulia, Telefon für dich!«

Mamma zog sich wieder in die Küche zurück, als sie sie von der Terrasse hereneilen sah.

»*Pronto!*«

»*Pronto*, Jule!«

Die Stimme ließ sie erstarren, sie hatte gehofft, sie nie mehr zu hören.

»Bist du stumm geworden? Hör zu, ich muss dich unbedingt sehen!«

Julia räusperte sich.

»Wir haben nichts mehr miteinander zu schaffen!«

»Da irrst du dich aber gewaltig! Mehr als du ahnst! Du kommst sofort und umgehend in die *Bar 2000+2!*«

»Ich denke nicht daran!«

»Du wirst nicht nur daran denken, du wirst es auch tun, sonst …!«

»Sonst?«

»Sonst wird deine Freundin eine unangenehme Zeit verleben. Du weißt, ich mache keinen Spaß!«

Dieser Mistkerl!

»Maria?«

»Wer sonst? Wir haben sie, und du wirst ganz schnell hier erscheinen! Und wenn du *ein* Wörtchen bei der Polizei erzählst, geht es Maria schlecht, da verlass dich drauf! Mach dich sofort auf die Socken, ein Taxi ist bereits unterwegs zu dir!«

Ohne eine Antwort abzuwarten, legte er auf.

»Schlechte Nachrichten?«, fragte *mamma*.

»N-nein, ich muss nur noch mal weg. Ist Maria nicht da?«

»Die wollte schon vor zwei Stunden zu Hause sein, ich weiß nicht, wo sie sein könnte. Sie ist sonst immer zuverlässig, aber schließlich ist sie ja erwachsen.«

Also doch, er hatte nicht gelogen, Maria war in seiner Gewalt. Julia hasste ihn und hatte Angst vor ihm. Und jetzt hatte sie auch noch Angst um Maria. Warum musste er nun auch ihre Freunde noch mit hineinziehen?

Julia mochte *mamma* nicht beunruhigen und so behielt sie die schlechte Nachricht für sich. Sie zog eine Windjacke über und wollte eben das Haus verlassen, als Nino erschien.

»Wo willst du denn hin?«, fragte er mit einer fordernden Stimme.

Was bildete sich dieser Sechzehnjährige eigentlich ein?

»Das geht dich nichts an!«

»O doch! Ich habe Roberto versprochen, auf dich aufzupassen!«

»Du?«

»Ja, ich oder Clemente.«

Trotz ihres Ärgers über das, was man hinter ihrem Rücken verabredet hatte, begann sie nachzudenken. Nicht die Polizei!, hatte Robert gefordert. Aber hatte sie nicht dem Kommissar ihr Wort gegeben, ihn zu benachrichtigen, falls Robert mit ihr Kontakt aufnähme?

Ninos Miene drückte Entschlossenheit aus, sie nicht gehen zu lassen, er stand ihr im Weg, wie sie sich selbst auch. *Mamma* war wieder in der Küche verschwunden, und Julia beschloss, nicht wieder im Alleingang Dummheiten zu machen, also weihte sie Nino über Marias Verschwinden ein.

Er bekam riesig große Augen.

»Ruf sofort Roberto an!«

Wahrscheinlich hatte er Recht, sagte sie sich und kramte das Kärtchen mit der Nummer der *questura* und der Durchwahl des Kommissars heraus.

Es klingelte unendlich lange, schließlich meldete sich die Zentrale, Kommissar Bassner sei unterwegs. Ob sie ihm etwas ausrichten oder ihm eine Notiz auf den Schreibtisch legen könnten? Natürlich.

Julia und Nino machten sich auf den Weg, um Marias Sicherheit nicht zu gefährden.

Als sie die Zufahrt verließen, fuhr gerade das Taxi vor. Eine knappe halbe Stunde später betraten sie die Bar, mit der Julia so schreckliche Erinnerungen verknüpfte.

Robert Tauber ließ auf sich warten, aber seine Clique begrüßte sie lautstark. Ninos Anwesenheit wurde missachtet. Als jemand schroff bemerkte, Kinder hätten hier nichts zu suchen, presste er die Lippen zusammen. Julia hatte ihn gebeten, vor der Tür zu warten, aber er bestand rigoros darauf, sie zu begleiten.

Sie hatten abgewartet, ob Julia wirklich ohne Polizei auftauchen würde, denn Robert erschien erst nach mehreren Minuten. Mit einem Blick auf Nino begrüßte er sie.

»Willkommen bei uns! Trinkt etwas, ich lade euch ein!«

Julia lehnte für sie beide ab.

»Lass Maria frei, was willst du von mir?«

»Nicht so hastig! Und wieso freilassen? Sie amüsiert sich köstlich mit ihrem Verlobten in dessen Wohnung, wurde mir berichtet.«

Er hatte sie reingelegt, sie hätte es wissen müssen, aber nun war es zu spät. Trotzdem fiel ihr ein Stein vom Herzen, dass Maria in Sicherheit war, allerdings war sie jetzt verantwortlich für Nino. Einerseits fühlte sie sich durch seine Gegenwart nicht ganz verlassen und ausgeliefert, anderseits ärgerte sie sich über den Kommissar, der Nino eine unmögliche Aufgabe übertragen und ihn damit gefährdet hatte.

»Ich habe einen schönen kleinen Plan, bei dem du mir helfen sollst«, sagte Robert, er sah braungebrannt und gut erholt aus und blickte sich Beifall heischend im Kreis seiner Freunde um.

»Beeil dich!«, befahl ein kleiner dunkelhaariger, durchtrainierter Mann Mitte zwanzig in einer silberfarbenen Lederkombination, Motorradstiefeln und einem silbernen Helm unter dem Arm, um die untere Hälfte seines Gesichtes hatte er ein rotweißes Tuch geschlungen, wie es die Araber trugen. Julia kam er bekannt vor, und sie merkte an der Haltung der anderen, dass er hier der Boss war.

»Okay, okay, *il Argenteo!*«

Also doch: *der Silberne*, das war sein Spitzname damals bei der Feier hier!

Robert ging zur Bar und holte ein Glas mit Cola. Die anderen bildeten jetzt einen Halbkreis um Nino und Julia, die automatisch zurückwichen.

Die anderen zogen den Halbkreis immer enger. Julia wurde es heiß vor Angst, und auch Nino merkte, dass sie in der Falle saßen. *Il Argenteo* ließ aus einem Papierbriefchen ein weißes Pulver in die Cola rieseln.

»Setz dich!«, herrschte er Julia an.

Sie gehorchte und bemerkte voller Schrecken, dass sie an demselben Tisch saß, an dem sie schon einmal Cola mit dieser schrecklich wirkenden Droge getrunken hatte. Wollten sie das wiederholen?

Sie wollten, aber Julia weigerte sich. Robert versuchte, sie auf Deutsch zu überreden.

»Nur noch einmal, Jule! Dir passiert nichts, ehrlich! Und deinem kleinen Freund auch nicht. Trink das, dann bring ich euch nach Hause und du siehst mich nie wieder, Ehrenwort!«

»Dein Ehrenwort? Das kannst du dir schenken!«

Seine Augen glitzerten; drohend trat er auf sie zu.

»Los, trink, sonst trichtern wir dir das mit Gewalt ein!«

Seit Julia gemerkt hatte, dass Robert hier nicht der Boss war, wurde ihre Angst merkwürdigerweise immer geringer.

»Versuch es doch! Und warum sollte ich das trinken, wenn du mich anschließend nach Hause bringen willst? Da stimmt doch etwas nicht, gib zu, dass du wieder irgendeine Gemeinheit vorhast!«

Bevor er antworten konnte, drängte der Anführer wieder zur Eile, gleichzeitig winkte er zwei anderen Männern in schwarzer Lederjacke, Jeans und schwarzen Stiefeln zu, die wie ihr Boss ein arabisches Tuch um Hals und Gesicht geschlungen hatten. Plötzlich sprangen sie auf Nino zu. Einer riss ihm die Arme auf den Rücken, der andere ließ ein Messer aufspringen, das er dem Jungen mit der Spitze ins Ohr setzte.

»Trink! Oder dein kleiner Freund ist dran!«

Sie zweifelte nicht daran, dass sie, um ihr Ziel zu erreichen, Nino wehtun würden und resignierte. Triumphierend knallte Robert das Glas vor ihr auf den Tisch, als ein Ruf alles in Bewegung brachte.

»Die Bullen kommen!«

Sofort ließen sie Nino los. Der Anführer griff nach dem Cola-Glas und Robert zog sie hoch, rammte ihr sein Knie in den Magen und ließ sie fallen. Sie kämpfte mit den Schmerzen und einem Brechreiz und bemerkte nur verschwommen, dass das Lokal sich schlagartig leerte.

Julia lag auf ihren Knien, ihr Blick blieb auf schwarzen Motorradstiefeln hängen, wanderte langsam hoch und fiel auf Jeans, eine schwarze Lederjacke und ein arabisches Halstuch, es war wohl doch noch nicht vorbei. Aber dann kam ihr das Gesicht irgendwie bekannt vor. Voller Erleichterung erkannte sie den jungen Kriminalbeamten, den sie Luciano nannten, und der sie im *Farfallone* so geduldig und freundlich verhört hatte.

»Giulia, was ist mit dir? Giulia!«, hörte sie Ninos Stimme, aber sie konnte noch nicht antworten.

Beide griffen ihr unter die Arme und setzten sie auf einen Stuhl.

»Alles okay, *La Tedesca*?«, fragte Luciano, und Julia nickte.

Der Barkeeper polierte eben hingebungsvoll ein Cola-Glas und stellte es ins Regal.

»Gott sei Dank, dass Sie da sind!«, brachte Julia endlich heraus.

»Gerade rechtzeitig, wie mir scheint. Der Chef hat sich schon gedacht, dass Sie hier Schwierigkeiten bekommen. Er war zwar ziemlich sauer auf Sie und Nino, hat mich aber gleich losgeschickt!«

»Kommt er auch?«

»Keine Bange, er hat eine Sitzung, und bis morgen hat er sich wieder beruhigt!«

Julias Hände zitterten, und Luciano bestellte einen doppelten Grappa für sie, mit dem sie ihre Angst herunterspülen sollte. Nino schien das Abenteuer jetzt zu genießen, haarklein schilderte er, was sich zugetragen hatte.

Der Barkeeper tat ahnungslos, nein, er habe nur ein Glas Cola ausgeschenkt, dass Drogen darin sein sollten, davon wüsste er nichts. Die Namen der so plötzlich aufgebrochenen Gäste kannte er natürlich auch nicht.

»Natürlich nicht!«, kommentierte Luciano, und wies die uniformierten Polizisten an, die Suche aufzugeben, das Warnsystem um Robert Tauber hatte diesmal funktioniert.

Julia wollte mit Nino zum Busbahnhof, aber Luciano winkte ab.

»Sie scheinen dem Chef sehr ans Herz gewachsen zu sein«, sagte er und legte theatralisch eine Hand auf die Stelle, wo er sein Herz vermutete. »Er hat mich für Ihre Sicherheit persönlich verantwortlich gemacht. Jedenfalls heute Nacht.«

Padova

Am anderen Morgen wurde Julia ziemlich früh ans Telefon gerufen, sie hatte unruhig geschlafen und wild geträumt und war dementsprechend früh aufgewacht. Luciano bat sie, mit Nino möglichst bald in die *questura* zu kommen.

»Ist er noch … sauer?«, wollte sie wissen.

»Wenn ich Sie wäre, würde ich mich beeilen, der Chef ist ziemlich geladen und ungeduldig!«

Als nur Luciano sie empfing, war sie erleichtert. Julia und Nino sollten lediglich versuchen, einige Männer aus Taubers Clique zu identifizieren. Mit fast quadratischen Augen von dem vielen Bildschirmgeflimmer gaben sie schließlich auf. Nur einen hatten sie erkannt, den Barkeeper, der seine Tätigkeit erst kürzlich aufgenommen hatte, weil er längere Zeit einem sitzenden Beruf nachgegangen war, nämlich im Gefängnis.

Nino verschwand zu einer Verabredung in der Stadt, während Luciano Julia nach oben zu seinem Chef brachte. Als er kurz angebunden von seiner Arbeit aufblickte und ziemlich unwirsch sagte: »Einen Augenblick noch!«, sank sie auf einen Stuhl vor dem Schreibtisch.

Trotz ihrer verbesserten Beziehung erwartete sie, von ihm niedergemacht zu werden.

Schließlich legte er das Blatt zur Seite, lehnte sich zurück, legte die Fingerspitzen aneinander, schwieg und schüttelte missbilligend den Kopf.

Julia rutschte unruhig auf ihrem Stuhl hin und her.

»Ich kann erklären, warum ich das gestern getan habe«, begann sie.

Ein Anflug eines Lächelns erschien auf seinem Gesicht.

»Luciano hat Ihr Handeln gestern schon entschuldigt. Ihre Motive …«

Das Telefon unterbrach ihn.

»Ich muss fort«, sagte er im Aufstehen, und Julia dankte im Stillen dem Erfinder des Telefons. »Ich nehme Sie mit nach unten.«

Er beauftragte Luciano, sie nach Torreglia zurückzubringen, und während Julia Mühe hatte, auf dem langen Gang mit ihm Schritt zu halten, sagte er nicht eben unfreundlich:

»Ich möchte Sie noch einmal warnen, *signorina*, gehen Sie möglichst nirgendwo allein hin und hinterlassen Sie bei den Zanellas immer, wo Sie sind!«

»Und ich dachte schon, Sie würden …«

»Ihnen Vorwürfe machen? Meine Idee mit Nino und Clemente war auch nicht gerade die genialste. Sie machen mir deshalb ja auch keine Vorwürfe. Wir wissen doch beide, was wir falsch gemacht haben, oder?«

Sie atmete tief durch.

»Sie hatten die besten Absichten, haben sich für Maria eingesetzt und Ihr Wort mir gegenüber gehalten.«

Das klang aus seinem Munde fast wie ein Lob, er merkte es wohl auch und schloss streng:

»Aber gute Absichten allein genügen nicht!«

Erstaunt registrierte Julia, dass er mit ihr wie mit einem gleichrangigen Partner sprach, aber das änderte sich schnell wieder, denn vor der *questura* gab er ihr mit auf den Weg:

»Denken Sie an *Cappuccetto rosso*! Nehmen Sie sich vor dem Wolf in Acht und gehen Sie nicht mit jedem in den Wald zum Blumenpflücken!«

Hielt er sie für ein Kind? Julia war wütend auf ihn, aber bevor ihr eine schlagfertige Antwort einfiel, verschwand er schon auf der anderen Straßenseite in einem kleinen Durchgang, und fast gleichzeitig bremste Luciano seine schwere Kawasaki vor ihr ab.

»Sie müssen nicht zu böse auf ihn sein, er macht sich wirklich Sorgen um Ihre Sicherheit! Und ein besonders liebenswürdiger Mensch war er schließlich noch nie. Steigen Sie auf!«

Er reichte ihr einen zweiten Helm, und bald befanden sie sich auf der Ausfallstraße nach Abano Terme. Julia hatte vergessen, dem Kommissar zu sagen, dass sie nun bereit sei, Anzeige gegen Robert Tauber zu erstatten. Er hätte ihre Freunde nicht mit hineinziehen dürfen. Doch bei diesem Vorsatz sollte es bleiben.

Colli Euganei

Durch den Laubengang des *hängenden Klosterhofes* gingen sie zur Südostecke und traten durch eine Tür auf einen Balkon an der Rückseite des Doppelkreuzganges. Adriano war es durch verwandtschaftliche Beziehungen gelungen, mit Julia am Freitagnachmittag durch die Gärten, Kreuzgänge und den Botanischen Klostergarten der *Abbazia di Praglia* streifen zu dürfen. Er selbst zeigte an historischen Bauten kein Interesse, war aber auf Marias Bitten mit Julia hierher gefahren; Maria meinte, Julia von den gestrigen schlimmen Erfahrungen ablenken zu müssen; der Morgen in der *questura* war schließlich auch keine Erholung gewesen, Maria selbst musste jedoch noch dringende Arbeiten für das Examen erledigen.

Der Kräutergarten, wenn auch jetzt im Vorfrühling noch nicht besonders üppig, gefiel Julia besonders, und ihr gingen tausendundeine Idee für den geplanten Garten bei den Zanellas durch den Kopf.

Sie standen auf der *loggetta* und blickten über die noch kahlen Rebhänge und Obstgärten, aber schon grünenden Felder auf die Ausläufer der Euganeischen Hügel. Unter ihnen lag ein versteckter kleiner, aber gepflegter, von Buchsbaumhecken gesäumter Garten, *giardino segreto*, ein typisches Element des italienischen Gartens.

Adriano setzte sich auf die Brüstung und blickte auf die im abendlichen Dunst versinkende Landschaft. Eben färbte die untergehende Sonne die Wolkenbänke im Westen rot und orange. Die Stille und Ruhe taten Julia gut, obgleich sie sich schon auf den turbulenten Abend bei den Zanelles freute, sicherlich steckte *mamma* wieder bis zum Hals in Vorbereitungsarbeiten für das *cena*.

Wenn sie die Augen nur ein ganz klein wenig nach rechts wendete, sah sie Adrianos Profil, ebenso klassisch schön wie das seiner Mutter. Auch sonst sah er gut aus mit seinem dunklen, gewellten Haar und den sehr hellen, warmherzigen Augen. Dabei nahm er sein gutes Aussehen als nichts Besonderes, wirkte natürlich und bescheiden. Maria konnte glücklich sein, denn Tüchtigkeit und Zuverlässigkeit gehörten ebenso zu seinen guten Eigenschaften.

Julia fühlte sich wohl in seiner Gegenwart, wenn auch ein wenig traurig, dass er so unerreichbar für sie bleiben musste. Er spürte wohl ihren Blick, und sein Lächeln galt ausschließlich ihr.

»So, mein großer Bruder hat dich heute Morgen geärgert, habe ich gehört?«

»Woher weißt du denn das?«

»In dieser Familie bleibt nichts geheim!«

Julia meinte, aus dem Alter, wo man sie mit Rotkäppchen beeindrucken könne, sei sie längst heraus.

»Moment, Julia, *Cappuccetto rosso*? Was genau hat er gesagt?«

Trotz ihres Erstaunens wiederholte sie es.

»Du hast ihm Unrecht getan, aber das konntest du nicht wissen! Wir hatten noch eine Schwester. Sie ist durch einen Unfall ums Leben gekommen, als sie ungefähr so alt war wie du jetzt. Roberto und sie hingen sehr aneinander. Ich habe sie kaum gekannt, weil ich bei meiner Mutter in Padova aufwuchs, während die beiden bei meinem Vater im Alto Adige lebten. Roberto und unsere Schwester hatten ein Verabschiedungsritual. Er sagte: *Denk an Cappuccetto rosso, geh nicht allein in den Wald!* Was sie antwortete, weiß ich nicht mehr. Wenn er diese Wendung aber gestern dir gegenüber gebraucht hat, muss er sich wohl sehr um deine Sicherheit sorgen. Und gestern Abend war ja wohl auch einiges los!«

In dieser Familie blieb wirklich nichts geheim. Die lange Rede von Adriano fiel aus dem Rahmen, normalerweise fasste er sich kurz und sprach nicht viel, aber auf seinen großen Bruder ließ er nichts kommen. Auch Luciano hatte seinen Chef gestern in Schutz genommen, es schien doch Menschen zu geben, die ihn mochten.

Padova

»*Pronto*! Bassner!«

Wie gut, dass er sich immer gleich mit seinem Namen meldete, so blieb Julia eine Anrede erspart. Seit sie ihn bei den Zanellas und im Haus seiner Mutter privat erlebt hatte, wusste sie nicht, wie sie ihn korrekt anreden sollte und umging es deshalb möglichst.

»*Buon giorno, signorina.*«

Seine Stimme klang weder erfreut noch ablehnend sondern nur müde. Wahrscheinlich hatte er die Nacht durchgearbeitet und war nun an diesem strahlend schönen Frühlingssamstagmorgen einfach erschöpft.

»Haben Sie Neuigkeiten für mich? Vielleicht von Robert Tauber?«

Julias Stimmung sank. Sie kam sich kindisch vor, überhaupt angerufen zu haben.

»Nein. Ich … wollte nur fragen, ob etwas dagegen spricht, wenn ich heute Morgen in den Botanischen Garten gehe, da kann mir doch nichts passieren, mitten in der Stadt! Die Zanellas sind heute den ganzen Tag bei einer Hochzeit.«

Seine Erwiderung klang ärgerlich.

»Natürlich spricht etwas dagegen! Ihr *orto botanico* ist der einsamste Platz mitten in der Stadt! Und am Samstagmorgen gibt es dort kaum Gärtner und keine Studenten, Sie wären also mutterseelenallein!«

Seine Stimme klang gegen Ende moderater, jetzt würde er sicher wissen wollen, was sie dort wolle, und sie konnte ihm doch nicht sagen, dass sie Lust hatte, die Stimmung des sechzehnten Jahrhunderts einzufangen und vielleicht eine Skizze anzufertigen. Aber wider Erwarten sagte er nur kurz, dass sie in der Leitung bleiben und warten solle.

Nach einer sich endlos dehnenden Pause meldete er sich wieder.

»Luciano wird Sie in einer halben Stunde abholen und bei Ihnen bleiben!«

Bevor Julia antworten konnte, legte er auf. Seine Art ärgerte sie, er verfügte und sie hatte zu gehorchen. Aber dann musste sie sich eingestehen, dass er nur anordnete, was sie eigentlich gewollt hatte. An seine schroffe Art musste man sich eben wohl oder übel gewöhnen.

Angst hatte sie nicht mehr vor ihm, Maria unterstellte sie ihr zwar und sie hatte inzwischen aufgegeben, ihr zu widersprechen, aber seit der Fahrt zur *Villa dei Vescovi*, wo er eine schmale kunsthistorische Brücke zu ihr gebaut hatte, fürchtete sie ihn nicht mehr. Allerdings bemühte sie sich in seiner Gegenwart ständig, ihm keinen weiteren Grund zu Kritik an ihr zu geben, und auch in seiner Abwesenheit überdachte sie ihr Vorgehen und Tun immer im Hinblick darauf, ob er ein Haar in der Suppe fände; dass er danach suchte, davon war sie überzeugt.

Luciano erschien pünktlich, wie von Julia erwartet, auf seiner Kawasaki. Sie hatte sich dementsprechend angezogen und ihre Zeichensachen in einem Rucksack untergebracht. Seit sie mit Clemente und Bianca all ihre modischen Erinnerungen an Robert Tauber vom Lederkostüm bis zum Schminkkoffer in einem riesigen Secondhand-Laden in Limena in tragbare Julia-Andresen-Kleidung umgetauscht hatte, fühlte sie sich wieder ganz wie sie selbst.

Lucianos bernsteingelbe Augen musterten mit erstauntem Wohlwollen ihre Aufmachung. Die Jeans, der sportliche Steppanorak und der mehrfach um den Hals geschlungene Schal fanden jedenfalls seine Zustimmung, und sein Ärger, am Samstagmorgen so früh geweckt worden zu sein, verflog.

»Hi, *La Tedesca*!«
Ohne abzusteigen reichte er ihr einen Helm.
»Isses wahr, Sie wollen zum *orto droganico*?«
»Wieso *droganico*?«
»In der Nähe, am Prato della Valle, werden öffentlich Drogen gehandelt, wussten Sie das nicht? Vor ein oder zwei Jahren haben zwei Kids sich irgendwie von der Rückseite her in den *orto botanico* geschlichen und sich vollgekifft. Außerdem haben sie sich noch verdrecktes Heroin gespritzt. Beide tot. Vierzehn und fünfzehn Jahre alt. Seither heißt der botanische Garten *orto droganico*.«
»Wie schrecklich, aber ich möchte trotzdem hin.«
»*Certo! Andiamo!*«

Ob er ihr nur imponieren wollte oder immer so fuhr und sich gestern nur zusammengenommen hatte, wusste sie nicht, jedenfalls klammerte sie sich an ihn und schloss lieber ihre Augen, um nicht sehen zu müssen, wie er, bald links, bald rechts überholend, gelegentlich die Gegenfahrbahn benutzend und rote Ampeln ignorierend, Stoßstangen voranfahrender Autos fast berührend, sich dem Stadtzentrum von Padova näherte. Als sie auf einer kurzen holprigen Kopfsteinpflasterstraße ein Auge riskierte, sah sie, dass sie genau auf den *orto botanico* zufuhren.

Bisher seien nur zwei französische Touristen und ein alter Universitätsprofessor im Garten beantwortete der Kassierer Lucianos Frage nach einem Blick auf dessen Ausweis. Eben läuteten die Glocken von *Il Santo*, deren kuppelförmige Dächer vom Garten aus zu sehen waren. Der strahlende Märzhimmel, die in voller Blüte stehende Magnolie und die prächtige Gartenanlage nahmen Julia sofort gefangen und ließ die Höllenfahrt mit Luciano vergessen.

Luciano sah sich um.
»Ziemlich trostlos hier, nur alte Steine!«
Julia setzte lächelnd ihren Weg im äußeren Ring des Gartens außer-

halb der Mauer fort, bis sie zu einer kleinen Anhöhe kamen. Die Vögel zwitscherten und zauberten eine unendlich friedliche Stimmung. Von hier sah man auf eine zweite große Kirche.

»O, das muss *Santa Giustina* sein!«

»An dieser Stelle haben sie die beiden toten Kids gefunden«, meinte Luciano, aber Julia hörte ihn nicht.

»Goethe hat in *Santa Giustina* Zuflucht vor der Einsamkeit gesucht.«

»Goethe? Wer ist Goethe?«

»Ein Dichter.«

»Statt sich in einer Kirche zu verkriechen, sollte er lieber über die Nöte der Drogen-Kids schreiben!«

»Hätte er bestimmt getan, aber er ist schon tot«, sagte sie und setzte hinzu: »Ich würde gern im Zentrum des Gartens zeichnen.«

»Okay, ich seh mich etwas um.«

Julia betrat durch ein altes Tor den von einer hohen berankten Mauer umgebenen Garten, der noch seine ursprüngliche Form aus dem sechzehnten Jahrhundert besaß. In der Mitte plätscherte ein Springbrunnen.

Sie setzte sich auf eine Steinbank und packte ihre Zeichenutensilien aus.

Luciano gab ihr eine Stunde Zeit, bevor er sich neben sie setzte und neugierig auf ihre Skizze des *orto botanico* blickte. Alles, was mit Vergangenheit zu tun hatte und alt war, fand er überflüssig und sinnlos, aber bei der Betrachtung von Julias Zeichnung spürte er instinktiv, dass hier etwas Einmaliges, Bewundernswertes entstand.

»Störe ich Sie?«

Sein Chef hätte sich über seine Höflichkeit gewundert.

»Kein bisschen. Mit dem komplizierten Auszählen der Beetmuster bin ich fertig, es fehlt nur noch das Drumherum.«

»Und der Kokosnussschuppen da hinten!«

Er meinte das Palmenhaus.

»Nein, 1543, beim Bau dieses Gartens, gab es das noch nicht, und ich versuche, die Stimmung des Erbauungsjahres einzufangen. Außerdem stört das Palmenhaus die Harmonie und die Symmetrie der Anlage, auch wenn in ihm Goethes berühmte Palme steht.«

»Das ist alles zu hoch für eine kleine Kaffeebohne wie mich.«

Julia war betroffen über die Bitterkeit, die aus der Stimme dieses sonst so selbstbewussten, immer einen flotten Spruch auf der Zunge tragenden jungen Mannes klang. Sie strichelte hier und da an ihrer Zeichnung, bevor sie ohne aufzusehen fragte.

»Hat dich schon mal jemand so genannt?«

In ihrer Anteilnahme duzte sie ihn.

»*Chicco di caffè*? O ja! Kakaobohne, *cioccolatino*, Schokotorte, *peto*

nero, Negerkuss, Nigger, Onkel Tom, *carbonaio*, Brikett, Braunkohle, *carbon fossile*, in der *camera oscura* geboren ... Ach, *merda!*«
Er bohrte seinen Absatz in den Sand.
»Du redest in meiner Gegenwart nie wieder so über dich wie eben!«, befahl Julia streng. »Für mich bist du ein sehr netter, hilfsbereiter Polizist. Und meinetwegen könntest du grüngestreift aussehen!«
Luciano grinste.
»Ist dein Dienst öfter so langweilig wie heute morgen?«, erkundigte sich Julia und brach das Schweigen.
»Ich bin nicht im Dienst.«
Seine Stimme klang belegt.
Julia sah erstaunt auf.
»Nicht? Dann opferst du deine Freizeit? Kommt gar nicht in Frage!«
Sie wollte einpacken, aber er hinderte sie daran.
»Der Chef hat mich heute das erste Mal in den vier Jahren, die ich bei ihm bin, um einen persönlichen Gefallen gebeten, nämlich auf dich aufzupassen. Dafür hätte ich selbst Madonna von der Bettkante gestoßen, wenn sie dagewesen wäre, zufällig war ich aber allein.
Und für das, was du vorhin gesagt hast, *La Tedesca*, kannst du meinetwegen bis zum Abendläuten zeichnen, du hast einen neuen Fan.«
Julia hob den Strahl des Springbrunnens etwas mehr hervor.
»So viel Rassismus im aufgeklärten Padova mit seinen vielen Studenten?«
»Den gibt's doch überall oder ist deine Heimat frei davon?«
»Weiß Gott nicht!«
»Na siehst du! Klar, die Studenten dürfen hier jede Hautfarbe haben, die gehen ja wieder. Und während ihres kurzen Aufenthalts kann man als Padovaner sein weltoffenes Herz zeigen. Aber wenn man hier leben will, dann muss man lupenrein italienisch sein. Und meine Wiege stand nun einmal südlich von Sizilien.«
»Du siehst zu schwarz!«
»Ich bin zu schwarz! Du wirst das nie bemerken, du bist eine Zeitfremde und kommst außerdem noch aus dem von Norditalienern geschätzten, effizienten Deutschland!«
»Und die Zanellas?«
»Gut, die sind anders, die haben mich als Clementes Freund akzeptiert. Aber stell dir nur mal vor, ich wollte Bianca heiraten – was ich nicht will, es ist nur ein Beispiel –, glaubst du denn, die Zanellas wären begeistert? Ich wette, nein! Sicher sind nicht alle Padovaner Rassisten, aber selbst bei uns in der *questura* sitzen ein paar ganz schön penetrante Typen!«
»Und dein Chef?

»Der nicht, natürlich nicht. Vielleicht bin ich deshalb bei ihm geblieben. In gewisser Weise sitzen wir im selben Boot. Da gibt es Typen, die sagen, sein Vater sei Ausländer.«

Julia sah ihn ungläubig an.

»Gleich nach dem Krieg, da hatten Italiener und Südtiroler nichts miteinander im Sinn, aber im Jahr 2000?«

»Für manche ist der Krieg erst seit gestern aus, einige von unseren Oberbonzen stammen zumindest in Gedanken noch aus dieser Zeit, und die ewig Gestrigen, die gibt es bei euch doch auch!«

»Und was tut dein Chef dagegen?«

»Oh, der ignoriert sie alle! Der lässt keinen an sich ran. Macht hervorragende Arbeit, ist total cool und lässt sie alle abtropfen. Das möchte ich auch mal können, ich geh immer gleich in die Luft.«

»Wenn du so alt bist wie er, siehst du das auch abgeklärter! Aber was anderes, wie lange gibst du mir noch?«

»Bis zum Abendläuten, ehrlich! Aber ich dreh noch mal eine Runde.«

»Irgend etwas nicht in Ordnung?«

»Vorhin hingen da zwei Kerle auf ihren Feuerstühlen vor dem Eingang rum. Sonst ist alles okay, ich kann nur nicht so lange auf einem Fleck sitzen.«

Luciano war gerade verschwunden, da trat durch den gegenüberliegenden Torbogen ein Mann, den sie sofort wieder erkannte, obwohl sie ihn nur in der Dunkelheit gesehen hatte. Es war der alte Professor für Kunstgeschichte, mit dem sie vor dem Gattamelata-Denkmal so intensiv geplaudert hatte. Auch er erkannte sie sofort.

»*Signorina*, Sie sind noch in Padova? Da mussten wir uns ja zwangsläufig wieder treffen!«

Neugierig beäugte er ihre Skizze.

»Hm, der Garten, wie er an seinem Beginn aussah?«

»Kann man das erkennen? Dann habe ich für heute mein Soll erfüllt.«

»Sehr gelungen, *signorina*! Haben Sie da in Ihrer Zeichenmappe noch andere Skizzen? Ich bin ein sehr schaulustiger alter Mann. Darf ich?«

Ohne ihre Zustimmung abzuwarten, breitete er die anderen Zeichnungen auf der Bank aus.

»Ein altes padovanisches Stadthaus? Aber den Garten haben Sie erfunden, so etwas Harmonisches gibt es in dieser Stadt nicht. Gut gemacht! Und das hier? Lassen Sie mich raten! Ein alter italienischer Hof, Mitte 19. Jahrhundert, hier aus der Gegend. Und der Garten dazu ist wieder Ihrer Phantasie entsprungen!«

Er sah sie interessiert an.

»Ich habe bei unserer ersten Begegnung schon gedacht, dass irgendetwas an Ihnen anders ist als an anderen jungen Frauen. Was machen Sie mit Ihrer Begabung?«

Seine Lobeshymnen machten Julia verlegen.

»Ich verdiene zurzeit meinen Lebensunterhalt als Tennislehrerin in einem Hotel.«

»Nicht möglich! So eine Vergeudung! Ist das Ihre Zukunft?«

»Ich hoffe nicht! Als nächstes werde ich einen Sprachkurs machen, um an der Universität aufgenommen zu werden. Ich hoffe noch für das Sommersemester auf einen Studienplatz.«

»Welche *facoltà*?«

»*Lettere e filosofia!*«

»Dann bin ich beruhigt!«

Er nahm wieder das Blatt vom Botanischen Garten zur Hand.

»Als Gattamelata lebte, durch den wir beide uns ja kennen gelernt haben, gab es diesen Ort noch nicht. Zu seiner Zeit war man noch stolz auf die aus Arabien und dem Fernen Osten stammenden Pflanzen. Vielleicht hat Marco Polo außer den Nudeln, wie man ihm nachsagt, auch exotische Pflanzen mitgebracht, wer weiß!«

»Also war Gattamelata ein italienischer *condottiere*, der weder Spaghetti noch *sugo al pomodoro* kannte, der Arme! Ja, die einheimischen Villengärten mussten mit Pflanzen auskommen, die in Europa und rund um das Mittelmeer heimisch waren, erst später war man stolz, Exoten in seinem Garten präsentieren zu können, Tomaten zum Beispiel, die heute aus der italienischen Küche überhaupt nicht mehr wegzudenken sind.«

»Und wie zum Beispiel die Magnolie dort drüben, die erst 1780 durch die *East India Company* nach Europa gekommen ist«, meinte der Professor.

»Oder die Dahlie, die *acocotli* der Azteken, von Alexander von Humboldt 1804 als Samen nach Berlin geschickt«, fuhr Julia fort. Wenn er gedacht hatte, sie mit seinem Pflanzenwissen zu beeindrucken, musste sie ihn enttäuschen, und sie genoss seine Verblüffung.

»Oder die Azalee, die um 1800 aus China nach Europa kam«, versuchte er es noch einmal.

»Ja, und denken Sie an das Tränende Herz aus Nordamerikas Wäldern, das während der Biedermeierzeit zu uns kam und eine der beliebtesten Gartenpflanzen wurde.«

Und als er nichts mehr dagegensetzen konnte, fuhr sie mitleidslos fort: »Und nicht zuletzt die Chrysantheme, die im vierten Jahrhundert von China nach Japan und 1688 von dort nach Holland ausgeführt wurde.«

»*Compassione*! Ich gebe auf! Sie haben gewonnen!«

Sie lachten sich an.

»Ich habe einen alten Freund, mit dem müssten Sie sich messen, der kennt die Kulturgeschichte fast aller Pflanzen«, meinte er und fuhr nachdenklich fort: »Aber noch aus einem anderen Grund müssten Sie ihn kennen lernen. Er ist, obwohl schon fünfundsiebzig, ein immer noch aktiver und recht bekannter Gartenbauarchitekt, Ihre Zeichnungen würden ihn interessieren. Zu schade! Ich fahre morgen für drei Monate nach Amerika. Doch warten Sie, wenn Sie mir Ihre Zeichnungen anvertrauen, zeige ich sie ihm, wir essen heute zusammen.«

Julia sah überrascht aus und wehrte ab.

»Aber es sind nur schnell hingeworfene Eindrücke, nichts was ein Experte sehen darf! Daran habe ich noch länger zu arbeiten!«

»Sie sind wirklich anders, *signorina*! Der Volksmund sagt: In der Jugend überschätzt man seine Fähigkeiten, im Alter seine Leistungen! Auf Sie trifft das nicht zu, dabei hätten Sie allen Grund! Vielleicht kann Giancarlo Bertolini Ihnen irgendwie weiter helfen!«

»Giancarlo Bertolini? Der, der gesagt hat, dass sich die Wasserbecken in den Villengärten heutzutage auf hässliche, türkisfarbene Swimmingpools reduziert haben? Der lebt noch?«

»Kennen Sie ihn?«

»Nein, nur seinen Namen, einen Bildband mit seinen Arbeiten und die von ihm verfassten Standardwerke. Meine Großmutter bewunderte ihn und besaß alle seine Veröffentlichungen. Sie hat auch Gartenarchitektur studiert, und zwar hier in Padova, was wiederum ein Grund mehr war, warum ich an diese Universität wollte.«

»Dann vertrauen Sie mir Ihre Zeichnungen an! Dabei weiß ich noch nicht einmal Ihren Namen!«

Sie tauschten Namen und Adressen, und er verschwand mit der Zeichenmappe, während Julia regungslos auf der Steinbank saß und das Geschehene nicht fassen konnte. Wie klein doch die Welt war! Erst als Luciano sich neben sie setzte, schreckte sie hoch.

»Du kanntest den alten Prof?«

»Ja, und ich glaube, ich träume. Er hat meine Zeichnungen mitgenommen und will sie einem Fachmann zeigen! Du, Luciano, ich habe Hunger. Ich lade dich zu Spaghetti mit Tomatensoße ein, auf die hab ich jetzt Appetit!«

Padova

Einen Steinwurf von der *questura* entfernt parkte Luciano seine Kawasaki vor einem Lokal, wo es seiner Aussage nach die besten selbstgemachten *bigoli* der Stadt gab, und Julia verzichtete auch auf Tomatensoße, als der Kellner ihnen die Muscheln empfahl. Sie nahm *bigoli* und *vongole* in ihren Sprachschatz auf und fiel wie Luciano heißhungrig über die Riesenportion her.

Während Julia ihre doppelte Portion *tiramisu* niederkämpfte, zu der Luciano sie eingeladen hatte, kam sie wieder auf den Rassismus zurück.

»Über deine Theorie von Rassismus in dieser Stadt komme ich nicht hinweg, Luciano!«

»Keine Theorie, *La Tedesca*! Es gibt üble Schimpfnamen, nicht nur für Leute wie mich; sogar die Italiener aus dem *mezzogiorno* heißen hier *terroni*, Erdfresser. Du kennst doch sicher den Slogan, den nicht erst die *Lega Nord* erfunden hat, dass südlich von Roma Afrika beginnt?«

»Bisher nicht, aber Andersartigkeit wird überall mit Schimpfwörtern oder Beleidigungen belegt. Die Deutschen sind da nicht schlechter oder besser, für euch Italiener haben sie schließlich auch genug verbale Gemeinheiten erfunden.«

»Spaghettifresser? Itaker? Katzelmacher? Makkaroni? Tschinken? Hast du noch was Besseres auf Lager, *La Tedesca*?«

Julia lachte in sich hinein.

»Es ist zwar nicht nett, aber witzig. Ich weiß nur nicht, da es halb Italienisch, halb Deutsch ist, ob du es verstehst: *italiano mausefalli razzi.*«

Ein Schatten fiel auf sie.

»Sagen Sie das noch einmal!«

Sie wusste vor Peinlichkeit nicht, wo sie hinsehen sollte, als sie merkte, dass der Kommissar neben ihnen stand.

Er zog sich einen Stuhl heran und setzte sich. Julia konnte seinen Gesichtsausdruck nicht deuten. Die Spitzen seines Schnurrbarts zitterten leicht.

»Nun?«

»Ich ... wollte nicht beleidigend sein. Ich versuche nur, Luciano, Ihrem Mitarbeiter ...«

»Wiederholen Sie, was Sie eben gesagt haben!«

Luciano ging und murmelte, er wolle einen *caffè* für den *commissario* holen, und ließ Julia mit ihm allein, was sie als sehr feige von ihm empfand.

Kleinlaut wiederholte sie es. »*Italiano ... mausefalli ... razzi*«

»Es klingt originell, und das Beste, ich kannte es noch nicht. Woher haben Sie das?«

»Mein Großvater väterlicherseits benutzte es.«

Julia war erleichtert, dass er es nicht in den falschen Hals bekommen hatte.

»Und was bedeutet es?«

»Früher kamen bis in die zwanziger Jahre des vorigen Jahrhunderts reisende Händler mit ihrem Bauchladen und verkauften Kurzwaren und anderes, zum Beispiel Mausefallen. Und diese fliegenden Händler waren meistens Welsche, wie man die Italiener in Norddeutschland auch nannte.«

»Nicht nur da! Meinem Vater hat man noch viel später vorgeworfen, eine Welsche geheiratet zu haben!«

Luciano kam mit einem Tablett, der Kommissar bedankte sich für den Kaffee und die Erweiterung seines Wortschatzes und erkundigte sich bei Luciano, ob im *orto botanico* alles friedlich gewesen sei.

»Übrigens«, sagte er schon im Aufstehen, »der Anwalt von Robert Tauber war bis eben bei mir. Er hat mir ein lückenloses Alibi für die Mordzeit, die Tage vorher und die Woche danach präsentiert. *Colombo* hielt sich auf Lanzarote auf und nie allein, als ob er wusste, dass er ein Alibi brauchte. Jetzt soll er die Stadt wieder verlassen haben. Seien Sie trotzdem nicht leichtsinnig, *signorina!*«

Julia reagierte überaus empfindlich.

»Dann haben Sie es jetzt schwarz auf weiß, dass ich die Wahrheit gesagt habe?«

»Ich kann Ihnen nicht ganz folgen!«

Er setzte sich wieder.

»Nein? Sie wollen mir nicht folgen! Bisher haben Sie dem Etagenkellner mehr geglaubt als mir, stimmt's? Ich kann Robert Tauber in der Mordnacht nicht getroffen haben, und der Etagenkellner muss sich geirrt haben, er konnte ihn gar nicht auf dem Gang vor meinem Zimmer gesehen haben, weil Robert auf Lanzarote war! Wie schön, dass ich nun rehabilitiert bin!«

»Was werfen Sie mir eigentlich vor, *signorina?*«

»Dass Sie mir immer noch nicht trauen!«

Er zuckte verärgert die Schultern.

»Wenn Sie meinen! Oder habe ich Grund dazu?«

Julia antwortete nicht, zog die Oberlippe nach innen und sah demonstrativ aus dem Fenster. Die alte Spannung stand wieder zwischen ihnen.

kapitel 2
a. d. 2000/märz
Torreglia / Veneto

ulia spülte das Rosmarinblau aus ihrem Pinsel und legte das Aquarell zum Trocknen auf den Terrassentisch. Ihre Gedanken wanderten zum gestrigen Abend zurück, der den harmonisch begonnenen Tag im *orto botanico*, unterbrochen lediglich durch das ärgerliche Zwischenspiel mit dem Kommissar, erfreulich hatte ausklingen lassen. Weil die Zanellas auch am Abend von der Hochzeit nicht zurück sein würden, hatten Adriano und sie sich in ihrer Einsamkeit getröstet, sich in einem *ristorante* in Torreglia verabredet und sich dort dem guten Essen bis zum Platzen hingegeben.

Das *Antenore* lag in der Nähe der Kirche und Adriano schien hier kein Unbekannter zu sein. Ein Kellner betitelte ihn nach einem Seitenblick auf Julia als *casanova*, und alle lachten. Im Kamin prasselte ein gemütliches Feuer und nach knusprigen *crostini* gab es Kaninchenbraten mit frischem Mangold. Adriano hatte sogar noch *fusilli allo speck* dazwischengeschoben, aber Julia reichten die *bigoli* vom Mittag noch.

»Du musst aufpassen, Julia«, sagte sie laut und stellte den Pinsel ins Glas, »damit du den Kopf nicht verlierst. Adriano ist fest gebunden, hör auf mit dem Träumen!«

Das Klingeln des Telefons riss sie aus ihren Selbstgesprächen und sie ging widerwillig ins Haus: Bei jedem Klingeln fürchtete sie, es könne wieder Robert sein. Aber dann würde sie sofort den Hörer auflegen. Die Zanellas hatten sie, gestern wie heute, von den Hofhunden bewacht allein gelassen, an jedem Sonntagmorgen stand der Besuch der Messe an erster Stelle.

Der Anruf kam aus dem Hotel, ob sie ausnahmsweise am Sonntag bereit sei, eine Tennisstunde zu geben, ein langjähriger Gast habe den Wunsch geäußert. Sie sagte sofort zu, je mehr sie arbeitete, desto schneller reduzierten sich ihre Schulden, holte ihre Tennissachen und radelte los.

In der Einfahrt kehrte sie noch einmal um.

» ... und hinterlassen Sie bei den Zanellas immer, wohin Sie gehen!«

Sie wollte sich von dem Kommissar nicht kritisieren lassen, deshalb schrieb sie in großen Blockbuchstaben auf ein Blatt, dass sie ins *Farfallone* führe und zum Mittag zurück sei.

Von der stark befahrenen Straße Torreglia Richtung Abano bog sie bald ab und nahm den Schleichweg nach Montegrotto. Aber auch auf dieser schmalen Straße gab es viel Verkehr: Das schöne Sonntagswetter lockte Ausflügler von weit her in die *Colli Euganei*.

In einer Rechtskurve kam ihr ein großer Traktor mit einem breiten Anhänger entgegen. Hinter sich hörte sie Bremsen quietschen, blockierende Reifen rutschten über den Asphalt, dann erhielt sie einen kräftigen Stoß von hinten und flog die Böschung hinunter, schlug mit der linken Körperhälfte auf und blieb benommen liegen.

Für kurze Zeit verlor sie jegliche Orientierung, hörte aber, wie ein Auto mit durchdrehenden Rädern anfuhr und davonraste. Julia lag mitten in den frisch aufgebrochenen Schollen, der weiche Ackerboden hatte sie wohl vor größeren Verletzungen bewahrt. Benommen richtete sie sich auf und blickte auf die Böschung, die sie gerade heruntergestürzt war.

Dort oben sammelte sich im Nu eine Menge Leute, die auf sie hinunterstarrten. Als sie merkten, dass Julia sich regte, kletterten ein paar zu ihr hinab, stiegen über den Graben und halfen ihr hoch. Man versuchte, ihr den Schmutz vom Gesicht zu wischen und verschmierte ihn noch dabei; sie nahm Schemen von wild durcheinander redenden und gestikulierenden Männern und Frauen wahr und fühlte, dass der linke Knöchel schmerzte und sie nicht trug, und sie sackte wieder zusammen.

Nach kurzer Zeit erschien ein Streifenwagen. Die zwei Beamten sahen zu ihr hinunter, einer beschäftigte sich mit zwei älteren Männern. Sie waren direkt hinter dem Unfallwagen hergefahren und hatten ihren Wagen durch eine Vollbremsung zum Stehen gebracht und sich geistesgegenwärtig die Nummer eines silbergrauen Alfa notiert. Einer der Beamten ging mit dem Zettel zum Funktelefon, der andere kam zu ihr herunter.

Empörung allenthalben über die Fahrerflucht. Julia gab ihre Personalien an, und als es sich herumsprach, dass sie Deutsche sei, fingen alle Umstehenden erneut an, sie zu bedauern und zu diskutieren.

»*Povera!*«

Julias Kopf dröhnte, aber sie wollte unter keinen Umständen in ein Krankenhaus.

Und dann sah sie den Kommissar, und zum ersten Mal war sie froh über seine Anwesenheit. Er stand plötzlich neben dem Polizeiwagen, hörte sich alles an, schrieb etwas auf einen Zettel und sagte:

»Wenn dieser Name zu der Autonummer passt, rufen Sie mich bitte an, dann könnte mehr dahinterstecken! Ich nehme die *signorina* mit, wenn Sie sie nicht mehr brauchen.«

Ohne Rücksicht auf seine hellgraue Hose, die Bügelfalte und seine frisch geputzten schwarzen Schuhe kletterte er die Böschung hinunter und stapfte durch die lehmigen Schollen auf Julia zu. Froh, ihm die Verantwortung für sich und alles Weitere übertragen zu können, sah sie ihm entgegen, er aber würdigte sie keines Blickes und schien übelster Laune zu sein. Das konnte ja heiter werden!

»Die verstreuten Tennissachen und was von dem Fahrrad noch übrig ist, in meinen Kofferraum! Die *signorina* auf den Beifahrersitz!«, ordnete er an.

Alle schienen froh, etwas tun zu können und griffen zu. Julia wurde mehr getragen, als dass sie ging, und das war gut so, denn ihr Knöchel schmerzte immer mehr.

Der Kommissar setzte sich ans Steuer, noch immer hatte er kein Wort mit ihr geredet, ließ den Motor jedoch nicht an, sondern wandte sich ihr direkt zu.

»Haben Sie eigentlich gedacht, ich warne Sie nur so zum Spaß!? Warum nur mussten Sie allein in der Gegend herumsausen?!«

Bis jetzt hatte Julia mit Mühe ihre Beherrschung aufrechterhalten, aber das war zu viel! Ihr Kopf dröhnte, ihr Fuß schmerzte und nun begann auch noch die linke Schulter wehzutun. Normalerweise baute sie nicht so leicht am Wasser, aber dieser Mann hatte es innerhalb kurzer Zeit zum dritten Mal geschafft, dass sie die Tränen nicht zurückhalten konnte.

Statt seine Strafpredigt fortzusetzen, reichte er ihr ein großes, weißes, sorgfältig zusammengelegtes Taschentuch, das in kurzer Zeit durchnässt, schmutzig und zerknittert war.

»Giulia, ich habe mir große Sorgen gemacht, als ich Ihren Zettel auf der Terrasse fand!«

Er startete den Motor und fuhr los.

»Aber«, schluchzte sie, »ich habe einen Anruf vom Hotel bekommen wegen einer extra Tennisstunde. Und weil ich meine Schulden schnell loswerden will, habe ich angenommen. Dass mich ein Auto angefahren hat, ist ein ganz dummer Zufall und hätte mir auch passieren können, wenn Clemente oder Nino bei mir gewesen wären.«

»Vielleicht«, gab er zu, »aber meine Sorgen waren auch begründet. Ich bekam nämlich heute Morgen die Nachricht, dass Robert Tauber mitnichten abgereist sei, sondern gestern Abend in der *Bar 2000+2* gegen Sie Drohungen ausgestoßen habe. Und als Sie dann nicht ans Telefon gingen, habe ich mich auf den Weg gemacht, wie man sieht, leider zu spät!«

»Und jetzt?«, fragte sie ziemlich kleinlaut.

»Eine Freundin meiner Mutter ist Äbtissin bei den Barmherzigen Schwestern, und die haben eine kleine, aber sehr effektive Krankenstation. Wir sind gleich da.«

Kurz darauf hielten sie vor einem alten, runden Tor eines von dicken Bruchsteinmauern umgrenzten Klostergeländes. Der Kommissar zog an einer altmodischen Glocke, worauf eine uralte Mutter Pförtnerin eine Luke öffnete und sich seine Wünsche anhörte. Bald darauf kam eine

Schwester mit einer ausladenden Flügelhaube und einem Krankenrollstuhl auf sie zu und übernahm Julia. Der Kommissar überließ sie dem Personal und versprach, auf sie zu warten.

Behutsame Hände betasteten ihre Verletzungen, ihr Gesicht wurde mit einem Schwamm gereinigt, anschließend wurde sie geröntgt, und danach erschien ein Arzt, ein freundlicher alter Mann mit unzähligen Falten und pergamentartiger Haut, der sich ihr als Fra Ioannis vorstellte und ihr eröffnete, dass nichts gebrochen, aber einiges geprellt und der Fuß verstaucht sei. Kühlende Salben, schmerzstillende Tropfen und eine Fußbandage würden ihr über die Schmerzen hinweghelfen.

»Ein Gutes hat Ihr verstauchter Fuß«, sagte der Kommissar grimmig, als sie wieder in seinem Auto saß, »nun können Sie wenigstens nicht mehr in der Gegend rumlaufen und Unheil stiften!«

Sie nahm es ihm nicht übel, überlegte aber auf der Rückfahrt, warum er sich persönlich um sie kümmerte. Sie war doch nichts weiter als eine Zeugin. Was wollte Robert Tauber eigentlich noch von ihr? Bestimmt nicht seine Schulden zurückzahlen!

Doch der Kommissar blieb schweigsam. Ein loses Ende mehr, das sich verknüpfen lässt, dachte er und überlegte, ob er ihr erzählen sollte, dass der silberfarbene Alfa von Robert Tauber gemietet worden und der Anruf zur Tennisstunde nicht aus dem Hotel gekommen war. Aber er entschied sich dagegen, sie hatte heute schon genug durchgemacht, und es lag ihm fern, ihr in ihrem augenblicklichen Zustand Angst einzujagen. Doch endlich hatte er einen Grund, beim Staatsanwalt einen Haftbefehl gegen *Colombo* zu beantragen.

Noventa Padovana

»Weißt du, Angelo«, beschwerte sich Robert Tauber, der wieder im Kofferraum transportiert worden und darüber stocksauer war, »ich finde dies Theater mit den *condottieri* und eurem *Tre-Condottieri*-Syndikat, den Lanzen und ähnlichem Schwachsinn langsam zum Kotzen! Ihr müsst euch doch auch lächerlich vorkommen, du und dein Bruder!«

Sie warteten in der Küche einer Villa auf Andreas Rückkehr, von deren Lage Robert keine Ahnung hatte. Angelo war nicht nach Streit zumute.

»Wenn sie Spaß daran haben? Lass sie doch. Wenn die Knete stimmt, ist es mir doch egal, wie sie mich nennen!«

»Lanzenführer!«, spottete Robert. »Geht ihr noch mit Pfeil und Bogen auf die Jagd?«

»Eh! Mach dich ruhig weiter über uns lustig!«

Angelo ließ sich nicht provozieren.

»Die Organisation ist okay und die Bezahlung auch. Und nicht zuletzt die Sicherheit, die die *condottieri* uns bieten.«

»Beamtete Ganoven? Ihr Italiener seid zu beneiden!«

»Spotte nur, *crucco*, du bist nur ein kleiner Kurier, sozusagen freischaffend für uns tätig! Du wirst nach deinen letzten Misserfolgen keine Chance mehr kriegen, in die Organisation aufgenommen zu werden.«

Er zündete sich eine Zigarette an, blies den Rauch gelassen aus und musterte gleichgültig den Deutschen.

Der reagierte giftig.

»*Col cavolo!* Da wäre ich an deiner Stelle nicht so sicher! Allerdings beabsichtige ich auch nicht, untergeordnete Lanzendienste zu leisten.«

»Nimm dein Maul nicht so voll, *Colombo*! Was hast du uns schon zu bieten?«

»Ich kenne Namen!«

»*Vero*? Meinen und Angelos und unsere Handynummern! Wir sind die *capitani* der *condottieri*. Das ist alles!«

»Ich kenne die richtigen Namen von Gattamelata und Carmagnola.«

Robert trug richtig dick auf. Ihm war klar, dass er log, aber wenn er glaubte, den kleinen Italiener damit zu beeindrucken, irrte er sich.

»*Vero*? Das kann tödliches Wissen sein.«

»Für mich nicht, tödlich für sie. Meinst du, ich hätte mich nicht abgesichert? Die können mich nicht abservieren, ohne mit ins Gras zu beißen. Ich bin noch im Spiel, *capitano*!«

»*Per tutti i diavoli!* Dein Empfang hier durch die Hintertür macht mich da nicht so sicher.«

»Sicher, sicher! Sicherheit! Seid ihr Pistoleros mit Pension?«

»Die Sicherheit in unserer Organisation ist nicht zu verachten, *crucco*! Wir arbeiten nur bis zu einem gewissen Alter, dann bekommen wir unsere Anteile ausgezahlt. Unser Vater hat schon unter Gattamelatas Vorgänger gearbeitet und sich von seinem Anteil eine schöne *pizzeria* gekauft. Außerdem, wenn wirklich jemand von uns verhaftet wird, was wegen unserer vorzüglichen Verbindung zu Polizei und Justiz höchst selten vorkommt, werden Anwälte und Kautionen gestellt, die Familien versorgt. Verräter gibt es nicht, alle sind hundertpro bei uns, außerdem kennt nur jeder seine eigene Lanze und einen von einer weiteren. Nicht einmal Andrea kennt die beiden anderen Mitglieder meiner Lanze und ich nicht seine, *capisci*?«

Bevor er sich weiter über die Vorzüge des Syndikats der *Tre Condottieri* auslassen konnte, erschien sein Bruder und bedeutete Robert, ihm zu folgen.

Noventa Padovana

Die Filzdecke lag wieder über dem Schachtisch, die Lampen mit den grünen Schirmen waren tief heruntergezogen, so dass für Robert, dem man bedeutet hatte, an der Tür stehen zu bleiben, nur die weißbehandschuhten Hände Gattamelatas und die schwarzen von Carmagnola zu sehen waren.

»Verstehen Sie etwas von Schach, *Colombo*?«

Gattamelatas Konversationston brachte Robert auf die Palme, aber er beherrschte sich. Noch. Die weiß behandschuhten Hände stellten die aus rotgefärbtem Elfenbein gefertigte Büste Josephines sorgfältig neben die etwa gleichgroße Büste Napoleons.

»Ich spiele gelegentlich Schach.«

Roberts kurzer Antwort hörte man seinen Ärger über diese theatralische Kulisse nicht an.

»Normalerweise«, philosophierte Gattamelata und strich geradezu liebevoll über den Hut des Korsen, »liebe ich die Zweideutigkeit und die Offenheit des Schachspiels. Der Ausgang ist nie vorbestimmt und die gegnerischen Figuren sind gleichwertig. Ich liebe die Diskontinuität der zeitlichen Struktur des Spiels, nur die Bewegungsvorschriften der Figuren sind festgelegt. Und ich übe mich an den wechselnden Entscheidungssituationen. Aber ich liebe auch diese Figuren, Josephine und Napoleon, denen Wellington als König der weißen Partei gegenübersteht. Der Nachteil ist, dass bei der Abbildung von weltgeschichtlichen Figuren die Partie bereits von der Geschichte entschieden wurde. Napoleon und seine Partei sind von vornherein die Verlierer.

Doch wenn ich impliziere, dass die Weltgeschichte auch anders hätte verlaufen können, wird das Spiel plötzlich wieder interessant. Wen bevorzugen Sie, die weiße oder die schwarze Partei?«

»Die des Siegers!«

»Ich fürchte, wenn wir jemals Schach miteinander spielen sollten, werden Sie Napoleon nehmen müssen!«

»Und in die Verbannung geschickt werden?«

»Das ist gar nicht so abwegig!«

Robert schluckte den aufkommenden Ärger hinunter und sagte, so ruhig es ihm möglich war:

»Können wir vielleicht in die Gegenwart zurückkehren und über Tatsachen reden? Vergessen Sie nicht, dass ich Ihre Identität …«

»Dass Sie uns gedroht haben«, unterbrach ihn Gattamelata, »haben wir nicht vergessen. Nur ist Ihre Drohung gegenstandslos für uns, unsere gegen Sie jedoch nicht.«

Das Spiel lief bei weitem nicht so, wie Robert es sich vorgestellt hatte, und seine bis hierher mühsam geübte Selbstbeherrschung zerplatzte wie eine Seifenblase.

»Ich lasse Sie alle beide hochgehen, wenn Sie es so wollen!«, drohte er, und seine Stimme klang laut und unbeherrscht.

»Unser junger Freund verliert die Contenance!«, unterbrach Carmagnola scharf. »*Colombo*, überlegen Sie es sich gut und gehen Sie nicht zu weit, Sie sind nahe daran! Dass Sie durch Zufall entdeckt haben, womit ich bürgerlicherweise mein Geld verdiene, ist eine Tatsache, mit der Sie überhaupt nichts anfangen können. Wollen *Sie* zum *marchese* gehen? Was wollen Sie ihm sagen ohne sich selbst zu belasten? Darauf wartet er nur! Wussten Sie, dass er einen Haftbefehl gegen Sie erwirkt hat? Wir konnten gerade noch verhindern, dass er nicht auf versuchten Mord ausgestellt wurde, Sie werden vorerst nur wegen Fahrerflucht gesucht!

Und Gattamelatas Identität? Da bluffen Sie doch nur! Genau so ein Bluff, wie Ihre angeblich hinterlegten eidesstattlichen Erklärungen!

Mit uns dürfen Sie solche Spielchen nicht treiben! Oder glauben Sie, dass das Büro Ihres Notars in Arrecife zufällig ausbrannte?

Wir spielen nicht immer nur Schach, im Geschäft sind wir hart. Und schnell! War es wohl Zufall, dass der Notar Ihrer Großmutter und jetzt auch der Ihre in Deutschland einen Einbruch meldete, bei dem nichts gestohlen wurde, weil es nichts zu stehlen gab?

Kommen Sie, *Colombo*, wenn wir Sie hier und heute unter den Teppich kehrten, wer würde nach Ihnen suchen? Ihre Freundin Carina? Kein Problem, sie und die *colomba piccola* gehören zu uns.«

Robert war wie vor den Kopf geschlagen, das Spiel war ihm aus den Händen geglitten, die beiden *condottieri* hatten alle Trümpfe in ihrer Hand.

»Aber Mord ist nicht unser Geschäft!«, meldete sich Gattamelata zurück. »Das und Ihre zweierlei Schulden bei uns retten Sie. Vorerst jedenfalls! Ihre leichtfertige Art mit unserem Besitz umzugehen, könnte sich sonst herumsprechen, und das ist schlecht für die Moral und das Geschäft. Und nun wollen wir einmal Bilanz ziehen!

Erstens: Sie schulden uns Heroin im Werte von mehr als dreihunderttausend Schweizer Franken, den Schwarzmarktpreis nicht gerechnet. Da der zurzeit stark am Fallen ist, werden Sie für die Differenz aufkommen! Je länger wir auf das Heroin warten, desto teurer wird es für Sie. Sie hatten Zeit und Gelegenheit, es unauffällig zurückzuholen, aber was haben Sie daraus für ein Trümmerfeld gemacht!

Mieten ein Auto unter Vorlage Ihres echten Personalausweises, großartig!

Sie haben das Mädchen in der *Bar 2000+2* und lassen es wieder laufen, großartig!

Wir helfen Ihnen mit einem fingierten Anruf, Sie fahren das Mädchen an, großartig! Nun werden Sie wegen Fahrerflucht gesucht, großartig!

Ich würde Sie fallen lassen wie eine heiße Kartoffel, wenn Sie uns nicht noch eine siebenstellige Summe in DM schuldeten! Sich überschätzende Dilettanten wie Sie sind mir widerlich!«

Die Stille im Raum schien greifbar, an diese Schulden hatte Robert keinen Gedanken mehr verschwendet. Er war sich so sicher gewesen, dass sie seinen Bluff geglaubt und seine Großmutter aus Angst vor Konsequenzen kostenfrei ins Jenseits geschickt hatten.

»Wir sind an Ihren Entschuldigungen nicht interessiert!«, fuhr Gattamelata fort.

»Zweitens: Die Geschichte mit der Fahrerflucht regeln wir, ein Urteil auf Bewährung wird arrangiert.

Drittens: Andrea und Angelo bringen Sie im Kofferraum über die grüne Grenze nach Österreich.

Viertens: Wenn Sie Ihr Erbe angetreten haben, wird sich ein, nennen wir ihn Berater, bei Ihnen melden und die Firma wird so umstrukturiert, dass wir zu unserem Geld kommen. Ob wir auch investieren, liegt an Ihrer Kooperation.

Fünftens: Wenn all dies stattgefunden haben wird, werden Sie noch eine Chance bekommen, das Heroin wieder herzuschaffen, aber ohne jedes Aufsehen. Wenn das nicht klappt, übernehmen wir, aber das wird teuer für Sie! Habe ich mich klar ausgedrückt?«

Robert nickte nur, ihm saß ein zu dicker Kloß im Hals, als dass er antworten konnte. Vor ein paar Minuten war sein Leben keinen Pfifferling mehr wert gewesen.

Aber sie waren noch nicht fertig, Carmagnola schaltete sich ein.

»Sechstens: Sie und wir, Gattamelata, Fra Moriale und ich, wir werden in Zukunft nie mehr aufeinandertreffen. Haben wir uns verstanden?«

Noch einmal nickte Robert. Und er hatte Carmagnola für einen Verbündeten gehalten! Sie schickten ihn tatsächlich wie Napoleon in die Verbannung. Aber war der nicht eines Tages von seiner Insel Elba zurückgekommen?

Noventa Padovana

Fra Moriale kam spät, er teilte die Schachbesessenheit seiner Kollegen nicht, ihn interessierte eigentlich nur noch gutes Essen, schwerer Wein, die Linderung seiner Arthrose und die immer näher rückende Pensionierung, sie war in Wochen zu zählen.

Heute allerdings beunruhigten ihn die Nachrichten, die er von seinem Informanten aus der *squadra omicidi* bekommen hatte.

»Wusstet ihr«, kam er gleich zur Sache, »dass die Großmutter von unserem Kurier *Colombo* im *Farfallone* ermordet wurde? Sie ist ... war eine gute, alte Freundin von mir.«

Das betretene Schweigen ließ ihn Unerfreuliches vermuten.

»So, ihr wusstet es also! Aber wir haben doch nichts damit zu tun, oder?«

Das Schweigen dauerte an, der alte Mann reagierte wütend.

»Besitzt einer von euch die Freundlichkeit, mir zu sagen, was hier gespielt wird?«

Gattamelata und Carmagnola sahen sich zweifelnd an, bevor der Jüngere sich entschloss zu antworten.

»*Colombo* hat uns gezwungen, ihm einen Gefallen zu tun. Aber sei ganz beruhigt, der ausführende Spezialist ist bei unseren Verwandten im *mezzogiorno* wieder verschwunden. Es war perfekt, daran beißt sich sogar unser *marchese* die Zähne aus.«

»Meinst du! Der *marchese* hat eine Zeugin! Ihr Schwachköpfe! Warum musstet ihr schlauer sein als unsere Prinzipien! Das *Farfallone* als Kurierzentrale muss aufgegeben werden, solange der *marchese* seine Nase da nicht rausnimmt!«

»Schon geschehen, wir nehmen vorübergehend das andere Hotel. Aber woher weißt du von einer Zeugin? Und wie heißt sie?«

Carmagnola war ebenso verblüfft wie Gattamelata.

»Ich habe auch meine Informanten in der *questura,* doppelt hält besser. Es soll ein Phantombild vom Mörder geben, kümmert euch darum! Den Namen der Zeugin konnte mir mein Informant allerdings noch nicht sagen, aber es soll sich um eine Ausländerin handeln, er kümmert sich weiter.«

»Eine Deutsche vielleicht? Giulia Andresen? Das würde mich nicht wundern! Sie ist mit *Colombo* zusammen aus Deutschland gekommen. Und wenn wir die Zeugin eliminieren lassen?«

Carmagnola war im Begriff, erneut die Prinzipien über Bord zu werfen.

»Davon rate ich aus drei Gründen ab. Erstens möchte ich nicht, dass sich meine Bedenken, dass Mord immer Mord nach sich zieht, bewahrheiten, es ist eine Schraube ohne Ende!« und nachdenklich fuhr Gattamelata fort: »Und zweitens ist die Zeugin, wenn es sich denn um ein und dieselbe Person handelt, der Schlüssel zu zwei Kilo reinstem Heroin. Und drittens haben wir den *marchese* auf Mordfälle beschränken können. Er hat sich bisher geweigert, bei der Sitte oder im Drogendezernat zu arbeiten, das wollen wir doch auch in Zukunft so halten.«

»Du kennst also die Zeugin, Carmagnola? So, so.«

Fra Moriale wirkte sehr nachdenklich und versank in Grübeleien, während der Jüngere seine Frage einfach ignorierte.

»Es sei denn, die Zeugin wird uns wirklich gefährlich«, sagte Carmagnola. »Wir müssen uns um das Phantombild kümmern und um die Ermittlungsergebnisse des *marchese*. Und wir müssen herausfinden, was *Colombo* bei ihr versteckt hat! Wenn es euch recht ist, kümmere ich mich darum, sagen wir in etwa sechs Wochen, dann dürfte genug Zeit verstrichen sein, und natürlich so diskret wie möglich, und ich weiß schon, was ihr sagen wollt: nach Möglichkeit ohne Gewalt!«

»*D'accordo!*«, damit war auch Fra Moriale einverstanden.

Als die drei sich ins Speisezimmer aufmachten, erkundigte sich der alte *condottiere* nach *Colombos* Weiterbeschäftigung.

»Wir haben uns von ihm getrennt, auch in deinem Namen, in Ordnung?«

»*Va bene*. Aber unser Kuriersystem, mehrere Kuriere mit kleinen Mengen, das bleibt doch bestehen?«

Und ich habe *Colombo* noch Geld gegeben, dachte der alte Mann verbittert, und damit wahrscheinlich den Mord an meiner alten Freundin Lydia finanziert. Irgendwann zahlen alle, *Colombo* ebenso wie Carmagnola.

»Es hat sich bewährt!«, stimmte Gattamelata zu.

Carmagnola spürte Fra Moriales Rachsucht und hatte dank Gattamelatas Vorabinformation über die Freundschaft des Alten mit *Colombos* Großmutter Vorsorge getroffen.

»Ach, Fra Moriale«, er zog eine Pappschachtel mit sechs Flaschen Wein hinter dem Sofa hervor, »eine kleine Wiedergutmachung für Missverständnisse!«

Etwas misstrauisch packte Fra Moriale eine Flasche aus, aber dann glättete sich seine gefaltete Stirn, und er war fast ein wenig gerührt.

»Ich hatte kurz in Staffolo zu tun und bin zufällig in eine *cantina* geraten. Sie keltern einen sehr guten *Verdicchio* dort!«, erklärte Carmagnola.

»*Verdicchio castelli di Jesi DOC* Fra Moriale«, las der alte Mann vor. »Ich danke dir, mein Junge!«

Und dann betraten alle drei das Speisezimmer, wo die Damen bereits warteten.

Torreglia / Veneto

Julia hob den Blick. Wie lange der Kommissar schon zwischen den fast erblühten Kirschbäumen an der Südterrasse des Zanella-Hofs gestanden und ihr beim Zeichnen zugesehen hatte, wusste sie nicht. Etwas ungehalten war sie schon, denn bei so einer Arbeit unbemerkt beobachtet zu werden, war, als habe er einen Blick in ihre Seele werfen wollen. Sein Gesichtsausdruck, der alle Schärfe, alle Herablassung, allen Unmut und alles Desinteresse verloren hatte, besänftigte sie jedoch, und sie begrüßte ihn fast herzlich.

Die bequeme Gartenliege, auf die die Zanellas sie bei diesem beständig schönen Frühlingswetter genötigt und sie nach Strich und Faden verwöhnt hatten, bildete den Mittelpunkt des Familienlebens. Man hatte Tisch und Gartenstühle herangeschafft, und einer der Geschwister kam immer, um ihr Gesellschaft zu leisten. *Mamma* brachte in regelmäßigen Abständen etwas zum Essen, und sogar *Signor* Zanella, der eher Schweigsame, kam mindestens zweimal am Tag wie zufällig vorbei, um sich nach ihrem Befinden zu erkundigen.

Julia arbeitete gerade an der Kolorierung des idealen italienischen Gartens und dankte allen ihren Schutzengeln, dass sie auf die linke Seite gefallen war, denn so bereitete es ihr weder Schwierigkeiten zu malen noch zu schreiben.

Ein ebenfalls heute Morgen fertig gestellter, ausführlicher und längst überfälliger Brief an ihren Vater lag postbereit auf dem Tisch, in dem sie nicht allzu viel von ihren negativen Erlebnissen erzählte, außer dass sie sich recht schnell von Robert Tauber getrennt habe, was ihren Vater sicher freuen würde, dass sie sich zu einem Sprachkurs angemeldet habe und bei den Zanellas wohne, deren Adresse sie ihm bereits auf einer Postkarte mitgeteilt hatte.

Auf dem Tisch lagen zwei neue Entwürfe vom alten Zanella-Hof, zusätzlich zu dem bereits vor ihrem Unfall von Bianca und ihr geplanten und zum Teil auch schon angelegten Kräuter- und Gemüsegarten hatte sie einen Gemüse- und Blumengarten hinzugefügt. In den Bauerngärten gab es die Trennung zwischen Nutz- und Ziergärten im Gegensatz zu den Villengärten nicht, und so komponierte sie munter Blumen und Gemüse. Ein Entwurf zeigte den Frühlings-, der zweite einen Sommergarten. Julia wünschte sich, dass der alte Professor diese Entwürfe Giancarlo Bertolini vorgelegt hätte.

Der Kommissar zog sich einen Gartenstuhl heran und setzte sich.

»Wenn es nicht Adriano und Mutter auch gesagt hätten, würde ich es für Einbildung halten«, sagte er und blickte auf sie herab; seine Augen zeigten die gleiche dunkle Farbe wie bei dem ersten Verhör, allerdings blickten sie diesmal nicht unheilverkündend, sondern eher verhangen, ja fast ein wenig traurig.

»Dass Sie so viel Ähnlichkeit mit meiner leider viel zu früh verstorbenen Schwester haben! Und dann noch diese Namensgleichheit, sie hieß Giuliana!«

»Das tut mir leid.«

Julia wusste nicht so recht, was, aber sie bedauerte wirklich, wenn sie in ihm böse Erinnerungen weckte.

»Da habe ich weit über ein Jahrzehnt alle Erinnerung vergraben, und dann kommen Sie, und alles ist wie gestern.«

»Das tut mir sehr leid.«

»Nein, leid tun muss Ihnen das nicht! Irgendwie habe ich durch Sie wieder gemerkt, dass es auch noch anderes im Leben gibt als Morde. Villen zum Beispiel, an denen ich durch Sie wieder Spaß gefunden habe. Oder Gärten, wie Sie sie sehen. Der alte Zanella-Hof ist wirklich gelungen!«

Er löste sich aus seiner fast ein wenig sentimental anmutenden Stimmung und ließ sich von ihr erklären, wie sie sich den Frühlingsgarten mit Schneeglöckchen, Tulpen, alle Arten von Narzissen und Perlhyazinthen dachte, alles Pflanzen, die nachweislich im achtzehnten Jahrhundert in Italien bekannt gewesen waren. Der bunte Sommergarten quoll über vor Löwenmäulchen, Kornblumen, Astern, Fingerhüten, der blauen Himmelsleiter und vielen anderen, die Julia ihm benannte.

»Und was macht Ihr Fangomörder?«, erkundigte sich Julia, um nicht nur von sich und ihren Ideen zu sprechen.

»Leider nichts Neues!«

»Und schon haben Sie wieder Ihren grimmigen Jägerblick, Herr Kommissar«, zog sie ihn auf, und seine Spannung löste sich wieder.

»Ich bin eben ein alter Euganeer. Die waren vorwiegend Jäger! Als Hirte hätte ich mich nicht so gut geeignet!«

Er hockte sich neben sie, nahm ihren *Villa-Draghi*-Entwurf in die Hand und wollte offensichtlich nicht über seinen Beruf sprechen.

»Wenn Sie das richtige Fach studieren, Giulia, wird aus Ihnen eine wunderbare Künstlerin!«

»Wenn ich nur wüsste, was das Richtige ist! Ich bin ganz furchtbar auf der Suche, auch nach mir selbst.«

»Sie werden es schon schaffen! Schauen Sie, ich habe Ihnen etwas vom Bücherflohmarkt mitgebracht. Ich fand es zufällig beim Stöbern!«

Er gab ihr ein zerlesenes Buch in englischer Sprache.

»Vielleicht finden Sie in *A History of Garden Design* etwas Interessantes, was Sie noch nicht kennen, auch wenn es schon 1962 verlegt wurde, als Sie noch gar nicht auf der Welt waren!«

Julia schüttelte ungläubig den Kopf.

»Vor einem Monat hielten Sie mich noch für die Hure Babylon und jetzt suchen Sie Bücher für mich? Danke, Roberto!«

»Gern geschehen, *sorella piccola!*«

Sie lachten, und Julia fühlte, dass sie das erste Mal in seiner Gegenwart nicht auf der Hut sein musste.

»Darf ich Sie um einen Gefallen bitten, Roberto?«

»Ihnen darf man auch nicht den kleinsten Finger reichen, Sie nutzen das sofort aus! Also, wobei kann ich Ihnen helfen!«

»Könnten Sie für mich ins *Farfallone* gehen und meine Schulden begleichen, ich gebe Ihnen einen Blankoscheck mit.«

»Haben Sie im Lotto gewonnen?«

»Nein, die Überweisung aus Deutschland hat endlich geklappt, mein Geld für März und April ist eingetroffen! Clemente hat mich zur Bank gefahren, am liebsten hätte er mich auf einer Bahre hingeschoben! Ich konnte fast alle Formalitäten erledigen, nur wusste ich den Betrag und die Kontonummer des Hotels nicht, deshalb möchte ich Sie bitten, beim *padrone* meine Schulden zu bezahlen, die Polizei wird er wohl nicht übers Ohr hauen!«

»Sie sind wirklich ein gutgläubiges Kind, Giulia! Wissen Sie nicht, wie korrupt die italienische Polizei ist? Was, wenn ich mit dem Blankoscheck durchbrenne?«

Sie lachte und meinte, dass er für so eine geringe Summe doch wohl seine Karriere nicht aufs Spiel setzen würde.

»Sie nehmen wirklich auf eine sehr feine und trotzdem hinterhältige Art Rache an mir.«

Er stand auf und wollte sich verabschieden, sein lächelnder Gesichtsausdruck nahm der Bemerkung jede Schärfe.

»Weil ich Ihnen am Beginn unserer Bekanntschaft so allerlei unterstellt habe, lassen Sie mich jetzt büßen!«

Sicherlich hätten sie noch ein wenig weiter gewitzelt, wenn er nicht ihre schreckgeweiteten Augen gesehen hätte.

»O nein, bleiben Sie! Da kommt mein Jet-Set-Onkel! Wie der mich wohl gefunden hat?«

Sie verdrehte die Augen.

Der Zwillingsbruder ihres Vaters – Zwillinge lagen schon seit Generationen in der Familie – kam auf sie zu, nach der neuesten Mode gekleidet: mit Pilotenbrille und Pilotenkoffer. Er war immer schon der blendende, charmante und überaus erfolgreiche Arzt, zwischen Europa und USA pendelnd, der sich an seine Familie immer dann erinnerte, wenn es ihm gerade passte. Julia hatte ihn während der vergangenen achtzehn Monate nicht gesehen. Ein paar Mal hatte er angerufen, um seinen Besuch anzukündigen, den er aber immer wegen dringender Termine kurzfristig absagte.

Die Stärken ihres Vaters lagen in seiner Zuverlässigkeit, Loyalität, Wärme und Hilfsbereitschaft für jeden, der zu ihm kam, ihr Onkel dagegen hatte die Karriere über alles gestellt und sich dazu eine Frau gesucht, deren Namen ihn mehr schmückte als der schlichte Name Andresen. Nach der Scheidung hatte seine Frau viel Geld und er den Namen behalten, ein überaus perfektes Arrangement.

Sie wettete mit sich selbst, dass sein erstes Wort *ich* sein würde.

»Ich komme von einem medizinischen Kongress in der *Villa Contarini*, und als ich von deinem Vater erfuhr, dass du ganz in der Nähe bist, wollte ich die Zeit bis zu meinem Abflug in die Staaten nutzen, um dich zu sehen, ich bin mit dem Taxi hier, es wartet.«

Bingo, dachte Julia, ein Satz und viermal ich!

Roberto wurde einfach ignoriert, aber das wollte Julia so nicht durchgehen lassen, obwohl sie seinem Gesicht ansah, dass er keine Lust auf ihre Familie hatte.

»Darf ich vorstellen: Mein Onkel, Professor van der Velde. *Commissario* Bassner aus der *questura* in Padova.«

Sie gaben sich die Hände, widerwillig. Obwohl ihr Onkel der Ältere und akademisch gesehen wohl auch der Ranghöhere war, nannte sie ihn bewusst zuerst, er würde sich ärgern. Roberto machte Anstalten, sich zu verabschieden, zögerte aber bei den folgenden Worten.

»Polizei? Bist du überfallen worden, so wie du aussiehst? Und wo ist Robert Tauber? Dein Vater sagte, du seiest mit ihm nach Italien gefahren. Gut so, er ist eine blendende Partie. Besonders jetzt, da seine Großmutter – Gott hab sie selig – das Zeitliche gesegnet und ihm ein Millionenerbe hinterlassen hat. Ihr würdet ein schönes Paar abgeben, Julie!«

Julia fühlte sich unbehaglich, natürlich wollte sie ihrem Onkel nichts von ihren Erlebnissen mit Robert Tauber erzählen, und die Unwahrheit würde Roberto ihr verübeln, er war bestimmt nur hier geblieben, weil der Name Robert Tauber gefallen war. Sie saß zwischen zwei Stühlen, und der ganze schöne Morgen war verdorben.

Sie rettete sich mit vorsichtigen, zweideutigen Bemerkungen, die der Kommissar sicher verstand.

»Ich bin vom Fahrrad gefallen, nichts Schlimmes! Der *commissario* ist hier, weil er ein Freund der Familie Zanella ist, bei der ich wohne! Und Robert Tauber ist wieder in Deutschland. So, ist dein Wissensdurst nun gestillt, Onkelchen?«

Er hasste diese Anrede.

»Mitnichten, liebe Nichte! Aber ich hab dir etwas mitgebracht, um dem Kommunikationsmangel abzuhelfen.«

Er öffnete seinen Koffer und brachte ein Handy mit allem Zubehör zum Vorschein, wie immer erkaufte er sich seine Zugehörigkeit zur Familie.

Er blickte auf die Uhr, ein uninteressierter Blick streifte Roberto, der sich nun wirklich verabschiedete.

»Ziemlich arrogant, diese Italiener«, pauschalierte ihr Onkel, und sie widersprach ihm.

So war es immer mit ihm gewesen, so würde es auch bleiben. Trotzdem mochte sie ihn. Hinter der Fassade des Erfolgreichen blickte Leere hervor; seine Unfähigkeit, Beziehungen aufzubauen und zu erhalten, ließen ihn einsam bleiben, und manchmal schien es, als ob Julia als Einzige aus der Familie Mitleid mit ihm habe, und er hofierte sie, wo er nur konnte. Vielleicht mochte er sie wirklich.

Nach einer Viertelstunde Plauderei brach er ebenso überraschend auf, wie er gekommen war, nachdem er sich noch lang und breit über die Verantwortungslosigkeit seines Bruders aufgeregt hatte, der seine Tochter auf blauen Dunst hin nach Italien hatte fahren lassen, ohne ihn zu informieren. Julia versuchte gar nicht erst, ihm ihre Beweggründe zu erklären: Zuhören war auch nicht seine Stärke.

Roberto lehnte an seinem Dienstwagen und wartete auf den Herrn Professor.

»Der Taxifahrer war nicht länger bereit, auf Sie zu warten«, informierte er ihn. »Kann ich Sie mitnehmen? Ich fahre nach Padova zurück.«

Irritiert und ein wenig hilflos, ausgesetzt auf einem Bauernhof im Nirgendwo, blieb dem Professor nichts anderes übrig, als dankend anzunehmen, was ihm sichtlich schwer fiel. Während der Fahrt schwieg er erst einmal eisig, und Roberto tat es ihm gleich. Am *Farfallone* hielten sie kurz an. Roberto brachte *La Tedescas* Scheck zum Kassierer, setzte die restliche Summe ein und ließ sich eine Quittung geben.

»Sie wollen zum Flughafen Marco Polo, *professore*? Dann setze ich Sie am besten am Busbahnhof ab, von dort geht ein Bus oder ein Taxi.«

»Der Busbahnhof ist okay, danke!«, sagte er und sah ihn abwartend an. »Was haben Sie eigentlich mit meiner Nichte zu schaffen, *commissario*? Sie ist doch nicht in Schwierigkeiten?«

»Was mich betrifft, nicht! Wie sie sagte, ich bin ein Freund der Familie, bei der sie wohnt.«

»Das ist alles?«

»Glauben Sie es ruhig!«

Brentakanal

Am Sonntag, eine Woche nach dem Unfall waren Julias Kopfschmerzen verschwunden, sie humpelte weniger, und auch die Schulterprellung war inzwischen abgeklungen.

Bevor die Zanellas am Sonntagmorgen zur Messe fuhren, war regelmäßig, so auch heute, der Teufel los. Maria suchte verzweifelt einen Ohrring, Nino fand seine neuen Jeans nicht und Bianca verdächtigte Maria, ihren dunkellila Lippenstift genommen zu haben, Clemente putzte seine Schuhe an der engsten Stelle des Korridors und stand allen im Weg, der

Vater band zum dritten Mal unter Protest seine Krawatte und *mamma* verbrannte sich beim Herausnehmen des Sonntagskuchens am Backofen.

Julia flüchtete auf die Terrasse, vor der Luciano gerade sein Motorrad abstellte.

»Hi, *La Tedesca*!«

»Hi, Luciano, willst du Clemente zur Messe begleiten?«

»Ich? Messe? Der große Boss da oben muss ohne mich auskommen.«

Er blickte mit verdrehten Augen zum Himmel. Seit Freitagnachmittag bastelte er ununterbrochen mit Clemente an einem alten Motorrad herum, das dieser für einen Spottpreis erstanden hatte, es fuhr aber noch immer nicht.

Adriano erschien mit dem verbeulten Auto seines Bruders und gesellte sich zu den beiden auf die Terrasse.

»Hätte ich gewusst«, begrüßte ihn Luciano, »dass du heute so früh kommst, wäre ich im Schneckenhaus geblieben, ich habe nämlich gestern Abend eine megadufte Schnecke angegraben.«

Adriano ignorierte ihn und wandte sich an Julia.

»Hast du Lust auf einen Ausflug? Roberto hat mir seinen Wagen unter der Bedingung geliehen, dass ich dir die *Villa Strà* zeige. Nachdem sie dich eine Woche im Obstgarten begraben haben, musst du mal wieder raus, meinte er.«

»Du bist zu beneiden«, seufzte Luciano, »morgens …«

»Die Pflichtübung für den großen Bruder«, unterbrach Julia ihn, aber er widersprach heftig.

»Absolut falsch! Du weißt, dass ich auch ohne Roberto gern …«

Er geriet ins Stolpern.

»Hübsche deutsche Mädchen herumfahre«, vollendete Maria, die unbemerkt hinzugetreten war. »Pass gut auf ihn auf, Giulia, er ist sehr anfällig!«

Sie begrüßte ihren Verlobten und meinte, Roberto müsse ein immens schlechtes Gewissen wegen seiner Verhörmethoden haben, wenn er sich so um Giulias Freizeitgestaltung kümmere, und fragte ihn, warum er nicht selbst käme.

»Er ist mit den Berinis zum Skifahren«, verteidigte Adriano seinen Bruder, »darauf freut er sich schon seit Wochen!«

Julia und Adriano machten sich schnell aus dem Staub, bevor die Eltern aus dem Haus kamen. Das Einzige, was sie am Verlobten ihrer Tochter und der angenommenen deutschen Tochter auszusetzen hatten, waren die sonntägliche Gottlosigkeit des einen und die protestantische Ungläubigkeit der anderen.

Sie verließen die *autostrada* bei Padova Est und durchbummelten Noventa Padovana mit seinen repräsentativen Villen, die die Hauptstraße säumten. In Strà überquerten sie bei einem Wehr den Brentakanal und Julia konnte einen Blick auf die prächtige *Villa Pisani La Nazionale* und die kunstvollen Tore zum Park richten. Adriano schaute zum wiederholten Male in den Rückspiegel, und Julia erkundigte sich, ob sie verfolgt würden. Sie genoss es, ihn ganz allein für sich zu haben, doch seine Antwort enttäuschte sie.

»Nicht, dass ich wüsste, aber Roberto hat mir aufgetragen, darauf zu achten!«

Roberto, Roberto, dachte sie erbost, Maria hat doch nicht so unrecht, dass er seinen kleinen Bruder gängelt. Aber Marias Beispiel folgend, äußerte sie ihre Kritik nicht.

»Ist dein Bruder immer so vorsichtig?«, fragte sie stattdessen.

»Das kann ich nicht beurteilen. Er erzählt wenig von seinem Job, und bisher hatte ich noch keine Gelegenheit, die Polizei zu unterstützen. Roberto und ich sehen uns nicht sehr häufig, ich bin tagsüber in der Uni und jobbe bis in den Abend hinein, und er ist sehr oft über Nacht unterwegs. Morde geschehen selten am helllichten Tag.«

Adriano fuhr bis Mira auf der rechten, wenig befahrenen Kanalseite. Julia konnte sich für die Ausblicke auf die aneinander gereihten Villen am anderen Ufer förmlich begeistern, auch wenn sie sich zum Teil in einem katastrophalen baulichen Zustand befanden, von den Gartenanlagen ganz zu schweigen.

Julia meinte, Luciano auf dem anderen Ufer auf seiner Kawasaki zu sehen.

Adriano bestätigte es.

»Wenn jemand uns folgt, verfolgt Luciano unseren Verfolger.«

»Was wird hier hinter meinem Rücken gespielt? War es vielleicht auch kein Zufall, dass Luciano seit zwei Tagen bei den Zanellas herumhängt?«

»Soweit ich weiß, ist er dein Babysitter! O Pardon! Bodyguard klingt besser. Aber nun guck nicht so verbissen, Roberto wird schon seine Gründe haben!«

»Bodyguard?! Dass ich nicht lache! Er lässt mich überwachen, so ist das! Und du spielst da mit?«

»Julia! Komm auf den Teppich! Der Einbruch in deinem Zimmer im Hotel! Nino und du in der *Bar 2000+2*, dein Unfall mit Fahrerflucht! Er glaubt nicht an Zufälle und will dich schützen, bestimmt! Lass uns lieber die *Villa Strà* besichtigen, wenn du jetzt schon wieder laufen kannst! Ich war zuletzt als Schüler drinnen, und das einzige, woran ich mich erinnere, ist, dass Napoleon hier mal geschlafen hat. Ja, und dass der Duce und Hitler sich hier zum ersten Mal getroffen haben.«

Der Tag war zu schön, um sich zu ärgern und Julia entspannte sich.

Adriano nahm die Hauptstraße von Mira nach Strà und parkte den Wagen. Sie traten durch das beeindruckende Eingangsportal mit Steinfiguren und Atlanten in bester barocker Tradition und schlossen sich einer Führung an, deren Höhepunkt eindeutig der *sala dell ballo* im ersten Stock mit seinem Deckengemälde von Tiepolo bildete, das Julia an das Treppenhaus der Würzburger Residenz erinnerte. Adriano schien sich mehr für die Badewanne Napoleons zu interessieren und langweilte sich an ihrer Seite. Kunstgeschichte gehörte offensichtlich nicht zu seinen Hobbys.

Später im Garten hakte sie sich bei »ihrer Gehhilfe« unter, wie sie ihn nannte. Langsam bummelten sie an dem langen Wasserbecken entlang, das von der Rückseite der Villa bis zu dem herrschaftlichen Gebäude der Pferdeställe führte. Die gärtnerische Anlage fand Julia bescheiden, als deren Höhepunkt das Labyrinth betrachtet werden musste, das zahlreiche Familien mit Kindern anzog.

Die Kastanienknospen leuchteten dick und klebrig in der warmen Märzsonne, große Kissen wilder Märzveilchen rahmten die Wege, und Julia glaubte schon, Vivaldis Cellokonzert B-Dur zu hören, als Adriano plötzlich seufzte.

»Julia?«
»Hm.«
»Ach nichts!«
Seine Stimme klang unglücklich.
»Bedrückt dich irgendetwas?«
»Ach, weißt du, manchmal denke ich, in meinem Leben ist alles so schrecklich geordnet und vorbestimmt. Das kann doch nicht alles sein!«
»Du meinst dein Examen, den Beruf, Maria, die Hochzeit? Ich beneide dich um die Sicherheit in deinem Leben, Adriano. Ich wünschte, meine Zukunftsperspektiven wären nur annähernd so deutlich sichtbar wie eure!«
»Wir beneiden dich, wie du dir in deinem Alter deine Freiheit erkämpfst und wie du dich von deiner Familie gelöst hast und über dein Leben selbst entscheidest.«
»Das hat auch seine Schattenseiten«, lachte sie, »nicht umsonst habe ich mir in euch eine Ersatzfamilie besorgt.«

Padova

Roberto kam von seinem verlängerten Skiwochenende in der Nähe von Cortina d'Ampezzo nicht sonderlich erholt zurück. Die eher bescheidenen Schneeverhältnisse hatten seine sportlichen Aktivitäten gebremst, und auch den gesellschaftlichen Teil des Wochenendes beurteilte er eher negativ. Seine Gastgeber, die Berinis, Onkel und Nichte, recht entfernte Verwandte der Familie, stritten sich fast das gesamte Wochenende, auch in seiner Gegenwart.

Robertos Mutter hielt die Verbindung zu diesem Teil der Familie unerbittlich aufrecht; auch dieses Skiwochenende hatte sie arrangiert; seit nunmehr zehn Jahren klebte sie an der Vorstellung, dass Roberto und Elena ein ideales Paar abgäben. Er hätte das Wochenende mit dem Vorschieben von Arbeit kippen können, aber bei Angeboten zum Skifahren neigte er dazu, schwach zu werden.

Seine Mutter wollte nicht einsehen, dass Elena und er zusammenpassten wie ein Windspiel zu einem Hütehund. Ihre Welten berührten sich nicht einmal beim Skifahren, sie liebte nur die Après-Ski-Veranstaltungen, die er mied, er hingegen liebte risikoreiche Abfahrten, die ihr ein Gräuel waren; wenn er es recht überlegte, hatte er sie noch nie auf Skiern gesehen. Die Versuche seiner Mutter, ihn zu verkuppeln, hatten in den letzten Jahren zwar etwas abgenommen, dafür, und das empfand er als noch schlimmer, begann sie mit Hilfe ihrer weit reichenden familiären Beziehungen eine Karriereleiter zu zimmern, auf die er nicht steigen wollte. Ihren letzten Versuch hatte er noch in schlechter Erinnerung, als sie mit Hilfe ihres Schwagers und dessen Freund Tramontan, dem *questore*, auch ein ehemaliger Verehrer Francesca Visians und Robertos Pate, seine Beförderung voranzutreiben beschlossen hatte.

Nur an den Abenden war es friedlich zugegangen, weil Elena die Berini-Skihütte regelmäßig zum Abendessen verließ, die diversen Hotelbars abgraste und überall Bekannte und so genannte Freunde zum Smalltalk traf. Dann konnte Roberto ruhig am Kamin sitzen, seine Pfeife rauchen und lesen, wozu er sonst kaum Zeit fand; der *conte* Berini störte ihn nicht, denn der füllte sich pünktlich bis zwanzig Uhr mit viel Alkohol ab und tauchte erst zum Frühstück wieder auf, um sein Alka-Seltzer mit Cognac hinunterzuspülen.

Onkel und Nichte lebten ihr Leben, ohne Rücksicht aufeinander zu nehmen und stritten sich ständig wegen Nichtigkeiten; Harmonie herrschte in der idyllisch gelegenen und gemütlich eingerichteten, dabei mit allem Komfort versehen Hütte so gut wie nie. Roberto verhielt sich noch wortkarger als gewöhnlich, war froh, wenn er auf den Brettern stand und die zum Teil stark vereisten Pisten hinabfuhr, und er schwor sich, nie wieder ein Skiwochenende mit den Berinis zu verbringen.

So genoss er den Montagabend nach seiner Rückkehr ganz allein in seiner Wohnung, schob die CD mit der Schottischen Sinfonie von Mendelssohn-Bartholdy in den CD-Player, holte ein Fertigmenü aus der Tiefkühltruhe und öffnete einen *pinot grigio* aus dem Friaul, bevor er bei den Zanellas anrief, um mit *La Tedesca* zu sprechen, aber nur Pasquale war zu Hause.

Giulia sei nicht da, sie sei in die Stadt gefahren. Roberto unterdrückte Ärger und Besorgnis. Konnte sie es denn nicht lassen?

»Mit welcher Begründung?«

»Keine Ahnung, sie wurde abgeholt.«

»Weißt du, von wem?«

»Ich weiß nur, dass sie heute Nachmittag von einem großen Auto, so einer langen amerikanischen Limousine mit Chauffeur, abgeholt wurde. Sie hat auch nicht gesagt, wann sie zurückkommt! Ist etwas nicht in Ordnung?«

»Nicht direkt, aber Sorgen mach ich mir schon. Wenn sie sich meldet oder zurückkommt, möchte sie mich unbedingt anrufen, auch wenn es nach Mitternacht sein sollte. Ich bin zu Hause.«

Ruhelos wanderte Roberto in der Wohnung auf und ab.

War Giulia freiwillig mitgefahren, oder hatte man sie wieder unter Druck gesetzt? Wer mochte dahinter stecken? Die Hintermänner von Robert Tauber? Hatten sie herausbekommen, dass *La Tedesca* als Zeugin wichtig war? Vielleicht durch eine undichte Stelle in der *questura*? Aber dann musste die in seiner *squadra omicidi* sein, denn sonst wusste keiner von der Zeugin. Aber wer?

Je länger er grübelte, desto unruhiger wurde er. Die *lasagne* verbrannte im Ofen, er roch es zu spät und warf sie in den Müll, der Appetit war ihm sowieso vergangen. Er rief in der *questura* an. Keine besonderen Vorkommnisse. Bei den Zanellas. Keine Neuigkeiten. Luciano erreichte er nicht, nach Dienstschluss trieb der sich wohl wieder in Bars und mit Mädchen herum. Eine Leidenschaft, die ihn noch einmal ruinieren würde. Roberto sah alles in den schwärzesten Farben.

Gegen Mitternacht endlich erschien Adriano. Maria und er waren in der Disco gewesen, er pfiff vor sich hin und erkundigte sich nach Robertos Skiwochenende.

Doch dieser winkte ab.

»Giulia ist verschwunden! Ich mache mir Sorgen um sie. Ich hätte mich mehr um ihre Sicherheit kümmern sollen; mit ihrem verstauchten Fuß hielt ich ihren Bewegungsradius allerdings für begrenzt und glaubte sie daher bei den Zanellas sicher aufgehoben. Allerdings habe ich ihre Unternehmungslust unterschätzt.«

»Ihr passiert schon nichts«, gähnte Adriano und erkundigte sich, ob er zuerst unter die Dusche könne.

»Wieso passiert ihr nichts? Weißt du etwa, wo sie sich befindet?«

»Klar, Bruderherz! Ist Mutter eigentlich immer noch für dich hinter Elena her?«

»Ach Quatsch! Wo ist sie?«

»Wie soll ich das wissen? Du bist doch das ganze Wochenende mit ihr zusammen gewesen.«
»Nicht Elena. Wo ist Giulia?«
»Ach so. Bei den Zanellas natürlich.«
»Eben nicht! Drei Tage bin ich mal weg, und schon geht alles schief!«
»Was regst du dich eigentlich so auf? Dann ist sie eben noch bei dem alten Bertolini!«
»Verdammt noch mal!«, explodierte Roberto. »Kannst du mir mal zusammenhängend erzählen, was mit *La Tedesca* los ist?«
»Sie ist ein Glückskind! Der große Bertolini ...«
»Giancarlo?«
»*Esatto*! Er hat Wind von Julias Talent bekommen, frag mich nicht woher, und hat sie heute abholen lassen, ganz großkotzig in seiner amerikanischen Limousine, der Chauffeur hat gesagt, er brächte die *signorina* selbstverständlich sicher wieder nach Hause, also zu den Zanellas, es könne spät werden. Weißt du, was mir imponiert hat? Dass dieser Pomp Julia überhaupt nicht beeindruckt hat. Ist irgendetwas, Roberto?«

Er fand, dass er sich lächerlich gemacht hatte und überließ knurrend seinem Bruder die Dusche. Kurz darauf klingelte das Telefon, *La Tedescas* fröhliche Stimme ärgerte ihn in seiner Missstimmung, sie aber merkte es in ihrem Überschwang nicht und sprudelte alle Neuigkeiten heraus.

»Ich wollte mich nur von meinem überraschenden Besuch bei *maestro* Bertolini zurückmelden. Er lässt Sie herzlich grüßen und besonders Ihre Mutter. Und wissen Sie, was ganz kurios ist? Er kannte meine Großmutter mütterlicherseits, die hier studiert hat! Und meinen Großvater hat sie hier in Padova kennen gelernt, er war ein Freund Ihres Großvaters mütterlicherseits! Ich dachte, ich träume, so klein ist die Welt! Hoffentlich hatten Sie ein so schönes Wochenende wie ich, Roberto! Und erst der Wochenbeginn! Spitze!«

Ihm war nicht nach Konversation zumute, und mit ihrer Familie wollte er nichts zu tun haben: der eine Onkel hatte ihm gereicht, und so verabschiedete er sich kurz.

Gut, dass ihr nichts geschehen war, denn als seine einzige Zeugin war sie derzeit bei der Aufklärung der beiden Fangomorde seine größte Hoffnung. Die Spur mit dem goldenen Manschettenknopf war in einer Sackgasse angelangt, obwohl eine wertvolle Goldschmiedearbeit, identifizierte kein Juwelier in Padova ihn als seine Arbeit.

Mit dem Gedanken, dass es doch keine Schwachstelle in seiner *squadra* geben müsse, schlief er gegen zwei Uhr endlich ein.

Padova / Torreglia

»Hoffentlich werden unsere Examensplakate nicht allzu obszön«, meinte Maria besorgt, sie konnte sehr prüde sein.

Es war Sitte, dass die Kommilitonen der Examenskandidaten ein gezeichnetes und geschriebenes Protokoll der Examensängste und Schwierigkeiten in Plakatgröße entwarfen und an die Außenmauern von *Il Bò* klebten, wie die Universität im Volksmund hieß, zum Spaß aller, aber nicht unbedingt zu dem der Betroffenen.

»Du meinst, wie bei Gianni im letzten Jahr, wo sie ihm einen überdimensionalen Penis mit einem Knoten darin gemalt hatten, weil er angeblich während der Monate vor dem Examen keine Zeit für Sex hatte?«

Adriano lachte.

»*Dottoressa*, das gehört dazu«, sagte Clemente schadenfroh, »dein Plakat ist schon fertig!«

»Und?«

Marias Neugier schien unstillbar.

»Morgen, Schwesterchen, gleich neben dem Hauptportal!«

Das mündliche Examen lief für beide Kandidaten hervorragend. Die Lorbeerkränze waren hochverdient. Nachdem sie die *dottore! dottore!* Gesänge durch die Straßen hinter sich hatten, feierten sie mit den Zanellas, Roberto und Julia bei einem kleinen Prosecco-Empfang in dem Straßencafé unten im *Palazzo della Ragione*, stolz die Doktorhüte ihrer Fakultät tragend.

Zu einer besonderen Art von Examensfeier luden Maria und Adriano am folgenden Wochenende ihre Freunde von der Gruppe *Autarchia* ein, von denen Julia während ihres Aufenthaltes bei den Zanellas bereits mehrere kennen gelernt hatte. Es waren Leute verschiedenster Berufsgruppen, Handwerker wie Intellektuelle, Studenten, Architekten, aber auch Vertreter vieler anderer Berufssparten, die meisten zwischen zwanzig und dreißig, und alle halfen sich gegenseitig bei Wohnungsbauprojekten. Jeder, der nicht ewig bei seinen Eltern wohnen wollte, sich aber bei den teuren Grundstücks- und Häuserpreisen kein Eigentum leisten konnte, rief bei der Gruppe Hilfe für Renovierungen, An- oder Umbauten und manchmal sogar Neubauten ab. Für jede geleistete Arbeit erhielt man Punkte, die bei Eigenbedarf wieder verrechnet wurden, ein geniales System, fand Julia, das laut Clementes Aussage schon seit vier Jahren erfolgreich lief. Er verwaltete mit zwei anderen die Punktekonten und wollte Julia gern anwerben, eine Gartenplanerin und Gärtnerin, die auch noch Malerarbeiten übernehmen konnte, wurde gern gesehen. Vielleicht bliebe sie im Veneto, wer weiß, und dann hätte sie auch Punkte abzurufen.

Das Examens-Arbeits-Fest begann am Freitagabend. Der alte Hof sollte renoviert und für Maria und Adriano, beide Gründungsmitglieder von *Autarchia*, bis zur Hochzeit im Mai hergerichtet werden. Das Material bezahlten die Eltern, ihr Hochzeitsgeschenk, und Clemente und Nino schafften mit dem dreirädrigen Marktkarren seit Tagen Holz und Ziegel für das Dach, Zement und Sand für den Putz und jede Menge Kabel und elektrisches Zubehör sowie Fliesen, Dusch-, Wasch-, und Toilettenbecken heran.

Am Freitagabend verteilte man die Arbeit und widmete sich dann den von *mamma* aufgetischten Köstlichkeiten zur Feier der frischgebackenen Agraringenieure. Julia hatte ihr den ganzen Freitag über geholfen und die Rezepte in ihr Zanella–Rezeptebuch eingetragen. *Arrosto d'agnello*, ein zarter Lammbraten, bildete das Hauptgericht, gewürzt mit frischem *oregano* und geriebener Zitronenschale, dazu gebratene *polenta*, eingerahmt von *penne all'arabiata, fusilli allo speck e rucola* und *mezzelune di patate* vorweg, Salat, Käse und *torta di mandorle* hinterher. Dazu gab es spritzigen *Serprina*, wie der moussierende Wein aus der Proseccotraube in den *Colli Euganei* genannt wird, einen tiefdunkelroten *cabernet* aus Vò und ausreichend *caffè* zum Abschluss.

Am nächsten Morgen begann man mit dem ersten Hahnenschrei. Malerarbeiten standen noch nicht auf dem Programm, das war für Julias geprellte Schulter nur gut, und so beschränkte sie sich darauf, den zerfallenen Hof vor seiner Renovierung zu porträtieren. Vorn spannten sich über die gesamte Breite des Hauses drei große Rundbögen. Der Eingang wurde von verrosteten Fahrzeugen und anderem Schrott und Gerümpel blockiert. Der Platz hinter den Rundbögen sollte zur überdachten Terrasse werden. Das Haus war relativ klein, am Ende würde es aus Wohnküche, Bad und einem kleinen Schlafzimmer bestehen, aber eine Ausbaureserve unter dem Dach und ein späterer Anbau boten sich förmlich an.

Der Abend endete wieder mit einem großen Essen, diesmal gab es warme und kalte *antipasti, sopressa*, die Salami der euganeischen Hügel, *mortadella divina, prosciutto crudo* und *zampone locatelli* und gebratene und gedünstete *peperone, zucchini, carote* und *carciofi all'agrodolce* sowie Fleischklößchen mit Salbei, *pomodori secchi* in Öl und verschiedene Olivensorten, dazu köstlich frisches Kräuterbrot. Danach gab es *nero e bianco*, worunter Julia sich nichts hatte vorstellen können, bis sie bei *mamma* lernte, die Tintenbeutel vorsichtig aus den kleinen Tintenfischen zu entfernen, um die Tinte dann später mit Wein gemischt zum Reis zu geben, wohingegen der weiße *risotto* mit Knoblauch und verschiedenen Käsesorten zubereitet wurde. Alle waren pappsatt, aber von der *crema di fragole* blieb trotzdem nicht einmal eine Erdbeere von der Verzierung übrig.

Am Sonntagmorgen stieg Julia mit ihren Zeichenutensilien bei Sonnenaufgang zum Alten Hof hoch. Leichter Nebel hing in den Obstgärten und ein seltsam diffuses Licht ließ den Rohbau fast romantisch aussehen. Gestern waren die Vorarbeiten abgeschlossen, der Dachstuhl ausgebessert, fast der gesamte Putz abgeschlagen und neue Fenster und Türen eingesetzt worden, und heute sollte das Dach gedeckt und die Bruchsteinfassade neu verputzt werden. Nur auf der Rückseite hatte die einbrechende Dunkelheit die Männer gestern gehindert, alle Putzreste abzuklopfen. Aber irgendwer hatte die Arbeit schon mit Sonnenaufgang aufgenommen, denn die Klopfgeräusche tönten von der Hausrückseite an ihr Ohr, jetzt jedoch verstummend.

»Ist da wer?«

Adrianos Stimme klang zu ihr herüber, aber das konnte doch nicht sein, er war doch eben erst in die Küche gekommen, kurz bevor Julia sie verließ. Der Mann, der nun um die Ecke blickte, war auch nicht Adriano, und Julia erkannte ihn erst auf den zweiten Blick.

Bisher hatte sie Roberto nur im Anzug gesehen, immer in perfekter farblicher Kombination, immer in modischen Schuhen, korrekt und gepflegt, eben italienisch. Sein einziges Zugeständnis, als sie zur *Villa Draghi* hinaufgewandert waren, war eine Lederjacke gewesen und sportliche Schuhe.

Nie hätte sie unter seiner Garderobe verwaschene Jeans, ein ausgeblichenes, ehemals dunkelblaues Polohemd und ziemlich alte Turnschuhe vermutet, und auch sein Wesen erschien ihr verändert, verschwunden war die äußere und auch die innere Distanz; dass sie ihm einmal Arroganz unterstellt hatte, mochte sie nun nicht mehr glauben. Mit seiner Skibräune und einem fast jungenhaften Grinsen wirkte er um Jahre jünger.

Er winkte zu ihr herüber, verschwand und bald hörte sie die Schläge des Hammers wieder.

Als am Abend die Rundbögen und die dahinter verputzte Wand in neuem Glanz erstrahlten, das Dach gedeckt und sogar schon Regenrinnen montiert waren, betrachteten alle zustimmend ihr Werk. Am kommenden Wochenende sollte die zweite Brigade der *Autarchia* kommen, Elektriker, Fliesenleger und Installateure.

Hundemüde, aber mit dem Erreichten zufrieden, trennte man sich bald. Julia half *mamma* beim Aufräumen der Küche, und als sie danach auf die Terrasse trat, strahlte der Mond; ein klarer Märznachthimmel, begrenzt durch die holzschnittartig verschatteten Hügel, überwölbte die Ebene. Sich einen Pullover überziehend beschloss sie, noch einmal zum Alten Hof hinaufzugehen, von da war der Blick sicher noch um einiges schöner.

Dort traf sie überraschend auf Roberto, der immer noch in seiner Arbeitskluft, ergänzt durch ein löcheriges Sweatshirt, verstaubt und verschwitzt unter den Rundbögen saß, eine Flasche Wein auf einem Hocker vor sich und, was sie auch noch nie an ihm gesehen hatte, genüsslich eine Pfeife rauchend. Eine alte Kutscherlaterne spendete mildes Licht.

»Giulia!«, rief er sie an, als sie sich leise zurückziehen wollte. »Leisten Sie einem alten Mann Gesellschaft, der jeden seiner Knochen spürt!«

»*Fishing for compliments*«, gab sie zurück, »Sie und alt! Wie Sie heute die Ziegelpakete hochgestemmt haben, soll Ihnen erst mal ein Jüngerer nachmachen!«

Er holte eine alte Bank, schob ihr, obwohl sie protestierte, seinen wackeligen, aber relativ bequemen Stuhl unter und zauberte aus dem Nichts ein Glas. Sie wehrte den angebotenen Wein ab, seit ihren negativen Erfahrungen mit Alkohol in der *Bar 2000+2* hatte sie ihn gemieden, aber Roberto ließ ihren Einwand nicht gelten.

»Nur weil Sie einmal schlechte Erfahrungen mit einem Mann gemacht haben, werden Sie doch der Liebe nicht abschwören, oder? Bei Ihrem Aussehen und mit ihrem sonnigen Wesen werden Sie bald wieder einen Freund finden«, prophezeite er. »Und nur, weil Sie ein- oder zweimal schlechte Erfahrungen mit dem Alkohol gemacht haben, werden Sie doch diese Gottesgabe nicht für immer missachten? Unsere euganeischen Weine sind Labsal, Medizin und nicht Teufelswerk!«

Sie musste lachen und probierte einen Schluck.

»Hier in den *Colli Euganei* entsteht ein feiner Wein mit allen Vorzügen echter Qualität; ein Freund des Kenners. Den verführerischen Lockungen des Weines widerstand nicht einmal der leidenschaftliche Abstinenzler Petrarca. Bei seiner Ankunft 1370 hier in den Hügeln, in Arqua Petrarca, hat er auf den Rat seines Leibarztes vorsichtig von dieser Medizin probiert, die er von da an mittags und abends bestimmt nicht nur tröpfchenweise zu sich nahm! Ob er das zu Heilzwecken tat oder um die Weinbau betreibende Bevölkerung im Ort nicht zu frustrieren, weiß ich nicht. Also frustrieren Sie mich nun bitte nicht!«

Mit kritischer Miene, wie sie sie auch von ihrem Wein liebenden Vater kannte, kostete er und dozierte.

»Dies ist ein ganz normaler Weißwein der *colli*, das Ergebnis eines genauen Mischungsverhältnisses von *garganego*, *serprina*, *tokai* und ein bisschen *pinot bianco*, das ist italienischer Riesling und *pinella*. Der Wein ist von hellgelber Farbe, bei Tageslicht könnte man das sehen, und sein Aroma ist unübertroffen, angenehm zart und erinnert an blühenden Jasmin! Auf Ihr Wohl!«

»Sie sind ja ein Dichter des Weines!«

Sie spürte sein Lächeln, aber er schränkte ein, dass er immer noch lerne und wohl erst mit seiner Pensionierung genug vom Wein verstünde. Sie schwiegen und blickten über die lichterübersäte Ebene. Hinter ihnen erhoben sich dunkel, fast drohend die euganeischen Hügel. Julia nahm noch einen Schluck und meinte wirklich, blühenden Jasmin zu riechen.

»Was machen Sie eigentlich noch hier, Roberto? Ich dachte, Sie wären mit den anderen fort!«

»Wein trinken und warten, und jetzt mich mit Ihnen nett unterhalten!«

»Warten? Worauf?«

»Bis meine Wohnung wieder frei wird.«

»Adriano und Maria?«

»*Giusto!*«

Innerlich seufzte Julia, aber es half nichts, sie musste die Realität akzeptieren, und sie wollte es auch, obwohl ihr Herz leer war.

»Ich habe noch einen euganeischen Roten hier oben. Mögen Sie noch, Giulia?«

Seine und Adrianos Stimme ähnelten sich sehr, wenn sie die Augen schloss …

Hör auf mit dem Unsinn!, befahl sie sich, aber der Traum war trotzdem schön.

»Wenn Sie ihn mir genau so poetisch beschreiben wie den Weißen, gern.«

»Sie machen sich nicht etwa lustig über mich? Nein? Also, ein typischer euganeischer Rotwein besteht zu zwei Dritteln aus der Cabernettraube, die eigentlich aus Südfrankreich stammt. Der Conte von Sambuy hat diese Traube um 1920 hier eingeführt. Zu diesen zwei Dritteln kommen in der richtigen Mischung *cabernet franc*, *cabernet sauvignon*, *barbera* und der Vernoser *rabosco*.«

»Das sind Fakten, Roberto! Wo bleibt die Poesie?«

»Gleich!«

Er zog die Flasche auf, roch am Korken, schenkte sich einen Probeschluck ein, kostete, nickte zustimmend und goss ihr ein.

»Die großartige Blume dieses Weines erinnert an Glyzinie und Märzveilchen. Erinnern Sie sich an unseren Spaziergang, vorbei an der *Villa Draghi*? Die Glyzinien am Haus, die Märzveilchen im Wald? Probieren Sie, Giulia, er schmeckt trocken, voll und samtig und hat fast keine Säure.«

Schweigend tranken sie, nach einer Weile nahm Roberto den Faden wieder auf.

»Apropos *Villa Draghi*: Haben Sie für Giancarlo Bertolini Ihr Bild von der Villa mitgenommen?«

»Vor der italienischen Polizei kann man auch gar nichts geheim halten!«

»Wie kommen Sie ausgerechnet an ihn?«

»Durch Sie und Ihre Familie! Ich habe erst gedacht, meine geniale Zeichenkunst hätte ihn beeindruckt.
Ein alter Professor für Kunstgeschichte, den ich bei meiner Ankunft in Padova kennengelernt habe, gab Bertolini meine ersten Entwürfe, der hat auf einem das Haus Ihrer Mutter wieder erkannt und mich daraufhin eingeladen. Ich habe wirklich von dieser Verknüpfung vorher nichts gewusst, das müssen Sie mir glauben. Ich halte nichts vom Ausnutzen von Beziehungen, es war wirklich, wenn Sie als Kriminalist das auch nicht wahrhaben wollen, purer Zufall!«

»Sie müssen sich nicht rechtfertigen! Und?«

»Der *maestro* hat mir einen Auftrag gegeben. Ich soll seine Villa in Noventa Padovana zeichnen und mir einen Garten dazu ausdenken!«

»Meinen Glückwunsch! Durch ihn können Sie bekannt und vielleicht berühmt werden!«

»Jetzt machen Sie sich über mich lustig!«

»Keineswegs!«

»Außerdem will ich nicht berühmt werden, und schon gar nicht durch andere!«

»Er ist ein Jugendfreund meiner Mutter. Wenn Sie ihr in ihrem Garten helfen, warum soll sie Ihnen dann nicht durch ihre Beziehungen helfen?«

»Ach, Roberto! Er hat mir den Auftrag erst gegeben, als ich ihm von meiner Großmutter erzählte. Er fragte nach ihrem Mädchennamen, und dann stellte sich heraus, dass er sie als Jüngling angehimmelt hat, als sie hier studierte! Natürlich ohne jede Chance! Und jetzt versucht er es bei der Enkelin! Meine Zeichnungen sind zwar ganz nett, aber das ist auch alles! Lassen Sie uns lieber zum Wein zurückkehren!«

Roberto riss ein Streichholz an; oben am Hals der Flasche klebte ein rundes Schild mit einem Reiter in der Mitte.

»D.O.C., das Gütezeichen der *Colli Euganei*.«

»Das ist doch Gattamelata, dessen Standbild in Padua steht?«

»Eben der.«

»Und was heißt D.O.C.?«

»*Denominazione di origine controllata*, also ein Qualitätssiegel für kontrollierte Herkunft.«

Er nahm einen weiteren Schluck.

»Da kann ich nur Plutarch zustimmen, der sagte, dass der Wein unter den Getränken das nützlichste, unter den Arzneien die schmackhafteste und unter den Nahrungsmitteln das angenehmste sei. Oder haben Sie immer noch Angst vor dem Wein? Alkohol, auch im Wein, ist nur im Übermaß schädlich.«

»Sie kennen sich gut aus.«

»Vergessen Sie nicht, ich bin mit Wein aufgewachsen. Mein Vater ist Wein- und Obstbauer in Südtirol. Die Weine dort haben zwar einen ganz anderen Charakter, haben aber meine Sinne für Wein geschärft.«

»Seltsam, Maria und ihr Vater, die doch vom Weinbau leben, reden nicht halb so viel über Wein.«

»Nun, die beiden und auch Adriano gehen professionell damit um. Für sie sind die Anwendung sachgerechter Techniken für Anbau und Schädlingsbekämpfung, Produktanalysen und Prüfnummern wichtig. Für Sie und mich dagegen die poetischen Beschreibungen und der unübertreffliche Genuss.«

»Werden Sie als so guter Weinkenner auch Weinbauer werden und die Nachfolge Ihres Vaters antreten?«

Er antwortete nicht gleich, und Julia merkte, dass sich die Stimmung zwischen ihnen wandelte.

Frostig erkundigte er sich, ob Maria sie geschickt habe, das zu fragen.

Irgendeine Spielregel war von ihr verletzt worden, nur wusste Julia nicht, welche, und so fragte sie vorsichtig, ob er sie das im Ernst frage. Er schwieg lange, stopfte seine Pfeife, zündete sie an und zog ein paar Mal kräftig.

»Nein, ich glaube, Sie lassen sich zu so etwas nicht herab. Ich bin ein misstrauischer Mensch, Giulia, vielleicht bringt das mein Beruf mit sich. Maria hat Angst, ihr Adriano kommt zu kurz, weil ich der Ältere und damit automatisch der Hoferbe bin. Aber ich habe in der Richtung keine Ambitionen.«

»Entschuldigen Sie meine Frage! Sie war ganz harmlose Neugier. Aber offensichtlich habe ich mich damit ungewollt in Ihre Familienangelegenheiten eingemischt, und das tut mir leid!«

»Muss es nicht. So wie ich durch Adriano ein Anhängsel der Zanella-Familie bin, sind Sie es durch Ihre Freundschaft mit Maria auch. Wir sind also im weitesten Sinne wahlverwandt! Stoßen wir darauf an!«

»Ich war überrascht, Sie Pfeife rauchen zu sehen«, sagte Julia.

Er hob die Augenbrauen.

»Sie täten mir einen großen Gefallen, Giulia, wenn Sie es für sich behielten. Eigentlich rauche ich nur gelegentlich, wenn ich allein bin. Als ich frisch in den Polizeidienst trat, hat mich jemand Pfeife rauchen sehen, und alle nannten mich Kommissar Maigret! Es hat lange gedauert, bis meine Kollegen das vergessen hatten!«

Sie lachte.

»Dann müssen Sie mir aber auch einen tun?«

»Einen Gefallen? Wenn ich kann, gern.«

»Könnten Sie für mich bei den Zanellas als Vermittler auftreten? Ich möchte gern bei ihnen wohnen bleiben, aber nur als zahlender Gast;

doch wenn *ich* das vorschlage, höre ich jetzt schon ihre empörte Abwehr. Ich habe auch meinen Stolz und kann ihn mir nun leisten!«

»Das ist zum zweiten Mal subtile Rache, die Sie an mir nehmen! Als ich Ihnen damals unterstellte, Sie ließen sich aushalten, haben Sie geschwiegen. Und ausgerechnet mich schicken Sie zu den Zanellas!«

»O, so habe ich es wirklich nicht gemeint! Ich scheine heute ein Talent zu haben, immer das passende Fettnäpfchen zu finden.«

»Ihre Idee ist gut, ich kümmere mich darum!«

Es war schon bald Mitternacht, Julia wollte sich verabschieden, aber Roberto fand es auch an der Zeit, nach Padova zu fahren. Sie hatte an den vergangenen beiden Tagen nicht viel Rücksicht auf ihren verstauchten Fuß genommen und humpelte wieder.

Er bot ihr den Arm, und sie stützte sich dankbar auf.

»Sehen Sie zu, dass Sie wieder richtig fit werden«, sagte er zum Abschied, »mein Tennispartner fällt für drei Wochen aus. Darf ich mit Ihnen als Ersatz rechnen? Übernächsten Montag? *Arrivederci!*«

Padova

Wie immer stürzte Luciano ohne anzuklopfen in Robertos Büro, morgens um neun Uhr war die sicherste Zeit, ihn dort anzutreffen.

»Hi, Chef!«

Luciano ließ sich erschöpft auf den Bürostuhl vor dem Schreibtisch sinken und schob die Sonnenbrille hoch, die seine verquollenen Augen verdeckt hatte.

»Sie sollten Ihr Liebesleben etwas ökonomischer gestalten. Ihrem Aussehen nach gehören Sie ins Sanatorium!«

»Alles nur im Dienst fürs Vaterland, Chef! Eine Woche lang jede Nacht mit dieser rattenscharfen Megaschnecke, so ein Opfer bringt auch nicht jeder Beamte!«

»Mir kommen die Tränen! Und was machen die Fangomorde? Gibt es Neuigkeiten von *Colombo*? Was ist mit dem Manschettenknopf?«

»Eins nach dem anderen!«

Luciano massierte seine Schläfen.

»Warum trinken Schnecken Whiskey pur, Chef, und das gleich literweise? Und gestern Nacht hat sie herausgekriegt, dass ich ein *piede piatto* bin, nun ist Schluss mit dem Infostrom.«

»Rein zufällig hätte ich etwas zu arbeiten, *piede piatto*! Also, gibt es möglicherweise etwas Neues, was ich wissen sollte?«

»Meinen Sie, ich würde Sie sonst volllabern? Die Schnecke gehört zum Syndikat!«

»Und? Warum geben Sie Ihre Informationen nicht an *commissario* Tamassia oder die Sitte oder sonst wen weiter? Das einzig Sympathische an diesem Syndikat ist, dass es seine Probleme ohne Morde löst!«

»Denken Sie! Mit den Fangomorden haben die ihr Muster durchbrochen! Die Morde haben mit *Colombo* zu tun und der mit dem Syndikat!«

»Das ist durch nichts bewiesen!«

»*Chiaro*, Tauber hat ein Alibi. Aber ich wette um einen Ring durch meine Nase, dass das Sydikat ihm einen Killer besorgt hat!«

»Durch nichts bewiesen!«

»Und *Colombo* hatte mit dem ermordeten *dottore* Morino zu tun! Bewiesen! Der Portier im Hotel am Corso Milano ist bereit, dass zu beeiden! Und Morino wurde vom Syndikat ermordet!«

»Pure Spekulation!«

»Kein Selbstmord, sagt der Pathologe!«

»So! Endlich etwas Neues!«

»Und warum wird *La Tedesca* immer noch verfolgt, haben Sie dafür auch eine passende Erklärung? Keiner außerhalb der *squadra* weiß, dass sie unsere Zeugin ist, oder?«

Endlich hatte Luciano die Aufmerksamkeit seines Chefs erregt.

»Hoffe ich jedenfalls. Haben Sie eine Erklärung, Luciano?«

Der platzte fast vor Stolz, das erste Mal, dass der Chef ihn mit Vornamen anredete!

»Vermutungen«, grinste er.

»Los, los!«

Die alte Ungeduld Robertos kam wieder durch.

»*La Tedesca* hat Leute vom Syndikat kennen gelernt. Und diese Leute mögen das nicht. Meine Megaschnecke hat, als sie voll Whiskey war, dem Syndikat einen Namen gegeben: *Tre-Condottieri-Syndikat!*«

»Das habe ich doch irgendwo schon gehört.«

Roberto wirkte nachdenklich, konnte sich aber nicht erinnern, wann und wo ihm die *Tre Condottieri* schon untergekommen waren.

»Sie hat auch noch andere Namen genannt, ich hab sie alle durch den Zentralcomputer laufen lassen, leider negativ. Es sind aber auch merkwürdige Namen: Fra Moriale, Carmagnola und Gattamelata.«

»Haben Sie im Geschichtsunterricht gefehlt?«

»Nicht nur da, die Straßenschlachten in Torino waren interessanter!«

»Alle drei waren Söldnerführer in der Renaissance, zwei im Dienste Venezias. Es sind offensichtlich Decknamen!«

»*Merda!* Dann hab ich mich für nichts geopfert!«

»Nicht ganz! *La Tedesca* hat einen von ihnen durch *Colombo* kennen gelernt und könnte ihn identifizieren.«

»Vermutungen, Chef, Vermutungen! Durch nichts bewiesen! Aber es könnte stimmen.«

»Es stimmt! *La Tedesca* hat mir gesagt, sie habe Gattamelata durch *Colombo* kennen gelernt.«

»Tatsache? Dann müssen wir sie nur weiter beschützen, ich meine beschatten!«

»Sie sind kein Schutzpolizist!«

»Nee, aber sie ist ne Megabraut. Vielleicht sollte sie die Alpen zwischen sich und diese Typen bringen! Alles was ich von der Renaissance weiß, ist, dass die damals nicht zart miteinander umgegangen sind und sich reihenweise aus der Kutsche geschmissen haben!«

»Einerseits wünschte ich mir auch, dass sie aus Sicherheitsgründen nach Deutschland zurückginge, aber andererseits brauchen wir sie hier als einzige Zeugin.«

Lucianos Miene verfinsterte sich.

»Wenn Sie denken, was ich denke, dass Sie denken, finde ich unseren Job beschissen!«

»Dann passen Sie gut auf die Megabraut auf! Ich habe im Augenblick nicht vor, ihre Identität als Zeugin zweier Morde preiszugeben, noch verfolgen wir andere Spuren. Wenn wir doch nur Robert Tauber vernehmen könnten, der ist der Schlüssel zu vielem! Aber der scheint sich in Luft aufgelöst zu haben, und solange wir keinen europäischen Haftbefehl haben, braucht er nur ruhig in Deutschland zu bleiben. Amtshilfeverfahren sind äußerst langwierig und ineffektiv! Ja, und wenn alle unsere Spuren im Sand verlaufen, muss ich vielleicht doch …«

»Einen neuen Assistenten suchen! Wir sind hier doch nicht im Urwald und benutzen *La Tedesca* als Zicklein für die Tigerfalle!«

Mit diesen Worten stürzte er davon und hinterließ einen nachdenklichen Roberto, der registrierte, dass *La Tedesca* wieder jemanden gefunden hatte, der sie vor ihm beschützen wollte. Auch die *Tre Condottieri* gingen ihm nicht aus dem Kopf, es musste schon einige Zeit her sein, dass er diesen Namen gehört hatte. Aber Gattamelata, damit konnte er etwas anfangen, und er nahm Witterung auf wie ein Jagdhund.

Torreglia

Am letzten Märzwochenende schloss man die gröberen Renovierungsarbeiten am Alten Hof ab, Feinarbeiten wie Malen, Tapezieren und Fliesenlegen waren angesagt, und Julia half fleißig mit. Clemente erklärte ihr das Punktesystem und schrieb ihr Punkte gut, vielleicht bliebe sie ja wirklich im Veneto, hoffte er, und könne ihre Pluspunkte dann abrufen.

Der Mietvertrag mit den Zanellas wurde geschlossen, und Julias Leben verlief in geordneten Bahnen.

Sie sah Roberto erst im April wieder. Adriano erzählte, dass sein Bruder rund um die Uhr an einem neuen und komplizierten Mordfall arbeitete und außerdem einen kranken Kollegen vertrete. Ob er sich wohl an sein Versprechen erinnerte, mit ihr Tennis zu spielen? Es schien nicht so.

Aber eines Montagmorgens stand er plötzlich in der Küchentür, dunkle Ringe um die Augen, Müdigkeit im Blick. Er trank eine Tasse Kaffee und wollte Julia zum Tennis abholen, sie fuhr gern mit, denn es war ihre einzige Möglichkeit, Tennis zu spielen.

Der Tennisplatz lag auf halbem Wege zwischen Montegrotto und Padova in einem gepflegten Park in der Nähe eines Sportflugplatzes. Die lange, von Pinien gesäumte Auffahrt führte direkt auf das Clubgebäude zu, in dem außer Restaurant, Bar, Dusch- und Umkleideräumen noch ein Lesezimmer untergebracht war.

Von der Bar aus betrat man eine im Sommer weinüberrankte Terrasse. Von hier aus blickte man über vier, durch Hecken voneinander getrennte Aschenplätze, aber es gab noch weitere Plätze tiefer im Park. Außer von ihnen waren noch zwei andere Plätze besetzt. Robertos Skepsis, ob ihr Fuß der Belastung gewachsen sei, teilte sie nicht, die elastische Binde, die sie noch trug, schien ihr Halt genug.

Sie spielten sich ein wenig warm, bevor sie mit dem Zählen begannen. Beim Spiel im *Farfallone* hatte sie insgeheim noch vor dem Kommissar gezittert; hier nun spielte sie von Anfang an gelassen und mit einer inneren Sicherheit, die er ihr nicht zuletzt durch das Buchgeschenk zurückgegeben hatte.

Julia gehörte zu einer neuen Tennisgeneration und war ihm an Technik und Spielwitz überlegen, weniger an Kondition, und so nützte sie seine Stellungsfehler, Schwächen beim Netz- und Aufschlagspiel und seine falsche Schlägerhaltung bei der Rückhand voll aus und gewann den ersten Satz hoch.

Sie ging zu ihm ans Netz und erkundigte sich vorsichtig, ob sie ihm ein paar Trainerratschläge geben dürfe; manchmal reagierte er überaus empfindlich, heute kam seine sichtbare Müdigkeit hinzu, aber er kokettierte, eher amüsiert über ihre Vorsicht, mit seinem Alter.

»Nur zu! Aber ob ich meine zwanzigjährigen, schlechten Gewohnheiten ablegen kann, liegt an Ihrem Trainergeschick!«

Sie teilte ihm ihre Beobachtungen mit, er fand sie niederschmetternd und ließ sich erst einmal bei der Schlägerhaltung beraten. Im zweiten Satz konzentrierte er sich sehr und Julia schlug ihn nur knapp, um dann im dritten Satz völlig einzubrechen. Aber aufgeben wollte sie nicht, biss die Zähne zusammen, erreichte aber viele Bälle einfach nicht mehr und schließlich knickte sie um und fiel hin; Roberto stand abwartend auf seiner Seite, und seine hochgezogenen Augenbrauen schienen zu fragen, ob es nicht für heute genug sei.

Sie rappelte sich hoch, begrub ihren Stolz und zuckte resignierend mit den Schultern.

»Warten Sie auf der Terrasse auf mich, Giulia, ich ziehe eben den Platz noch ab, dann komme ich nach!«

Nach dem Duschen setzte sie sich auf die Terrasse und genoss den schönen Tag, sie legte ihre Beine hoch, den aus der Bar geholten Eisbeutel auf ihren Knöchel, wandte ihr Gesicht der Sonne zu und schloss die Augen, mit sich und der Welt zufrieden.

Ein Schatten fiel auf sie, und weil sie dachte, es sei Roberto, ließ sie die Augen geschlossen.

»Frühling und Tennis im Veneto, das ist traumhaft, Roberto.«

»Entschuldigen Sie, *signorina* Andresen«, antwortete eine völlig andere, ihr aber nicht unbekannte Stimme, und erschreckt öffnete sie die Augen. Ihr Blick fiel auf den Mann, der sie im Padovaner Hotel so unverschämt behandelt hatte.

»Sie erinnern sich? Ich habe mich Ihnen als Erasmo vorgestellt! Was tun Sie hier?«

Wieder setzte er das bewusst Charme versprühende Lächeln auf.

»Ich warte auf meinen Tennispartner, *commissario* Bassner!«

Hoffentlich schreckte sie ihn damit ab, aber sein Lächeln wurde noch um eine Nuance unangenehmer.

»O, dann will ich nicht stören, ich habe es sowieso eilig. Grüßen Sie Roberto von mir, wir sollten wieder einmal eine Partie zusammen spielen!«

»Tennis?«

»Tennis. Oder Schach. Oder was er will. *Arrivederci!*«

»*Arrivederla.*«

Seine Gegenwart blies den Zauber des Morgens weg und erinnerte sie wieder an Robert Taubers Umfeld. Als Roberto nach ein paar Minuten mit zwei Gläsern Campari-Orange erschien, hatte sie sich wieder unter Kontrolle.

Roberto waren die Spuren durcharbeiteter Nächte anzusehen, aber insgesamt wirkte er entspannt.

»Sie hätten lieber ausschlafen sollen, Roberto!«, meinte Julia fürsorglich.

»Ach, wissen Sie, immer wenn ich bei einem Fall alle losen Fäden zu einem Ganzen zusammengeknüpft habe und der Widerstand des Täters zerbricht, überlasse ich am liebsten Luciano alles Weitere. Aber an Schlaf ist nicht zu denken, der Fall rotiert in mir. Da lob ich mir dann eine Ablenkung wie heute, und ich sehe nur noch *La Tedesca* vor mir, wie ihre Füße sie nicht mehr tragen wollen!«

»*La Tedesca*?«

Nur Luciano nannte sie öffentlich so.

»Ja, so nennen wir alle Sie doch. Wussten Sie das nicht?«

La Tedesca würde sie immer bleiben, und wenn sie zwanzig Jahre im Lande lebte.

»Robert Taubers Freund Erasmo war eben hier und lässt Sie grüßen.«

Ihr nebenbei geäußerter Satz ließ ihn innerlich gespannt wie die Stahlseite eines Cellos vibrieren, äußerlich versteiften sich nur seine Nackenmuskeln ein wenig, aber es entging Julia nicht.

»So? Beschreiben Sie ihn mal!«

Er schloss die Augen, und kein Muskel zuckte in seinem Gesicht, als er schon bei ihren ersten Worten Emo vor Augen hatte, den erfolgreichen Anwalt und Hotelbesitzer, und er fügte wieder ein Teilchen in sein Lebenspuzzle ein.

kapitel 3
a. d. 2000/april

Nals/Südtirol

ucianos Wunsch, *La Tedesca* über die Alpen zu schicken, ging nicht ganz in Erfüllung, sie gelangte nur bis ins Alto Adige, und das aus einem sehr traurigen Grund. Robertos und Adrianos Vater lag nach einem Gehirnschlag auf der Intensivstation in einem Bozener Krankenhaus. Die beiden Brüder fuhren mit ihrer Mutter dorthin. Adriano kam zwei Tage später mit der traurigen Nachricht zurück, dass keine Hoffnung bestünde, und er sich mit Roberto geeinigt habe, den Hof sofort zu übernehmen. Ob Maria ihren Job fahren lassen und ihm folgen würde? Der Hof musste sofort weiterbewirtschaftet werden, die Apfelblüte stand unmittelbar bevor, und in den Weinbergen gab es jede Menge Frühjahrsarbeiten: eben Hochsaison in der Landwirtschaft.

Maria wollte schon, aber die Traditionen im ländlichen, familiengeprägten Italien wurden auch im einundzwanzigsten Jahrhundert noch hochgehalten. Ihre Eltern widersprachen, die Hochzeit wurde im allgemeinen Einvernehmen vorerst abgesagt: Maria könne auf gar keinen Fall allein mit ihrem Verlobten auf dem Bassner Hof leben. Maria war drauf und dran zu gehorchen, als Julia mit der brillanten Idee kam, sie könne doch mitfahren, ob das den Zanellas recht sei. Es war, und der guten Sitte Genüge getan!

Mamma verabschiedete sie mit Tränen in den Augen, als sie mit dem nötigsten Gepäck Hals über Kopf abfuhren, Adriano wollte an das Sterbelager zurück und außerdem Roberto mit seiner Mutter entlasten, die zu einem ernsten Problem wurde und mit ihrem ältesten Sohn nicht gut auskam. Pasquale drückte besonders Julia beim Abschied kräftig die Hand und bedankte sich bei ihr.

»Wofür? Freundschaft ist Nehmen und Geben! Und ich habe sehr viel von euch genommen. Ich bin froh, ein wenig zurückgeben zu können!«

Kurz vor Einbruch der Dunkelheit setzte sie Adriano auf dem Bassner-Hof ab, während er zu seinem Vater ins *ospedale* nach Bozen fuhr.

Was die beiden jungen Frauen im Dämmerlicht sehen konnten, erschreckte sie, der Hof machte einen ziemlich heruntergewirtschafteten, ja verkommenen und verlassenen Eindruck. Sie beschlossen, das Haupthaus erst am kommenden Morgen zu betreten, schleppten ihr Gepäck in die unterste Ferienwohnung und schlossen erleichtert hinter sich ab. Die letzten Mieter waren offensichtlich schon vor langer Zeit abgereist und hatten die Wohnung unaufgeräumt und nicht einmal besenrein hinterlassen. Das Licht funktionierte, die Heizung nicht, aber nachdem sie die obere Wohnung inspiziert und in einem noch schlimmeren Zustand vorgefunden hatten, beschlossen sie, sich warm zu arbeiten.

Lange nach Mitternacht schauten sie sich befriedigt um, Bad und Küche glänzten, das Wohnzimmer mit der Schlafcouch konnte sich sehen lassen, und einer der beiden kleinen Schlafräume war benutzbar.

»Wie gut, dass *mamma* uns ein Futterpaket mitgegeben hat«, sagte Julia und stürzte sich mit Maria auf die inzwischen weich gewordenen *panini*; Äpfel und Orangen verschwanden wie von Zauberhand in ihren Mägen, zwei Tafeln Schokolade teilten das gleiche Schicksal. Nach dieser Fressorgie fielen sie in die Betten und schliefen sofort ein.

Julias Handy klingelte sie am anderen Morgen wach, Adriano informierte sie, dass der Vater in der Nacht verstorben sei, er, Roberto und seine Mutter seien dabei gewesen. Die *marchesa* läge jetzt in ihrem Hotelzimmer, ein herbeigerufener Notarzt habe ihr ein Beruhigungsmittel gegeben. Roberto wolle sie nicht allein lassen und bei ihr im Hotel bleiben und von dort aus die notwendigen Formalitäten erledigen. Er selbst käme im Laufe des Vormittags vorbei.

Julia und Maria wollten ohne Adriano das Haus des Verstorbenen nicht betreten, und während Julia mit einem alten Fahrrad nach Nals fuhr, um Brot, Milch und Kaffee zu besorgen, wartete Maria auf ihren Verlobten, und sah sich ziemlich deprimiert im Außenbereich um, wo sie in einer Lagerhalle einen nicht entladenen Hänger mit nun verfaulten Trauben und große Kisten mit fast verrotteten Äpfeln vorfand.

Der Tod des alten Bauern, den sie nicht gekannt hatte, bedrückte Julia nur um der *marchesa* und der beiden Söhne willen. Bald nahm sie die Umgebung mit dem ihr eigenen neugierigen Interesse wahr, die wunderbar blühenden Apfelplantagen, das Summen der Bienen, die intensiv hellblaue Himmelsfarbe und die strahlende Sonne. Sie grüßte und wurde gegrüßt, fröhliche Worte flogen hin und her, und beim Bäcker wurde sie sogar wieder erkannt: In ihrem letzten Schuljahr hatte sie mit Vater, Schwester und Bruder die Osterferien in einer Ferienwohnung auf einem nördlich von Nals gelegenen Bauernhof verbracht, die Zwillingsschwestern hatten für die letzte Runde zum Abitur gebüffelt, aber nicht allzu intensiv, und das Wetter war wie an diesem Tag prächtig gewesen.

Sie verschwatzte sich fast – den Tod des alten Bauern verschwieg sie, ihn bekannt zu geben, war nicht ihre Sache, – bevor sie sich, beladen mit Tragetaschen und einem Karton auf dem Gepäckträger, wieder auf die Rücktour zum Bassner-Hof machte, der in südlicher Richtung lag.

Adriano ließ auf sich warten, und so frühstückten die beiden, und als er endlich bleich und völlig übernächtigt erschien, weckten sie seine Lebensgeister mit starkem Kaffee, Spiegeleiern und frischen Brötchen, die er jedoch ohne großen Appetit zu sich nahm. Sie steckten den Widerstrebenden in Marias Bett, und nahmen sich der Säuberung der zweiten Ferienwohnung an.

Die sonst so tatkräftige Maria allerdings war den Tränen nahe, aber froh, dass jemand da war, dem sie ihre Sorgen anvertrauen konnte.

»Der Zustand des Hofes ist katastrophal. Wir waren vor einem Jahr einmal hier, da sah alles noch ganz leidlich aus. Der Maschinenpark ist zwar veraltet, genauso die Bewirtschaftung, wie eben die vorige Generation das so machte. ER, wie Adriano seinen Vater betitelte, hat uns nicht merken lassen, ob wir willkommen waren, Gespräche über den Hof, die Infrastruktur und Anbaumethoden hat er abgelehnt, und sonst hatten wir uns nichts zu sagen. Beim Abschied war er nicht auffindbar. Adrianos und meine Existenz schienen ihm gleichgültig zu sein.

Trotzdem hätten wir uns kümmern müssen, und nun ist es zu spät! Und das hier wieder auf die Beine zu stellen, ob wir das schaffen?«

Julia machte ihr Mut, so gut sie konnte, sie war so ungebremst optimistisch, dass Maria fast unter Tränen lachen musste; Julias Phantasie ging mit ihr durch, was sie alles auf einmal plante, dafür bräuchte man zwanzig Jahre, meinte Maria. Solange sie sich in den beiden Ferienwohnungen aufhielten und sie in einen bewohnbaren Zustand versetzten, konnte zumindest Julia alles andere vergessen.

Gegen zwei Uhr mittags erschien Adriano, geduscht und rasiert sah er nicht mehr so elend aus. Als sie sich zu dritt auf den Weg zum Haupthaus machten, um es zu inspizieren, trafen sie auf die, wie sich herausstellte, ehemalige Haushälterin, die der alte Bassner vor zwei Monaten entlassen hatte. Die Uralt-Mareile gehörte zum Hof, solange Adriano denken konnte, sie war schon bei den Großeltern in Stellung gewesen und musste so um die achtzig sein, und so erfuhren sie das traurige Geschick des Verstorbenen aus der Sicht der alten Frau.

Am Ende des vergangenen Herbstes, just nach der Ernte, hatte ein leichter Schlaganfall den langsamen Verfall einsetzen lassen, Mareile hatte den Doktor geholt, aber der Altbauer war schon wieder auf den Beinen und wies jede Hilfe oder gar eine Untersuchung im Meraner Hospital weit von sich, und auf keinen Fall sollten seine Ex-Frau und Kinder informiert werden.

Bei einem zweiten kleinen Schlaganfall vor zwei Monaten hatte die Uralt-Mareile dann mit dem Altbauern gestritten, als er ihr verbot, einen Arzt zu holen, und er hatte sie schließlich entlassen. Sie selbst war krank geworden, auf eine Grippe war eine Lungenentzündung gefolgt, und als sie vor einer Woche wieder hier vorbeigeschaut hatte, war der Altbauer gerade in sein Auto gestiegen; er schien sehr verwirrt und murmelte, er wolle zu seiner Franzi, und seine Giuliana würde er auch bald wieder treffen, und war abgefahren.

Man hatte ihn bewusstlos in seinem Auto gefunden, keine fünfzig Meter von dem Ort entfernt, wo seine Tochter vor vielen Jahren überfahren worden war, die Stelle markierte ein Holzkreuz.

»Und wir haben von alldem nichts gewusst, Weihnachten haben wir telefoniert, aber er war schroff wie immer, und wir haben nichts bemerkt«, sagte Adriano.

»Ich kann euch leider nicht mehr helfen«, bedauerte die Uralt-Mareile, und Julia wunderte sich, dass sie sich überhaupt noch auf den Beinen hielt, so gebrechlich wirkte sie.

»Du ruh dich nur aus, jetzt sind wir Jungen dran.«

Adriano tätschelte ihre Schulter.

»Komm, ich fahr dich nach Haus!«

Nach seiner Rückkehr betraten sie nun endlich das Haupthaus. Mit dem, was sie dort vorfanden, hatte allerdings keiner von ihnen gerechnet. Der Altbauer musste wirklich verwirrt gewesen sein. In der Küche fanden sie eine total verdreckte Matratze, auf der er genächtigt hatte. Überall lagen schmutzige Kleidung, Geschirr und Essensreste herum; bei der Vorstellung, dass er hier zwei Monate hilflos dahinvegetiert sein mußte, drehte sich ihnen das Herz um.

»Macht ihr lieber eine Bestandsaufnahme auf dem Hof, ich kümmere mich hier um das Haus«, schlug Julia vor, als sie die beiden wie gelähmt Dastehenden betrachtete. »Ich habe ihn nicht gekannt, mir geht es nicht so ans Herz wie euch.«

Aber das stimmte nicht ganz, in ihrer Phantasie konnte sie sich das Elend sehr wohl vorstellen, und die Bilder vor ihrem inneren Auge ließen sich nicht einfach abstellen. Trotzdem war sie die am wenigsten Betroffene. Adriano und Maria wandten sich wortlos ab und verließen den Ort, aber auch sie nahmen die Bilder mit.

Alles, was die Spuren des verwirrten Altbauern trug, packte Julia in große schwarze Müllsäcke, die sie in der Küche fand. Eine Steigerung des Schreckens ergab sich für sie jedoch, als sie die Matratze hinters Haus schleppte, um sie dort zu verbrennen, und die stark verwesten Leichen von zwei Jagdhunden fand, ein Gewehr lag nicht weit davon im Gras. Sie war kurz davor sich zu übergeben und holte Adriano, Maria war glücklicherweise anderweitig beschäftigt.

»O mein Gott! Seine Hunde waren sein Ein und Alles! Ich war oft eifersüchtig auf sie, sie hat *er* geliebt, mich nur geduldet! Warum nur hat er sie erschossen?«

»Entweder war er wirklich verwirrt oder er hat sein nahes Ende gespürt.«

Julia wusste, dass das kein Trost war.

»Und da wollte er sie vielleicht nicht allein zurücklassen?«

Wortlos holte er einen Spaten und grub ein Loch für die Kadaver.

»Die Katzen waren clever genug«, hörte Julia ihn murmeln, »die hat er nicht erwischt.«

Julia ging zurück zu ihren Aufräumungsarbeiten; nach einiger Zeit kam Adriano zu ihr.

»Ich muss Roberto und Mutter davon abhalten, hierherzukommen. Sie dürfen das Elend seines Todes nicht sehen! Meinst du, dass ihr hier alles einigermaßen wegräumen könnt? Ich ruf dich an! *Ciao* und Gott lohne es dir!«

Küchelberg/Meran

Am Gründonnerstag hielt die *marchesa* bis zum Grab durch, umgeben von ihren Söhnen, Maria und deren Eltern, die es sich nicht hatten nehmen lassen, zur Beerdigung zu kommen. Julia hielt sich abseits und beobachtete die übrige Trauergemeinde, die deutlich getrennt von der Familie stand. Es war eine *große Leiche*, wie man bei ihr zu Hause gesagt hätte, der Altbauer war Mitglied verschiedener Vereine gewesen, die ihm mit Fahnen und Standarten ihre Referenz erwiesen.

Besonders die Blicke der Frauen, die die Familie trafen, zeugten von Verachtung. Hatte sie den Altbauern nicht im Stich gelassen als er sie gebraucht hätte? Julia hörte hier und da Getuschel, das in die gleiche Richtung zielte. Auch die Uralt-Mareile hatte sich von der Familie abgewandt, vielleicht war sie es sogar, die die Gerüchte in die Welt gesetzt hatte.

»Ich geh nicht mit!«

Die *marchesa* trug einen großrandigen Hut mit einem dichten schwarzen Schleier, der ihr Gesicht völlig verhüllte.

»Das könnt ihr von mir nicht verlangen, das ist Spießrutenlaufen! Nein, ich will ins Hotel zurück!«

»Wir können jetzt nicht einfach weggehen«, bestimmte Roberto, dessen finsterer Gesichtsausdruck jede Beileidsbekundung im Keim erstickte, auch Julias. »Adriano und Maria müssen mit diesen Menschen hier leben, deshalb müssen wir die Trauerfeier bis zum bitteren Ende mitmachen!«

»Ich nicht!«, sagte sie, drehte sich um und ging einfach davon.

Roberto und Adriano blickten sich hilflos an.

»Ich kümmere mich um sie«, sagte Julia ganz spontan und ließ sich von Adriano die Autoschlüssel für den Mercedes des Altbauern geben.

Sie verabredeten sich für den Spätnachmittag im Hotel in Meran.

Julia lief der *marchesa* nach.

»Ich bringe Sie ins Hotel, wenn Sie allein sein wollen«, bot Julia ihr an, als sie sie am Portal des Friedhofes eingeholt hatte.

Wortlos folgte ihr die *marchesa* ins Auto.

»Am liebsten würde ich jetzt einen Spaziergang in den Bergen machen«, seufzte die *marchesa* unter dem Schleier und nahm kurzerhand den breitrandigen, sie jetzt störenden Hut ab und warf ihn achtlos nach hinten. »Und am allerliebsten mit Ihnen, Giuliana. Aber mit diesen Schuhen und in dieser Aufmachung ...«

»Für den Tappeiner Weg reichen unsere Schuhe, und was kümmert es uns, wenn die anderen Leute unsere Trauerkleidung anstarren? Das ist ihr Problem, nicht unseres!«

»Sie haben eine geniale Lebensanschauung! Also los!«

Der sich auf gleicher Höhe am Hang des Küchelberges entlangziehende Weg vom Ende der Winterpromenade bis nach Gratsch bot reichlich Gelegenheit zum Schauen, Schweigen und Reden. Letzteres besorgte die *marchesa,* die barhäuptig dem Wind trotzend gleichsam von Schritt zu Schritt mit mehr Leben erfüllt schien. Sie hängte sich bei ihrer Begleiterin ein und breitete ihr Leben vor ihr aus, das Leben eines behüteten Kindes, das 1937 geboren, im *Ca'Rosso*, einem weltoffenen Haus mit einem prägenden Vater und einer gesellschaftlich gewandten Mutter, aufgewachsen war; ein guter Freund ihres Vaters war ein Deutscher aus dem hohen Norden gewesen, sie erinnerte sich noch an ihn, ein hoch- gewachsener, blonder Mann, der seine Frau, ebenfalls eine Deutsche, im Hause der Visians kennen gelernt hatte. Der Krieg hatte diese Freundschaft aus Gott weiß welchem Grund beendet, ihre Mutter hatte einmal angedeutet, der Freund habe ihr und ihren beiden Töchtern das Leben gerettet, das seines Freundes, ihres Mannes, der in der *resistenza* in der Gruppe der *Tre Condottieri* unter dem Decknamen *Brandolini* ein führendes Mitglied gewesen war, dagegen vernichtet.

Francesca und ihre kleine Schwester Alessandra waren mit ihrer Mutter 1943 von eben diesem deutschen Freund, sie konnte sich noch genau an den gut aussehenden Offizier erinnern, ins Alto Adige gebracht worden, wo sie bei der Familie Bassner auf dem Hof lebten und als entfernte Verwandte ausgegeben wurden.

Mit dem jungen, damals neunjährigen Anton hatte Francesca schnell Freundschaft geschlossen, und als sie mit ihrer Mutter und Schwester 1946 wieder nach Padova zurückging, ihr Vater war 1943 von der Deutschen Wehrmacht getötet worden, hatten die beiden, sie jetzt neun und er dreizehn, sich versprochen zu heiraten.

Neun Jahre später machten sie ihr Vorhaben gegen den Willen der Mutter wahr, und im zweiten Jahr danach erblickte Roberto das Licht der Welt auf dem Bassner-Hof. Aber Francesca taugte nicht zur Bäuerin, sie pendelte zwischen dem *Ca'Rosso* in Padova und dem Bassner-Hof hin und her.

Auf Trennung folgte in regelmäßigem Wechsel die Versöhnung, sie liebten sich, aber keiner wollte seine Welt verlassen, Adriano wurde 1972 als letzter Versöhnungsversuch geboren, wieder auf dem Bassner-Hof, nachdem Giuliana im *Ca'Rosso* geboren worden war; kurz darauf siedelte sie mit ihrem Jüngsten ganz zu ihrer Mutter ins *Ca'Rosso* über und hatte den Hof seither nur zur Beerdigung ihrer bei einem Unfall ums Leben gekommenen Tochter betreten.

»Das ist mein ganzes Leben, wenig genug; Spuren zu hinterlassen, war mir nicht gegeben«, schloss die *marchesa* ihren Bericht. »Aber ich habe meinen Mann geliebt, und nun möchte ich zumindest, dass sein letzter Wille erfüllt wird, nämlich dass Roberto den Hof übernimmt. Ich habe heute Morgen vor der Beerdigung schon einen schrecklichen Streit mit ihm gehabt. Er sagt, seine Heimat sei Padova und sein Beruf Polizist, und so solle es bleiben! Und Adriano heiratet dieses Zimmermädchen! Hübsch ist sie ja, aber ich bitte Sie, Giuliana, ein Zimmermädchen! Wie soll Maria auf einem Hof zurechtkommen? Ich wünschte mir eine Schwiegertochter wie Sie, und ich glaube, Adriano mag Sie auch.«

Da musste sie etwas falsch verstanden oder nicht zugehört haben; behutsam versuchte Julia, der *marchesa* von Adriano und Maria zu erzählen, von ihren Qualifikationen als Agraringenieure, und erstaunlicherweise hörte ihr die *marchesa* genau zu.

»Agraringenieurin sagst du? O, dann bin ich von falschen Voraussetzungen ausgegangen!«

Sie duzte Julia unbewusst.

Auch als Julia von der Freiheit der jetzigen Generation sprach, die nicht so in gesellschaftlich verkrusteten Strukturen leben musste, wie noch die Nachkriegsgeneration der *marchesa* das hatte tun müssen, hörte sie interessiert zu.

»Mein Vater möchte auch, dass ich Ärztin werde und seine Praxis übernehme, und weil ich meine eigenen Entscheidungen treffen wollte, sind wir im Streit auseinander gegangen. Ich finde, Sie sollten Ihre Söhne entscheiden lassen, wie der Hof weiter bewirtschaftet wird, Hauptsache ist doch, er bleibt im Familienbesitz. Mein Vater ist da nicht so gut dran: weder mein Bruder noch ich wollen sein Lebenswerk fortsetzen.«

»Meinst du? Ich will darüber nachdenken! Danke für deine Geduld,

Giuliana, und nenne mich nicht mehr *marchesa*, ich heiße für dich Francesca, und sag du zu mir, wenn du magst!«

Meran

Die Testamentseröffnung am Karfreitag brachte keine Überraschungen, der Altbauer hatte ein notariell beglaubigtes Testament gleich nach dem Tod seiner Tochter gemacht, danach sollte der älteste Sohn den Hof, der jüngste die beiden Ferienwohnungen und die Ehefrau weiterhin Unterhaltszahlungen in der bisherigen Höhe erhalten, aufgebracht durch eine Lebensversicherung, falls die nicht ausreiche, müssten die Söhne die Unterhaltszahlungen erwirtschaften.

Julia und Maria, die in einem Café auf die drei anderen warteten, schwatzten über alles Mögliche, nur nicht über den Streit der Hofbewirtschaftung, in den Julia sich nun eingebracht hatte. Als sie die *marchesa* am Vortag im Hotel abgesetzt hatte, erwarteten die beiden Brüder und Maria sie, Roberto sehr ungeduldig und offensichtlich nicht erfreut, dass Julia sich eingemischt hatte.

Deshalb war sie nach einem überaus herzlichen Abschied durch Francesca und einem eher frostigen durch Roberto nur zu gern mit Adriano und Maria auf den Hof zurückgefahren. Die beiden litten noch unter den Nachwirkungen der Beerdigungsfeier, die ihnen den Unmut der Nachbarschaft vor Augen geführt hatte; keine großartigen Startbedingungen in diesem dörflich noch so intakten Umfeld.

Sie richteten sich auf eine lange Wartezeit ein, denn allem Anschein nach waren große Auseinandersetzungen zu erwarten, und deshalb waren sie um so erstaunter, als die Brüder, kaum dass sie ihren *cappuccino* ausgetrunken hatten, mit ihrer Mutter im Café erschienen und mit ihnen essen gehen wollten.

Im *Nörder* ordnete die *marchesa* die Sitzordnung auf ihre Weise, Julia plazierte sie zu ihrer Rechten, die erstaunte Maria zu ihrer Linken; um ihre Söhne kümmerte sie sich kaum, sondern widmete sich fast ausschließlich der von ihr bisher nicht beachteten zukünftigen Schwiegertochter, duzte sie, benutzte erstmalig ihren Vornamen und erkundigte sich nach ihrem Studium, ihrer Familie und ihren Plänen. Adriano blieb der Mund offen stehen, nur Roberto schien nichts wahrzunehmen, er stocherte lustlos in seinem Essen herum und schaute mehrmals auf die Uhr, denn er wollte seine Mutter heute noch mit nach Padova nehmen: Er selbst hatte über Ostern Bereitschaftsdienst in der *questura*.

Überraschend äußerte die *marchesa* den Wunsch, vor ihrer Rückfahrt nach Padova noch einmal den Hof zu sehen, den sie seit zwanzig Jahren nicht mehr betreten hatte. Roberto wollte ihn ihr nicht erfüllen und schob Zeitprobleme vor, aber sie ging darüber hinweg und meinte, dann solle er eben allein fahren, sie käme schon irgendwie zurück. Grollend gab er nach, nachdem er seinen Bruder fragend angesehen hatte, der zustimmend nickte und mit den Schultern zuckte, was wohl bedeuten sollte, dass alles in Ordnung sei.

Als Julia mit den beiden Verlobten zurückfuhr, konnte Maria ihre Neugier nicht mehr länger zügeln: Während des Essens war das Testament mit keiner Silbe erwähnt worden.

»Und? Habt ihr der *marchesa* nachgegeben? Nimmt Roberto den Hof?«

»Nein und nein!«, antwortete Adriano.

Offensichtlich machte es ihm Spaß, Maria mit seiner Wortkargheit zu ärgern.

»Was heißt das? Nun rede schon! Und warum war sie heute so anders zu mir, richtig nett? Was bedeutet das alles?«

»Frage drei und vier habe ich schon beantwortet, Frage fünf ist, da rein rhetorisch, keiner Antwort wert, und Frage sechs musst du an Julia richten, Frage sieben müsstest du präzisieren, die ist mir zu allgemein!«

»Oh!«, sie platzte fast. »Also Frage sechs an Julia!«

»Sie hat bis gestern gedacht, du arbeitest als Zimmermädchen im Hotel. Ich habe ihr nur die richtigen Informationen über dich gegeben!«

»Typisch Mutter! Ich habe irgendwann einmal erzählt, dass ich als Kellner und Maria als *cameriera* arbeite, um Geld fürs Studium zu verdienen, den Nachsatz hat sie gar nicht gehört!«

»Und der Hof, nun rede schon!«

»Alles, wie wir es wollten! Roberto verzichtet, wir bewirtschaften den Hof, was willst du mehr?«

Julia war froh, dass sie die hässlichsten Spuren beseitigt hatten und Roberto und seine Mutter das Elend des Altbauern nicht mehr zu Gesicht bekamen, und zog sich in die Küche zurück, um Kaffee zu kochen.

Die *marchesa* bat um Zeit, um sich einige Erinnerungsstücke heraussuchen zu können, und die beiden Brüder setzten sich auf die Terrasse, Maria, die im Gegensatz zu Adriano keineswegs Dankbarkeit gegenüber Roberto empfand, kam hinzu.

»Und was gibt uns die Sicherheit, dass du nicht vielleicht in fünf Jahren doch den Hof übernehmen willst?«, fragte sie reichlich aggressiv, worauf Adriano eine ziemlich unglückliche Miene aufsetzte.

Roberto kniff die Augen zusammen und musterte sie.

»Mein Wort!«, antwortete er kurz.

»Ein Vertrag wäre mir lieber!«, erwiderte sie schnippisch.

»Maria, bitte!«

Adriano fehlten die Worte, vor lauter Peinlichkeit wusste er nicht, wo er hinschauen sollte.

In diesem Augenblick erschien Julia mit einem Tablett voller Becher und einer Kaffeekanne.

»Oh, störe ich?«

»Ja, das tun Sie! Und damit Sie es gleich wissen, es ist mir überhaupt nicht recht, dass Sie hier sind!«

Der Schock kam erst einige Sekunden später, solange brauchte Julia, um Robertos Worte zu begreifen. Wie in Zeitlupe setzte sie das Tablett ab, blickte ihn aus großen erschrockenen Augen an, die sich langsam mit Tränen füllten, drehte sich um und lief wortlos weg.

Maria stand ebenso wortlos auf und ging ihr nach, während Adriano nach Worten suchte und schließlich sagte:

»Das hätte nun nicht Not getan, Roberto!«

Der ließ sich Zeit mit einer Antwort, stand auf, versenkte die Hände in den Hosentaschen und starrte blicklos in die blühenden Obstgärten.

»Nein, das hätte es nicht, Jano. Ich hätte sie nicht so anfahren sollen, ich habe Maria gemeint und Giulia als Blitzableiter benutzt. Aber eins nehme ich nicht zurück, es ist mir wirklich nicht recht, dass sie hier ist!«

»Passt es dir nicht, dass sie ein Teil unserer Familie geworden ist?«

»Wie bitte? Was meinst du? Ach Gott, ihr habt das alle falsch verstanden! Ich meine, dass sie nach Padova an die Universität gehört! Ich hatte ihr für das Sommersemester einen Studienplatz besorgt, und nun vertändelt sie ihre Zeit bei euch! Sicher könnt ihr ihre Hilfe gut brauchen, aber ich finde es nicht recht von euch, ihre Hilfsbereitschaft so auszunutzen, das habe ich gemeint!«

»Aber was hätten wir denn tun sollen? Marias Eltern …«

»Maria hätte sich ihnen gegenüber durchsetzen sollen! Und bei Giulia macht mir ihre grenzenlose Hilfsbereitschaft Angst, sie verliert ihr Ziel vor Augen und gibt sich selbst auf, wenn sie nicht aufpasst. Oder wir auf sie! Ist dir schon mal aufgefallen, dass fast jeder eine eigene Anrede für sie hat, Julia, Giulia, Giulietta, Giuliana, Julie, Jule und ich weiß nicht was sonst noch! So, als ob sie jedem ein Stück gehört, der eine eigene Anrede für sie hat!«

»So? Ist mir noch nicht aufgefallen. Und du? Du hast dich ganz schön missverständlich ausgedrückt.«

Adriano legte seinem Bruder die Hand auf die Schulter.

»Nimm du Mutter auf dich, das mit den beiden Frauen regle ich! Und, danke für alles!«

Padova

Erst während des Bereitschaftsdienstes am Osterwochenende löste sich die Klammer der Trauer, die ihm die ganze letzte Woche den Atem abgeschnürt hatte. Ihm war gar nicht bewusst gewesen, wie sehr er seinen Vater geliebt hatte, auch wenn sie oft anderer Meinung gewesen waren. Sie hatten sich respektiert, und er hatte seinem Vater in die Hand versprochen, den Tod der Schwester zu sühnen, ein Versprechen, das er zu Lebzeiten seines Vaters nicht hatte einlösen können. Deshalb schwor er sich nun, seine Anstrengungen zu verdoppeln; sein Vater war der Einzige gewesen, der nicht an die Unfallversion geglaubt hatte.

Am Sonntag bat ihn sein Onkel in sein Büro, ein geschmackvoll mit alten Möbeln eingerichtetes Zimmer, in dem sich gut repräsentieren ließ. Er sprach ihm sein Beileid aus und entschuldigte sich, dass er es nicht hatte einrichten können, zur Beerdigung seines Schwagers zu kommen; Roberto winkte ab.

»Du hast nichts versäumt. Hast du ihn eigentlich einmal kennen gelernt?«

»Nein. Du weißt, deine Mutter und meine Frau sind, obwohl Schwestern, schon seit Ewigkeiten verfeindet, es liegt wohl an der Erbschaft. Deine Mutter erbte das wertvollere *Ca'Rosso*, Alessandra nur die Villa am Stadtrand, in der wir immer noch glücklich leben. Dass auf das *Ca'* eine Bombe fiel, ist nicht Alessandras Schuld.«

»Ich glaube, dass das nur die halbe Erklärung ist! War da nicht auch eine gehörige Spur Eifersucht mit im Spiel? Mutter erwähnte irgendwann einmal, dass du in sie verliebt warst, und dass Tante Alessandra sich nur als zweite Wahl fühlte.«

Dottore Deganello zog eine teure Zigarre aus einer Aluminiumhülse, roch genießerisch an ihr und steckte sie wieder weg.

»Ich will es mir abgewöhnen. Ja, mein Junge, du hast wohl Recht. Und ich wollte deinen Vater nie kennen lernen. Was hatte er mir voraus? Warum zog Francesca ihn mir vor? Ich scheute den Vergleich. Aber das ist alles lange her, es war wohl gut so, wie alles gekommen ist, wenigstens für mich.«

»Liegt etwas an, oder wolltest du nur plaudern?«

»Mein scharfsichtiger Neffe! Der Posten des *vice-questore* wird bald frei, meine Pensionierung rückt näher, und da dachte ich automatisch an dich. Du würdest endlich auf einem dir gemäßen Platz arbeiten. Die Leitung der Mordkommission unterfordert dich doch, du hast viele Jahre lang gute, ja hervorragende Arbeit geleistet, du hättest längst befördert werden müssen! Ich weiß, du magst keine Beziehungen und schon gar nicht sie ausnutzen. Ich will dir auch nicht hintenherum helfen. Bewirb dich ganz normal, und du wirst sehen, du hast die besten Chancen!«

Roberto schlug die Beine übereinander und setzte sich bequem hin, es konnte länger dauern.

»Steckt Mutter dahinter?«

»Nein, Ehrenwort, diesmal nicht.«

Deganello lachte und nahm die Zigarre wieder aus der Aluminiumhülle, präparierte sie mit dem ihm eigenen Ritual und steckte sie an.

»Du hast mehr Freunde, als du glaubst, nicht gerade in den untergeordneten Rängen, aber von mir an aufwärts. Das verdankst du einmal deiner Tüchtigkeit und zum anderen deiner Familie, genauer gesagt deinem Großvater.«

Er blickte dem Rauchschwaden nach, der langsam zur Decke hoch schwebte, hier eine kleine Pirouette drehend, dort sich teilend und schließlich sich im Zauber des plötzlichen Verschwindens aufzulösen.

»Bevor er auf so grausame Weise ums Leben kam, *assassini maledetti*, hat er als einer der Führer der *Tre Condottieri* vielen geholfen und Leben und Existenzen gerettet!«

Roberto richtete sich kerzengerade auf. Das war es, die *Tre Condottieri*, von denen seine Mutter früher erzählt hatte und auch der alte Pietro, als er noch nicht ganz so senil war.

»Mein Vater war der letzte, dem er half! Vor ihm hat er sich gestellt, als ein deutscher Soldat meinen Vater erschießen wollte. Er konnte entkommen und *Brandolin*, wie sich dein Großvater nannte, wurde getroffen. Oder der *conte* Berini, der ihm sein Leben verdankt, *architetto* Bertolinis Eltern, Juden übrigens, überredete er zur Flucht, die ganze Familie lebte sonst nicht mehr, und viele andere auch nicht! Und sie alle sind deine Freunde und würden dir gern auf irgendeine Weise helfen, um damit zu zeigen, dass sie die Loyalität des *conte* Brandolin ihnen oder ihren Familien gegenüber nicht vergessen haben.«

Das alles interessierte Roberto nicht sonderlich, er hatte es früher schon öfter gehört, nur nie richtig zugehört, sonst wären ihm die *Tre Condottieri* eher wieder ins Bewusstsein gekommen.

»Gibt es sie noch, die *Tre Condottieri*? Man hört manchmal von ihnen in Verbindung mit dem hier operierenden Syndikat.«

Nun setzte sich sein Onkel kerzengerade auf.

»Wie bitte? Das kann nur ein Zufall sein! Die *Tre Condottieri* am Ende des Zweiten Weltkrieges waren eine überaus honorige Verbindung gegen Faschismus und Nationalsozialismus! Mein Vater hat oft von ihnen erzählt. Aber du weißt ja, wie es geht, wenn alte Männer den jungen etwas von ihrer Vergangenheit erzählen, sie hören einfach nicht zu!«

»Ja, das stimmt wohl, und später bedauert man das sehr, mit mir und meinem Vater ist es auch so gegangen. Erinnerst du dich vielleicht an die anderen Namen? Nein? Gattamelata? Fra Moriale? Carmagnola?«

»Mag sein, aber warum interessiert dich das so? Du siehst aus wie ein Jagdhund, der Beute wittert!«

»Es könnte sein, dass die *Tre Condottieri* wieder auferstanden sind, ein Informant nannte mir die Namen der alten *condottieri* in Verbindung mit dem Syndikat, und eventuell bestehen Verbindungen zwischen den *Tre Condottieri* von heute und den Fangomorden!«

»Nein! Wirklich? Erzähl!«

»Vermutungen, ich kann es noch nicht beweisen!«

»Erzähl trotzdem!«

»Du kennst den Anwalt Saccardo aus Treviso? Klar, er ist ja Mitglied in deinem … unserem Tennisclub. Wir sind ein Jahrgang und haben zusammen studiert und auch Basketball gespielt. In der Mannschaft nannten ihn alle nur Gattamelata, weil er flink und sehr listenreich wie eine Katze spielte und dabei die Gegner immer freundlich anlächelte. Mein Informant nannte nun in Zusammenhang mit dem Syndikat der *Tre Condottieri* unter anderem den Namen Gattamelata als einen der Syndikatsbosse.

Das Hotel *Farfallone* in Montegrotto, in dem die Fangomorde stattfanden, gehört dem alten Saccardo, und mein Freund Tamassia aus dem Drogendezernat hat Hinweise darauf, dass im *Farfallone* Drogenkuriere operieren.

Drogen – Syndikat – Gattamelata – Fangomorde. Das könnte eine Spur sein. Zufall sagst du? Zu viele Zufälle für meinen Geschmack, aber, wie gesagt, es sind alles Vermutungen und beweisen kann ich gar nichts. Er war übrigens mein bester Freund, dieser Gattamelata.«

»War?«, fragte Deganello erstaunt.

»Weißt du nicht mehr? Er hat deine Nichte Giuliana auf dem Gewissen. Ja, ja, ich weiß, durch nichts bewiesen. Nur mein Vater hat mir geglaubt, und ich habe ihm versprochen, die Tat zu sühnen. Und ich habe noch nie in meinem Leben ein gegebenes Versprechen gebrochen! Deshalb hänge ich so an der Mordkommission und an Morden im Allgemeinen! Ich gehe weiter auf Katzenjagd, und wenn danach dein *vice-questore*-Posten noch frei sein sollte, denke ich über eine Bewerbung nach!«

Deganello seufzte tief und holte aus einem der antiken Schränke eine Flasche alten Cognacs, zwei große Schwenker und goss großzügig ein.

»*Salute!* Ich hatte die alten Geschichten schon fast vergessen, Roberto, und es wäre besser, du tätest es auch, mein Junge!«

Roberto drehte das Glas gedankenverloren zwischen den Händen, er schätzte seinen Onkel, der ein loyaler und fähiger Mann auf seinem Posten war, eher eine Seltenheit in der heutigen Zeit.

»Was machen übrigens die Fangomorde? Du weißt, ich dränge dich nie, aber diesmal lässt du dir sehr viel Zeit. Die Presse fragt in regelmäßigen Abständen an, und wir halten sie hin.«

Deganello liebte im Gegensatz zu Roberto die Presse, sie war seine große Schwäche. Wenn er nicht mindestens einmal pro Woche, möglichst mit Foto, in der Zeitung stand, natürlich positiv kommentiert, fehlte ihm etwas.

»Es gibt nichts Neues. Zwischen beiden scheint es keinen Zusammenhang zu geben, zumindest kein Motiv für den ersten Mord an der Österreicherin, und das Motiv des zweiten Mordes ist nicht sicher. Der Enkel der Ermordeten, wahrscheinlich ein Drogenkurier des Syndikats, hat ein Motiv, aber ein felsenfestes Alibi. Nur eins ist sicher, es war derselbe Mörder.«

»Das nennst du nichts Neues? Die Presse wäre begeistert! Beweise?«

»Eine Zeugin.«

Deganello fiel beinahe die Zigarre aus der Hand.

»So, so, eine Zeugin. Und warum weiß ich nichts davon?«

Roberto schluckte die Bemerkung, dass die Presse dann schon Jagd auf die Zeugin gemacht hätte, hinunter und antwortete mit Fakten.

»Die Zeugin war ein Hotelgast, der Mörder hat sie übersehen, sie ihn aber beide Male nicht. Wir haben mit ihr eine Phantomzeichnung erstellt, die wir, wenn wir nicht weiterkommen, an die Presse geben.«

Ungefragt holte Roberto ein zusammengefaltetes Blatt aus seiner Brieftasche und reichte es seinem Onkel.

»Nicht sehr aussagekräftig! Wer ist diese Zeugin?«

»Eine junge Deutsche, *La Tedesca.*«

»Wird sie den Täter identifizieren können, wenn du ihn hast?«

»Ich denke schon. Sie kann gut beobachten und hat ein ausgezeichnetes Gedächtnis. Leider habe ich keinerlei Anhaltspunkte, welcher Nationalität er ist.«

»Tu nicht so unwissend«, sagte sein Onkel jovial, »behalte deine kleinen Geheimnisse ruhig für dich, bringe mir nur den Mörder! Übrigens, du sorgst für den Schutz der Zeugin?«

»*Ovvio!* Zurzeit hält sie sich allerdings nicht im Veneto auf, kommt aber zum Wintersemester an die hiesige Universität, *Il Bò!*«

»Halt mich auf dem Laufenden! Nun aber ganz etwas anderes, der eigentliche Grund, warum ich dich zu mir bat. Ich meine, in letzter Zeit ist zuviel aus der *questura* herausgetragen worden, und ich meine keine sächlichen Werte!«

»Den Gedanken habe ich schon länger, trotz guter Planung geht zu viel schief.«

»Besonders, was das Drogendezernat betrifft!«

»Spielst du auf Umberto Tamassia an?«, fragte Roberto.

»Vielleicht! Es muss sich jedenfalls um einen höheren Polizeioffizier

handeln, der Zugang zu vielen Informationen hat und unauffällig gute Verbindungen zu den verschiedensten Dezernaten unterhält.«
»Für Umberto lege ich meine Hand ins Feuer!«
»Verlass dich nur auf dich selbst, auf deine Integrität, Roberto und höchstens noch auf mich! Wusstest du, dass Tamassias Vater auch Polizeioffizier war? Nein, darüber spricht er wohl nicht gern! Bevor man seinem Vater Bestechung nachweisen konnte, quittierte er freiwillig den Dienst und hat sich kurze Zeit später einen teuren Krabbenkutter gekauft, angeblich sein Lebenstraum, und er fischt bis heute, vielleicht immer noch im Trüben!«
Das erklärte Umbertos Schweigsamkeit in Familiendingen, bewies aber gar nichts.
»Halte die Augen offen, nur darum wollte ich dich bitten, Roberto, auch im Namen des *questore*. Unsere Posten bedeuten Einsamkeit an der Spitze, viele Informationen bekomme ich gar nicht erst. Auch wenn du nicht allzu viele Freunde in der *questura* hast, du erfährst mehr als ich, nicht zuletzt durch deinen merkwürdigen Assistenten! Dem kannst du übrigens seinen letzten Bericht zurückgeben. Wenn er *Steinbruch* meint, soll er auch *Steinbruch* schreiben und nicht *abgewrackte Geologie*!«
Roberto lachte, das sah Luciano ähnlich.
Er schlug in die Hände.
»Zurück an die Arbeit! Ich halte die Augen und Ohren offen, *ciao!*«
»Ach, eins noch!«, rief sein Onkel ihm nach. »Darum allerdings hat deine Mutter mich gebeten.«
Roberto zog seine Augenbrauen hoch.
»Nun, da dein Vater tot ist, würde sie es gern sehen, wenn du den Namen Visian trügest, wenn auch nur als Doppelnamen, *marchese!*«
»Du als Jurist weißt doch, dass im *Corpus iuris nobilum* 1929 die Übertragung von Adelstiteln auf Erbtöchter stark eingeschränkt wurde. Und du weißt genau, dass durch die italienische Verfassung 1948 der Adel abgeschafft wurde und Titel nur als Namensbestandteil weitergeführt werden dürfen, aber natürlich nicht solche, die einem gar nicht zustehen!«
»Aber deiner Mutter zuliebe! Es gibt Möglichkeiten!«
»Roberto Bassner ist ein guter Name, ich behalte ihn! Sag ihr das!«

Nals/Südtirol

Als Roberto nach drei Tagen Bereitschaftsdienst in seine Wohnung zurückkehrte, sprang ihn die Leere förmlich an, die ihn räumlich und emotional überfiel. Inzwischen hatte Adriano das kleine Zimmer, in dem er fünf Jahre lang gearbeitet und geschlafen hatte, leer geräumt. Nun war die als selbstverständlich empfundene Gemeinsamkeit durch den Tod des Vaters jäh beendet. Jetzt wurde ihm bewusst, dass er sich auf seinen Bruder mehr als beabsichtigt eingelassen hatte.

Und *La Tedesca* war mit ihm fort! Als er sich bei diesem Gedanken ertappte, musste er über sich selbst lachen. Dieses Küken! Und doch war ihre Gesellschaft, ihr Zuhörenkönnen, ihre Neugier auf italienische Kultur angenehm gewesen, jedenfalls, wenn sie sich nicht irgendwie missverstanden. Seine Mutter hatte sie wie eine Tochter und er sie wie eine Schwester angenommen.

Er legte eine Beethoven Sinfonie auf, diesmal die Fünfte.

Während der nächsten drei Wochen begrub er sich selbst unter Arbeit, um mit der Trauer um seinen Vater und der Leere fertig zu werden.

In diesem Frühjahr musste er verhältnismäßig oft mit seinem Freund Umberto zusammenarbeiten: die Zahl der Drogentoten stieg beängstigend an, leider auch im studentischen Milieu. Immer öfter spielte dabei minderwertiges Heroin eine Rolle, das über die Adriahäfen einzusickern schien. Die Beschaffungskriminalität wuchs, und über Informanten aus der Szene erfuhr Umberto von bandeninternen Schwierigkeiten des Syndikats mit infiltrierenden Drogenhändlern aus Ost- und Südosteuropa, die zu Verteilungskämpfen führten. Über kurz oder lang konnte das nur Mehrarbeit für die Polizei bedeuten.

Eines Tages rief Clemente in der *questura* an. Am Vorabend, als die ganze Familie auf Besuch bei Nachbarn war, hatten Einbrecher den Anbau der Zanellas heimgesucht.

Merkwürdig sei nur, meinte Clemente, dass nichts, aber auch gar nichts gestohlen sei.

»Und die Hunde?«

»Das ist auch merkwürdig, sie haben die Einbrecher offensichtlich nicht bemerkt. Bisher haben wir sie immer für so zuverlässig gehalten, dass wir das Haus nicht einmal abgeschlossen haben.«

»Dann ist es nicht einmal Einbruch, sondern nur Hausfriedensbruch«, meinte Roberto.

»Das sagt die Polizei hier auch. Fährst du irgendwann einmal auf deinen Hof? Wir haben hier noch einiges für Maria, und für *La Tedesca* sind heute Morgen mit der Spedition zwei Kisten gekommen und Post. Wir haben im Augenblick keine Zeit hinzufahren.«

»Ich gebe euch Bescheid, wenn ich fahre, ich hatte es sowieso vor. *Ciao!*«

Maria hatte seine Bitte also nicht akzeptiert, nun gut. Mehr berührte ihn allerdings die Tatsache, dass nach vierwöchiger Pause *La Tedesca* wieder ins Visier der *tre condottieri* geriet, denn sie hatte den Anbau bei den Zanellas bewohnt. Roberto war überzeugt, dass Tauber schon seit Jahren als Drogenkurier für das Syndikat arbeitete. *La Tedesca*, die durch Zufall mit ihm nach Italien gekommen war, erregte offensichtlich nach wie vor die Aufmerksamkeit der *Tre Condottieri*, denn Robert Tauber befand sich inzwischen in Deutschland.

Als Luciano aus seinem Urlaub zurückkehrte, den er alljährlich bei seinen Verwandten in Zentralafrika verbrachte, schimpfte er ganz fürchterlich, dass jemand während seiner Abwesenheit seinen Spind geöffnet und seinen Trainingsanzug samt Turnschuhen benutzt hatte, und Roberto meinte nun zu wissen, wie die Hunde auf dem Zanella-Hof im wahrsten Sinne des Wortes an der Nase herumgeführt worden waren, denn Lucianos Geruch war ihnen bekannt.

Wer in der *questura* hatte Lucianos Sachen geborgt? Sein Onkel hatte Recht, es gab eine undichte Stelle! Wer konnte so genau wissen, dass *La Tedesca* im Anbau gewohnt hatte? War sie noch sicher in Südtirol?

Roberto besprach sich mit Umberto und Luciano, ihnen vertraute er nach wie vor. Sie kamen überein, dass er nach dem Rechten sehen solle, ein Anlass bestand durch Clementes Anruf, und Urlaubsansprüche besaß er genug.

In der Morgenfrühe des nächsten Freitags lud er seinen Wagen bei den Zanellas randvoll mit Speditionskisten für *La Tedesca*, euganeischem Wein, Töpfen voller Kräuter und einem Koffer für Maria und machte sich auf den Weg.

Gegen zehn erreichte er den Bassner-Hof, die Haustür stand offen, aber weit und breit sah er keinen Menschen. Er betrat das Haus, schaute in die Küche, wo ein Frühstückstisch gedeckt stand und versuchte, sich bemerkbar zu machen. Doch niemand antwortete. Schließlich rief er die Treppe hinauf:

»Ist da jemand?«

Eine Tür klappte, er hörte schnelle Schritte und die langen, wohlgeformten Beine *La Tedescas* kamen in sein Blickfeld. Sie hüpfte halb die Treppe hinunter, spähte nach dem Rufer und rief erfreut:

»Sie? Das ist eine Überraschung! Wir haben uns schon solche Sorgen um Sie gemacht!«

Sie hüpfte den Rest der Stufen hinunter, verfehlte die letzte und wäre lang hingeschlagen, wenn nicht Roberto einen großen Schritt nach vorn gemacht und sie aufgefangen hätte.

»*Dio mio*, so eine stürmische Begrüßung! Und ich dachte, Sie würden bis ans Ende aller Tage kein Wort mehr mit mir sprechen!«

Er stellte sie auf die Füße und fand sie ganz reizend, als sie über und über errötete; sie in Verlegenheit zu bringen, ohne sie zu verletzen, war ein Spaß für sich. Sie trug einen alten, ausgewaschenen Jeansrock und seinen Blick darauf kommentierte sie sogleich mit der Bemerkung, ihre Sachen seien noch immer nicht gekommen, ihr Vater habe sie wohl vergessen.

»Mitnichten! Was meinen Sie, was ich in meinem Auto habe? Ihren halben Hausstand, aber bevor ich auspacke …«

»Gibt es Frühstück! Maria und Jano kommen gleich, sie haben eben angerufen und mich gebeten, nicht auf sie zu warten, der alte Trecker hat wieder mal einen Platten. Kommen Sie, der Kaffee ist fertig!«

Die Küche war nicht wiederzuerkennen, zwar bedeckten noch immer die alten Steinfliesen den Boden, trotzdem erstrahlte der blitzsaubere Raum ungeachtet der kleinen Fenster in hellem Glanz. Die Küche war mit Möbeln aus heimischer Kiefer eingerichtet und vermittelte eine Gemütlichkeit, die sie vorher nie besessen hatte. Auf den tiefen Fensterbänken standen Saatschalen mit unterschiedlichsten Pflänzchen, und von draußen schauten blutrote Geranien unter durchsichtigen weißen Gardinen herein, die sich bei ihrem Eintreten an den alten schmiedeeisernen Stangen bauschten.

»Kompliment, Giulia, das ist Ihr Werk, nicht wahr?«

»Ja, wir teilen uns die Arbeit. Maria und Jano haben alle Hände voll in der Landwirtschaft zu tun, und mir haben sie freie Hand in Haus und Garten gegeben. Das macht großen Spaß!«

Sie legte ein viertes Gedeck auf, goss ihm und sich Kaffee ein, und er musterte den schön gedeckten Tisch, der Erinnerungen an seine Kindheit und Jugend weckte, an knusprige Brötchen, duftenden Anisfladen und Schüttelbrot mit Kümmel, das in einem alten Fächerständer aufbewahrt wurde. Sein Herz ging auf, als er die Kaminwurzen, den Tiroler Speck und den frischen Käse sah und die Gewürzgurken und jungen Radieschen aus eigener Ernte.

»Wir stehen mit den Hühnern auf«, sagte sie gutgelaunt, »kochen uns einen schnellen Kaffee und fangen mit der Arbeit an. Die jetzige Mahlzeit ist Frühstück und Mittag in einem. Am Abend essen wir warm. So sparen wir eine Mahlzeit ein und haben mehr Zeit zum Arbeiten.«

»So, und nun müssen wir ernsthaft miteinander reden.«

Roberto faltete die Serviette zusammen. Sie sah ihn erschrocken an.

»Hab ich etwas falsch gemacht?«

»Nein, Sie nicht. Aber erklären Sie mir erst einmal, warum Sie sich Sorgen um mich gemacht haben?«

»Na ja, Sie sind doch jetzt ganz allein und haben überhaupt nichts von sich hören lassen!«

»Es ist tatsächlich etwas einsam ohne Adriano. Aber ohne Sie ist es regelrecht langweilig in Padova! Niemand, den ich vor verstauchten

Füßen bewahren, niemand, den ich aus verrufenen Bars befreien kann und niemand, der mich beim Tennis schlägt!«
»Keine Angst«, lachte sie, »ich komme schon wieder, Sir Galahad!«
»Ich bin kein Meister im Entschuldigen, aber ich wollte Ihnen sagen, dass es mir leid tut, wie rau und missverständlich ich mit Ihnen umgegangen bin.«
Sie machte eine wegwerfende Bewegung.
»Längst vergessen! Ich habe es der Trauer um Ihren Vater zugeschrieben. Sie waren der einzige, der um ihn als Mensch getrauert hat, die anderen haben hauptsächlich um die verpassten Gelegenheiten getrauert, Jano, dass er seinem Vater nun nicht mehr beweisen kann, was in ihm steckt, und Ihre Mutter, dass sie sich nicht mehr mit ihm versöhnen kann. Oh verzeihen Sie, dass ich so persönlich geworden bin, ich will mich nicht in Ihre Familie reindrängen!«
»Sie sind schon mittendrin, und das ist doch nichts Schlimmes! Aber aus Ihrer Antwort entnehme ich, dass Jano Ihnen meine Reaktion damals nicht erklärt hat.«
»Da gibt es doch nichts zu erklären, oder? Es stimmt schon, Jano hat ein paar Mal versucht, mir irgendetwas zu sagen, aber sowie Ihr Name fiel, hat Maria das Thema schlagartig gewechselt.«
»Das kann ich mir lebhaft vorstellen!«
Und dann erklärte er ihr, was er eigentlich gemeint hatte, und fragte sie, ob sie ihm das wohl abnehmen könne.
»Natürlich kann ich das! Es macht auch viel mehr Sinn! Aber ...«
»Ja?«
»Ich sag es lieber nicht.«
»Nun aber los, Ihre Kritik ist sicher berechtigt. Geht es um den Studienplatz?«
»Können Sie Gedanken lesen? Also gut. Ich würde ganz gern selbst entscheiden, was und wann ich studiere! Das war ein Grund, warum ich mit meinem Vater im Streit auseinanderging. Trotzdem war es nett von Ihnen gemeint, und wenn ich im Herbst nicht allein zurechtkomme, darf ich Sie dann um Hilfe bitten?«
Er reichte ihr die Hand, und sie schlug ein. In diesem Moment erschienen Jano und Maria, die sich beide über Robertos Ankunft freuten, der eine mehr, die andere weniger.
Während die beiden frühstückten, entluden Julia und Roberto sein Auto, und als er meinte, keiner sähe es, brachte er zwei Aktenordner ins Kontor. Doch Julia entging es nicht, und er fühlte sich bemüßigt, ihr zu erklären, dass er nicht wolle, dass Jano und Maria sähen, dass er Unterlagen zurückstellte, die er geholt hatte, als Jano nach Torreglia gefahren war, um Maria zu holen und dann mit ihr und Giulia zurückgekommen

sei. Ihre linke Augenbraue ging in die Höhe. Sie sah aus wie ein leibhaftiges Fragezeichen.

»Ja, ich habe die Spuren des unseligen Endes meines Vaters auf diesem Hof gesehen, ich wollte Jano vorwarnen, aber er hatte sein Handy ausgeschaltet. Mutter ist es ja wegen Ihrer und Marias Säuberungsaktion verborgen geblieben. Auch dafür danke ich Ihnen!«

»Waren Sie auch hinter dem Haus?«

»Sie meinen, ob ich die Hunde gesehen habe? Ja!«

Als er seinen Bitte-kommen-Sie-mir-nicht-zu-nahe-Blick aufsetzte, zog sie sich zurück.

Nachmittags zeigte ihm sein Bruder, was sie auf dem Hof schon alles geschafft hatten, während Julia das alte Zimmer seines Vaters für ihn richtete und dem jungen arbeitslosen Maler, den sie in Nals aufgetrieben hatte, Anweisungen für das Streichen des großen Schlafzimmers gab, das nach vorne heraus lag und mit einem großen Balkon versehen war. Maria und Jano hatten es schon bewohnt, mussten aber wegen der Malerarbeiten kurzfristig in eine der Ferienwohnungen umziehen, die für die nächsten drei Tage nicht vermietet war.

»Julia ist ein Organisationstalent, ohne sie wäre in Haus und Garten nichts geschehen, Maria und ich sind mit dem Umsetzen von Theorie in Praxis zu ausgefüllt, als dass wir dafür eine Minute Zeit hätten! Und sag bitte nicht wieder, wir nutzten Julia aus! Wir haben es mit ihr besprochen, sie tut es freiwillig und gern bis spätestens Ende Juli, dann haben wir ein junges Ehepaar engagiert, das uns hilft.«

Diese für Adriano lange Rede richtete er an seinen Bruder, als sie nach dem Abendessen in den Obstgärten spazieren gingen, Maria wollte ungestört die Küche aufräumen, während Julia ihre Speditionskisten auspackte.

Als sie zurückkehrten, beschlossen sie, sich an diesem milden Abend auf die Terrasse zu setzen und mindestens eine gute Flasche Wein zu trinken, aber nicht von dem mitgebrachten euganeischen, sondern den einheimischen.

»Ist dir ein *Vernatsch* recht, Roberto, oder lieber ein *Lagreiner*.«

»Wenn's kein *Kretzer* ist, lieber einen *Lagreiner*!«

»Hä?«, machte Julia, die hinzukam, »in welcher Sprache redet ihr denn?«

»In der Weinsprache«, belehrte Roberto sie. »Wir gehören hier zum Einzugsgebiet Kalterer See, und der hat seinen guten Ruf noch nicht ganz wiedergewonnen, den er in den siebziger Jahren verloren hat, als *Kalterer See* ein Synonym für süß und billig war. Deshalb reden wir lieber von *Vernatsch*, das ist ein *Trollinger*, wenn Ihnen das mehr sagt, und nicht von *Kalterer See*-Auslese. Der *Lagreiner* ist ein tiefdunkler Wein, der lange nur als *Kretzer*, als Roséwein, im Handel war. Aber die *cantina sociale,* an die wir unsere Trauben liefern, hat schon immer diesen guten Rotwein gekeltert.«

Maria trat herzu und kniff die Lippen zusammen, als sie Roberto von *unseren Trauben* sprechen hörte, sagte aber nichts. Der Wein lockerte die Stimmung und Maria entspannte sich wieder. Ihr Hauptgesprächsthema bildete natürlich die Hofbewirtschaftung.

»Wir sind vollauf damit beschäftigt, alles so in Gang zu halten, wie es bei eurem Vater war. Reformen? Davon träumen wir.«

»Und was macht die liebe Nachbarschaft?«, fragte Roberto. »Ist sie immer noch so nachtragend?«

»I wo, erstaunlich, wie nett und hilfsbereit die plötzlich sind«, antwortete Adriano. »Nicht wahr, Maria? In den ersten beiden Wochen nach der Beerdigung haben sie uns förmlich geschnitten, aber dann kamen die ersten Besucher und Hilfsangebote, und ich glaube, wir werden jetzt akzeptiert, auch wenn ich eine Welsche heiraten will!«

»Eine Welsche? Das gleiche Problem, das Mutter hatte?«, fragte er.

»Nein, wenn wir es nicht dazu machen. Irgendwie hat sich herumgesprochen, dass Maria eine Weinfachfrau ist, Deutsch wie ihre Muttersprache spricht und obwohl sie ihr *laurea* hat, kein bisschen eingebildet ist und gern hier lebt, also alles, was Mutter nicht hatte oder wollte.«

Roberto war davon überzeugt, dass Julia ihre Finger im Spiel hatte, wahrscheinlich hatte sie beim Bäcker, beim Schlachter und sonst wo in ihrer einfühlsamen Art Gerüchte zerstreut und gut Wetter gemacht.

»Ich hätte statt in Padua lieber die Weinbauschule von San Michele im Trentino besuchen sollen«, sagte Maria, »denn das *instituto agrario* ist eine der ersten Adressen Europas. Ich weiß zwar alles über den Weinbau in Restitalien, aber jetzt brauche ich österreichische und deutsche Weinbaukenntnisse. Vielleicht kann ich nächsten Winter noch einmal zur Schule gehen.

Hast du den Garten schon gesehen, Roberto? Giulia hat sich so viel Mühe gegeben. Er wird zauberhaft. Ich staune immer wieder, wo sie all ihre Ideen her hat! Das junge Ehepaar, das wir ab Juli haben, wird für sie kein Ersatz sein!«

»Juli ist eigentlich zu spät, ihr Ausbeuter!«

»Wenn du meinst. Aber wir lassen sie nur höchst widerwillig gehen!«

»*Adesso basta!*«, begehrte Julia auf. »Ihr verhandelt über mich wie ein ... Stück Beutegut! Ich war selten so glücklich und ausgefüllt wie hier! Die Arbeit macht mir großen Spaß! Ich kann von morgens bis abends so kreativ sein, wie ich will! Keiner gibt mir Anweisungen! Hört ja auf, mich zur Märtyrerin zu machen!«

»Und Ihr Studium? Das Sprachdiplom? Der Auftrag von Giancarlo Bertolini?«

»O Gott, den hab ich ganz vergessen!«

»Du willst sie ja nur wieder in Padova haben, Roberto!«

Adriano grinste.

»Pass auf, Julia, er ist ein ganz fürchterlicher Sklaventreiber!«

Alle lachten und prosteten sich zu.

»Warum heiratet ihr eigentlich nicht«, wandte sich Roberto an seinen Bruder.

»Und das Trauerjahr?«

»Ach, wisst ihr, verkürzt es einfach in ein Trauervierteljahr! Giulia könnte euch etwas von der Freiheit eurer Generation erzählen, das hat sie sogar Mutter verklickert. Ihr heiratet doch sowieso im Veneto, wo kaum einer von Vaters Tod Notiz genommen hat. Und wenn ihr verheiratet hierher zurückkehrt, reden die Leute höchstens eine Woche darüber, bevor sie wieder zum Alltag übergehen.«

»Für einen Italiener deiner Generation hast du fortschrittliche Gedanken, großer Bruder!«

»Eure Generation ist oftmals konservativer als meine! Ich bin noch ein Nachkomme der Achtundsechziger! Und ihr habt nichts von uns gelernt!«

Maria verbat sich jede Politik, und gemeinsam legten sie den 17. Juli als möglichen Hochzeitstermin fest.

»Ist das nicht ein Grund, morgen blau zu machen und eine schöne Bergtour zu unternehmen?«, schlug Roberto spontan vor.

Maria und Jano, die beide nicht gern wanderten, schoben wichtige Termine vor, und Julia meinte bedauernd, sie würde zwar gern, aber die Arbeit wartete.

Doch dann überredeten sie Maria und Adriano, Robertos Vorschlag anzunehmen, da sie gern wanderte und sich einen freien Tag mehr als verdient hätte.

Etschtal

Weil Roberto nicht wusste, wie konditionsstark Julia beim Wandern war, suchte er eine einfache Tour nördlich von Meran aus. Pünktlich und wandermäßig ausgestattet stand sie an seinem Auto. Sie verteilten den Proviant für den Tag in beiden Rucksäcken und fuhren an Meran vorbei über Algund nach Vellau, ließen das Auto beim Oberlechner stehen und begannen ihre Wanderung über den unteren Vellauer Felsenweg.

Bei ungefähr gleicher Schrittlänge hielt sie sein Tempo mühelos mit, selbst auf der eigentlichen Steigung im letzten Teil des Weges bis zum Hochmuter. Ihr Spaß am Wandern war offensichtlich, und so setzten sie ihren Weg über den Meraner Höhenweg zur Leiteralm fort, nur ab und zu blieben sie stehen, um die herrliche Aussicht ins Val d'Adige, ins Etschtal, zu genießen.

Auf der Leiteralm schon kurz nach Mittag angekommen, beschlossen sie, zur *Casa del Valico*, dem Hochganghaus, weiterzuwandern, und von dort nach Vellau zurückzukehren.

Es war warm geworden, die klare Fernsicht vom frühen Morgen war diesiger Sicht gewichen. Nach einer kurzen Rast am Hochganghaus begannen sie den Rückweg mit einem steilen Abstieg, der hauptsächlich durch Wald führte. Kurz vor dem Oberplatzer suchten sie sich eine Wiese mit dem Blick sowohl ins Vinschgau als auch ins südliche Val d'Adige.

Julia zog ihre Stiefel aus, bewegte die Zehen hin und her und meinte, ans Wandern gewöhne man sich schnell wieder. Sie packten Brot und Speck aus, den Roberto geschickt mit seinem Schweizer Armeemesser in hauchfeine Scheiben schnitt, tranken abwechselnd Wasser und Wein aus der Flasche und genossen die herrliche Ruhe und die phantastische Aussicht.

»Giuliana und ich sind viel gewandert, wir liebten die Berge. Vater war ein schweigsamer Typ, er schien an uns nicht sonderlich interessiert, und Mutter war die meiste Zeit nicht da, sie lebte in Padova. So schlossen wir uns eng aneinander an, ich war sechs Jahre älter als sie und Vater, Mutter und Bruder für sie. Auch als ich nach Padova zum Studieren ging und sie ins Internat, schrieben wir uns häufig und waren uns immer nah. Wenn sie Ferien hatte, trafen wir uns, entweder in Padova oder hier. Vater zog sich immer mehr in sich zurück, sein Jähzorn, den wir von frühester Jugend an fürchteten, brach immer öfter durch.

Eines Tages im Sommer brachte ich meinen Studienfreund Emo mit auf den Hof. Er verliebte sich unsterblich in meine Schwester, aber für sie war er nichts weiter als der beste Freund ihres Bruders und außerdem viel zu alt, fand sie. Ich nahm die Sache auf die leichte Schulter, für Emo jedoch wurde sie tödlicher Ernst.

Giuliana beendete ihren Internatsaufenthalt und sie verliebte sich in Toni, einen netten Jungen aus Nals. Die beiden beabsichtigten zu heiraten. Wir drei wollten uns zu einer heimlichen Verlobungsfeier in Nals treffen. Ich bat Emo, für mich in einer wichtigen Vorlesung mitzuschreiben, weil ich zur Verlobungsfeier meiner Schwester wollte, und fuhr hierher.

In der Nacht als Toni, Giuliana und ich von der Feier durch die Obstgärten zurückgingen, kam uns ein Auto entgegen. Es bremste ab, blendete dann voll auf und raste mit Vollgas in unsere kleine Gruppe. Giuliana wurde gegen mich geschleudert und riss mich um. Toni war auf der Stelle tot, und meine Schwester starb kurz darauf in meinen Armen.«

Er blickte versonnen auf die Berge. Wie lange hatte er nicht mehr darüber gesprochen? Zwölf Jahre, fünfzehn Jahre?

»Es war Mord, vorsätzlich geplant, aus niedrigen Beweggründen und heimtückisch!«

»Sie konnten es nicht beweisen, nicht wahr?«

Damals hatten alle, zuerst auch sein Vater, den er später als einzigen überzeugen konnte, an seiner Aussage gezweifelt und es dem Schmerz um die Schwester zugute gehalten, dass er einen Täter suchte und einen Freund beschuldigte.

»Ich saß am Straßenrand mit der sterbenden Giuliana im Arm, als das Auto zurückkam. Ich erwartete Hilfe und glaubte bis dahin noch an einen Unfall, aber als der Fahrer die Scheibe herunterkurbelte und ich in Emos triumphierendes Gesicht blickte, wusste ich, bevor er nur ein Wort gesagt hatte, dass es Mord war. Er machte einen fast wahnsinnigen Eindruck und war nicht wiederzuerkennen. *Ich wollte mich nur vergewissern, ob ich erfolgreich war*! rief er mir zu. *Sie wollte mich nicht, und er*, er deutete auf sein zweites Opfer, *sollte sie auch nicht haben!* Dann gab er Gas und raste davon. Kurz darauf starb Giuliana.«

Er schloss die Augen und sah alles wieder vor sich.

»Am Abend des 15. August 1980 raste ein Unbekannter in einem gestohlenen Fiat 132 in eine Fußgängergruppe. Zwei davon verstarben noch an der Unfallstelle, die neunzehnjährige Giuliana Bassner, und der 21jährige Oberhofer Anton. Der fünfundzwanzigjährige Bassner, Roberto, Bruder des weiblichen Opfers, beschuldigte den gleichaltrigen Saccardo, Erasmo, wohnhaft in Montegrotto Terme, das Auto gefahren und den Unfall vorsätzlich herbeigeführt zu haben. Der Beschuldigte konnte zweifelsfrei nachweisen, dass er das Auto schon am Nachmittag als gestohlen gemeldet und den ganzen Abend mit zwei glaubwürdigen, unbescholtenen Männern Karten gespielt hatte. Gegen den Bassner, Roberto wurde Anzeige wegen falscher Anschuldigung erstellt, die dann später jedoch wieder zurückgezogen wurde. So etwa lautete der Polizeibericht.«

Er fühlte sich nach wie vor schuldig am Tod seiner Schwester. Wenn er Emo nichts gesagt hätte …

»Und Sie fühlen sich schuldig.«

Konnte sie Gedanken lesen?

»Ich schwor ihm Rache. Wenn ich ihn leibhaftig vor mir gehabt hätte, wäre ich zum Mörder geworden! Aber es wurde alles von Anwälten geregelt, eine Verhandlung hat nie stattgefunden. Und weil mir die Polizei zu unfähig und die Justiz zu korrupt erschien, entschloss ich mich zum Handeln. Ich machte mein Examen und ging zuerst zu den *carabinieri*, dann wechselte ich in die *questura* nach Padova. Ich bin noch immer auf der Jagd. Aber was erzähle ich Ihnen das alles? Sie waren gerade zwei Jahre alt, als mein Leben endete!«

Die letzte Bemerkung jagte ihr einen eisigen Schauer über den Rücken.

»All die Jahre sind Sie auf der Jagd gewesen?«

»Ja, und was Emo betrifft, bisher erfolglos. Er ist ein angesehener Rechtsanwalt und arbeitet in Treviso. Ich lasse ihn nicht aus den Augen, auch wenn wir uns jahrelang nicht mehr begegnet sind. Er ist immer noch gerissen wie eine gefleckte Katze!«

»Gattamelata?«

»Das war sein Spitzname in unserer Basketballmannschaft.«

»Robert Tauber hat einen Freund in Padova, den er Gattamelata nennt, der, den ich im Tennisclub getroffen habe. Erinnern Sie sich?«

Einen Moment lang loderte in seinen Augen eine leidenschaftliche Rachsucht auf, aber sofort senkte er den Blick, und als er wieder aufsah, wirkte er interessiert, aber gleichmütig.

»Ja, es könnte sein, dass Sie Gattamelata kennen gelernt haben und ihn identifizieren könnten. Aber nun lassen Sie uns aufbrechen, wir kommen sonst in die Dunkelheit.«

Nals/Alto Adige

Am nächsten Morgen fuhren die beiden Brüder zum Notar nach Meran, es gab noch viel zu regeln, Roberto wollte, was de facto schon bestand, auch de jure geändert haben, Maria würde sonst doch keine Ruhe geben. Bis zur Hochzeit der beiden sollten die Verträge aufgesetzt und unterschrieben sein.

Als sie gegen Mittag zurückkehrten, trafen sie nur Julia und den jungen Maler aus Nals im Haus an, der ihr beim Einräumen des Schlafzimmers half. Die beiden alberten herum, und Roberto dachte bedauernd, dass sie sich in nicht allzu ferner Zeit verlieben und aus seinem Leben verschwinden würde.

Abends traf er sie in der Küche und wollte sie zu einem Glas Wein auf die Terrasse holen, aber erst einmal brauchte sie wieder sein großes weißes Taschentuch für ihre Tränen.

»Ist etwas passiert?«

»Freudentränen«, brachte sie mühsam hervor und schnäuzte sich. »Als Sie die beiden Kisten vorgestern brachten, dachte ich, mein Vater hätte mir kommentarlos alle meine Sachen geschickt, weil er mich aus seinem Leben gestrichen hat. Ich habe mich eben erst getraut, den Brief zu lesen, den Sie mir heute Morgen hingelegt hatten. Wollen Sie hören? Ja? Er schreibt:

Liebste Julia! Mir ist ein Stein vom Herzen gefallen, als ich deinen ausführlichen Brief erhielt. Seit deiner Abreise sind nun schon mehr als vier Monate vergangen, und ich hatte viel Zeit über uns nachzudenken, besonders darüber, warum du so plötzlich zum Nestflüchter wurdest. Sicher ist es besser, dass du frühzeitig erkannt hast, dass du dich für dein bisheriges Studium nicht eignest. Ich bin gewiss, dass du den richtigen Weg für dich finden wirst und mich irgendwann auch wieder teilhaben lässt.

Traurig war ich insbesondere darüber, dass du mit einem Mann wie Robert Tauber weggegangen bist, umso mehr bin ich froh, dass du dich rechtzeitig von ihm trennen konntest, und ich hoffe, dass diese Trennung keine Wunden bei dir hinterlassen hat. Robert ist übrigens wieder in Deutschland, wurde mir berichtet.

Verzeih meine Worte und den Vergleich mit deiner Mutter. Du bist du, und ich bin stolz auf dich. Dein dich liebender Vater.«

»*È bene ciò che finisce bene*, Ende gut alles gut, Giulia. Die Zustimmung Ihres Vaters fehlte Ihnen doch noch zu Ihrem Glück, darauf wollen wir anstoßen!«

Am anderen Morgen brachen die beiden auf Adrianos Drängen zu einer zweitägigen Bergtour auf, ihm und Maria war wohl aufgegangen, wie sehr sie Julias Mitarbeit als selbstverständlich angesehen hatten.

Diesmal wanderten sie mit schwererem Gepäck, denn sie trugen Schlafsäcke und Verpflegung für zwei Tage mit sich. Seit Jahren war Roberto nicht mehr im Martelltal gewesen, von da sollte es zum Zufallshaus und, je nach den Schneeverhältnissen dort oben, zur Mailänderhütte gehen. Der Morgen ließ sich strahlend und klar an, und den beiden bot sich eine grandiose Sicht auf die schneebedeckten Gipfel der Ortlergruppe vor tiefblauem Himmel.

Nach ihrer Rückkehr am anderen Tag packte Roberto seine Sachen; er wollte am folgenden Morgen in aller Herrgottsfrühe aufbrechen, weil er um acht in der *questura* seinen Dienst antreten musste.

Während Maria und Julia in der Küche das Abendbrotgeschirr abwuschen, saßen die beiden Brüder bei einer letzten Flasche Wein auf der Terrasse. Adriano druckste herum, bevor er meinte, er mache sich Gedanken um Roberto und Julia und, er druckste herum, ob da etwas zwischen den beiden sei.

Roberto fiel aus allen Wolken, versuchte aber, sich sein Erstaunen nicht anmerken zu lassen und zog die Sache ins Humorvolle.

»Wie kommst du darauf? Du bist doch wohl nicht etwa eifersüchtig?«

Aber zu seinem Erstaunen nahm sein kleiner Bruder die Angelegenheit ernst.

203

»Manchmal habe ich meinen Zweifel an dem von mir eingeschlagenen Weg. Julia ist so … anders.«

»Gibt es Probleme? Zwischen dir und Giulia? Und ich dachte, auf diesem Hof sei alles so harmonisch!«

»Ist es auch! Probleme gibt es nur manchmal in meinem Kopf. Und ich bin sicher, dass Julia nie etwas täte, was Maria verletzen würde!«

»Dann bin ich ja beruhigt! Du liebst Maria doch? Gut! Sie passt zu dir und auf den Hof. Giulia hilft euch vorübergehend, aber eigentlich hat sie einen ganz anderen Weg vor sich. Denk an Mutter, an die Katastrophe ihrer Ehe, weil sie außer der Liebe keine Gemeinsamkeiten mit Vater hatte. Beide kamen aus unterschiedlichen Kulturkreisen, und als die Liebe zwischen ihnen verging, blieb nichts. Träume braucht der Mensch, Jano! Also träume gelegentlich von Giulia, aber bleib bei Maria.«

»Du hast ja Recht! Aber was ist mit dir?«

»Giulia hat in mir einen verlässlichen Freund, Bruder und meinetwegen Vaterersatz gefunden, bei dem sie sich sicher fühlen kann. Sie sucht die bösen Erfahrungen mit einem Robert zu vergessen und hat einen Roberto gefunden.«

»Ich hatte eigentlich nach dir und nicht nach ihr gefragt!«

Roberto fühlte sich bei seiner Ausflucht ertappt und reagierte unwirsch.

»In allererster Linie ist sie für mich eine überaus wichtige Zeugin. Außer dir wissen das nur noch drei weitere Personen, Luciano, Umberto und Onkel Giovanni. Rede bitte mit keinem darüber, dass sie die einzige Zeugin für die beiden Fangomorde ist, es könnte *La Tedesca* sonst gefährden, denn der Mörder weiß das bisher höchstwahrscheinlich noch nicht!«

Adriano reagierte entsetzt.

»O mein Gott!«

»In zweiter Linie ist sie für mich eine Art kleine Schwester, vorübergehend ein Ersatz für dich. Ja, ich fühle mich jetzt manchmal etwas allein, ich geb's zu. Ich hatte mich mehr an dich gewöhnt, als ich wollte. Sie hilft mir darüber hinweg, bis sie sich irgendwann, hoffentlich nicht allzu schnell, in einen jungen Mann verliebt!«

Alto Adige

Über die Pfingstfeiertage erschien Roberto wieder auf dem Bassner-Hof, diesmal mit Vorankündigung und dem Vorsatz zu einer Bergtour. Julia freute sich darauf, wenn auch Maria und Adriano beide wieder fadenscheinige Ausreden anführten, sie wanderten eben nicht gern.

Julia hatte sich bei der ersten der beiden Wanderungen mit Roberto über seine Offenheit ihr gegenüber gewundert, er selbst war sich darüber erst im Klaren, als er alles ausgesprochen hatte, was ihn die letzten Jahre belastete.

Er war jedoch nicht der einzige, der ihre Fähigkeit zuzuhören schätzte, schon immer hatten ihr Menschen mehr erzählt als anderen, und ihr Bruder Micha bezeichnete sie einmal als Seelenabfalleimer.

Der Pfingstbesuch stand unter keinem günstigen Stern. Es fing damit an, dass Roberto mit einem anderen Auto erschien. Sein alter Fiat hatte seinen Geist völlig, wenn auch nicht eigentlich überraschend aufgegeben, und durch Vermittlung eines Kollegen erstand er einen zwar gebrauchten, aber deutlich jüngeren Lancia Dedra, in dem sogar seine langen Beine angemessenen Platz fanden. Julias unbedachte Bemerkung, Lancia baue schöne Autos, Robert Tauber habe auch mal einen Lancia gefahren, ließ bei Roberto die Jalousie runterrattern. Er reagierte kurz angebunden, und sie ärgerte sich, dass durch sie dieser unselige Name wieder ins Gespräch gekommen war, wo sie doch seit Wochen nicht einmal mehr an ihn gedacht hatte.

Am Abend saßen sie zu viert auf der Terrasse beim Abendbrot, aber trotz Wein und gutem Essen kam keine Stimmung auf. Maria und Adriano stritten sich wegen eines Maschinenschadens, Reparatur oder Hypothek und Neukauf standen zur Debatte, und Robertos Wortkargheit ließ sich nicht überbieten, er sprach kaum ein Wort, und seine Pfeife lag unbeachtet auf der Bank neben ihm.

Als die Hunde, ein Neuerwerb, anschlugen und Adriano nachsehen ging, breitete sich Schweigen aus. Nach einiger Zeit erschien er wieder und kündigte Besuch für Julia an.

»Da ist ein junger Mann für dich da, der aber nicht hereinkommen will!«

Sie bemerkte aus den Augenwinkeln, wie Roberto sie angespannt beobachtete. Was fürchtete er? Dass sie sich einen neuen Freund zugelegt hatte? Oder argwöhnte er gar, dass Robert Tauber hier aufkreuzen könne, vielleicht weil sie seinen Namen erwähnt hatte?

Sie ärgerte sich unter anderem auch deshalb, weil Roberto immer noch einen Rest Misstrauen gegen sie zu hegen schien, warum sonst reagierte er so und unterstellte ihr gar weiter Sympathie für den Mann, den sie mit Sicherheit für den Rest ihres Lebens nie wieder sehen wollte? Und so provozierte sie ihn bewusst ein wenig, als sie Adriano fragte:

»Ein Deutscher?«

Adriano bejahte.

Robertos Augen verdunkelten sich.

»Blond?«

»*Si, signorina!*«

Roberto rückte auf seiner Bank ein Stück nach vorn.

»Groß?«
»Größer als du!«
Robertos Nackenmuskeln versteiften sich, man sah es daran, dass er die Schultern etwas hochzog.
»Nett?«
Molto simpatico!«
Julia amüsierte sich, dass er nun seinen Mund zu einem Strich zusammenpresste und auf dem Sprung saß wie ein alter euganeischer Jäger. Sie lief um das Haus herum und fiel ihrem Bruder glücklich um den Hals. Er hatte auf Julias Brief hin angerufen, aus dem auch ihre Handynummer hervorging, und sein Kommen angekündigt, das konnte Roberto natürlich nicht wissen.
»Schön, dass du heute schon kommst!«
»Lass dich anschauen! Gut siehst du aus, mein Schwesterherz! Durch und durch glücklich?«
»Das bin ich! Komm, wir essen gerade, du bist herzlich willkommen.«
»Ich wollte nicht so hereinplatzen, aber ich habe mächtigen Hunger! Ich störe doch nicht?«
»I wo! Die Gastfreundschaft dieser Familie ist unendlich!«
Untergehakt betraten sie die Terrasse und Julia stellte den Dreien ihren »kleinen Bruder« vor. Roberto entspannte sich sofort, und sie konnte sich ein kleines ironisches Lächeln nicht verkneifen, bevor sie ihre Freunde Micha vorstellte:
»Meine allerbeste Freundin Maria, mein allerbester Freund und Marias Verlobter Adriano und sein Bruder Roberto, ein berühmter Kriminalkommissar aus Padova!«
Micha schüttelte allen erfreut die Hand und machte sich dann mit gutem Appetit über die Reste des Abendessens her. Es wurde doch noch ein angenehmer Abend, wenn auch Roberto seine Pfeife nicht anzündete und Julia ignorierte.
Natürlich nahm Micha am folgenden Tag an der geplanten Bergtour teil, Roberto hatte die Texelgruppe als Grobziel ausgesucht, nur spielte das Wetter diesmal nicht mit. Schon als sie losfuhren, nieselte es, und die Wolken verhüllten die Berge. Das Auto blieb in Algund, sie nahmen die Gondel zur Leiteralm und befanden sich hier schon mitten in den Wolken, trotzdem stiegen sie hoch zu den Langseen und den Milchseen und erreichten die Lodnerhütte, die erst jetzt im Juni bewirtschaftet wurde.
Nebel, Wolken und Feuchtigkeit nahmen jede Sicht, schließlich begann es richtig zu regnen. Roberto und Micha gingen voraus, wo der Weg es zuließ, in angeregtem Gespräch nebeneinander, Julia folgte schweigend

als kaum beachtetes Anhängsel. Trotz der Regenbekleidung waren ihre Strümpfe bald quatschnass, und die ersten Tropfen rannen ihr in den Kragen. Sauer stapfte sie hinter den beiden her, die sich prächtig unterhielten und ihre Anwesenheit völlig vergaßen.

Durchweicht erreichten sie die Lodnerhütte. Bei der schlechten Sicht hatten sie sich zweimal fast verstiegen. Julia lebte erst nach dem Umziehen und einer heißen Suppe wieder auf, aber Notiz nahmen die beiden immer noch nicht von ihr. Sie widmeten sich weiterhin ihrem spannenden Gesprächsthema, dem Faschismus in Italien und Deutschland, der Partisanenbewegung im Veneto und die Zeit danach. Sie einigten sich auf die Bezeichnung *resistenza,* in der Robertos Großvater in den euganeischen Hügeln gekämpft hatte und schließlich von der Wehrmacht getötet worden war, wohingegen Julias und Michas Großvater – bevor er an die Ostfront versetzt und dort in russische Kriegsgefangenschaft geriet – in Italien als Wehrmachtsangehöriger gegen die *resistenza* gekämpft hatte. Micha hatte sich eingehend mit der Familiengeschichte beschäftigt, schließlich wollte er nach seiner Zivildienstzeit ein Geschichtsstudium beginnen. Julia, die das bisher nicht gewusst hatte und im Augenblick auf das Zuhören reduziert war, versuchte ihr Familienwissen, die letzten Bemerkungen ihrer Großmutter und die neuen Erkenntnisse zu verknüpfen, kam aber zu dem Ergebnis, dass zu viel Zeit verstrichen und die Beteiligten verstorben waren, so dass die Spuren ihres Großvaters im Veneto für immer verweht blieben, die Spuren ihrer Großmutter wollte sie jedoch bei Giancarlo Bertolini wieder aufnehmen.

Robertos Kenntnisse der italienischen Geschichte beeindruckten Micha sichtlich, und sie fachsimpelten mit Feuereifer über die Zeitgeschichte, die sie hier eingeholt hatte. Dass Julia sich verabschiedete, in den Schlafsack kroch und wütend versuchte einzuschlafen, bemerkten sie nicht einmal.

Der Aufstieg zum dreitausenddreihundertsechsunddreißig Meter hohen Monte Rosso am anderen Morgen fiel buchstäblich ins Wasser: Dauerregen ließ sie die Rückkehr auf dem kürzesten Weg beschließen. Roberto fuhr abends nach Padua zurück, nicht ohne Micha dorthin eingeladen zu haben. Ihre gegenseitige Sympathie war offensichtlich.

Bevor Micha als Jugendgruppenleiter in ein Freizeitlager am Gardasee weiterfuhr, übergab er Julia im Voraus zu ihrem Geburtstag ein Kästchen mit ihrem Schmuck, das sie der Spedition nicht anvertraut hatten, und vier überspielte Musikkassetten, er blieb aber noch ein paar Tage auf dem Bassner-Hof. Es lag wohl an den Familieneigenarten der Andresens, sich schnell integrieren zu können und unglaublich hilfsbereit zu sein, dass er so schnell Freundschaft mit den italienischen Freunden seiner Schwester schloss und tatkräftig zupackte.

Ein paar Wochen später brach das Dreierteam auf und auseinander, als es sich auf den Weg zur Hochzeitsfeier nach Torreglia machte. Bevor Julia ins Auto stieg, warf sie noch einen Blick zurück auf den neu angelegten Blumen- und Gemüsegarten. Der Rittersporn stand in voller Blüte, die verschiedenen Arten der Taglilien erstrahlten in gelben, orangen, rostroten und sogar weißen Farbtönen. Die Zitronenmelisse blühte unscheinbar blassblau, der Lavendel deutlich kräftiger, der Liebstöckel überschritt gerade die Zweimetermarke, und am Zaun öffneten sich die ersten Stockrosen.

Ob es wohl immer ihr Schicksal war, schön angelegte Gärten zu hinterlassen?

Kapitel 4
A. D. 2000/Mai–Juli

Noventa Padovana

iebevoll setzte Gattamelata die weißen Staunton-Figuren auf die Ausgangsfelder und wartete, dass Carmagnola das Gleiche mit den schwarzen tat. Aber der strich geistesabwesend über den blank polierten, klassisch einfachen Turm, den er zwischen den Fingern hin und her drehte, ohne Anstalten zu machen, ihn auf das Spielfeld zu setzen. Gattamelata fand, dass der andere seine Liebe zu schönen Schachfiguren übertrieb. Um ein Gespräch in Gang zu setzen, meinte er:

»Diese Figuren sind in ihrer Symbolik so eindeutig und klar, dass sie mich vom eigentlichen Schachspiel nicht ablenken. Diese hier stammen aus England, Mitte neunzehntes Jahrhundert. Ihr Entwurf datiert allerdings bis 1830 zurück, als Nath Cook sie entwarf und nach dem Schachtheoretiker Howard Staunton benannte.«

»Ja, ja«, antwortete Carmagnola gedankenlos, »ich glaube, mir fehlt heute die nötige Konzentration. Du würdest zu leicht siegen. Seiner Herkunft nach zählt Schach zu den Strategie- und Kriegsspielen, und heute ist mir nach keiner Schlacht auf dem Spielfeld zu Mute.«

»Was ist los, *condottiere?*«

»Nichts Weltbewegendes, aber lauter kleine Misserfolge, das macht mich nervös.«

»Du bist noch nicht allzu lange im Geschäft«, tröstete der Ältere ihn, »es gibt immer Höhen und Tiefen, daran gewöhnst du dich. Lass uns eine Partie spielen, so ein Kombinationsspiel zwischen uns beiden zwingt zu geordnetem Denken und folgerichtigen Aktionen!«

Aber Carmagnola schien ihn überhaupt nicht gehört zu haben.

»Zum Beispiel die Libanesen und dieser miese Stoff, den sie billig abgeben. Wenn wir das durch *Colombo* fehlende Heroin hätten, könnten wir es billig auf den Markt werfen und diese Typen hinausdrängen! Der *marchese* lässt das *Farfallone* immer noch beobachten, er hat Freunde unter den *carabinieri*, die haben für ihn ein Auge darauf. Und die Außenstände, die wir haben!«

»Du meinst die von diesem *Colombo?* Er steht unter dauerndem Druck, zweimal habe ich ihn massiv mahnen lassen. Aber er hat glaubhaft gemacht, dass sich der Betrieb nicht über Nacht in eine Aktiengesellschaft umwandeln lässt.«

»Wenn wir den los sind, mache ich drei Kreuze. Und was macht unsere Zeugin?«

Zum ersten Mal zeigte der sonst so souveräne Gattamelata Unsicherheit.

»Sie ist weg, spurlos verschwunden! Über Nacht! Und wir können wohl kaum den *marchese* nach ihrem Verbleib fragen!«

»Ist sie vielleicht zu unserem *Colombo* nach Deutschland gegangen? Er ist doch jetzt eine gute Partie, wenigstens nach außen hin?«

»*Niente! Nulla!* Mein Kontaktmann in Deutschland hat von ihr keine Spur entdecken können.«

»Was schließt du daraus, Gattamelata?«

»Schlimmstenfalls hat der *marchese* gegen einen von uns Verdacht geschöpft und sie irgendwo versteckt!«

»Meinst du wirklich?«

»Beruhige dich, ich sagte schlimmstenfalls! Es gibt sonst keinerlei Hinweise, dass er irgendetwas gegen uns in der Hand hat.«

»Aber wo könnte sie sein? Seit der ergebnislosen Durchsuchung ihrer Sachen bei ihren Vermietern sind wir keinen Zentimeter vorangekommen.«

»Vielleicht macht sie Urlaub und hat einen neuen Freund, es gibt viele Möglichkeiten!«

Es war nicht das erste Mal, dass Carmagnola eigene Wege ging, nicht nur mit ihren gemeinsamen finanziellen Mitteln. Er hatte mit *Colombo* Intrigen gesponnen, das war ihm nicht entgangen, er hatte es nur als beendet angesehen. Doch die unbedachte Äußerung ließ ihn nachdenklich und misstrauisch werden.

»Spielst du neuerdings Märchenschach, Carmagnola, mit dem Ziel ein Selbstmatt zu erzielen?«, fragte er bewusst zweideutig.

Carmagnola reagierte überaus erstaunt.

»Willst du immer noch eine Partie spielen? Aber Märchenschach? Du weißt, dass ich diese Spielweise nicht schätze.«

»Deswegen wundere ich mich auch, *condottiere!* Was war das mit der vergeblichen Durchsuchung? Bist du wieder eigene Wege gegangen? Die sechs vereinbarten Wochen sind noch lange nicht rum!«

Carmagnola hatte seinen Fehler bereits bemerkt und überlegte fieberhaft, wie er Gattamelatas Misstrauen nun einschläfern könne, aber ihm fiel auf die Schnelle keine plausible Erklärung ein, die ihn nicht noch mehr belastete. Dass er noch immer Kontakt mit dem Deutschen pflegte, durfte auf keinen Fall rauskommen, und erst recht nicht, dass er durch Fra Moriales Kontaktperson in der *questura* an das Sportzeug eines *questurinos* gekommen war, dessen Geruch die Hunde akzeptiert hatten.

»Ich hatte das vor unserer Besprechung eingefädelt«, erwiderte er lahm, »und vergessen, die *lancia* abzubestellen!«

Aber Gattamelata wollte die Angelegenheit nicht so einfach auf sich beruhen lassen.

»Du musst schnell lernen, Carmagnola, und nicht den Fehler deines historischen Namensvetters begehen!«

»Du drohst mir?«

»Nein, ich warne dich, und das hast du deinem Namensgeber voraus; ihn hat keiner gewarnt, als er das letzte Mal der *Serenissima* einen Besuch abstattete, und sie an seiner Loyalität zweifelte. Er war ein brillanter Stratege, als den wir auch dich schätzen gelernt haben. Aber er brüskierte die *Serenissima* durch allerlei unbedachte Handlungen. Nur sein alter Hund hat ihn auf dem Weg zur Richtstätte begleitet!«

»Du drohst mir doch!«

Draußen tobte ein Gewitter, und hier drinnen standen die Zeichen auch auf Sturm.

»Nein! Ich möchte dir nur eindringlich vor Augen führen, dass sich die Geschichte nicht wiederholen muss, Carmagnola! Du kannst aus ihr lernen. Wahrscheinlich war der *capitano generale* der *Serenissima* schuldlos, ihr Geheimdienst konnte seine Schuld ebenso wenig wie seine Unschuld beweisen. Und so haben sie unter der Folter erpresst, was er vielleicht gar nicht getan hatte, nämlich Verrat an der *Serenissima*, indem er mit San Marcos Feinden paktierte. Diese Zeiten sind vorbei, Gott sei Dank! Übrigens …«

Gattamelata sah auf die Datumsanzeige seiner Uhr.

»Heute vor genau fünfhundertachtundsechzig Jahren, am 5. Mai 1432.«

»Was?«

»Haben sie ihn zwischen den beiden Säulen auf dem Markusplatz vor versammeltem Volk enthaupten lassen. Und du weißt, wir haben auch unsere *Serenissima*.«

Wieder ertönte ein lauter Donnerschlag, das Zentrum des Gewitters befand sich genau über ihnen. Als der Schlag verebbte, ließ ein gurgelndes Geräusch von der Bibliothekstür die beiden auf sich fixierten Männer aufmerksam werden; ihnen war die Ankunft von Fra Moriale entgangen.

Der alte Mann rang laut röchelnd nach Luft und versuchte, sich am Türrahmen festzuhalten, rutschte aber langsam und unaufhörlich an ihm herunter, wobei ein blutiger Auswurf die sich steigernde Atemnot begleitete. Carmagnola sprang hinzu und zog den Zusammengebrochenen zum Sofa, öffnete den Krawattenknoten und die obersten Hemdknöpfe und Gattamelata telefonierte nach der Ambulanz und dem Notarzt.

Während Fra Moriale kurz vor dem Erstickungstod stand, berieten die beiden.

»Was sollen wir tun?«, fragte Carmagnola. »Sollen wir ihn flach hinlegen oder den Oberkörper aufrichten?«

Doch Gattamelata wusste es auch nicht. Lebensrettung war eben nicht ihr Fach.

Noventa Padovana

»Ich sehe«, sagte Gattamelata und lächelte zufrieden, »dass du wieder einen deiner berühmten Mattangriffe planst. Du willst meinen König in seinem eigenen Bau matt setzen!«

Er dagegen bevorzugte den Kampf auf dem anderen Flügel, dort, wo sich der König nicht befand. Diese Art Umgehungskampf entsprach Gattamelata, konnte er doch mit größerer strategischer Bedächtigkeit operieren als beim direkten Mattangriff. Auf diese von Carmagnola gern praktizierte Eröffnung hatte er sich diesmal innerlich vorbereitet.

»Nun ja, obwohl ich normalerweise lieber eine gut vorbereitete Positionspartie spiele, *capitano generale*! Ich füge dem Gegner am liebsten größtmöglichen Schaden durch ein überlegenes, geordnetes und geräumiges Stellungsspiel zu. Und dann schlage ich plötzlich los. Und nicht nur beim Schach!«, sagte Carmagnola und plante seinen nächsten Gegenschlag.

»Ich weiß.«

Gattamelata Lächeln vertiefte sich.

»Ich habe dich heute sehr früh durchschaut.«

Das Telefon unterbrach ihre Wortplänkeleien, Carmagnola saß am nächsten und nahm ab.

»Seine Tochter«, informierte er Gattamelata und hielt die Sprechmuschel zu. »Sie ist wieder ziemlich aufgebracht.«

»Musstet ihr Vater so aufregen?«, ertönte eine scharfe Frauenstimme. »Ihr wisst doch, dass er schon eine Lungenembolie hatte und Aufregungen von ihm fern gehalten werden sollten! Und ihr wisst, dass Vater an einer meteorotrophen Krankheit leidet, bei der …«

»Eine erhöhte Gefahr bei Frontdurchzügen und Gewittern besteht«, ergänzten die beiden *condottieri* in einem etwas leierigen Tonfall und konnten ihre Heiterkeit kaum verbergen, denn diese Predigt hörten sie schon seit geraumer Zeit.

»Ja, aber wenn ihr das wisst, warum habt ihr ihn dann so aufgeregt?«

»Nicht wir, Ludovica, sondern er selbst hat sich aufgeregt.«

Gattamelata gab sich ernst und besorgt.

»Wie geht es ihm denn?«

»Er kommt durch, sagen die Ärzte, aber in den nächsten drei Monaten wird er nicht arbeiten können. Und wenn ihr ihn danach in Ruhe lasst«, fügte sie bissig hinzu, »hat er bis zu seiner Pensionierung im Spätherbst eine echte Überlebenschance.«

»Was für ein Glück, dass wir einen Nachfolger für ihn haben«, Carmagnola atmete tief durch, nachdem er den Hörer nach ein paar Allerweltsfloskeln aufgelegt hatte. »Und er ist schon ganz gut eingearbeitet, sagst du?«

Gattamelata nickte.

»Man darf nur hoffen«, sagte Gattamelata, »dass er die Zeichen der Zeit nun erkennt und abtritt.«

»Warum können alte Männer eigentlich die Macht nicht abgeben, wenn ihre Zeit abgelaufen ist? Sein Tod heute hätte einige Probleme gelöst! *Mi dispiace*, ich habe nur laut gedacht.«

Gattamelata tat gar nicht erst so, als sei er entrüstet.

»Der gleiche Gedanke ging mir eben auch durch den Kopf.«

Und friedlich, so als habe vor kurzem hier kein qualvoll röchelnder Mann gelegen, zogen die beiden sich an den Schachtisch zurück.

Carmagnola glaubte, der unmittelbaren Gefahr entronnen zu sein, und wollte in Zukunft noch viel mehr Vorsicht walten lassen. Hätte Gattamelata ihm grundlegend misstraut, dachte er, säßen sie jetzt nicht zusammen beim Schach.

Colli Euganei

Schon wegen des nicht eingehaltenen Trauerjahrs konnte es keine typisch italienische Hochzeit werden. Adriano hatte darauf bestanden, dass sich seine zukünftigen Schwiegereltern mit noch drei Kindern in der Ausbildung wegen einer Hochzeit im traditionell kostspieligen Stil nicht in Schulden stürzten. Maria bestärkte ihn darin. Das Argument der Eltern, dass die Nachbarn und Verwandten bis hin nach Catania sagen würden, die Familie Zanella sei zu arm, oder noch schlimmer, zu geizig, eine standesgemäße Hochzeit auszurichten, mit rückständigem Denken zu kippen, klappte nicht; und so wurde der Tod von Adrianos Vater als Grund angeführt, das akzeptierten die Eltern schließlich.

Deshalb fiel der Zwang der teuren Einladungen mit den traditionellen *confetti* ebenso weg, wie die Einladung zum üppigen Hochzeitsmahl selbst für die allerentferntesten Verwandten der großen Zanella-Sippschaft und der nicht eben kleineren der Bassners. Man einigte sich auf den Kreis der engsten Familie und die Trauzeugen, zu denen auch Julia gehörte.

Marias Geschwister allerdings und die Mitglieder der Gruppe *Autarchia* beschlossen, abends eine kleine Tanzveranstaltung auf dem Hof zu organisieren, denn eine Hochzeit ohne Tanz, *mamma mia*, das brachte Unglück! Und so hatten sie während der letzten Woche vor der Hochzeit die kleine Scheune leer geräumt und geweißt und geschmückt. *Papa* versprach jede Menge *vino* und *spumante* und *mamma* backte, kochte, legte jede Menge Gemüse *sott'olio* und kreierte immer neue Köstlichkeiten. Nein, nur ein Essen mit der *marchesa* und der nächsten Verwandtschaft wäre nach ihrem Geschmack nun wirklich zu wenig gewesen, Maria heiratete schließlich nur einmal. Hoffentlich.

Für den offiziellen Teil trafen die Gäste vor der Kirche ein, und es ging sehr förmlich zu. Der Schwager der *marchesa* begleitete sie, und Clemente flüsterte Julia zu, dass er Robertos Chef sei, der *vice-questore*. Die *marchesa* trug schwarze Spitze. Ursprünglich hatte sie im Trauerjahr nicht an der Hochzeit teilnehmen wollen, sich dann aber doch überraschend mit ihrem Schwager, Adrianos Paten, zur Trauung und dem anschließenden Essen angesagt. Sie begrüßte die Anwesenden sehr reserviert, nur Julia schloss sie in die Arme und stellte sie ihrem Schwager vor. *Dottore* Deganello war einen Kopf kleiner als sie, küsste Julia formvollendet die Hand und freute sich, sie kennen zu lernen.

»Ich hoffe, wir haben nachher noch Zeit, etwas zu plaudern«, meinte er, »meine Schwägerin ist von ihren Gartenbaukünsten hingerissen, und ich bin ein Freund alter Gärten!«

Adriano wirkte in seinem schwarzen Anzug ungewohnt feierlich, wehmütig gestand Julia sich ein, dass ihre Sehnsucht nach ihm nunmehr endgültig ins Land der Träume gehörte, und sie bewunderte Maria, die in ihrem langen weißen Brautkleid mit einem Spitzenschleier entzückend aussah.

Enttäuscht registrierte sie Robertos Ankunft mit einer kleinen, zierlich gebauten, etwa fünfunddreißigjährigen, sehr attraktiven Dame, die, überaus elegant gekleidet und nicht von Robertos Arm weichend, allen als *contessa* Berini vorgestellt wurde. Die beiden schienen sich gut zu kennen, duzten sich und flüsterten zusammen. Irgendwie war Julia davon ausgegangen, dass er ihr Tischherr sein würde, da sie beide als Trauzeugen fungieren sollten. Auch die Zanellas schienen etwas ratlos, denn seine Damenbegleitung war nicht vorgesehen.

Julia fühlte sich der *contessa* gegenüber linkisch, viel zu groß und ihr in jeder Hinsicht unterlegen; bei der Vorstellung streifte ein amüsierter Blick die junge Deutsche, die ihr zartgrünes Seidenkleid plötzlich als fade und hausbacken empfand.

Die Bewegungen dieses zerbrechlich wirkenden Wesens, mit hellem Teint, hervorragend geschminkt und mit teurem Schmuck behängt, wirkten fließend und schön, und Julia, braungebrannt von der Gartenarbeit und ihre Bewegungen eckig findend, glaubte zu wissen, wie sich ein herrenloser Mischlingshund einem hochgezüchteten Chihuahua gegenüber fühlen musste.

Nach der sehr schönen Trauung in der Dorfkirche, ohne Pannen, denn natürlich hatte der in seinem schwarzen Anzug mit schwarz-silberner Weste und gleichfarbener Fliege weltmännisch elegant wirkende Roberto die Ringe nicht vergessen, fuhr man durch die Hügel zu einem ehemaligen Kastell der Carraresi aus dem dreizehnten Jahrhundert, deren steinernes Wappen noch über der Zugbrücke prangte. Im oberen Turmgeschoss befand sich das *ristorante Castello Valbona*, das eine besondere, mittelalterliche Atmosphäre ausstrahlte. Herrliche Blumenarrangements auf alten Wandkonsolen aus Holz, eine wunderschöne Balkendecke und eine durch und durch gediegene Ausstattung ließen Julia vorübergehend ihre Enttäuschung über Clemente als Tischherrn vergessen.

Die geschmackvoll gedeckte Hochzeitstafel mit den zu den Wandarrangements korrespondierenden Blumengestecken und hohen, mehrarmigen Silberleuchtern fand Gnade vor den Augen der *marchesa*, und die Zanellas schluckten erleichtert: Die von ihnen als bedrückend vornehm empfundene Verwandtschaft ihres Schwiegersohnes hemmte sie.

Neben den Brautleuten saßen die Eltern, daran jeweils anschließend die Trauzeugen, und so kam es, dass Julia neben *dottore* Deganello zu sitzen kam und Roberto mit seiner *contessa* weit entfernt neben den Zanella-Eltern.

Hausgebackenes Kräuterbrot und köstliche *antipasti misti* bildeten den Auftakt zu einem köstlichen Mahl, abgelöst durch appetitlich aussehende, in Streifen geschnittene Gemüsesorten der Saison, die man roh in eine Öl-Senf-Marinade tauchte und dann verspeiste.

Verschiedene köstliche Nudelgerichte der Region leiteten den zweiten Gang ein, gefolgt von Lammfilets in Käsesoße mit Austernpilzen, dem Höhepunkt des Essens! Käse, *dolce*, Espresso mit *grappa* oder Cognac rundeten das Festmahl ab, das durch die angebotenen erstklassigen Weine der euganeischen Hügel, fast alle mit dem Gütezeichen des Gattamelata, angemessen begleitet wurde.

Julia vermied es, in Robertos Richtung zu blicken und wurde erst durch das köstliche Essen und dann durch die angenehme Nachbarschaft Deganellos abgelenkt, mit dem sie sich hervorragend unterhielt.

Im wahrsten Sinne des Wortes hervorstechend zeigte sich seine Nase. Schneeweiße, aber noch volle, wellige Haare verliehen ihm ein vornehmes Aussehen, seine warmen braunen Augen strahlten Wohlwollen und Freundlichkeit aus, aber Julia konnte ihn sich auch gut als eisenharten Chef vorstellen.

Dottore Deganello meinte, sein Garten sei zwar nicht so heruntergekommen wie andere so genannte italienische Gärten, er könne ihr, wenn sie ihn einmal besuchen wolle, ein gut erhaltenes, ganz eigenartiges, altes Knotenparterre zeigen, aber im Großen und Ganzen könne der Blick einer *specialista* nicht schaden. Ob sie nicht Lust hätte?

Julia wies die Bezeichnung Fachfrau entschieden von sich, sie sei nichts weiter als eine, vielleicht ein bisschen begabte *dilettante,* oder in ihren Genen sei die Gartenbaukunst verankert, denn ihre Großmutter, übrigens eine frühe Freundin des Gartenarchitekten Bertolini, habe ebenfalls diese Kunst studiert, danach ihre Mutter und nun überlege sie, ob sie nicht auch …

»Aber natürlich müssen Sie auch! Und jetzt spricht der Kriminologe aus mir: Wenn Ihre Großmutter Bertolini kannte, steht wahrscheinlich das Bild Ihrer Großmutter auf unserem Familienbildertisch! Habe ich Sie nun genug neugierig gemacht? Dann besuchen Sie uns bald!«

Beim Abschied, das Essen hatte sich bis weit in den Nachmittag hinein gezogen und *dottore* Deganello war lange vorher von der förmlichen Anrede abgewichen und nannte sie jetzt beim Vornamen, nahm er sie kurz zur Seite.

»Mein Neffe, *commissario* Bassner, hat mir von Ihren zwei schrecklichen Beobachtungen als Zeugin erzählt. Bitte, Giulia, seien Sie sehr vorsichtig und erzählen Sie niemandem davon! Darauf kann ich mich doch verlassen? Gut! Tun Sie alles, was Roberto zu Ihrer Sicherheit unternimmt! Ich vertraue ihm voll. Und ich habe von heute an ein persönliches Interesse daran, Sie in Sicherheit zu wissen, dabei interessiert mich Ihre Zeugenaussage erst in zweiter Linie. Ich hoffe, Sie verstehen mich?«

Galant verabschiedete er sich und geleitete die *marchesa* nach Hause, während Roberto sich mit der *contessa* Berini verabschiedete. Ganz sicher war eine Tanzveranstaltung mit Leuten der *Autarchia* nicht der richtige Umgang für sie.

Es wurde ein fröhlicher Abend, wenn er auch für zwei der Gäste dramatisch enden sollte. Eine Stereoanlage sorgte für laute Tanzmusik, Essen und Trinken gab es wie von allen erwartet im Überfluss, und Julia hielt sich an Sekt, den guten *moscato* der Hügel, einem herrlichen *vino spumante dolce* aus dem Weingut *La Roccola,* das Pasquale besonders schätzte. Sie steigerte sich in eine hektische Lustigkeit hinein, die sie jedoch ihren Zorn auf Roberto nicht vergessen ließ, sondern ihn eher noch verstärkte. Warum hatte er sie so in die Irre geführt mit seiner angeblichen Einsamkeit? Was sollte dieses Kleine-Schwester-Ersatz-Getue? Warum hatte sie ihn bedauert, während er sich wahrscheinlich im Stillen über ihre Naivität amüsiert haben mochte?

Sie fühlte sich hintergangen und schrecklich mies, und um diese Gedanken zu verscheuchen, trank sie noch mehr *vino spumante* und tanzte viel, am liebsten mit Adriano. Er war der einzige Mann hier, den sie nicht überragte.

»Schade«, sagte er eben dicht an ihrem Ohr, »dass man nicht zwei Frauen heiraten kann!«

»Schäm dich! An deinem Hochzeitstag!«, wies Julia ihn zurecht, genoss seine Bemerkung aber innerlich.

Clemente forderte sie immer wieder auf, er verehrte sie glühend, doch beim Tanzen wirkte es irgendwie lächerlich, dass Julia ihn wie einen Funkturm überragte.

Gegen zehn Uhr abends erschien Roberto plötzlich wieder auf der Bildfläche, forderte die Braut zum Tanz auf, die Brautmutter und nach und nach alle weiblichen *Autarchia*-Mitglieder, außer Julia, die ihn mit wachsendem Groll beobachtete.

Er war gelöst und fröhlich, wie sie ihn noch nie erlebt hatte! Und elegant sah er aus, auch ohne das schmückende Beiwerk in Form einer *contessa*! Tadellos tanzen konnte er auch, sie konnte stolz auf ihren Roberto sein!

Schließlich kam er zu Julia, streckte die langen Beine mit einem Seufzer aus und griff nach einem Glas Wein.

»So, jetzt bin ich aller Pflichten ledig! Wie wäre es mit uns? Tanzen wir?«

Wortlos folgte sie ihm auf die Tanzfläche, steif legte sie ihre rechte Hand in seine und überließ sich ungern seiner Führung bei einem Walzer, gefolgt von einem Tango. Beim Walzer wirbelte er sie schwungvoll herum, beim Tango musste sie sich notgedrungen eng an ihn drücken, und bei einem dann folgenden Slowfox zog er sie noch enger an sich, sie hielt so gut es ging Distanz, er wollte es nicht merken, holte *vino spumanto* für sie beide und war bester Stimmung.

Kein Wunder, dachte sie böse, wenn man so erfolgreich bei Frauen ist! Erst die *contessa* (Wo er die wohl hingebracht hat, und was sie wohl die ganze Zeit gemacht haben?! Sechs Stunden ist er weg gewesen, eine Unverschämtheit dem Hochzeitspaar gegenüber!) und jetzt sie naives Schaf, das dekorativ mit ihm tanzt!

Maria hatte irgendwann einmal behauptet, Roberto interessiere sich nicht für Frauen. Diese aber offensichtlich sehr für ihn.

Sie schüttete den *moscato* in sich hinein, und auf Robertos Bemerkung, noch sähe sie frisch und jung aus, aber wenn sie in dem Tempo weiter tränke, bald sehr alt, antwortete sie, indem sie noch ein Glas trank. Fragend zog er eine Braue hoch. Sie ignorierte es.

»Sie tragen heute die gleiche Frisur wie damals, als ich Sie das erste Mal im *Farfallone* sah«, meinte er beim nächsten Tanz.

Sie trug die Haare offen, an den Seiten mit zwei Kämmen hochgesteckt.

»Nur diesmal passt sie zu Ihnen, damals wirkte sie irgendwie fehl am Platz.«

Julia missverstand ihn gründlich.

So, also läuft das Gespräch wieder auf Robert Tauber hinaus, dachte sie erbittert, er will doch nichts anderes, als ihn verhaften und seinen Fall lösen. Und mich als Zeugin narrt er mit seiner angeblichen Sympathie!

Der ganze Frust des Tages und der viele Alkohol lösten in ihr eine Sperre und mit einer sie selbst erstaunenden Bösartigkeit, die sie nie in sich vermutet hätte, hörte sie sich sagen:

»Ach hören Sie mir doch auf mit Robert Tauber und dem *Farfallone*! Sie würden ja sogar notgedrungen mit mir schlafen, nur um an ihn heranzukommen! Sie haben doch nichts im Kopf, als ihre Mordfälle zu lösen! Und wie man so hört haben Sie ja kein Interesse an Frauen. Vielleicht liegen Ihnen Männer mehr?«

Sie waren auf der Tanzfläche stehen geblieben, seine dunkelgrauen Augen nahmen die Farbe von nasskaltem Schiefer an und wurden schwarz vor Zorn. Er ergriff sie hart am linken Arm und sprach gefährlich leise.

»Du kleine Hexe! Wir wollen doch durch eine Szene Adrianos und Marias Hochzeit nicht verderben! Das werden wir draußen weiter besprechen!«

Und mit eisenhartem Griff führte er sie aus der Scheune, strebte draußen mit großen Schritten in den Obstgarten und zerrte sie hinter sich her, ohne seinen Griff zu lockern. Julia wurde halb durch das wilde Brombeergebüsch geschleift, hörte wie ihr Kleid zerriss, sie verlor einen Schuh, aber er hielt nicht an, bis sie außer Hörweite der Festgesellschaft angelangt waren.

Julia hatte ihre Worte schon mehr als bereut und war zutiefst erschrocken über sich selbst. Aber alles, was sie jetzt noch sagen würde, jede Entschuldigung, jede Erklärung verschlimmerte die Sache nur noch, und so biss sie die Zähne zusammen, als er sie an beiden Oberarmen packte und wild schüttelte.

»Was meinst du wohl, warum ich so viel Zeit für dich aufwende? Ich könnte dich von jedem kleinen Sergeanten bewachen lassen! Und wenn du das willst, kannst du das ab sofort auch haben! Dann brauchst du meine Gegenwart nicht länger ertragen!«

Und wie um seinen Worten Nachdruck zu verleihen, schüttelte er sie noch einmal und ließ sie dann so plötzlich los, dass sie das Gleichgewicht verlor und in die vor kurzem frisch gepflügte Erde zwischen den Obstbäumen fiel. Sie hörte Roberto mit großen Schritten davon eilen.

Wie lange sie dort lag und weinte, konnte sie hinterher nicht mehr sagen. Ein paar böse Sätze hatten auf einen Schlag all das Gemeinsame, das in den letzten Monaten zwischen ihnen gewachsen war, restlos und auf einen Schlag zerstört. Die ersten Autos fuhren ab, Julia schlich sich in ihr Zimmer, zog ihr zerrissenes Kleid aus und schlüpfte unglücklich unter die Decke.

Im Einschlafen meinte sie, seine Stimme zu hören:
Wein ist nur im Übermaß schädlicher Alkohol.
»*Vino spumante* auch!«, sagte sie laut und war wieder hellwach. Lange überlegte sie, was zu tun sei und entschied sich schließlich, am anderen Tag bei Roberto in aller Form um Entschuldigung zu bitten, obwohl sie wusste, dass Worte, die einmal gefallen waren und verletzt hatten, immer und ewig im Raum zwischen ihnen stehen würden.

Sie schämte sich ihrer Niedertracht und fiel schließlich in einen unruhigen Schlaf, ohne noch einmal an Adriano gedacht zu haben.

Colli Euganei

Das *Ca'Vecchia Brandolin* in den Ausläufern der *Colli Euganei* stammte ursprünglich aus dem sechzehnten Jahrhundert; auf eine nicht sehr feine Art und Weise gelangte es bald nach seiner Entstehung zusammen mit der Stadtvilla, dem damaligen *Palazzo* Rosso *ora Visian* und heutigen, kurz *Ca'Rosso* genannten Haus, in den Besitz der Familie. Einer der Vorfahren der Visians bekam den Zuschlag bei der Vergabe der Güter eines padovanischen Adeligen, der gegen die *Serenissima* rebelliert hatte und deswegen enteignet und davongejagt wurde.

Wenn Roberto seiner Mutter einen dieser kleinen Nadelstiche gegen ihre Eitelkeit und ihren Standesdünkel versetzen wollte, erwähnte er die Begebenheit und auch die Tatsache, dass jener Visian als erster *marchese* des Geschlechts Erwähnung fand. Vieles sprach dafür, dass er den Titel von der *Serenissima* für geleistete Verräterdienste an Padova erhalten hatte. Die *marchesa* pflegte dann zu antworten, dass aber alle nachfolgenden Visians große Patrioten gewesen seien, nachweislich hätten die Franzosen und auch die Österreicher während ihrer Besatzungszeit Mitglieder der Familie inhaftiert, einer sei sogar in der Haft verstorben.

Den letzten patriotischen Blutzoll hätte die Familie mit der Ermordung ihres Vaters durch die Deutschen gezahlt.

»Aber der Grundstock unseres jetzt nicht mehr bestehenden Vermögens wurde unrechtmäßig erworben«, setzte Roberto diese wiederholt geführten Betrachtungen fort, »und so war es nur recht und billig, dass mein Urgroßvater zusammen mit meinem Großvater während der großen Landreform 1920 große Teile ihres Landbesitzes in der Polesine abgaben …«

»Und damit die Verarmung unserer Familie einleiteten.«

Um den ehemals großen Landbesitz verwalten zu können, brauchte man neben dem *palazzo* in der Stadt eine Villa auf dem Land, und so schien der Platz am Rande des Landbesitzes bei den euganeischen Hügeln ein idealer Ausgangsort auch für die Verwaltung der polesinischen Güter.

In Fratta Polesine kann man heute noch eine berühmte Palladio-Villa, *La Badoera*, besichtigen, die der unbekannte Baumeister des *Ca'Vecchia Brandolin* sicher gekannt hatte und ihn inspiriert haben mochte, wenn er sie auch stark verkleinert und in nicht immer idealen Proportionen gebaut hatte.

Das anderthalbgeschossige Gebäude des *Ca'Vecchia Brandolin* wurde dominiert von einem etwas vorgezogener Portikus, bestehend aus sechs Säulen mit ionischen Kapitellen und einem dreieckigen Giebelfeld darüber. Das bei Palladio großzügig auf das Kellergeschoss mit dem Wirtschaftstrakt aufgesetzte Herrenhaus reduzierte sich im *Ca'Vecchia* auf eine ebenerdige Konstruktion; der Küchentrakt lag damals in dem jetzt noch erhaltenen rechten Flügel des Gebäudes. Auch die raffinierten Treppenaufgänge und Terrassen der polesinischen Villa fehlten in diesem etwas hügelan gebauten, visianischen Haus.

Der Zahn der Zeit hatte überdurchschnittlich an diesem Gebäude genagt, der linke Flügel bestand nur noch aus den Außenmauern. Eine Explosion von hier gelagertem Sprengstoff hatte kurz vor dem Rückzug der Deutschen die Innenräume zerstört, die Fensterrahmen fehlten wie auch viele der alten Schindeln, und bei Regen tröpfelte es an vielen Stellen durch, ein typisches Bild von Villen auf der *terra ferma,* sterbende Überbleibsel aus Venezias goldenem Zeitalter. Die Fenster der zentralen Halle hinter dem Portikus hatte man mit Brettern vernagelt, nur der rechte Flügel des Hauses blieb so intakt, dass man zumindest im Sommer darin leben konnte. Ein etwa sechs mal acht Meter großer Raum beherbergte einen funktionstüchtigen Kamin, mehrere Stühle und einen grob gezimmerten Tisch. Dazu kam an einer Wand ein altes Feldbett und mehrere Borde, auf denen sich jetzt haltbare Lebensmittel stapelten und ein Brunnen draußen, wo ehemals ein schöner Garten gelegen hatte, ein zweiter Brunnen etwas den Berg hinab. In den dicken Mauern herrschte tagsüber eine angenehme Kühle, während draußen die Juliluft hochsommerlich heiß flirrte.

Unermüdlich arbeitete Roberto mit drei Mitgliedern der *Autarchia*, einer davon ein Dachdecker, an der Rekonstruktion des Daches. Sie schüttelten über ihn den Kopf und blieben im Schatten, während er über Mittag rast- und ruhelos auf dem Dach herumturnte und weiterarbeitete, aber es brachte ihm kein Vergessen.

Auch des Abends, wenn er todmüde auf sein Feldbett sank und die Augen schloss, verfolgte ihn das Bild, wie er *La Tedesca* unkontrolliert und voller Jähzorn schüttelte. Die Anfälle, die seinen Vater heimgesucht hatten, hafteten noch in seiner Erinnerung. Und er hatte geglaubt, ihm könne so etwas nie passieren. Er konnte sich nicht erklären, warum die Worte einer unter Alkohol aggressiv reagierenden jungen Frau bei ihm einen offensichtlich bloß liegenden Nerv getroffen und zu einer derart unangemessenen Reaktion geführt hatten. Er hätte sie auslachen sollen, stattdessen schleppte er sie in den Obstgarten, schüttelte sie wie ein Wahnsinniger und schrie sie an.

Während unendlich vieler Verhöre in seinem bisherigen Berufsleben hatte er, im Gegensatz zu manch einem Kollegen, noch nie einen Verdächtigen auch nur angefasst, nun aber eine junge Frau in einem Anfall von Jähzorn misshandelt, die ihm körperlich weit unterlegen war.

Dabei war alles nur ein großes Missverständnis gewesen, das er mit etwas Nachdenken beizeiten hätte aufklären können. Woher sollte *La Tedesca* auch wissen, dass seine Mutter gemeint hatte, ihre Familie sei bei der Hochzeit unterrepräsentiert, und deshalb ohne Absprache Elena Berini als Robertos Tischdame eingeladen hatte? Und woher sollte *La Tedesca* wissen, dass Roberto sie sofort wieder ausladen wollte, aber um seines Bruders willen einen Eklat vermied, schließlich hatte seine Mutter damit gedroht, ohne Elena der Hochzeit fernzubleiben. Und außerdem konnte *La Tedesca* nicht wissen, dass er Elena nach Hause gebracht hatte, schon auf dem Rückweg zur Hochzeitsgesellschaft war und dann zu einem Mordfall in Padovas südlichen Außenbezirken gerufen wurde, mit dem er fünf Stunden lang zu tun hatte, bevor er zur Hochzeitsfeier zurückkehren konnte.

Außer bei der Begrüßung hatte er mit *La Tedesca* kein Wort wechseln können, er sah die Enttäuschung in ihren Augen. Nach seiner Rückkehr hatte er mit ihr über die Situation, die seine Mutter heraufbeschworen hatte, gemeinsam lachen wollen. Aber *La Tedesca* reagierte abweisend, missverstand ihn, wo sie konnte, und er begann sich zu fragen, warum er ihr in Bezug auf Elena überhaupt etwas erklären müsse.

Und dann war *La Tedesca* explodiert und er außer Kontrolle geraten. Um die Woche Urlaub nicht zu vergeuden, die er nach *La Tedescas* Rückkehr angemeldet hatte, um mit ihr Villen und Gärten der Umgebung zu erkunden, machte er aus der Not eine Tugend und stürzte sich in die Renovierung des Daches. Von seinem kleinen Anteil an der Lebensversicherung seines Vaters steckte er den größten Teil in dieses Projekt, die Schindeln lagen schon einige Zeit abholbereit, und wie durch ein Wunder kam Hilfe von der *Autarchia*.

Jeden Abend, wenn sich sein Körper schmerzend von der ungewohnten und übertriebenen Arbeit an das harte Feldbett gewöhnte, machten sich seine Gedanken selbständig. Er fürchtete, dass er Giulia als eine gute Kameradin, die sie bei den Wanderungen im *Alto Adige* geworden war, verloren hatte. Als Zeugin blieb sie ihm erhalten, auf dieser Basis musste er wieder Kontakt zu ihr aufnehmen. Für ihre Sicherheit fürchtete er nicht, sie hatte seinen Onkel bei der Hochzeit bezaubert, und der würde die halbe *questura* für ihren Schutz abordnen, wenn es sein musste.

Padova

Sonnenverbrannt, drei Kilo leichter und noch immer mit sich im Unreinen kehrte Roberto am Freitagabend in sein Appartement nach Padova zurück. Seine Aufwartefrau stapelte die Post ordentlich auf seinem Schreibtisch, und er blätterte sie flüchtig durch. Obenauf lag ein Brief seiner Schwägerin, unfrankiert, sie musste ihn persönlich vorbeigebracht haben.

Lieber Schwager, diesen Brief schreibe ich ohne Adrianos Wissen, ich möchte auch nicht, dass er von der ganzen Sache erfährt, weil er dich liebt. Was hat dir Giulia eigentlich getan, dass du ihr so viel Leid zufügst? Warum hasst du sie so? Warum quälst du sie? Erst bei diesem Verhör, als sie einem Nervenzusammenbruch nahe war, dann mit dieser hässlichen Bemerkung im Alto Adige, sie störe! Und jetzt misshandelst du sie auch noch körperlich! Die Blutergüsse an ihren Oberarmen (ich überraschte sie, als sie aus der Dusche kam) sehen schrecklich aus, du musst ziemlich brutal mit ihr umgegangen sein. Giulia versuchte auch noch dich in Schutz zu nehmen!

Ich bitte dich inständig, lass Giulia in Ruhe und halte dich von ihr fern. Dieses Mädchen ist psychisch sehr zerbrechlich und einem zynischen Polizisten wie dir nicht gewachsen. Maria

Er starrte auf die Zeilen, am härtesten traf ihn ihr letzter Satz. Er holte sich ein großes Glas voller *grappa*, stürzte den Inhalt hinunter und legte die dritte Sinfonie von Beethoven auf, die in der Skala seiner depressiven Stimmungen gleich nach der Fünften kam.

Dass Maria seinen Bruder nicht informierte, war weniger nett gemeint als ein kluger Schachzug von ihr, trotzdem begann er sich zu fragen, was in seiner Beziehung zu *La Tedesca* falsch gelaufen war, auch Adriano hatte seine Besorgnis um Giulias Wohl geäußert. Gedankenverloren durchblätterte er den Rest der Post und stolperte über einen unfrankierten Brief in einer ihm unbekannten Handschrift, der Julia Andresen als Absenderin auswies.

Voller böser Vorahnungen öffnete er ihn, nach Marias Brief konnte es kaum schrecklicher kommen, und so schenkte er sich noch einen doppelten *grappa* ein, bevor er den in einer kleinen, akkuraten, aber sehr formschönen Handschrift geschriebenen Brief mit wachsendem Erstaunen las.

Mein lieber Roberto, ich habe überall versucht, dich zu erreichen, aber in deinem Büro sagte man mir, du hättest Urlaub und wärst mit unbekanntem Ziel verreist, und dein Handy war nicht eingeschaltet. So möchte ich dir schreiben, was mir auf der Seele brennt.

Die Worte, die nun einmal gefallen sind, kann ich leider nicht zurückholen, ich kann mich nur für ihren niederträchtigen Inhalt entschuldigen und dich bitten, sie zu vergessen, auch wenn ich glaube, dass du es nicht kannst. Ich weiß nicht, was in mich gefahren war, als ich dir bewusst Unwahres an den Kopf warf. Es war, ich wiederhole es, niederträchtig und gemein und mit voller Absicht gesagt, um dich zu verletzen, und ich weiß nicht, warum.

Wahrscheinlich war ich enttäuscht, dich während der Hochzeit so wenig für mich zu haben. Aber so wie du mir das Recht eingeräumt hast, mich in einen jungen Mann zu verlieben, ohne dass dadurch unsere Freundschaft zerstört wird, so darf ich dir nicht übel nehmen, wenn du für dich das gleiche Recht in Anspruch nimmst. Seit du Freitagnacht wütend davongestürzt bist, erinnern mich ein paar selbstverschuldete blaue Flecken immer wieder daran, was ich mit ein paar Worten zerstört habe.

Ich werde am kommenden Sonnabend- und, wenn nötig, auch Sonntagmorgen zur Villa Draghi *pilgern wie seinerzeit Heinrich IV. nach Canossa, und wenn du es über dich bringst, mir zu verzeihen, komm doch bitte. Deine Julia.*

P.S. Das Tanzen war trotzdem schön. Vielleicht... unter anderen Voraussetzungen?

P.P.S. Nun weiß ich, wie es ist, von einem kleinen Sergeanten bewacht zu werden. Er verfolgt mich fast bis ins Badezimmer. Und als ich ihm mit dem Fahrrad entwischen wollte, hatte er tatsächlich eins im Kofferraum des Streifenwagens und radelte unverdrossen hinter mir her.

Ihr Brief rührte ihn und ließ ihn am Schluss sogar schmunzeln, am liebsten hätte er sie gleich angerufen, beschloss dann jedoch, sich an ihre Spielregeln zu halten. Typisch für sie, die Schuld ausschließlich bei sich zu suchen, dachte er, aber so einfach geht das nicht.

Colli Euganei

Am frühen Samstagmorgen machte sich Roberto Bassner auf den Weg zur *Villa Draghi*. Es versprach ein heißer Tag zu werden, Jeans und ein leichtes Polohemd reichten. Giulia hatte ihm einmal gesagt, wenn er so korrekt gekleidet wäre, schaue hinter der Krawatte immer der *commissario* hervor, und den wollte er am heutigen Tag auf gar keinen Fall heraushehren, auch wenn er eigentlich im Dienst war.

Um diese frühe Morgenstunde sah man hier außer ihm keinen Menschen, er setzte sich auf eine der Bänke mit Ausblick auf den Serpentinenweg, den Giulia hinaufkommen musste. Sommerlich üppiges Grün versperrte die Aussicht auf die Ebene, die Vegetation hatte sich gegenüber ihrem Frühjahrsbesuch stark verändert. Er genoss die Ruhe hier oben, stellte sich wegen Giulias vager Zeitangabe auf eine längere Wartezeit ein und fühlte sich fast sorglos, was für sein sonst immer und überall Schwierigkeiten und Komplikationen witterndes Temperament ein seltener Gemütszustand war.

Schon bald sah er sie den Weg hinaufkommen, sie bemerkte ihn aber nicht gleich, und so beobachtete er sie mit Muße. Ihre Haare in einen Pferdeschwanz gebunden, der bei jedem Schritt hin und her wippte, eine weiße Bluse mit rundem Ausschnitt und halblangen Ärmeln, ein kurzer Jeansrock und weiße Sandalen ließen sie sehr jung und temperamentvoll aussehen. Sie trug die blaue Segeltuchtasche über der Schulter wie bei ihrem ersten Ausflug, diesmal war sie jedoch prall gefüllt und deutlich schwerer.

Roberto erhob sich, und im selben Augenblick bemerkte sie ihn. Sichtlich erfreut, aber trotzdem etwas unsicher lächelnd, kam sie auf ihn zu und reichte ihm die Hand.

»Schön, dass du gekommen bist, Roberto. Ich muss mich …«

»Du musst gar nichts! Du hast mir geschrieben, und ich habe deine Bedingung erfüllt!«

»Bedingung?«

»Meine Anwesenheit bedeutet: Entschuldigung angenommen! Jetzt bin ich dran!«

Er streifte ihre Blusenärmel hoch, seine unvermutete Bewegung überraschte sie und sie ließ es geschehen, mit der Folge, dass die schon ins Gelbliche spielenden Blutergüsse an beiden Oberarmen deutlich sichtbar wurden.

»Da hat Maria ja nicht übertrieben«, sagte er zerknirscht und zog die Ärmel vorsichtig wieder herunter; eine feine Röte überzog ihr Gesicht.

»Ich habe Maria wirklich zu überzeugen versucht, dass sie sich nicht einmischen soll.«

»Meine Schuld ist die weitaus größere, Giulia, jähzornig und brutal …«

»Ist weniger schlimm als niederträchtig, verletzend und gemein zu sein! Lass uns nicht darüber streiten, wer schuldiger ist, und ob nicht blaue Flecken in der Seele mehr schmerzen als blaue Flecken an den Armen. Sind wir quitt?«

Sie hielt ihm die Hand hin, in die er sofort einschlug.

»Abgemacht! Lass uns ein wenig laufen, dabei redet es sich leichter. Gib mir deine Tasche. O, hast du Felsbrocken eingepackt?«

Den Weg, der hoch in den Buschwald führte, schlugen sie auch diesmal ein.

»Weißt du, Giulia, dass ich in meinem ganzen Leben noch nie gewalttätig gegen jemanden gewesen bin? Selbst als Jugendlicher nicht, ich musste mich auch nie wehren, wahrscheinlich weil sich wegen meiner Länge keiner traute. Von Berufs wegen habe ich Gewalt früher manchmal ausüben müssen, aber immer mit Widerwillen, besonders bei Festnahmen, für die ich glücklicherweise heute meine Leute habe; im Gegensatz zu manchen meiner Kollegen, die ganz gern Gewalt legal anwenden, hasse ich Gewalt.

Und plötzlich muss ich feststellen, dass ich mich nicht mehr unter Kontrolle habe, dass mein Zorn stärker ist als meine Selbstbeherrschung! Privat und in Kollegenkreisen gelte ich als überaus diszipliniert, und dann verletze ich ein Mädchen, nur weil es unter Alkoholeinfluss steht und ein paar böse Sätze sagt!«

Sie sah ihn nachdenklich von der Seite an.

»Vielleicht haben Sie … hast du dich dein Leben lang zu sehr diszipliniert und dich die letzten zwanzig Jahre, vor allem nach dem Tod von Giuliana, zu sehr unter Kontrolle gehabt? Irgendwann brauchtest du ein Ventil, und das habe ich mit meinen hässlichen Bemerkungen geöffnet.«

»Du schaust auf den Grund meiner Seele, wohin noch nicht einmal ich geblickt habe.«

»Weißt du, Roberto, ich habe natürlich auch nach einer Erklärung für mein Verhalten dir gegenüber gesucht. Ich habe mich von dir verraten gefühlt, als du ohne jede Erklärung mit dieser eleganten Dame auftauchtest. Ihr schient so vertraut miteinander und ihr wart auch zusammen im Skiurlaub. Ich dachte, dass du nach Adrianos Weggang sehr allein sein müsstest und wollte seinen Platz gern für ein Übergangsweilchen einnehmen. Und du hattest mich darin auch bestärkt, fand ich.

Bei der Hochzeit glaubte ich, du habest mir das alles nur vorgespielt und dich insgeheim über mich amüsiert und mein Vertrauen missbraucht. Mit Robert Tauber war es mir schon einmal so ergangen. Diesmal wollte ich mich rechtzeitig wehren, wenn auch sehr unglücklich.«

»Ich dachte, wir hätten einander inzwischen vertrauen gelernt«, schloss er, »aber nach deinen schlechten Erfahrungen verstehe ich dein Zögern.«

»Du bist genau so empfindlich wie ich, Roberto, das sollte uns für die Zukunft lehren, sehr vorsichtig miteinander umzugehen. Auf Vertrauen gibt es keine Garantie.«

»Weise wie eine Hundertjährige!«

»Nein, hungrig wie eine Dreiundzwanzigjährige, ich habe noch nicht gefrühstückt!« und sie fügte hinzu: »Reste vom Hochzeitsmahl! *Mamma* hat reichlich eingepackt, und nicht nur Reste.«

Julia breitete ein Tischtuch auf dem Gras aus und arrangierte die Mahlzeit, *bressaola, prosciutto crudo di Montagnana* und *sopressa*, frisches knuspriges Weißbrot, verschiedenste Käsesorten, Obst, Mineralwasser und sogar passende Stoffservietten.

»Wer soll das alles essen? Erwartest du noch Gäste, Giulia?«

Doch beide griffen tüchtig zu, und es blieb weniger übrig, als Roberto erwartet hatte. Während des Essens genoss er außerdem noch den Blick auf ihre langen, wohlgeformten Beine, denn ihr kurzer Rock ließ viel von ihnen sehen. Sie dagegen musterte ihn immer wieder von der Seite, sonnenverbrannt, durchtrainiert und in gelöster Stimmung wirkte er nicht wie Mitte vierzig, sondern viel jünger.

Nach dem Essen lagen sie in gemeinsamem Schweigen im Gras und sahen den vereinzelt ziehenden Wolken zu. Die Vögel verstummten bei der Hitze, selbst die Zikaden schwiegen, nur von weit her tönte dann und wann Hundegebell.

»Was macht deine Arbeit für Bertolini?«, erkundigte Roberto sich schläfrig.

»In Südtirol habe ich nicht einen Federstrich geschafft, aber während der vergangenen Woche habe ich beinahe Tag und Nacht daran gearbeitet, das hat mich unseren Streit zwar nicht vergessen lassen, mich aber abgelenkt.«

»Arbeit ist gute Therapie«, stimmte er zu.

»Und wo hast du die letzte Woche gesteckt? Ich habe mir vorgestellt, dass du mit Elena verreist bist.«

Roberto zupfte einen Grashalm aus und kitzelte Julias Nase.

»Bist du etwa eifersüchtig, Giulia?«

Sie murmelte etwas wie Eifersucht sei eine Leidenschaft, die mit Eifer sucht, was Leiden schafft, wehrte den Grashalm ab und wurde wieder rot bis unter die Haarwurzeln, drehte sich auf den Bauch und sah hinunter zur *Villa Draghi*.

»Was hast du denn nun wirklich gemacht?«

»Dasselbe wie du: gearbeitet! Ich zeig dir, wo; es ist nicht weit von hier, eigentlich könnte man über den Hügel und einen weiteren hingehen, aber ich muss«, er blickte auf die Uhr, »ab ein Uhr in der Nähe meines Autotelefons sein, ich habe leider kein ganz freies Wochenende.«

»Hast du eigentlich kein Handy? Ihr Italiener habt doch sonst in jeder Hosentasche eins, es ist doch bei euch beinahe schon ein zusätzliches Körperteil! Aber deins ist entweder aus oder nicht aufgeladen!«

»Gut beobachtet! Ich leide unter einer *telefonino*-Phobie!«

»Ehrlich? Du nimmst mich auf den Arm!«

»Seit mir einmal mein Handy einen Fall ruiniert hat, hasse ich diese Dinger.«

»Erzähl!«

Während sie ihre Sachen zusammenpackten schilderte er ihr, wie das Klingeln des Handys genau in dem Augenblick, als ein plötzlicher Gedankenblitz die äußerst schwierige Verknüpfung aller Ermittlungsergebnisse zu erhellen schien, die geniale Lösung für immer zerstäubt hatte.

»Seither hab ich es zum Ärger von Luciano und meines Chefs fast nie dabei. Das allerdings hat den Vorteil, dass ich allein entscheiden kann, wann ich mit wem sprechen will. Das gute alte Autotelefon tut es auch.«

»Deinen Chef hab ich übrigens letzte Woche besucht. Dein kleiner Sergeant machte sich gut als Taxifahrer! Ich schränke meine Kritik an euren heutigen italienischen Gärten etwas ein, seiner ist wahrlich gepflegt, und sein Gärtner hat Gespür für traditionelle Gartenanlagen. Besonders das Parterre der großen Gartenterrasse hat mich beeindruckt! Eigentlich wollte er mir noch die Villa zeigen, aber dann erschien deine Tante und verbreitete Eiszeit.«

Roberto lachte und meinte, sie habe mit zwei Worten das Wesen seiner Tante trefflich beschrieben.

»Darf ich eine Kassette einlegen«, fragte Julia, als sie im Auto saßen, und wühlte aus der blauen Tasche ein Kassettenpack hervor.

»Nur, wenn es anständige Musik ist.«

»Was ist bei dir anständig?«

»Bach zum Beispiel und alles bis 1875. Und Jazz natürlich.«

»Kein Verdi? Was bist du nur für ein Italiener! Benutzt kein Handy! Magst keine Nudeln! Hörst du wirklich keinen Verdi? Gehst du denn wenigstens jeden Sonntagnachmittag ins Fußballstadion? Auch nicht? Kein Wunder, dass sie in der *questura* etwas gegen dich haben!«

»Da hat mein Onkel dich ja gut über mich informiert!«
»Er ist stolz auf dich!«
»Zurück zu deiner Kassette!«
»Rate! Mein Bruder hat sie mir überspielt.«
»Spice girls? Madonna? Mehr fällt mir nicht ein.«
»Ein Italiener!«
»Eros Ramazotti.«
»Venezianer. Er verließ Venedig und ging nach Wien.«
»Ich bin in der Popszene überhaupt nicht zu Hause«, sagte er und gab auf.
»Wenn du dreihundert Jahre zurückdenkst, schon. Er landete in Venedig übrigens seine größten Hits.«
»Vivaldi?«
»Bingo! Micha hat mir etwas Besonderes überspielt, er hat sich von den *Quattro Staggioni* vier verschiedene Einspielungen besorgt und diese nach Jahreszeiten auseinandergepflückt, dies hier ist die Sommerkassette. Wenn du Vivaldi magst, lege ich sie ein. Übrigens, Jazz mag ich auch, aber lieber live.«
Roberto nickte, er bevorzugte Klassik und Romantik, besonders die deutsche, aber zur Entspannung hörte er auch gern Barockmusik, zog da allerdings Johann Sebastian Bach dem um sieben Jahre älteren Vivaldi vor.
In Battaglia bog er in Richtung Galzignano dann rechts ab, um über eine Nebenstraße in Richtung der Hügel zu fahren. Ein Schotterweg führte steil bergauf und endete bei einem Brunnen auf einem ebenfalls geschotterten Platz unterhalb des *Ca'Vecchia Brandolin*.
Julia betrachtete interessiert das verfallene *Ca'* mit dem neuen Dach.
»Das Dach habe ich in der vergangenen Woche zusammen mit drei Leuten von der *Autarchia* repariert. Reicht das als Alibi? Drei Zeugen? Nein? Dann komm, ich zeig dir, auf welch spartanischer Liege mein bis an die Leistungsgrenzen geforderter Körper geruht hat. Kannst du dir hier Elena vorstellen?«
Sie konnte es nicht.
Jetzt um die Mittagszeit waberte die schwülheiße Luft im Tal, hinter den südlichen Hügeln baute sich eine dunkle Wand auf und erstes, entferntes Donnerrollen war zu vernehmen. Julia, froh in das etwas kühlere Hausinnere treten zu können, strich sich die aus ihrem Pferdeschwanz gelösten Haare zurück; die feuchtschwüle Luft bereitete ihr fast Atembeschwerden.
»Schön, dass an diesem Haus etwas getan wird!«
»Nur einige von der *Autarchia* wissen um dies Haus, und nun du! Sag nur Francesca nichts davon, ich glaube, sie hat vergessen, dass es noch existiert.«

»Hierzu einen Garten entwerfen und anlegen, dazu hätte ich große Lust«, sagte Julia fast andächtig und folgte ihm durch das Haus.

Überall entdeckte sie interessante Dinge: hier einen hübschen Türbeschlag, dort ein Teil eines verzierten Simses und in der vernagelten Halle einen renovierungsbedürftigen, von zwei angeschlagenen steinernen Hunden flankierten Kamin sowie Reste von kleinen gemalten Grotesken an einer Seitenwand.

Sie folgte Roberto hinaus in den Schatten der östlichen Hauswand und setzte sich auf die steinerne Bank neben der wohl erst später in die Hauswand gebrochenen Tür, während Roberto zum Auto ging und die Kassette mit den Sommerkonzerten erneut einschob, die Lautstärke aufdrehte und die Autotür geöffnet ließ.

Das Gewitter hinter den Hügeln rückte langsam näher, wieder rollte der Donner, zwar noch sehr entfernt, aber lang anhaltend; die Natur schien den Atem anzuhalten, nur Vivaldis Musik in g-Moll ertönte. Gerade imitierten die Instrumente das Gewitter, da folgte schon der echte, nun lauter werdende Donner.

Roberto empfand Julias Nähe plötzlich seltsam intensiv. Nie zuvor hatte er gemerkt, dass g-Moll erotisierend wirkte, und ihr erging es offensichtlich genauso, denn wie von einem Marionettenspieler bewegt erhoben sie sich gleichzeitig und drehten sich zueinander. Wie in Zeitlupe kamen sich ihre Gesichter näher, und als er sie in die Arme nahm und küsste, legte sie wie selbstverständlich ihre Arme um seinen Hals, wobei sich ihre Bluse hochzog und ein Stück ihrer gebräunten, samtweichen Haut zum Vorschein kam. Ihre Lippen schmeckten süßherb nach wildem Thymian, den sie eben neben der Bank gefunden und gekostet hatte.

Wieder grollte der Donner lang anhaltend, während seine Hände zart über ihre Haut streichelten und langsam unter ihre Bluse wanderten. Sein Blut rauschte in den Ohren, sammelte sich dann an einer Stelle seines Körpers, und seine letzten Gedanken waren, dass er um Gottes willen aufhören solle: das musste zu Komplikationen führen.

Genau in diesem Augenblick schrillte das Autotelefon. Ein kräftiger Donnerschlag folgte. Kein Dramaturg hätte das besser inszenieren können. Widerwillig lösten sich die beiden voneinander, und er ging, um der unmelodischen Aufforderung seiner Zentrale zu folgen. Wie vermutet rief ihn der Dienst nach Padova.

Bedauernd kehrte er zu Julia zurück, die mit geschlossenen Augen lächelnd an der Hauswand lehnte.

»Gut, dass dein Telefon geklingelt hat, Roberto!«

»So?«

»Wenn wir so etwas noch einmal tun, muss auch der Kopf einverstanden sein, findest du nicht auch?«

»Vernünftig wie eine Hundertjährige! Ich bringe dich schnell nach Hause.«

Sie öffnete die Augen und stand auf, blickte auf die sich über ihnen zusammenballenden Wolkenmassen, und in diesem Augenblick setzte die natürliche Dramaturgie ihren Schlusspunkt, indem sich die Wolken öffneten und sich ein Sturzbach über die beiden kleinen Menschen dort unten ergoss und sie auf dem kurzen Weg von der Steinbank bis zum Auto völlig durchnässte.

Bei den Zanellas setzte sich Julia mit ihrem Skizzenblock in den Obstgarten. Das Gewitter zog nach Osten ab, hier in Torreglia fiel kein Tropfen Regen. Sie starrte wie in Trance auf das Papier und brachte auch in der nächsten Stunde keine Linie zustande, obwohl das *Ca'Vecchia Brandolin* in aller Klarheit vor ihrem inneren Auge stand.

Allerlei Anzeichen hätten sie vorwarnen müssen, aber die Erkenntnis, dass sie Roberto liebte, brach wie ein Erdbeben über sie herein. Vor Wochen schon hätte sie merken und vor sich selbst zugeben können, dass sie sich in diesen Mann unsterblich verliebt hatte, aber wie blind hatte sie all ihr Verlangen und all ihre Sehnsüchte auf Adriano projiziert, dessen Stimme sie an Roberto erinnert hatte, und nicht umgekehrt. Sie glaubte, seine Finger noch auf ihrer Haut zu fühlen, seinen Geruch in der Nase zu haben und seine Lippen zu spüren.

Und obwohl sie schon schwierige Zeiten miteinander durchgemacht hatten, wusste sie instinktiv, dass die wahren Schwierigkeiten noch vor ihnen lagen.

Fra Moriale

Teil III

Un bel morir, tutta la vita onora!
Ein schöner Tod ehrt das ganze Leben!
(Petrarca)

a. d. 29.8.1354/Roma

Niedergang und Tod

rei Faktoren besiegelten den Untergang des Führers der Großen Kompagnie, einmal wie schon so oft im Leben die falschen Freunde, zum anderen seine beiden dummen Brüder, Annebaldo und Bettrone, und ihre Gier nach dem großen Geld, und zum Letzten ein Mädchen, das sich rächen wollte.

Offiziell hatte Cola di Rienzi sich für sein futuristisches Projekt, in Rom eine Republik in alter Größe zu errichten, Geld bei der Großen Kompagnie Fra Moriales geliehen, in Wirklichkeit handelte es sich aber wohl zum größten Teil um Fra Moriales Anteil, den seine beiden gutgläubigen Brüder dem sehr überzeugend wirkenden Volkstribun auf pure Versprechungen hin liehen.

An sich war der 1313 geborene Nicola di Lorenzo ein fähiger und weitsichtiger Staatsmann, der die Literatur und Geschichte der Antike studiert hatte und für Rom die alte Herrlichkeit des Römischen Weltreiches wiederherstellen wollte und der sich bei Bürgern und Gegnern des Adels schnell ein hohes Ansehen erwarb. Einen großen Schritt nach vorn zum Erreichen seines ehrgeizigen Ziels machte er, als er 1343 als Gesandter der römischen Volkspartei am Hof des Papstes in Avignon auftrat. Er muss auf Papst Klemens VI. großen Eindruck gemacht haben, denn der ernannte Nicola di Lorenzo zum Notar der Stadtkammer von Rom.

Im Mai des Jahres 1347 gelang ihm als Cola di Rienzi ein Staatsstreich, Geldgeber war unter anderen die Große Kompagnie gewesen, nachdem er alle adeligen Senatoren mit Schimpf und Schande davonjagte.

Nun proklamierte er die Römische Republik und ernannte sich zum Tribun, reformierte die Justiz, das Militär und das Finanzwesen und hätte als ein ganz Großer in die Geschichte eingehen können, wenn er nicht so diktatorisch geherrscht hätte.

In dieser Zeit schrieb Fra Moriale – oder ließ schreiben, so genau weiß man nicht, ob er das Schwert mit dem Federhalter vertauschen konnte – Warnbriefe an seine Brüder Annebaldo und Bettrone, die er mit der Verwaltung seines Vermögens beauftragt hatte. Sechzigtausend Gulden waren in Venezia angelegt, was im Augenblick als sicher galt, fast den gesamten Rest des Vermögens erhielt Cola da Rienzi.

»*Unterscheidet die Phantasie von der Wirklichkeit*«, schrieb Fra Moriale warnend und meinte die Utopie von der Wiederherstellung des Römischen Reiches.

»*Wagt nicht sicheres Geld an unsichere Dinge*«, warnte er ein anderes Mal.

Umsonst, die Brüder Montréal fanden die Geldanlage bei Cola di Rienzi sicher und ignorierten die Ratschläge ihres Feldherren-Bruders.

Cola di Rienzi überspannte den Bogen, das Volk versagte ihm die Treue und Papst Clemenz VI. verbannte ihn 1347, und so zog der ehemalige Tribun als Eremit in die Berge der Abruzzen. Fra Moriale behielt Recht, und das Geld schien erst einmal verloren.

Wäre Fra Moriale nicht nur in Gelddingen so vorsichtig gewesen, hätte sein Leben länger währen können. Nach seinem genialen Erpressungszug durch die italienischen Lande hatte er sich eine neue condotta gesucht. Padua, Ferrara und Mantua verbündeten sich gegen Mailand und beauftragten Fra Moriale, gegen den despotischen Erzherzog von Mailand, Giovanni Visconti, ins Feld zu ziehen.

Der Feldzug ließ sich gut an, mehrere kleine Städte fielen, wie zum Beispiel die kleine Festung Staffolo. Zwei Jahre hatte der Visconti hier geherrscht, die Stadtmauern wurden befestigt, aber das alles beeindruckte Fra Moriale und seine Große Kompanie nicht besonders. Im März 1354 fielen sie über die Stadt her, noch heute spricht man von den Plündereien und dem Schrecken.

Fra Moriale war sich seiner Sache so sicher, dass er die Führung nun Konrad von Landau und seinen Offizieren überließ. Er traute den von ihm ernannten Räten zu, den Feldzug allein zu gewinnen, musste er doch in Rom nach dem Rechten und seinem Geld sehen, die Nachrichten von seinen Brüdern beunruhigten ihn.

Cola di Rienzi war zurückgekehrt. In den Abruzzen hatte es ihn nicht lange gehalten, er versuchte sein Glück bei Kaiser Karl IV. in Prag, aber der lieferte ihn nach Avignon aus, von wo das Stehaufmännchen Cola di Rienzi als Senator nach Rom geschickt wurde und kurzerhand die Regierung wieder übernahm.

Das war für Fra Moriale der Zeitpunkt, um bei dem selbst ernannten Volkstribun nach dem Verbleib seines Geldes zu fragen. Leider war ihm, dem etwa Vierundfünfzigjährigen ein verhängnisvoller Fehler unterlaufen. Von seinem Liebesleben ist nicht viel bekannt, ob er den Bund der Ehe jemals geschlossen hat, weiß man nicht, aber sicherlich hat er nicht gänzlich enthaltsam gelebt, denn in seinem Tross gab es nicht nur alte und hässliche Frauen. Er scheint eine Zeitlang mit einem hübschen Mädchen zusammengelebt zu haben, ob er Grund zur Eifersucht hatte oder ihrer nur überdrüssig war, vermelden die Chronisten ebenso wenig wie *ihren Namen, aber nachdem Fra Moriale sie davongejagt hatte, schwor sie bittere Rache. Sie erreichte vor ihm Rom und hinterbrachte Cola di Rienzi, dass der condottiero auf dem Weg zu ihm sei, um sein Geld einzutreiben und dass er es notfalls auch mit Gewalt wieder an sich bringen wolle. Welchen Lohn sie für diesen Verrat erhielt, vermelden die Chronisten nicht.*

Tatsache war, als Fra Moriale, der sich hier wieder Jean de Montréal nennen ließ, in Rom einritt, wurde er nicht wie ein Freund empfangen, sondern verhaftet und eingesperrt. Cola di Rienzo brauchte ein Bauernopfer, er hatte sich für Recht und Ordnung stark gemacht und wollte an Fra Moriale als einem Mörder und Erpresser ein Exempel statuieren. Das passte auch finanziell ganz gut, denn sonst hätte Cola di Rienzi eine Riesensumme mit Zinsen zurückzahlen müssen. Auch die Brüder Annebaldo und Bettone kamen vorübergehend in Haft.

Die Richter brauchten ein Geständnis, aber Fra Moriale stellte sich bockig, und so ordneten sie nach guter alter Sitte ein bisschen Folter an, ob es die Daumenschrauben waren oder das Streckbett verschweigen die Chronisten, aber schließlich gestand er:

»Ich bin Anführer der Großen Genossenschaft gewesen. Da ich als Ritter geboren bin, habe ich als Ritter leben wollen, habe die Städte Toscanas geplündert, gebrandschatzt, tributpflichtig gemacht, ihre Mauern niedergeworfen, ihre Leute erschlagen.«

Das reichte den Richtern, der durch seinen plötzlichen Wiederaufstieg aufgeblasene Demagoge Cola di Rienzi hatte die Justiz recht ordentlich reformiert, und sie verurteilten Fra Moriale am 29. August 1354 zum Tode.

Auf dem Weg zur Richtstatt auf der Piazza del Campidoglio – alles musste seine Ordnung haben und die Hinrichtung schnell und öffentlich stattfinden – klagte Fra Moriale laut:

»Weil ich reich bin und ihr arm, muss ich sterben!«

Bevor sie ihm den Kopf abschlugen, schrie er in die begeisterte Menge: »Gott schütze dich, heilige Gerechtigkeit!«

Hätte er sein Mädchen ein wenig später fortgejagt und hätte er erst seinen Feldzug gegen Giovanni Visconti beendet, wäre ihm dies Missgeschick nicht passiert, denn Cola di Rienzi wurde nur ein paar Wochen nach Fra Moriales Hinrichtung, am 8. Oktober 1354, von einer wütenden Volksmenge aufgeknüpft.

Fra Moriale hinterließ keine lachenden Erben, mit Colas Ende waren alle seine Versprechungen auf Rückzahlung hinfällig, und die in Venezia angelegten sechzigtausend Gulden reklamierte der Papst als ehemaliger Brotherr Fra Moriales für sich.

Mit Fra Moriales Tod brach die Große Kompanie auseinander, wie vie-

le großen Männer hatte er nicht rechtzeitig für einen Nachfolger gesorgt, und so zerbröckelte die gut durchstrukturierte Große Kompanie in mehrere kleine, brandschatzende und mordende Söldnerbanden.

Was blieb von Fra Moriale? Nur ein paar geschichtliche Randnotizen?

Das könnte man meinen, aber ... in der kleinen, 1354 von Fra Moriale mit Schrecken überzogenen Gemeinde Staffolo in den Marken nahm sich ein Weingut dem Andenken dieses Söldnerführers an und kelterte einen Verdicchio mit seinem Namen: Verdicchio Castello di Jesi Classico Superiore Frà Moriale.

Luce Cimarelli und der Önologe Giancarlo Soverchia haben einen köstlichen Weißwein geschaffen, den Superiore Frà Moriale mit einem Duft nach Mandeln, reifen Äpfeln und Akazienblüten. Die Jahrgänge 2000 und 2001 sollen nicht schlecht sein.

kapitel 1
a. d. 2000/juli

Padova

ulias Umzug in ihre Traumstadt Padua, in die Stadt mit dem Café ohne Fensterscheiben, der Wiese ohne Gras und der Universität im Wirtshaus, fand Ende Juli statt. Roberto setzte ihr auseinander, dass mit ersterem das *Gran Caffè Pedrocchi* gemeint sei, das bei seiner Erbauung ohne Scheiben auskommen musste, was im letzten Jahrhundert wiederum praktisch für die Verschwörer der italienischen Freiheitsbewegung gewesen war, denn wenn die österreichischen Milizen kamen, konnten die Italiener aus allen Fenstern entkommen.

Mit der Wiese ohne Gras bezeichneten die Padovaner den *Prato della Valle* in der Nähe von *Il Santo,* einem heute großzügig angelegten Platz an der Stelle eines römischen Theaters; und die Universität heißt heute noch *Il Bò* und erinnert an das Wirtshaus *Zum Ochsen,* an dessen Stelle sich heute der Palast des Verwaltungsgebäudes der Universität erhebt.

Die *marchesa* hatte Julia angeboten, im *Ca'Rosso* zu wohnen, und sie schlossen ein für beide angenehmes Arrangement. Julia durfte im Garten nach ihrem Gusto arbeiten und dafür umsonst wohnen, nur ihr Zimmer musste sie sich selbst möblieren; Clementes unnachahmliche Secondhand-Affinität machte daraus kein finanzielles Problem. Nun blickte sie aus dem Fenster ihres großen Zimmers in der ersten Etage auf den Garten und genoss die Ruhe mitten in der Stadt. Die *marchesa* hielt sich bei Freunden in der nördlichen Toskana auf, und den einzigen Wermutstropfen träufelte der alte Pietro in ihr Glück, für den sie einfach Luft war, obwohl sie sich sehr um ihn bemühte.

Roberto begrüßte ihren Umzug, denn obwohl der *vice-questore* den Polizeischutz für *La Tedesca* großzügig angeordnet hatte, waren die Entfernungen nach Torreglia für alle lästig.

Julia fühlte sich auf Schritt und Tritt verfolgt, Roberto zuckte mit den Schultern, er konnte und wollte an den Anordnungen seines Onkels nichts ändern, aber nach der Freiheit in Südtirol, wo sie sich ungehindert hatte bewegen können, schien ihr die Fürsorge des *vice-questore* übertrieben und auch unnötig zu sein.

Aber es gab kein Diskutieren mit *dottore* Deganello, der sie in sein Büro zitiert hatte und ihren Widerspruch mit einer Handbewegung abtat. Schließlich wurde er zugänglicher und zeigte ihr ein Foto aus seiner Villa, dessentwegen er sie eigentlich eingeladen hatte, aber von seiner unliebenswürdigen Frau gehindert worden war.

»Tatsächlich, das ist meine Großmutter, und auf dem zweiten ist auch mein Großvater zu erkennen!«

Julia konnte ihr Erstaunen kaum verbergen.

»Wie kommen Sie an diese Fotos?«

»Meine Frau hat diese Bilder gerettet. Meine Schwiegermutter wollte sie mit anderen Erinnerungen an unselige Kriegszeiten wegwerfen, aber Alessandra, meine Frau, wollte ein Bild ihres Lebensretters haben.

Sie müssen wissen, Ihr Großvater hat die Familie des *marchese* Visian vor der Gestapo gerettet und meine Mutter und mich gleich mit. Mein Vater und der *marchese* Visian kämpften in der *resistenza* in den *Colli Euganei*, die Gestapo, sagt man, wollte die Familien in Sippenhaft nehmen, und Ihr Großvater hat beide Familien gerettet und dafür gesorgt, dass sie ins *Alto Adige* gebracht wurden.

Meine Frau bedauert ihre Unfreundlichkeit bei Ihrem ersten Besuch, aber da wusste sie noch nicht, wer Sie waren. Sagen Sie mir, Giulia, ist es nun Zufall oder Vorsehung, dass ich mich um Ihre Sicherheit kümmern darf? Und dass ich das gern tue, dessen können Sie gewiss sein!«

Das Klima setzte Julia zu, als nördliche Mitteleuropäerin litt sie unter der hochsommerlichen Hitze, besonders wenn sie sich mit hoher Luftfeuchtigkeit paarte. Ihre Stimmung hob sich jedoch sofort, als Roberto sie überraschenderweise am Tag nach ihrem Umzug ins *Ca'Rosso* mittags abholte und augenzwinkernd verriet, er wolle die Rolle des kleinen Sergeanten übernehmen, er habe einen dienstfreien Nachmittag. Er hatte Proviant dabei: mit Schinken und Salat belegte *tramezzini* und eine große Flasche kaltes Mineralwasser, und sie verzehrten alles auf einer schattigen Parkbank hinter der ehemaligen römischen Arena. Danach leuchtete wieder Unternehmungslust aus ihren Augen.

»So wie ich dich kenne, hast du schon ein fertiges Programm für heute in der Tasche«, behauptete Julia. »Also, wie sieht es aus?«

»Ein bisschen Padova und eine Einladung zu einem Kollegen heute Abend, mehr nicht, *d'accordo?*«

»Wenn du mir das *bisschen*, ein wenig erläuterst?«

»Was kennst du noch nicht in Padova?«

»Für einen Polizisten des höheren Dienstes ist das eine ziemlich unintelligente Frage!«

»Ganz schön frech! Und wieso unintelligent?«

»Wie soll ich wissen, was ich noch nicht kenne, wenn ich nicht weiß, was es alles gibt!«

»*È vero!* Dann sag mir, was du kennst.«

»Antiquitätenläden durch *dottoressa* Tauber, das *Gran Caffè Pedrocchi* durch deinen Bruder und Secondhand-Läden durch Clemente, den *orto botanico*, ja, und das Standbild des Gattamelata.«
»Das ist allerdings ein außergewöhnlicher Querschnitt! Also kennst du so gut wie nichts! Kennst du *Il Santo*, das heißt *San Antonio*? Nicht? Die *Capella dell'Arena*? Nicht einmal dieses Drei-Sterne-Renommierstück, wo die Touristen in Lagen übereinandergestapelt werden?«
»Das klingt, als ob du sie nicht magst. Sie soll ein Weltwunder mit den Fresken von Giotto sein!«
»Zugegeben, sie ist wunderbar. Aber Giotto war nichts weiter als ein Zugereister, ein Florentiner!«
»Du bist ja ein venezianischer Nationalist!«
»Venezia!«, er spuckte das Wort voller Verachtung aus. »Außer dem Anhäufen von Reichtümern und deren Zurschaustellung hatte San Marco doch nur die Ausbeutung der *terra ferma* im Sinn! Ich denke padovanisch, nicht venezianisch!«
Seine Worte erinnerten sie an den alten Professor, der auch so getan hatte, als habe die Eroberung Padovas nicht 1405, sondern erst kürzlich stattgefunden. Julia lachte in sich hinein, Roberto meinte es tatsächlich ernst.
»Dein Weg von Padova ins vereinte Europa wird lang und steinig werden!«
»Das ist ganz etwas anderes, ich bin ein überzeugter Europäer! Aber Venezia? Nein! Lass uns von etwas anderem sprechen! Was ist nun mit dem von eurem Goethe schon beschriebenen Anatomiesaal, dem Baptisterium, dem *duomo* ...?«
»Aufhören, aufhören, lass uns einen kleinen Spaziergang zu *Il Santo* durch die schattigen Laubengänge machen, alles andere hätte ich gern ein anderes Mal. Eins nach dem anderen. Stück für Stück.«
Und so fanden sie sich denn bald vor dem Reiterstandbild des Gattamelata wieder, den Roberto samt seinem genialen Schöpfer Donatello abqualifizierte.
»Ein venezianischer *condottiere!* Und der Künstler war auch nur ein Florentiner!«
Allerdings gab er zu, als sie im ersten Kreuzgang von St. Antonius im schattigen Kreuzgewölbe saßen und auf die maurisch anmutenden Kuppeln von *Il Santo* blickten, dass Gattamelata ein loyaler *condottiere* gewesen sei und Padova geliebt habe.
»Sind die *condottieri* eigentlich eine italienische Besonderheit?«
Damit provozierte sie einen längeren Vortrag ihres Begleiters, genoss ihn aber aus dreierlei Gründen, zum einen, weil die Hitze auf der kühlen Steinbank erträglich war, zum anderen, weil es sie wirklich interessierte, und last not least, weil sie hier neben dem Mann saß, den sie liebte. Sie

hatten das Geschehen am *Ca'Vecchia Brandolin* nicht mehr erwähnt, Roberto tat, als habe es nie stattgefunden, aber Julia freute sich über jedes bisschen Nähe zu ihm; sie war unendlich verliebt.

Zwei Jahrhunderte lang, sagte er, habe das *condottieri*-System in voller Blüte gestanden, weil die kleinen Stadtstaaten sich weder ein stehendes Heer leisten konnten noch es wollten, im vierzehnten Jahrhundert haben ausländische, im fünfzehnten dann überwiegend italienische Truppen der *condottieri* dominiert. Als Venezia seine Besitzungen auf die *terra ferma* ausdehnte, kaufte es auch den Dienst dieser Söldnerführer. Sie wurden für spezielle Aufgaben angemietet und unter Vertrag genommen und konnten in der nächsten Saison dem Gegner dienen, ohne dass das ehrenrührig war.

»Du redest nicht zufällig über Fußballspieler, die verkaufen ihre Dienste doch auch an den meistbietenden Verein?«

»Wohl wahr, aber ihre Brotherren behalten ihre Frauen und Kinder nicht als Geiseln, wie es bei den *condottieri* Sitte war, denn ein *condottiere* konnte mehr Appetit auf Macht haben, als seinem Auftraggeber lieb war, ja, er konnte diesen sogar entmachten. Um einen Wechsel zum Gegner zu verhindern, behielt man oft die Familie als Geisel. Das klappte aber nicht immer. Nimm zum Beispiel Carmagnola, über den am meisten erzählt wird, ja über den sogar Romane geschrieben wurden, er kämpfte erst für Mailand, dann warb Venezia ihn ab. Und die Mailänder behielten seine Frau und Kinder als Geiseln. Das kümmerte Carmagnola nicht sehr, er kämpfte trotzdem für Venezia, und tatsächlich ließ man seine Familie gehen.

Allerdings misstrauten ihm nun seine neuen Arbeitgeber, die Übersiedlung seiner Frau Antonia mit den vier Töchtern ging wohl zu reibungslos und unproblematisch über die Bühne, und schließlich kostete dies Misstrauen der *Serenissima* ihn Kopf und Kragen.«

»Welch unfeine Methoden!«

»Nun ja, die *condottieri* waren auch nicht ohne. Sie verkauften ihre Dienste ja nicht als Einzelkämpfer, sondern brachten ihre Armee mit. Sie sagten ihre Dienste ebenso schnell zu, wie sie sie auch wieder zurückzogen, oder drohten dies beim Feilschen um eine *condotta* an, und Erpressung beherrschten sie perfekt. Einer der ausländischen *condottieri* leistete sich ein Glanzstück, als er mit seinem Riesentross vor eine Stadt zog, die ihn dann dafür bezahlte, dass er möglichst schnell weiterzog, denn die Söldner plünderten das umliegende Land aus. Fra Moriale, so hieß er, erzielte auf einem Rundkurs durch Mittelitalien einen Reingewinn von mehr als hunderttausend Gulden. Aber Schluss mit dem Krieg! Lass uns zurückkehren, die Scrovegnikapelle hat nun geöffnet, die Giottofresken sind mit das Schönste, was uns das *Trecento* hinterlassen hat. Die meisten Touristen wissen nicht, dass wir hier in Padova mehr und schönere Fresken aus dieser Zeit haben als Florenz!«

»Wo sind denn die meisten Fresken, in der *Capella dell'Arena*, der Scrovegnikapelle oder der Giottokapelle?«

»Drei Namen für ein und dasselbe Gebäude, *andiamo!*«

Sie berührte seine Hand, und sofort spürte er dies seltsame Verlangen, sie in die Arme nehmen zu wollen.

Das kann so nicht weiter gehen! sagte er sich. Gut, dass ich Umberto um Hilfe gebeten habe!

Padova

Roberto hatte Julia gewarnt.

»Du wirst Umberto nicht so leicht verstehen können, ich habe bis heute nicht herausfinden können, ob seine Wortverdrehungen gewollt oder unbewusst sind, er behauptet Letzteres, aber sicher bin ich mir nicht. Er nimmt sich selbst und andere nämlich gern auf den Arm!«

»Wortverdrehungen? Und das auf Italienisch? Wenn das nur gut geht!«

»Und Gina kann alles, nur nicht kochen, aber das macht sie mit Herzlichkeit wett.«

»Ich bin gespannt.«

Die Tamassias wohnten in demselben Haus wie Roberto, sogar auf derselben Etage. Umberto erreichte zwar nicht Julias Größe, dafür übertraf er sie aber in der Breite um ein Vielfaches. Seine braunen Augen funkelten sie lustig an, ebenso wie die glutvollen seiner um einiges kleineren Frau Gina; sie war Mitte dreißig, ihr Mann so alt wie Roberto, und beide waren von einer umwerfenden Herzlichkeit.

Umberto mischte Rotwein mit Mineralwasser und reichte Julia ein Glas.

»So, du bist also das Kinderwund, ich mein Wunderkind, das unseren *commissario* so verändert hat!«

»Glaub ihm kein Wort, Giulia! Er ist der größte Schürzenjäger der *questura*, na ja, gleich nach Luciano!«

»Nun hör aber auf, *Padovano!*«, protestierte Umberto. »Jeder zweite Satz fängt bei dir neuerdings an mit ›*La Tedesca* hat gesagt …‹ oder ›*La Tedesca* meint …‹ oder ›*La Tedesca* tut dies oder das …‹ Und man hat dich sogar schon beim Lächeln überrascht!«

»Das kann gar nicht sein, weil ich im *ufficio* immer allein bei der Arbeit bin! Ihr alle trinkt doch dauernd eure *espressi* und behauptet, ihr ermittelt, um dann in einer *trattoria* zum Essen zu verschwinden!«

Gina erschien mit einem Tablett voller Geschirr, und Julia half ihr beim Tischdecken. Umberto kündigte eine Premiere an, Gina habe eine neue Fertiggerichtfirma entdeckt, und er habe, endlich emanzipiert, den Salat waschen dürfen.

Gina brachte Alufolienschälchen herein, in denen eine undefinierbare, pappige Masse dampfte.

»Original *lasagne*«, kündigte sie an.

Umberto probierte und verdrehte die Augen.

»*Mamma mia*, dass die noch nicht pleite sind! Da wär mir sogar eine Pischelmuzza lieber!« Julia blickte verständnislos.

»Ich meine Mischelpuzza, ach Quatsch, Muschelpizza! Diese *lasagne* ist wirklich nichts für Schmeinfecker!«

Julias Braue hob sich.

»Feinschmecker!«

Sie kam um eine Qualitätsbeurteilung herum, die sie in Gewissenskonflikte zwischen Wahrheit und Höflichkeit gebracht hätte. Bei dem nachfolgenden, reichlich aufgetischten Eis stillte sie ihren Hunger und stellte dann bei sich fest, dass sie noch nie so schlecht Italienisch, aber auch noch nie in so lustiger Gesellschaft gegessen hatte, die Tamassias nahmen sich, die Gäste und auch sonst nicht viel ernst und konnten am meisten über sich selbst lachen. Roberto erkundigte sich nach ihren vier Kindern im Alter von zwei bis fünf und erfuhr, dass sie zur Zeit bei Ginas Eltern auf dem Lido Ferien machten, die in Alberoni–Lido eine kleine Pension betrieben.

»Du bist eine geborene Venezianerin? Da hast du aber Glück, dass Roberto überhaupt mit dir spricht.«

Julia passte sich schnell dem Ton der anderen an.

»Umberto auch, er ist ein *pellestrino*!«, fügte Gina ein.

»Wir vom *Littorale di Pellestrina* sind der Meresissima nicht so verbunden, *mi dispiace* Giulietta, Maresissime, äh, Serenissima, wir orientieren uns mehr nach Chioggia.«

»Und was bitte sehr ist in Chioggia besser als in Venezia?«, wollte Gina wissen, und Julia merkte, dass die beiden als Venezianer gegenüber Roberto zusammenhielten, sich untereinander aber befehdeten.

»Der Fischmarkt ist viel größer!«

»Aber zum Urlaub ist dir der *Littorale di Venezia* gut genug, er hat dreimal so viel Strand wie der *Littorale di Pellestrina*, ach was sag ich, zehnmal so viel!«

So ging es hin und her, und nur beim *caffè* wurde Umberto für einen Moment ernst, als er Roberto fragte, ob er die Statistik der ersten Julihälfte schon gesehen habe, die Beschaffungskriminalität sei sprunghaft angewachsen, in der Drogenszene gäre es. Libanesen und Kosovoalbaner verkauften neuerdings minderwertiges Zeug, und es gäbe, wie Roberto sehr wohl gemerkt haben müsse, mehr Drogentote als im ganzen Juli des Vorjahrs und natürlich Krach zwischen den Gruppen.

»Ich weiß wohl. Meine Überstunden summieren sich!«

»Warum tut das Syndikat nichts dagegen? Bisher haben die *Tre Condottieri* doch alles fest im Griff gehabt, wir *polizotti* waren ihnen doch immer gut genug, Fremde und Konkurrenz auf ihre Hinweise hin zu verhaften, aber ich bekomme keinen Tipp mehr. Die scheinen innerbetriebliche Schwierigkeiten zu haben.«

»Woher kennst du die Bezeichnung *Tre Condottieri* für das Syndikat?«, fragte Roberto.

»Komm, Giulietta«, unterbrach Gina, »jetzt fangen sie wieder mit dem Fachsimpeln an, da wird's langweilig! Wir gehen auf den Balkon, da ist es sowieso luftiger!«

Umberto ignorierte sie.

»Woher? Luciano gebrauchte sie erstmals. Man munkelt in der Szene, dass ein Syndikatsboss, ein *condottiere* wenn du so willst, abgetreten sei und durch einen jüngeren ersetzt wurde. Luciano nannte als Decknamen Fra Moriale, Carmagnola, und wie hieß noch mal der dritte ...?«

»Gattamelata?«

»*Esatto!*«

Julia war im Begriff, Gina zu folgen, als sie bei der Nennung dieser Namen plötzlich stehen blieb und Roberto einen Blick zuwarf, den er nachdenklich erwiderte, was dem aufmerksam blickenden Umberto natürlich nicht entging.

»Was ist los?«

Roberto zögerte mit der Antwort.

»Vor zwanzig Jahren kannte ich jemanden, der Gattamelata als Spitznamen führte, aber ob der dein Mann ist, weiß ich natürlich nicht.«

»Meinst du nicht, dass die Existenz von zwei Gattamelatas eher unwahrscheinlich ist?«

»Möglich«, meinte Roberto abwesend.

»Ist er eigentlich verheiratet, dein Gattamelata?«, fragte Julia Robert neugierig.

»Ja, aber im Gegensatz zum historischen Gattamelata nicht glücklich.«

»Woher weißt du das?«

»Ich traf kürzlich seine Frau. Ich bin eine alte Flamme von ihr.«

»So?«, sagte Julia spitz, »*signora* Saccardo, *contessa* Berini, wen holst du als nächstes aus der Versenkung? Giacomo Casanova wurde nicht weit von hier in Venezia geboren!«

Er drohte ihr mit dem Finger.

»Wehe, wenn du mich jemals wieder mit einem Venezianer vergleichst! Das gibt Ärger!«
»Wer ist denn nun dein Gattamelata?«, wollte Umberto wissen.
»*Dottore* Saccardo, Rechtsanwalt aus Treviso.«
»Der Name sagt mir gar nichts.«
»Er ist ein unbeschriebenes Blatt, wenn du unsere Computer befragst. Die *Guardia di finanza* hält ihn für sauber.«
»Und du, Roberto?«
»Ich nicht, aber das ist mehr eine private Sache.«
»Hast du noch Kontakt zu ihm?«
»Nein. Wir sind Mitglieder im selben Tennisclub, aber da gesellschaftliche Ereignisse dort ohne mich ablaufen und wir verschiedene Spieltage haben, sehe ich ihn nie. Aber das ließe sich ändern! Ich arrangiere ein Tennismatch nach eurem Urlaub.«
»Bei dieser Hitze?«, stöhnte Julia.
»Warum kommst du nicht mit nach Lido-Alberoni, Giulietta?«, fragte Umberto ganz unschuldig und vermied, seinen Freund anzusehen. »Wir könnten dich gut als Babysitter gebrauchen, und du müsstest hier nicht in der heißen Stadt herumhängen!«
»Meint ihr das ehrlich? Strand? Baden? Super!«
Umberto hatte es davon abhängig gemacht, ob die deutsche Zeugin, die Roberto ihm für eine Woche anvertrauen wollte, Gina und ihm gefiele, aber nach dieser Kurzeinladung gab es keine Zweifel. Nun verstand er auch, warum Roberto ein wenig Distanz zu dieser Belastungszeugin wahren wollte, nachdem er ihm anvertraut hatte, dass die Zeugin sich in ihn verliebt habe und er es zu einer Beinahe-Katastrophe am *Ca'Vecchia Brandolin* hatte kommen lassen.

Alberoni-Lido

Das Mittagessen mit dem großen Bertolini im Golfclub verlief wie eine Werbeveranstaltung für den *maestro*. Er hatte sich spektakulär zurechtgemacht, ein Zöpfchen bändigte die weißen Haare, und seine dünnen Altmännerbeine steckten in weiten, großkarierten Bermudashorts, ein pinkfarbener Sweater kündete von seinem eigenen Ruhm, sein Konterfei prangte auf Brust und Rücken und auf seinen Ärmeln stand, wie man ihn unter www.maestrobertolini.it im Internet finden konnte.
Julias dezente Aufmachung im hellen Kostüm und ihr zurückhaltendes Benehmen standen im krassen Gegensatz nicht nur zu seinem phantasievollen Erscheinungsbild, sondern auch zu seiner überschwäng-

lichen Begrüßung, die weniger Julia galt als der Demonstration seiner Fähigkeit, junge, hübsche Frauen um sich zu sammeln.

Julia empfand ihn als zunehmend peinlich und beschloss, seine Fachkompetenz in Zukunft möglichst außerhalb der Öffentlichkeit zu nutzen. Diesmal hatte allerdings er den Kontakt zu ihr gesucht und den Ort der Begegnung festgelegt, als er erfuhr, dass sie sich auf dem *Littorale di Venezia* befand.

In den Augen von Ginas Eltern stieg Julias Image gewaltig, sie als einfache Leute sprachen den Namen des Golfclubs mit andächtigem Respekt aus. Und noch nie hatte einer ihrer Gäste im *ristorante Circolo Golf Venezia* zu Mittag gespeist. Julia war froh, dass die beiden diese eitle Krone der Schöpfung namens Bertolini nicht erleben mussten, ihre Andacht wäre zerplatzt.

Das Essen schmeckte hervorragend, der *maestro* führte die Unterhaltung mit ein wenig zu lauter Stimme, damit an den umliegenden Tischen auch zugehört werden musste. Erst als er beim Dessert auf den Zweck der Verabredung kam, dämpfte er sein Organ plötzlich so stark, dass Julia sich vorbeugen musste, um ihn verstehen zu können.

»Ein alter Freund von mir wird bald pensioniert. Er will seinen Garten umgestalten, historisch, und da habe ich an Sie gedacht, Juliana. Dabei hat er sich früher nie für Gärten interessiert, hatte ich den Eindruck. Er hat gehört, Sie seien sehr wählerisch, deshalb bat er mich um Vermittlung. Ich bin dem Richter Gallardi eine Gefälligkeit schuldig, würden Sie mir die Liebe tun und seinen Garten wenigstens anschauen?«

»Aber gern, *maestro*! Nur kann ich Ihnen nicht versprechen, ob mir zu dem Haus auch tatsächlich ein Garten einfällt. Bei der *marchesa* war es ganz einfach, ihr Haus inspirierte mich sofort.«

»Bei Gallardis Villa könnte ich mir durchaus vorstellen, dass Sie zu seinem Haus auch sofort eine Beziehung aufbauen, sonst wäre ich mit dem Vorschlag gar nicht zu Ihnen gekommen.«

»Ich bin mir da gar nicht so sicher, sie ist sehr prunkvoll.«

Bertolinis Unterkiefer klappte herunter.

»Sie kennen sein Haus?«

»Ich bin einmal kurz drinnen gewesen, wenn es das in Abano Terme ist?«

»Ja, dann. Er bietet Ihnen dieselben Konditionen wie die *marchesa* Visian.«

Julia hob fragend die Augenbrauen, und er beeilte sich, sie zu nennen.

»Sie können in seinem Haus wohnen, essen und arbeiten. Das Honorar handle ich für Sie aus, Sie werden zufrieden sein. Was bekommen Sie bei der *marchesa*?«

»Sie vermarkten mich! Gegen Provision?«

Aber das stritt er vehement ab, und sie versprach ihm, bei dem alten Richter anzurufen und einen Termin abzusprechen.

»Aber unverbindlich, *maestro*!«

»*Ma certo*, Juliana, *grazie*«, sagte er und versuchte, treuherzig auszusehen.

Ganz Kavalier brachte er Julia in die kleine Pension von Ginas Eltern zurück.

»Wer war denn diese merkwürdige Erscheinung?«, erkundigte Umberto sich und trat aus der Küche. Julia klärte ihn auf und war über seine Reaktion überrascht.

»*Perdinci! Diamine!*«, fluchte er, Himmel und Hölle im gleichen Atemzug nennend. »Woher wusste er, dass du hier bist, und wer hat ihm die Telefonnummer von der Pension gegeben?«

»Die *questura*, so weit ich weiß.«

»Diese Idioten!«, schimpfte er. »Warum veröffentlichen sie nicht gleich in der Zeitung, wo du bist! Roberto wird schäumen!«

Damit entschwand er in Richtung Telefon. Julia leistete Gina vor dem Fernseher Gesellschaft und erfuhr von ihr, dass sie eine geborene Gallardi sei, aber leider, leider nicht zu der reichen Gallardi-Sippschaft des Richters gehörte.

Abano Terme

Julia saß in der *Villa Cornaro Gallardi* und strichelte lustlos auf dem Papier herum. Es half nichts, nach vier Tagen mit vergeblichen Versuchen musste sie heute dem alten Richter reinen Wein einschenken und ihm mitteilen, dass sie für sein Haus keinen brauchbaren Gartenentwurf zustande brächte, so lange sie es auch versuchte. Gedankenverloren starrte sie durch die Glasplatte des Tisches auf das verschlungene Blumenmuster eines alten, indischen Seidenteppichs.

Warum nur gelang es ihr nicht, sich in diesem alten Gemäuer in die Vergangenheit zurückzuversetzen? Dabei handelte es sich bei dieser Villa um ein Prachtexemplar, wunderbar stilrein erhalten, gepflegt renoviert und mit kostbaren Antiquitäten ausgestattet. Teppiche, Möbel und Bilder mussten ein Vermögen wert sein.

Sie erhob sich und betrachtete zum Wer-weiß-wievielten-Male den schön gerahmten Stich von Coronelli vom Beginn des achtzehnten Jahrhunderts. Er stimmte mit der gegenwärtigen Ansicht der Villa fast völlig überein. Die untere, aus sieben gleichmäßig eng gefassten Bögen bestehende Vorderfront, die sie damals, als sie Lydia kurz vor ihrem Tod hier abholte, schon bewundert hatte, wiederholte sich an den anderen drei Seiten und erinnerte stark verkleinert an die *Villa dei Vescovi*. Den zweigeschossigen Bau krönte im Dachgeschoss eine dreifenstrige Gaube mit einem Tympanon darüber, seitwärts begrenzt durch zwei elegant geschwungene Voluten, die wiederum links und rechts von obeliskartigen Kaminaufsätzen flankiert wurden.

Stolz hatte der alte Richter Julia herumgeführt und noch einmal bestätigt, dass der Erbauer der *Villa dei Vescovi* derselbe Alvise Cornaro sei, der auch diese Villa entworfen habe, ein Dilettant zwar, aber ein begabter.

»Sie befinden sich also in bester Gesellschaft, *La Tedesca!*«

Vincenzo Coronellis Stich bildete jedoch in Bezug auf Gartenarchitektur eine vollkommene Enttäuschung. Ein paar lieblos angeordnete Zypressen deuteten einen Garten hinter dem Haus an, eine trostlose, von der Terrasse steil abfallende Sandgrube hatte die Blumenparterre zerstört, nur ganz rechts im Bild zeigten vier Töpfe mit kleinen Bäumen und ein Wegequadrat an, dass einmal ein formaler italienischer Garten bestanden haben musste, nun schoben sich Obstbäume bis ans Haus heran.

Der gegenwärtige Garten umfasste ungefähr viertausend Quadratmeter, in deren Mitte die Villa stand, von gepflegtem englischem Rasen umgeben. Die das Grundstück umlaufende, zweieinhalb Meter hohe Mauer aus Bruchsteinen verdeckte ein alter Gebüsch- und Baumbestand, in dem auch Geräteschuppen, Dreifachgarage und ein Gärtnerhäuschen sich verbargen. Die repräsentative Auffahrt vor dem Haus ließ Gartengestaltung nur begrenzt zu, aber auf der Rückseite wünschte Gallardi sich etwas Renaissanceartiges.

Ratlos blätterte Julia ihre während der letzten vier Tage fleißig angefertigten Skizzen durch; keine gefiel ihr. Die Springbrunnenanlage, vier Blumenparterren und umgrenzende Buchsbaumhecken, die sie dem alten Richter am ersten Tag euphorisch vorgeschlagen hatte, harmonierten einfach nicht mit dem Gesamtbild.

Wenn sie die Augen schloss und ihre Phantasie bemühte, tauchte sie zwar wie gewohnt in die Vergangenheit ein, aber immer schoben sich andere Bilder vor die *Villa Cornaro Gallardi*, die des *Ca'Rosso* beispielsweise, aber noch öfter die des *Ca'Vecchia Brandolin*. Doch da diese sie an Roberto erinnerten, den sie seit zehn Tagen nicht mehr gesehen und auch nichts von ihm gehört hatte, öffnete sie die Augen schnell wieder, und nichts blieb als die leidige Gegenwart.

Dabei ging es ihr ausgesprochen gut, der alte Richter zahlte ihr eine tägliche Pauschale von zweihunderttausend Lire, Unterkunft und Verpflegung waren frei und ausgezeichnet, die abendlichen Mahlzeiten mit dem alten Herrn eine Freude. Er aß für sein Leben gern, bezahlte einen hervorragenden Koch und besaß selbst einen ausgezeichneten Weinverstand mit dem dazu passenden Weinkeller. Besonders beim Essen unterhielten die beiden sich angeregt über allerhand kulturelle Ereignisse, Gallardi schwärmte ihr von dem abgebrannten *Teatro La Fenice* in Venezia vor, das sie nun leider nie kennen lernen würde, und alles, wovon er sprach, zeugte von großer Sachkenntnis.

Sicher fühlte Julia sich hier auch; Umberto hatte staunend zur Kenntnis genommen, dass das parkartige Grundstück vollelektronisch und mit modernster Überwachungstechnik gesichert war, als er sie vor vier Tagen hergefahren hatte.

Doch nun gebot Julias Ehrlichkeit, dem alten Herrn keine unnötigen Kosten zu verursachen, obwohl sie sich auf eine Probewoche geeinigt hatten. Sie wollte ihm heute beim Mittagessen mitteilen, dass aus dem Gartenentwurf nichts würde und sie abreisen wolle.

Doch ihren Vorsatz in die Tat umzusetzen, ergab sich vor dem Mittagessen keine Gelegenheit. Denn gerade als sie ihm ihren Entschluss verkünden wollte, erschien überraschender Besuch. *La Leonessa,* die Nichte des Richters, füllte plötzlich mit ihrer Anwesenheit die Bibliothek und nahm ihr mit ihrem Auftritt die gemütliche Atmosphäre, die Julia so schätzte.

La Leonessa, in ein apricotfarbenes Swingercape gehüllt, schwebte herein. Ein um Nuancen helleres Kostüm kam unter dem Cape zum Vorschein; als sie es achtlos auf einen Stuhl sinken ließ, blitzten goldene Ohrringe, Ketten und Armbänder auf; die ebenfalls farblich passenden, apricotfarbenen Velourlederpumps und perlmuttfarbenen Strümpfe brachten die Schlankheit ihrer Beine sehr gut zur Geltung.

Sie verkörperte den Luxus schlechthin und fügte sich damit nahtlos in ihre Umgebung ein; die Bibliothek verlor ihre Heimeligkeit und wirkte wieder repräsentativ, und Julia kam sich in ihrer Arbeitskleidung, Jeans und T-Shirt, wie Aschenputtel höchstpersönlich vor.

»Kann ich Sie nicht überreden, auch für uns zu arbeiten? So einen Garten, wie Sie für die *marchesa* Visian entworfen haben, würde mir gefallen! Der *maestro* hat mir Ihre Entwürfe gezeigt. Ich zahle das Doppelte, verkaufen Sie den Plan mir!«

Julia erklärte geduldig, dass der Garten nur zum *Ca'Rosso* passe, sozusagen maßgeschneidert, und zu einer anderen Villa geradezu undenkbar sei. Außerdem war sie vertraglich mit der *marchesa* verbunden, stapelte Julia etwas hoch.

»Roberto hätte sicher nichts dagegen, jedenfalls habe ich ihn neulich so verstanden, als ich ihn zufällig bei Bertolini traf.«

»Roberto?«

»Den *dirigente,* ja! Er und ich haben zusammen studiert. Damals in Bologna. Da bekam ich auch meinen Spitznamen *La Leonessa*. Wegen meiner Löwenmähne.«

Sie schüttelte dieselbe demonstrativ und schickte so etwas wie einen träumerischen Blick in Julias Richtung, in der sofort ein kleines Flämmchen von Eifersucht hochzüngelte.

»Durchlauchtigste Angela«, der alte Richter gebrauchte zu Julias Freude öfter altmodische Floskeln, »Du wirbst mir *La Tedesca* nicht ab! Sie ist unbestechlich und nicht käuflich. Sehr erstaunlich und bewundernswert. Ich hätte bis vor kurzem gewettet, dass es so etwas heutzutage nicht mehr gibt!«

»Wenn das eine Spitze sein soll, ehrwürdiger Onkel, prallt sie an mir ab. Im Übrigen kann ich deine Philosophie nicht teilen: Auf dieser Welt hat alles seinen Preis.«

Julia entfloh den ihr unverständlichen Anspielungen mit der Begründung, sie wolle sich vor dem Essen rasch noch umziehen. Irgendwer hatte sich wieder an ihren Sachen zu schaffen gemacht, das und die fehlende Inspiration waren die einzig unerfreulichen Dinge der vergangenen Tage. Schon am ersten Abend waren ihr Schreibtisch, der Inhalt ihres Koffers und die Kleidung im Schrank durcheinandergebracht worden, minimal zwar, aber es war ihr nicht entgangen. Es hatte sie gestört, aber nicht beunruhigt, nur dass dasselbe am zweiten, dritten und vierten Tag wieder geschah, kam ihr sonderbar vor, denn während dieser Zeit hatte sie weder das Gelände verlassen, noch Besuch von jemandem erhalten.

Das Gespräch bei Tisch bestritt *La Leonessa*, die haarklein von der vergangenen, strapaziösen Zeit in Venezia berichtete, wie viel es sie gekostet habe, ihre Herbst- und Wintergarderobe jetzt schon zusammenzustellen, und besonders aufreibend sei die Suche nach den passenden Accessoires gewesen.

»Bei *Trussardi* habe ich diesmal überhaupt nichts gefunden«, klagte sie und Julia vermutete, dass es sich um eine Boutique in Venezia handelte, »und *Laura Biagiotti* ist auch nicht mehr das, was sie früher war, nur *Armani* hat mich wie immer nicht enttäuscht.«

Sie stocherte in ihrem delikaten Langustencocktail herum, während Julia innerlich schon vor Minuten bedauert hatte, dass die Portion so vornehm gering bemessen gewesen war. Angelas Onkel hörte seiner Nichte, wenn überhaupt, nur mit einem Ohr zu.

»Und dann *La Bauta!*«

Sie machte eine wirkungsvolle Pause und Julia, froh ein bekanntes Wort zu hören, fragte, ob Angela die traditionelle venezianische Maske meine. Als Antwort traf sie ein geringschätziger Blick, der sich zu einem mitleidigen, wohlwollend belehrenden wandelte.

»Ein bekannter Juwelier, mein Kind.«

»Hast du wieder im *Danieli* gewohnt, meine Liebe? Oder ist die Renovierung eures *palazzo* endlich abgeschlossen?«, fragte der alte

Richter, um das Thema zu wechseln, vielleicht auch deshalb, weil er merkte, dass seine Nichte im Begriff stand, Julia vollends niederzumetzeln.

»Mutter hat sich mit dem Architekten überworfen«, antwortete Angela und ließ auch die *Consommé* unberührt zurückgehen. »Und das Danieli liegt mitten in dieser schrecklichen Touristenzone. Du trittst aus der Tür und du stehst mitten zwischen diesem lästigen Pöbel.«

Sie nippte am Wein und zerkrümelte etwas Brot.

»Ich habe diesmal wieder im *Cipriani* gewohnt. Auf der Giudecca lebt man sehr ruhig und ist doch mit dem hoteleigenen Boot schnell auf der Piazza.«

Julia widmete sich ihrer Seezunge, die in Wein gedünstet, mit blanchiertem Gemüse umlegt, alle Aufmerksamkeit verdiente. Das Gespräch wurde weiterhin von *La Leonessa* bestritten, der Richter sprach dem Prosecco verstärkt zu, bald winkte er nach einer zweiten Flasche, die mit großem Zeremoniell in einen Glaskrug umgefüllt und in eine große Silberschale mit gestoßenem Eis gestellt wurde.

Julia schwor sich, wenn irgend möglich, diese Art von Gesellschaft zu meiden, und nicht auch nur in die Nähe von *La Leonessas* Garten zu kommen. Wenn sie *La Leonessas* Wunsch nachgab und ihr einen teuren Gartenentwurf präsentierte, hätte sie diejenigen verraten, denen es um die Sache und nicht um Prahlerei und Demonstration von Reichtum ging.

»Und bei *Bugno & Samueli* habe ich einen wunderbaren Grosz gekauft«, drang Angelas Stimme wieder in ihr Bewusstsein, und sie beschloss, dem alten Richter gleich nach dem Mittagessen mitzuteilen, dass sie ihm keinen Gartenentwurf vorlegen könne, weil es ihr nicht gelänge, zu dem Haus eine Beziehung herzustellen.

Abano Terme

»Diesmal darf nichts schief gehen!«

Angelos drohende Stimme galt Robert Tauber, der auf einem Bett lag und an die Decke starrte.

»Wird schon nicht, wenn ihr den *marchese* ausgeschaltet habt!«, schnarrte *Colombo* genervt.

»Der ist nicht mehr interessant, er hat sich seit mehr als zehn Tagen nicht mehr mit dem Mädchen getroffen und hat heute Abend um acht einen Termin beim *questore*.«

Angelo, *Il Argenteo*, nach seiner silbernen Motorradkleidung genannt, bestätigte noch einmal, dass der *marchese* zur Zeit keine Gefahr darstellte.

»Und der andere, der Dicke?«, mischte Andrea sich ein, der wieder in seiner schwarzen Motorradkluft steckte und seinem Spitznamen *Il Nero*, alle Ehre machte.

»Ist heute und morgen noch auf dem *Littorale di Venezia*!«, antwortete *Colombo* nervös.

Andrea wandte sich an den Deutschen, der eben aufgestanden war und sich missmutig zu ihm ans Fenster stellte und hinausstarrte.

»Wie lange soll ich denn noch in dieser dreckigen Gärtnerhütte bleiben, *capitani*?«

»Bis wir das Zeichen von Fra Moriale kriegen!«

»Und was tust du dann?«

»Das habe ich dir doch schon mindestens fünfmal vorgebetet, *Il Moro*!«

»Dann tue es ein sechstes Mal!«

»Wenn Fra Moriale *La Tedesca* ins Gärtnerhaus schickt, um was weiß ich zu holen, schnappe ich mir das Mädchen, gleichzeitig holt Angelo ihren Schlüssel vom *Ca'Rosso* aus dem Haus, anschließend verfrachten wir sie in das bereitstehende Auto. Dann fahren wir alle vier ins *Ca'Rosso*. Ist das auch wirklich leer?«

»Hundertpro, *Colombo*! Die *marchesa* und auch der alte Diener sind verreist. Weiter!«

»Wir nehmen das Mädchen mit rein, holen den Safeschlüssel aus ihrem anderen Koffer, ohne dass sie es sieht, und lassen *La Tedesca* gut verschnürt zurück. Recht so, *capo di lancia*?«

»*Preciso, Colombo*!«

»Allerdings eins verstehe ich nicht«, meldete sich Andrea. »Ihr habt doch hier einen Wachsabdruck von ihrem Schlüssel gemacht, warum brauchen wir denn dann überhaupt noch *La Tedesca*?«

Aber bevor Angelo ihm erklären konnte, dass der Schlüsseldienst gepfuscht hatte, gestikulierte Andrea aufgeregt.

»*Attenzione*!«

»*Che c'è?*«

»*La tenda rossa!* Der rote Vorhang!«

»Das ist das Zeichen! Heute Abend, acht Uhr geht es los!«

Robert legte sich wieder hin und überlegte, wie er Carmagnola verständigen konnte, ohne den Verdacht der beiden zu erregen.

Vor drei Tagen hatten sie ihn nachts hierher gebracht. Davor war er eine Woche lang in einer Strandhütte ziemlich weit im Süden gewesen. Nach dem Fiasko mit dem Unfall und seiner Fahrerflucht mochte ihn keiner so recht in der Nähe haben oder gar sich mit ihm sehen lassen, aber sie brauchten ihn, um an das Bankschließfach zu gelangen. Robert machte sich ernste Sorgen, ob sie ihn danach gehen lassen würden, deshalb wollte er gern mit Carmagnola in Verbindung treten, aber da man ihn seines Handys beraubt hatte, standen die Chancen nicht gut.

Dann muss ich halt improvisieren, dachte er, schloss die Augen und stellte sich vor, wie er sich an *La Tedesca* rächen würde. Sie war schließlich für diesen ganzen Schlamassel verantwortlich!

Kapitel 2
A. D. 2000/Juli

Padova

ehrmals hatte Roberto den Telefonhörer schon in der Hand gehalten, nur ihre Stimme wollte er hören, legte ihn dann aber wieder auf und blieb hart gegen sich selbst. Das schiebt das Ende nur hinaus, redete er sich ein.

Seit sie vom *Littorale di Venezia* zurück war, hatte er sie weder gesehen noch mit ihr gesprochen. Also akzeptiert sie es, redete er sich ein: Wenn sie mich bräuchte, hätte sie längst Kontakt zu mir gesucht.

Umberto hatte ihm berichtet, dass alle Sicherheitsvorkehrungen für *La Tedescas* Schutz getroffen worden seien.

Tags darauf kam Roberto wie zufällig am *Ca'Rosso* vorbei und traf auf der Straße überraschenderweise auf den alten Pietro, der mühsam einen schwarzen Koffer hinter sich herzog. Dem alten Mann den Koffer abnehmend, erkundigte Roberto sich, was Pietro denn mit *La Tedescas* Koffer vorhabe.

»Sie hat ihn mir geliehen, weil ich keinen habe und doch unbedingt diese Reise machen wollte.«

»Welche Reise?«

»Nach fünfundfünfzig Jahren haben wir uns wieder getroffen, die, die noch leben. Wir machen das alle fünf Jahre.«

»Wer ist *wir*?«

Umständlich schloss der alte Mann die schwere Haustür auf, angenehm kühle Luft kam ihnen entgegen und in der Küche stellte Roberto den Koffer ab.

»Wer ist *wir*, Pietro?«

»Wir Übriggebliebenen.«

Roberto musste an sich halten, um den alten Mann mit seiner Ungeduld nicht zu erschrecken.

»Wovon übrig geblieben?«

»Von den *Tre Condottieri*.«

Roberto zuckte wie elektrisiert zusammen. Der alte Mann rieb sich die Hände und zog sein sicher mehrere Jahrzehnte altes Jackett aus.

»Es waren wieder weniger da, und ich bin auch früher weg.«

»Was weißt du von den *Tre Condottieri*?«

Pietros Augen blickten wie so oft in eine imaginäre Ferne, seine verkalkten Adern ließen ihn manchmal desorientiert und fern dieser Welt sein, aber der alte Mann konzentrierte sich noch einmal.

»Der alte *marchese* war der beste von ihnen«, murmelte er vor sich hin, »Fra Moriale war ein schlechter Ersatz für ihn. Er hielt es diesmal nicht für nötig zu kommen.«

Brabbelnd verschwand er in seiner Schlafkammer, Roberto hörte ihn rumoren, dann erschien er wieder mit dem leeren schwarzen Koffer.

»Mir ist nicht recht, dass *La Tedesca* hier im Hause wohnt«, sagte Pietro jetzt wieder ganz klar und deutlich, »aber noch weniger, dass sie bei Fra Moriale ist.«

Zuerst dachte Roberto, der Alte lebe wieder in seiner Traumwelt, aber ein Blick in seine Augen überzeugte ihn von dessen völliger Klarheit.

»Ich dachte, *La Tedesca* ist hier im *Ca.*«

Er versuchte beiläufig zu klingen und nahm sich ungeheuer zusammen, denn Ungeduld ließ den alten Mann immer ganz verstummen.

»*La Tedesca* ist ausgezogen. Aber ich bin ganz sicher, sie kommt wieder. Sie liebt unser *casone*, das weiß ich. Sie bleibt bestimmt nicht bei Fra Moriale…«

Er nuschelte wieder etwas vor sich hin und zog sich ganz in sich zurück.

Roberto stürzte zum Telefon, zum Glück erreichte er Umberto sofort in Alberoni und fiel über ihn her.

Warum er ihm verschwiegen habe, dass *La Tedesca* das *Ca'Rosso* verlassen habe, ob er wisse, dass sie zu Fra Moriale, dem vermeintlichen Syndikatsboss gefahren sei und ob er denn völlig verantwortungslos sei.

»Vielleicht hörst du mir erst einmal zu. Sie ist nicht ausgezogen, nur für etwa eine Woche verreist. Und sie ist bei deinem Clubkameraden aus dem Tennisclub, dem alten Richter Gallardi, in seiner vollelektronisch gesicherten Villa in Abano Terme hundertprozentig sicher. Ich habe sie selbst hingebracht, und vorher war ich mit ihr im *Ca'Rosso*. Warum machst du mich jetzt rund? Hast du Gewissensbisse?«

»Weil dein Richter Gallardi wahrscheinlich Fra Moriale ist.«

»*Vero?* Bist du sicher?«

»Der alte Pietro deutete so etwas an. Ob ich Beweise habe? Natürlich nicht! Pietro? Ist nutzlos! Aber ich fahre sofort los und hole *La Tedesca* dort raus! Danach können wir ermitteln.«

»Ich habe heute Morgen mit ihr telefoniert, es schien alles in Ordnung zu sein.«

»Ich fahre trotzdem! Eigentlich sollte ich heute Abend beim *questore* sein, er wollte mich um acht sprechen, nun hat sein Schlaganfall auch sein Gutes. Die genaue Adresse von Gallardi?«

Abano Terme

Der Richter reagierte, als habe er ihre Entscheidung erwartet, nur bat er sie, ihre Abreise doch auf den nächsten Tag zu verschieben. Seiner Nichte *La Leonessa* zu Ehren habe er beim Koch ein festliches Abendessen geordert, nun werde es gleichzeitig ein festliches Abschiedsessen für *La Tedesca* sein.

Viel Auswahl an Kleidern fand sich in Julias Schrank nicht, so zog sie ihr weit ausgeschnittenes, dunkelblaues Seidenkleid an, um sich einigermaßen gegen Angelas Geringschätzigkeit zu wappnen. Bewusst verzichtete Julia auf auffälligen Schmuck: der Anlass schien ihr nicht bedeutend genug.

Der lange, enge und hochgeschlitzte weiße Rock und die mit Brillantknöpfen besetzte, gleichfarbige Kostümjacke ließ sie elegant und zerbrechlich wirken. Ihr mit unzähligen Brillanten versehenes Collier sowie die kostbaren Ringe und die Brillantuhr ließen sie in Julias Augen wie eine Glitzerelster erscheinen.

»*Gianfranco Ferre* in Venezia hat noch immer die schönste Abendgarderobe für mich«, erklärte *La Leonessa*.

Julia seufzte innerlich, das festliche Abendessen drohte den gleichen langweiligen Verlauf zu nehmen wie das Mittagessen.

La Leonessa hatte sich vorgenommen, Julia vor dem alten Herrn an die Wand zu spielen, und sie ließ sich das widerstandslos gefallen. Ihre ganze Vorfreude richtete sich auf den Semesterbeginn und das *Ca'Rosso*, dessen Garten sie magisch anzog.

Sie waren eben mit dem Aperitif beschäftigt, als die Hausdame erschien und den alten Richter hinausbat, Besuch sei gekommen. Gedämpfte Stimmen in der Eingangshalle, dann Gallardis tiefe und laute Stimme, die den überraschenden Gast zum Abendessen einlud. Ihr Herz setzte einmal aus und schlug dann umso schneller; ein Seitenblick auf *La Leonessa* zeigte ihr, dass auch sie Robertos Stimme erkannt hatte. Angela sah zufrieden an sich hinunter. Der Aufwand hat sich gelohnt, schien ihr Blick zu sagen.

Mit vielen Worten, aber ohne Begründung für sein unerwartetes Erscheinen, präsentierte der Richter Roberto den Damen. *La Leonessa* reichte ihm ihre Hand so, dass er zu einem Handkuss gezwungen wurde, sie äußerte ihre Begeisterung über sein Kommen wortreich und überschwänglich. Julia nickte spröde, vermied, ihn anzusehen, reichte ihm nur zögernd die Hand, die sie schnell wieder zurückzog, damit er ihr Zittern nicht bemerkte, und schwieg. Warum hat er jeden Kontakt mit mir während der vergangenen vierzehn Tage gemieden?, fragte sie sich. Kommt er Angelas wegen? Weil sie eine alte Studienfreundin von ihm ist? Oder weil er zu Richter Gallardi will?

Sie verließen den Salon nach einem weiteren Martini. Im Esszimmer war ohne viel Aufhebens ein viertes Gedeck auf die reich dekorierte Tafel gelegt worden.

Angela begann vor Geist zu sprühen, kein Wort mehr von Schmuck oder Kleidern, Einkaufsbummel oder Hotels. Plötzlich erging sie sich in kunstgeschichtlichen Betrachtungen und philosophierte über Gott und die Welt, deren Mittelpunkt sie an diesem Abend unbestreitbar war. Roberto blickte mehrmals unbemerkt und besorgt zu Julia, aber die hielt den Blick meist gesenkt und stocherte in ihrem Essen herum.

Der Richter beteiligte sich wenig am Gespräch, hochzufrieden, dass er die Damen nicht unterhalten musste, und sprach dem französischen Rotwein stark zu, einem alten Burgunder aus Volnay.

War er wirklich ein Wolf im Schafspelz, oder hatte Pietro etwas durcheinandergebracht?

Roberto hielt sich zurück und antwortete Angela mit freundlichen Worten, die sich in Julias Seele einfraßen.

La Leonessa genoss ihren Auftritt in vollen Zügen, berichtete von einer Gallerieeröffnung hier, einer Vernissage dort, dem *palazzo* ihrer Mutter, lachte übermütig und flirtete ungeniert mit Roberto.

Julias Gedanken kreisten so ausschließlich um den Grund von Robertos Erscheinen, dass sie hinterher nicht zu sagen wusste, was sie eigentlich gegessen hatte. Seine ganze Aufmerksamkeit galt *La Leonessa*, und ihretwegen schien er auch gekommen zu sein.

Erst gegen Ende der Mahlzeit, als eine überdimensionale Etagère mit exotischen Früchten auf den Tisch gestellt wurde, gelang es Julia, ihre Eifersucht zurückzudrängen und zu erkennen, dass Roberto offensichtlich einen Plan verfolgte.

»Wie gehen die Geschäfte in der *questura, marchese*?«, schaltete sich der alte Richter wieder ins Gespräch ein.

»Ach, es läuft so«, antwortete Roberto unverbindlich, schälte sich eine Papaya und fuhr dann fort: »Das Fehlen des *questore* merken wir nicht so stark. Er ist krank. Man munkelt etwas von einem leichten Schlaganfall. Gerüchte! Aber der *vice-questore* fehlt uns zurzeit sehr. Er hat seinen Jahresurlaub mit einer Kur in Montecatini ausgeweitet. Doch das hat auch etwas Gutes.«

Höfliches Interesse von Gallardis Seite, eine leichte Spannung war in Angelas Gesicht zu entdecken, und plötzlich nahm Julia wieder Anteil am Abend.

»So entgeht ihm, dass wir gerade eine sehr ... unloyale Mitarbeiterin entdeckt haben, die für das Syndikat der *Tre Condottieri* gearbeitet hat. Er nimmt so etwas immer sehr schwer und persönlich.«

Roberto zerteilte die Papaya konzentriert und aß genüsslich. Julia verstand seine Worte als Botschaft, entweder an Angela, aus welchem

Grund auch immer, oder, und das schien ihr noch wahrscheinlicher zu sein, an den alten Richter. Ihre Eifersucht zerstob und sie schämte sich, an Roberto gezweifelt zu haben. Trotzdem blieb ein Rest von Enttäuschung, denn sie war sich nun ganz sicher, dass er dieser Botschaft und nicht ihretwegen gekommen war.

»So etwas kommt leider immer wieder vor.«

Der alte Richter schüttelte sein weises Haupt.

»Ich bin froh, aus dem Geschäft zu sein. Mein Arzt lässt mich bis zu meiner Pensionierung nicht mehr ins Gericht zurück, und ich bin nicht einmal böse darum.«

»Ausgerechnet meine Sekretärin«, schob Roberto nach. »Die Schadensbegrenzung hat mich die letzten Nächte um meinen Schlaf gebracht.«

Er angelte sich einige Inkapflaumen, entfernte die papierartige Hülle der Samenkapseln, steckte eine Frucht nach der anderen in den Mund und zerkaute sie mit Genuss. Angela lag wie eine Löwin auf der Lauer, ihre Katzenaugen unverwandt auf Roberto gerichtet. Erstmals an diesem Abend fühlte Julia sich ihr überlegen, weil sie im Gegensatz zu *La Leonessa* Robertos fast gleichgültig geäußerte Bemerkungen als Taktik erkannte.

»Und?«

Angela konnte ihre Ungeduld nicht zügeln und merkte dabei nicht, dass Roberto sie ganz bewusst und fachmännisch zappeln ließ.

»Ist sie geständig?«

»Der Vogel war bereits ausgeflogen.«

Julia amüsierte sich, sie wusste, dass er diesen Polizeijargon normalerweise vermied und ihn wohl nur gebrauchte, um Angelas Erwartungen gerecht zu werden.

»Aber wir haben noch eine zweite Wühlmaus vom Syndikat, die kreisen wir nun ein.«

Julia fand, dass er übertrieb. Nachdenklich trank *La Leonessa* ihren *espresso* und merkte auf, als Roberto dem alten Richter dankte.

»Wofür?«

»Aus Ihrem Büro ist ein guter Tipp gekommen, wir konnten einen Drogenkurier im *Farfallone* dingfest machen. Das schwächt die *Tre Condottieri*.«

»Damit habe ich nichts zu tun, ich war schließlich krank.«

»Na, na!«

Roberto heuchelte Unglauben.

»Auch wenn Sie nicht im Büro sind, die Fäden haben Sie doch immer noch in der Hand!«

»Ich glaube, da überschätzen Sie meine Fähigkeiten.«

Angela sah ihren Onkel plötzlich feindselig an.

»Ihr gebt Denunziationen an die Polizei weiter?«

»Ach lass mich zufrieden, Angela!«, fuhr er seine Nichte an. »Ich bin müde und brauche keine Vorwürfe, weder gerechtfertigte noch ungerechtfertige! – *La Tedesca,* kommen Sie einen Moment mit in mein Büro? Wir wollen noch abrechnen.«

Er warf *La Leonessa* einen knappen Blick zu.

»Und du fährst besser nach Hause!«

Nur den Bruchteil einer Sekunde ließ *La Leonessa* erkennen, dass sie sich diesen Rauswurf vor den anderen Gästen nicht gefallen lassen würde, dann hatte sie sich wieder in der Gewalt.

In seinem Büro bedauerte Gallardi noch einmal, dass Julia seinen Garten nicht planen könne, er verstehe es und sei ihr nicht böse, denn Mühe habe sie sich genug gegeben. Er blinzelte ihr verschwörerisch zu, als er eine Kassette aus dem Schreibtisch nahm.

»Ich zahle gern bar. Die Steuer, wissen Sie! Für Sie ist das sicher auch von Vorteil. Der *marchese* muss ja nicht alles wissen. Ich traue ihm zu, uns an *die Guardia di finanza* zu verraten!«

»Eigentlich möchte ich gar kein Geld nehmen, Sie haben mich wie einen Gast behandelt.«

»Ts, ts, ts«, Gallardi schüttelte den Kopf. »Vertrag ist Vertrag. Ich beneide die *marchesa* um ihren Garten am *Ca'Rosso*. Sagen Sie ihr das. Kehren Sie ins *Ca'Rosso* zurück?«

»Ja, der Garten ist noch nicht fertig. Ich glaube, ich fahre heute Abend noch mit dem *marchese* zurück. Gepackt habe ich schon.«

Gallardi trat ans Fenster, zog den roten Samtvorhang zurück und starrte in die Dunkelheit.

»Hm, was haben Sie gesagt? Ach ja, Sie fahren mit dem *marchese*. Wie Sie wollen! Es hat mich gefreut, Sie näher kennen gelernt zu haben. Ich hoffe, wir sehen uns gesellschaftlich öfter …«

Abano Terme

Roberto hatte erleichtert gewirkt, als Julia ihn bat, sie nach Padova mitzunehmen. *La Leonessa* verabschiedete sich daraufhin wie eine Eisstatue.

Roberto zog die Tür ins Schloss, kein Mensch erschien zu ihrer Abfahrt, Gallardi lag im Bett und *La Leonessa* war nach einem heftigen, zwar hinter verschlossenen Türen ausgetragenen, aber unüberhörbaren Wortwechsel mit ihrem Onkel davongerauscht, und von den Bediensteten fehlte jede Spur.

»Ich bin froh, dass du gekommen bist«, sagte Julia, als er den Wagen anließ.

Er hatte ihr den ganzen Abend keine große Aufmerksamkeit geschenkt, eine Wand schien zwischen ihnen hochgezogen worden zu sein.

»Warum? Hat man dir etwas getan?«

»Nein«, sagte sie, während sich das schmiedeeiserne Tor wie von Geisterhand vor ihnen öffnete und anschließend schloss.

Sie blickte auf den alten, angestrahlten Torbogen und erzählte ihm von ihrem vergeblichen Versuch, einen Garten zu der Villa zu entwerfen. »Und ich weiß nicht, warum. Er ist schön, nicht?«, sagte sie, offensichtlich den Torbogen meinend. »Von Falconetto, hat Gallardi gesagt.«

»Soso! Von Falconetto.«

»Allein dieser Torbogen hätte mich inspirieren sollen«, beklagte sie sich, »und erst diese stilreine Villa! Ich versteh das nicht.«

Roberto blickte sie nachdenklich von der Seite an.

»Das ist wirklich erstaunlich: Du konntest dich hier nicht in die Vergangenheit hineindenken?«

»Zweifelst du etwa an meinen Worten?«

Er schüttelte mit dem Kopf.

»Das echte Tor von Falconetto steht in der Nähe von Este. Es ist das einzige Überbleibsel der *Villa Cornaro*!«

»Du meinst …?«

»Das Tor hier ist nicht echt. Eine *Villa Cornaro* hat es an dieser Stelle mit Sicherheit nie gegeben.«

»Deshalb meine Probleme mit dem Gartenentwurf! Wie alt ist sie wirklich?«

»Sie wurde vor knapp siebzig Jahren gebaut, eine gelungene Fälschung mit echtem Mobiliar.«

»Aber der Stich von Coronelli? Ist er auch gefälscht?«

»Nein, er war das Vorbild für die Fälschung der Villa.«

»Na, wenigstens ist der Richter echt!«

»Nein, Giulia, der auch nicht. Wir halten ihn für Fra Moriale, einen der Syndikatsbosse«, sagte Roberto sehr ernst und fuhr los.

Julia brauchte einige Zeit, bis sie sich über die Tragweite seiner Bemerkung im Klaren war.

»Seit wann wisst ihr das?«, fragte sie tonlos.

»Seit heute Nachmittag vermute ich es.«

»Dann bist du gar nicht wegen Angela gekommen?«

»Von ihrer Anwesenheit wusste ich nichts, aber sie scheint mir ein zusätzliches Indiz für die Richtigkeit meiner Vermutung zu sein. Ihr traue ich nicht über den Weg, sie ist schließlich Fra Moriales Nichte. Inzwischen glauben wir auch, Gattamelatas Identität zu kennen. Jedenfalls Gallardi ist Fra Moriale. Nur: Wer Carmagnola ist, wissen wir noch nicht. Beweise fehlen uns. Aber bevor ich anfange, die zu beschaffen, wollte ich dich erst einmal aus Fra Moriales Reichweite bringen.«

Zum ersten Mal an diesem Abend hatte er sie angelächelt.

»Es macht alles keinen Sinn«, seufzte Roberto, als sie in Richtung Padova fuhren. »Erst versuchen die *Tre Condottieri* dich mit allen Mitteln in ihre Gewalt zu bringen, und dann haben sie dich vier Tage in ihrer Gewalt und es geschieht nichts! Es macht wirklich keinen Sinn!«

»Sie haben nur meine Sachen durchsucht, jeden Tag«, sagte Julia, »aber ich weiß sicher, dass ich nichts von ihnen habe! Du hast mich früher einmal nach Gepäckscheinen, Safeschlüsseln und Ähnlichem gefragt, ich hatte nie dergleichen. Aber eins ist mir eingefallen! Damals in dem Hotel in Padova, als Gattamelata mich nach Robert Tauber fragte, hat Tauber mir hinterher gesagt, dass Gattamelata in unserem Zimmer nicht finden konnte, was er suchte.

Das Einzige, was ich je von *Colombo* hatte, war seine Kulturtasche in meinem Gepäck, weil die angeblich bei ihm nicht mehr hineinpasste. Und mir hatte er einen Kosmetikkoffer aus dem gleichen Material geschenkt. Ob das etwas zu bedeuten hat?«

»*Non lo so*. Wo ist der Kosmetikkoffer?«

»Den habe ich im Frühling schon in Limena als secondhand verkauft.«

»Und was ist aus der Kulturtasche geworden?«

»Die hat *Colombo* an sich genommen.«

»Wann?«

»Gleich im Hotel in Padova. Und dann habe ich sie nie wieder gesehen.

»Ganz sicher?«

»Ja!«

»Ist dir etwas Bestimmtes an ihr aufgefallen?«

»Sie war prall und ziemlich schwer.«

»Hm. Vielleicht suchen die *Tre Condottieri* nach dieser Tasche? Wo könnte sie abgeblieben sein?«

»Keine Ahnung. Nach diesen beiden schrecklichen Nächten mit *Colombo* in Padova haben wir im *Farfallone* auch ein Doppelzimmer gehabt, aber er hat dort nie übernachtet und noch nicht mal seine Koffer ausgepackt.«

Sie staunte über sich selbst, wie sachlich sie über *Colombo* und die Zeit mit ihm reden konnte.

»Vielleicht hat seine Freundin die Tasche?«, mutmaßte Julia nach einer Pause.

»Seine Freundin? Woher kennst du die?«

»Du kennst sie auch, du hast sie in der *Bar 2000+2* vorübergehend festgenommen.«

»Bei jedem Fall übersieht man etwas! Danke, *collega*!«

Schweigend, jeder seinen Gedanken nachhängend, fuhren sie zum *Ca'Rosso*. Er geleitete sie bis zur Tür.

»Dein Schlüssel!«

Überrascht händigte sie ihn Roberto aus. Die Laterne unter der Arkade spendete nicht gerade viel Licht, trotzdem reichte es ihm, um Wachsreste am Schlüsselbart zu entdecken, man hatte also einen Abdruck gemacht.

»Warte im Wagen und verriegele die Tür!«, befahl er, und sie gehorchte sofort.

Nach knappen zehn Minuten erschien er wieder, winkte ihr und brachte sie in die Halle.

»Ich habe alles, auch den Garten abgesucht. Hier ist niemand außer Pietro. Verriegele das Tor hinter mir! Morgen wird das Schloss ausgewechselt.«

Unschlüssig standen sich beide gegenüber.

»Ich muss den alten Pietro dazu bringen, sich an die Vergangenheit zu erinnern«, sagte Roberto schließlich, »vor mir hat er zu viele Hemmungen. Hilfst du mir dabei, Giulia?«

»Gern!«, sagte sie glücklich.

Colli Euganei

Sie nahmen die Kehre nach Castelnuovo in halsbrecherischer Schräglage, legten sich in die Kurven zum Roccolopass, drängten rücksichtslos zwei Radrennfahrer von der Straße, als sie die enge asphaltierte Wegstrecke zum Monte Gallo entlangpreschten, und hatten keinerlei Blick für die Schönheiten der sommerlich grünen Hügel. Das Weinlaub deckte die üppig angesetzten Trauben, die Esskastanien zeigten ihre ersten stacheligen Früchte, und an einigen der verknorrten Rosmarinbüsche leuchteten die blassblauen Blüten des Sommeraustriebs.

Sie orientierten sich und donnerten die kurzen, von anderen Motorradfahrern schon stark ausgefahrenen Furchen am Monte Orbieso hoch, wo die Überreste des Konvents *Santa Maria di Monte Orbieso* eine Oase der Besinnung und Stille bildete. Aber das war für diese beiden jungen Männer etwas Unbegreifliches, ihnen war das ehemalige Kloster der Benediktinerinnen aus dem dreizehnten Jahrhundert ebenso egal wie die Kamaldunser, die das Kloster bis zu seiner Zerstörung geführt hatten.

Wahrscheinlich hätten Andrea und Angelo die Kamaldunser auch eher der arabischen Terrorszene zugeordnet als einem christlichen Orden.

Mountainbikes, Mopeds und Motorräder hatten hier in den südlichen euganeischen Hügeln tiefe Narben in der Vegetationsschicht hinterlassen. Erosion war vorprogrammiert, aber diese beiden Männer verschenkten auch nicht den geringsten Gedanken an ihre Umwelt, ihre Welt des organisierten Verbrechens setzte andere Prioritäten.

Sie bockten die Maschinen auf, nahmen die Helme ab, lagerten sich unterhalb eines Dornengestrüpps und steckten sich eine Zigarette an.

Angelo sah dem Rauch sinnend hinterher.

»So total wie im Augenblick war der Wurm noch nie bei uns drin!«

»Unsere *Tre Condottieri* sind auch nicht mehr das, was man sich unter einer Führungselite vorstellt«, meinte Angelo.

»Der eine ist senil und will nicht mehr, der zweite hat's am Rücken, und den dritten trifft der Schlag! Aber Gattamelata ist immer noch der verlässlichste, und von den anderen beiden muss einer weg.«

»Ganz meiner Meinung, aber wer?«

Angelo liebte keine langen Diskussionen.

»Fra Moriale oder Carmagnola?«

»Ja, das ist hier die Frage, der Senile oder der Verrückte!«

Andrea trat nach einer Hummel, die an einer Kleeblüte saß, zerquetschte ihre Hinterbeine und sah ihren Todesqualen gleichgültig zu. Angelo holte eine Nagelfeile heraus und maniküre seine Nägel, dabei konnte er am besten nachdenken.

»Die Konkurrenz schläft nicht. Die Freunde aus Milano haben mir ein Angebot gemacht.«

»Dir auch?«

Andrea bohrte die Hummel mit der Stiefelspitze in den Sand. »Aber ich möchte lieber hier bleiben und unabhängig sein. So viel Freiheit kriegen wir nie wieder und so viele Anteile auch nicht!«

»Das habe ich der *Serenissima* auch gesagt«, sagte Angelo und weidete sich an der Überraschung seines Bruders. »Sie hat direkt Kontakt mit mir aufgenommen, statt wie sonst über Gattamelata die Fäden zu ziehen. Aber sie will einen von den beiden anderen liquidieren, und wie wir alle wissen, hält Gattamelata überhaupt nichts von Mord.«

»Und, was glaubst du, wer dran glauben soll?«

»Fra Moriale natürlich! Carmagnola hat sie zwar nicht mehr alle, aber er riskiert wenigstens was. Nun will der Alte ihn fertig machen, nur weil seine alte Freundin damals im Fango ermordet wurde! Fra Moriale hat sogar das *Farfallone* als Drogenumschlagplatz an die Polizei verraten, um ihm zu schaden. Die *Serenissima* braucht Carmagnola, der Alte ist überflüssig!«

»Die letzte Planung von Fra Moriale war Scheiße, nun haben wir *Colombo* wieder auf dem Hals und das Mädchen immer noch nicht.«

»Also meinst du auch Fra Moriale?«

»Wer denn sonst? Hast du einen Plan, Angelo?«

»Carmagnola hat einen. Wir folgen ihm mit unseren Maschinen, bis er uns über unser *telefonino* anruft. Er nimmt die Limousine, wir können ihn also nicht verfehlen.«

»Wann und wohin?«

Angelo sah auf die Uhr.

»Bald! Nach Roma!«

»Und was machen wir mit *Colombo*?«

»Immer eins nach dem anderen, Bruderherz, der kommt auch noch dran!«

Angelos *telefonino* klingelte, er lauschte und bestätigte: »Okay, heute Abend im Flughafenhotel, wir fahren jetzt los, *va bene*!«

Treviso

Fra Moriale hätte seine Nichte nicht so anfahren und ihr nicht die Tür weisen dürfen, vor allem nicht vor den anderen beiden Gästen! Angela legte äußerst großen Wert darauf, respektiert zu werden, den Schein zu wahren und sich den absoluten Anstrich von Dominanz zu geben. Das hatte der alte Richter ihr nicht zugestanden und sie – im Gegenteil – vor dem *marchese* bloßgestellt, und das noch vor den Augen dieser unwichtigen kleinen Deutschen!

Carmagnola trauerte schon lange den Zeiten eines geruhsamen Schlafs nach und deshalb störten ihn die beiden kurz nacheinander folgenden nächtlichen Telefonanrufe nicht wesentlich. Aber ihr Inhalt vertrieb endgültig den letzten Rest von Müdigkeit, der erste Anruf kam von seiner nach Rache dürstenden Frau und der zweite von einem nicht ganz souveränen Fra Moriale. Und wenn er die Bitte des Alten richtig interpretiert hatte, sollte er ihm auch noch bei seinem Abgang behilflich sein. Abgang in den Ruhestand, hatte Fra Moriale gemeint, aber Carmagnolas Zusage bezog sich auf einen ganz anderen, und das Beste daran war, mit Angelas Billigung.

»Hast du nicht Angst, dass die Geschichte dich einholt?«, fragte der alte Mann, schloss seinen Aktenkoffer und warf einen letzten Abschied nehmenden Blick durch die Bibliothek.

»Wie meinst du das?«

Carmagnola wirkte leicht verunsichert.

»Sie holt dich ein, die Geschichte!«

Fra Moriale konnte ein wenig Schadenfreude nicht unterdrücken. Die Abrechnung mit Carmagnola stand noch an, dann war für ihn das alles hier zu Ende. Morgen Abend würde er in seinem Flugzeug sitzen.

»Du leidest an derselben Krankheit wie dein historischer Namensvet-

ter, Carmagnola: Du hast das Vertrauen der *Serenissima* verloren. Und du unterhältst gefährliche Kontakte zu den Leuten in Milano!«
Carmagnola erblasste.
»Woher weißt du das?«
»Meine Verbindung in die *questura* ist zwar in die Brüche gegangen«, sagte der alte Mann ein wenig überheblich, »aber ich habe noch viele andere Beziehungen. Doch die brauche ich nun nicht mehr. Du hilfst mir von hier zu verschwinden, zahlst mir mein Geld zurück und dann hast du von mir nichts mehr zu befürchten. Sieh zu, dass du nicht so endest wie der alte Carmagnola! Mach deinen Frieden mit der *Serenissima!* Wir *condottieri* arbeiten nicht auf eigene Rechnung, vergiss das nie, wir sind ihr per *condotta* verpflichtet, Vertragsbruch wird geahndet!«

Er schloss die Eingangstür hinter sich, jetzt um fünf Uhr morgens herrschte noch tiefe Dunkelheit, und das Personal erschien nicht vor sieben. Sie bestiegen die wartende, voll gepackte Limousine. Fra Moriale hatte schon seit Wochen die Koffer für diesen Notfall gepackt, seine Weitsicht machte sich nun bezahlt. Die Speditionskisten warteten schon seit Monaten in dem Lager in Flughafennähe auf ihren Weitertransport in die Karibik, wo er am Strand einer kleinen Insel seinen Lebensabend in einem schönen, alten Herrenhaus aus Kolonialzeiten verbringen wollte, nicht einmal seine Kinder wussten davon.

Als sie auf die *autostrada* auffuhren, meinte Carmagnola, ob der Aufbruch nicht doch etwas überstürzt sei. Nicht, dass er Schwierigkeiten habe, mit Fra Moriale morgen früh die Bankgeschäfte abzuwickeln, aber unmittelbare Gefahr bestünde doch wohl nicht. Als der alte Richter von *La Tedesca* zu erzählen begann, glaubte Carmagnola erst an geistige Verwirrung, aber langsam begriff er die Gedankengänge des anderen.

»Sie war von unschätzbarem Wert für mich! Wenn sie nicht bei mir gewesen wäre, hätte der *marchese* ohne mein Wissen gegen mich ermittelt. Seine Sekretärin war meine Hauptinformationsquelle in der *questura*, sie war aufgeflogen, aber sie hat mich ganz bestimmt nicht verraten, ich tippe eher auf den alten Hausdiener im *Ca'Rosso*. Der *marchese* wollte seinen Schützling vor mir in Sicherheit bringen, deshalb kam er und hat mich damit gewarnt. Pass ein bisschen auf sie auf, Carmagnola, sie ist wirklich reizend, aber Angela mag *La Tedesca* nicht!«

Carmagnola antwortete nicht, er überdachte alle seine Möglichkeiten. Er musste eine Lösung finden, den Alten verschwinden lassen, bevor sie morgen früh den Termin bei der Bank wahrnehmen, er besaß bei ihr kein Konto, und wenn, wäre keine *lira* drauf gewesen. Gut, dass Angela ihn informiert hatte. Ihre gegenseitige Abneigung ging noch nicht so weit, dass sie sich in den Abgrund stoßen würden.

»Mich interessiert schon, wie du die Bank überredet hast, dir Geld zu leihen, oder gibt deine Frau dir Kredit?«

Hatte der Alte seine Gedanken gelesen?

Carmagnola setzte ein verschwörerisches Lächeln auf.

»Lass mir auch meine kleinen Geheimnisse, ja? Hauptsache du hast morgen früh deinen bankbestätigten Scheck in der Hand, okay?«

»Nein, Bargeld, und zwar Dollar!«

»Wir hatten es zwar anders vereinbart, aber wie du willst! Dann lösen wir den Scheck ein und tauschen dafür Dollar, wie du möchtest, ich habe keine Probleme damit. Du willst wohl alle Spuren hinter dir tilgen, Fra Moriale?«

»*Esatto!* Und deshalb nimm es mir nicht übel, wenn ich mit dir im Hotel nicht gesehen werden möchte: Ich probiere meine neue Identität aus. Zimmer 457, falls wir in Verbindung treten müssen, aber nur im Notfall, und spionier mir bitte nicht hinterher!«

»*Parola d'onore!*«

Carmagnola lächelte nach innen, der Alte verwischte die Spuren seiner Mörder auch noch.

»Danke!«

Fra Moriale gab sich jovial.

»Dafür bekommst du noch einen guten Rat von mir! Wenn ihr *La Tedesca* in eure Finger bekommen wollt, müsst ihr sie und den *marchese* trennen, und zwar nicht nur räumlich. Ihr müsst sie emotional auseinanderdividieren, und ich würde an eurer Stelle beim *marchese* ansetzen!«

»Gute Idee, Fra Moriale, du wirst mir fehlen!«

Der alte Richter schloss die Augen und schlief bald ein, die vergangene, schlaflose Nacht machte sich jetzt bemerkbar. Carmagnola tat es ihm gleich, aber im Gegensatz zu seinem leicht röchelnden Mitfahrer arbeitete sein Geist auf Hochtouren. Er schlüpfte in eine andere Identität, in die des Volkstribuns Cola da Rienzi, und plante einen todsicheren Abgang für den ahnungslosen Fra Moriale.

Er durchdachte seinen Plan noch einmal und durchleuchtete ihn nach Schwachstellen, fand aber keine; er würde Fra Moriale so gegen neun Uhr am Abend entgegen der Absprache aufsuchen; um diese Zeit hatte der Alte normalerweise seine abendliche Flasche Rotwein geleert, zur Sicherheit konnte er ihm noch eine Flasche von dem *Verdicchio Fra Moriale* mitbringen, recht frisch noch, aber beziehungsreich, und der sentimentale alte Narr würde keinen Verdacht schöpfen.

Ein Notfall und ein gemeinsamer Abschlusstrunk, würde Carmagnola sagen und unbemerkt die zwei *capi di lancia* einlassen. Die beiden waren zuverlässig und würden so lange warten, bis der Alte wirklich schlief und er ein Alibi hatte.

Hast Du nicht Angst, dass die Geschichte dich einholt, Fra Moriale? dachte Carmagnola schadenfroh, schließlich wurde dein historischer Namensvetter auch in Rom hingerichtet?

Arqua Petrarca

»Ob Fra Moriale den Dichter gekannt hat? Petrarca ist schließlich nur zwanzig Jahre nach ihm gestorben. Und ihr Geburtsjahr liegt auch sehr nah beieinander, 1300 der *condottiero* und 1304 der Dichter.«
Julia freute sich über Robertos bewundernden Blick.
Am Morgen hatte sie versucht, mit Pietro ins Gespräch zu kommen, aber er wandte ihr einfach den Rücken zu und schlurfte davon. Schließlich hatten sie es aufgegeben, die zusammenhanglosen Satzfetzen deuteten darauf hin, dass die Verkalkung seiner Gefäße so weit fortgeschritten war, dass seine Erinnerungen nicht mehr existierten.
Roberto hatte enttäuscht mit den Achseln gezuckt, dann aber einen Ausflug in die Hügel nach Arqua P. vorgeschlagen.
»Woher kennst denn du Petrarca?«
»Er ist auch jenseits der Alpen ein Begriff, im Gegensatz zu Fra Moriale, den hab ich erst hier kennen gelernt.«
Sie saßen auf der winzigen Terrasse einer winzigen Bar oberhalb der *Casa del Petraca* und warteten, dass sie nach der Mittagspause geöffnet würde. Eine unvergleichlich malerische Hügellage zeichnete das mittelalterliche Dorf aus, dessen besonderer Charme durch wunderbar erhaltene Häuser und Villen der Gotik und Renaissance geprägt wurde.
Drunten im *borgo di sotto*, der Unterstadt, hatten sich ab dem 15. Jahrhundert venezianische Familien niedergelassen, was Roberto ihr mit einem Naserümpfen mitteilte.
»Er ist wie weggezaubert«, sagte er plötzlich ziemlich zusammenhanglos, doch Juli wusste sofort, dass er von Richter Gallardi sprach, »aber seine Tochter findet das nicht ungewöhnlich, er habe vorgehabt, irgendwo in der Karibik sein Leben zu beschließen. Ich glaube aber eher, er fürchtete die Enttarnung als Syndikatsmitglied. Ist auch egal, der kommt nicht wieder! – Komm, lass uns in das Haus Petrarcas gehen, das er 1369 gekauft und sich hat zurechtbauen lassen. Und da war Fra Moriale schon fünfzehn Jahre tot. Nein, ich glaub nicht, dass sie sich begegnet sind! Ihre Welten lagen zu weit auseinander.«
Der Buchsbaum im Garten duftete stark, sie beide waren heute die einzigen Besucher und das Haus, in dem sich Petrarca seine *vita solitaria*, sein einsames Leben erfüllt hatte, fügt sich in die zauberhafte Landschaft der euganeeischen Hügel ein.

»So eine herrliche Loggia«, sagte Julia bewundernd und trat an die Brüstung, um weit in die Landschaft zu schauen.

»Sie ist das einzige nicht originale Stück«, nahm Roberto ihr die Illusion, »sie wurde erst im 16. Jahrhundert angefügt.«

Julia setzte sich auf die steinerne Brüstung und sah zu ihm auf. Er blickte in die Unendlichkeit, und sie störte ihn nicht.

Fra Moriale ist erledigt, dachte sie, aber eigentlich ist noch nichts geklärt. Auch mit uns beiden nicht und die *tre condottieri* wollen irgendetwas von mir, von dem ich nicht weiß, was. Ob er Carina schon befragt hat?

Als habe er ihre Gedanken gelesen, sagte er:

»Carina ist nicht auffindbar. Wir schlagen das Buch mit Fra Moriale zu, aber ein neues mit Gattamelata und Carmagnola, das werden wir öffnen müssen. Und auf dich werden wir weiter aufpassen müssen, Giulia.«

Das Syndikat war ihr im Augenblick völlig egal: Solange seine Hand auf ihrer Schulter ruhte, empfand sie nichts als Glück; und als sie nach oben in sein Gesicht sah, bemerkte sie eine Wärme in seinen Augen, die sie umhüllte und ihr Gewissheit gab, dass er sie nicht nur brauchte, um Pietro auszuhorchen und Gattamelata zu identifizieren.

Aber schnell kam er in die Wirklichkeit zurück, zog sie hoch und rettete sich mit Literatur:

»Aber glaube ja nicht, dass ich mich wie Petrarca in seiner dreiundzwanzigsten *canzone* in einen Lorbeerbaum verwandle, um dir wie er seiner Laura meine Verehrung zu erweisen!«

epilog

Die Entscheidung fiel ihnen schwer. Sollten sie für den wie vom Erdboden verschluckten Fra Moriale einen Ersatzmann nehmen – Gattamelata hätte einen in der *questura* –, oder sollten Sie zu zweit das *Tre-Condottieri*-Syndikat weiterführen, stärker als bisher von der *Serenissima* unterstützt, damit aber auch stärker kontrollierbar?

Gattamelata konnte mit der einen oder anderen Lösung leben; seine Tochter als Mitglied der *Serenissima* stimmte ihr Vorgehen oft mit ihm ab; aber er musste sich eingestehen: Nur dann, wenn sie gleicher Meinung waren, sonst setzte sie ihren Kopf durch.

Carmagnola dagegen stimmte vehement für die Zweierlösung.

Seine ebenfalls der *Serenissima* angehörende Frau dagegen befürwortete den neuen Mann, keiner nannte ihn beim Namen, aber alle wussten, er war ihr Favorit; was wieder Ludovica davon abhielt, die Dreierlösung zu stützen, der Einfluss *La Leonessas* würde sonst zu groß.

Das wiederum sagte sie nicht, sondern argumentierte, das Andenken ihres Vaters wolle sie erst einmal ohne Nachfolger bewahren, außerdem seien die Zeiten schlecht, eine Ausweitung ihrer kriminellen Tätigkeiten biete sich nicht an, eher eine Reduzierung, sicher sei sicher.

Wo er denn sei, der gute Fra Moriale?

Carmagnola klang kein bisschen scheinheilig.

Auch sie wusste zurzeit nicht, wohin er sich zurückgezogen hatte, sie mache sein Spiel mit, er würde sich schon melden. Oder ein neues Bankkonto angeben, wohin seine reduzierten Anteile überwiesen würden.

Carmagnola und seine Frau sahen sich in komplizenhaft an. Nur sie beide wussten – und natürlich die beiden *capo di lancia* als Vollstrecker –, dass die römische Polizei eine Leiche mit durchschnittener Kehle gefunden hatte (laut Pass ein Brite) und bei ihm ein Flugticket für die Bermudas.

Ludovica beobachtete sie, schwieg aber.

»Also«, fasste Gattamelatas Tochter zusammen, »die Zweierlösung bleibt vorerst. Oder hat jemand Einwände?«

Keiner rührte sich.

»Übrigens, Carmagnola«, wandte sie sich an den überaus Zufriedenen. »Wo ist Colombos Heroin? Wir brauchen es dringend gegen die Libs und Kosovaner!«

»Fra Moriales letzter Plan schlug zwar fehl, aber jetzt sind wir dran! Der Safeschlüssel in *La Tedescas* Koffer dürfte bald in unserer Hand sein, jetzt, wo wir wissen, wo wir suchen müssen.«

»Und Colombo?«

»Ist an unserem Wohlwollen interessiert. Durch seine Fabrik in Deutschland läuft die Geldwäsche optimal.«

Carmagnola zeigte sich sehr zufrieden, keiner hatte offensichtlich Verdacht geschöpft, er könne mit Fra Moriales Verschwinden zu tun haben. Der alte Narr hatte seine Spuren und die seiner Mörder selbst verwischt. Blieb nur noch der *marchese*.

Als habe seine Frau seine Gedanken gelesen, erkundigte sie sich nach dem *dirigente* der Mordkommission.

»Vermutlich wird er weiter in der Vergangenheit forschen«, mischte sich nun Gattamelata ein, »aber solange er mich für Carmagnola und ihn für mich hält, sehe ich keine Probleme. Und wie ihr wisst, genieße ich sein Vertrauen. Wenn er wieder zu ermitteln beginnt, erfahrt ihr das als Erste.«

anhang

Literatur

Die Texte zu den historischen *condottieri* Fra Moriale, Carmagnola und Gattamelata haben biographischen Charakter. Viel Wissen verdanke ich folgenden Autoren:

Machiavelli, Niccolò: Der Fürst. 2001 Frankfurt
Burckhardt, Jacob: Die Kultur der Renaissance in Italien. Rev. Ausg. Stuttgart 1958
von Graevenitz, G.: Gattamelata und Colleoni und ihre Beziehungen zur Kunst. 1906 Leipzig
Semerau, Alfred: Die Condottieri. 1909 Jena
Block, Willibald : Die Condottieri (Studien über die sogenannten unblutigen Schlachten). 1913 Berlin
Trease, Geoffrey: Die Condottieri. Söldnerführer, Glücksritter und Fürsten der Renaissance.1974 München

Personen, Orte und Dienstgrade der Romanhandlung sind frei erfunden, Übereinstimmungen mit der Wirklichkeit wären rein zufällig. Die Geschichte hätte auch in jeder anderen norditalienischen Stadt angesiedelt sein können, soweit sie über eine Universität verfügt.

Wiebke Lübbers